Für Ulrich, Ciara, Alin und Uli
Mit euch würde ich jeden Aufbruch wagen!

ELLIN CARSTA

Die ferne Hoffnung

DIE HANSEN-SAGA

ROMAN

TINTE & FEDER

Deutsche Erstveröffentlichung bei
Tinte & Feder, Amazon Media E.U. S.à r.l.
5 Rue Plaetis, L-2338 Luxembourg
Februar 2018

Umschlaggestaltung: bürosüd° München, www.buerosued.de
Umschlagmotiv: © Kei Uesugi/Getty; © Leif-Gunnar Hombrekk/
Shutterstock; © Aleksey Stemmer/Shutterstock; © Chaadaeva/Shutterstock;
© faestock/Shutterstock; © Chyrko Olena/Shutterstock;
© Color Symphony/Shutterstock
1. Lektorat: Silvia Kuttny-Walser
2. Lektorat: Renate Novak
Korrektorat: Gisela Wunderskirchner/DRSVS
Gedruckt durch:
Amazon Distribution GmbH, Amazonstraße 1, 04347 Leipzig /
Canon Deutschland Business Services GmbH, Ferdinand-Jühlke-Str. 7,
99095 Erfurt /
CPI Books GmbH, Birkstraße 10, 25917 Leck

ISBN: 978-1-542-04788-3

www.tinte-feder.de

Prolog

Sein Blick wanderte mit einem zufriedenen Lächeln über die Anwesenden, die fröhlich miteinander plauderten und den Anschein erweckten, als freuten sie sich, heute vollzählig bei Tisch zusammengekommen zu sein. Auch wenn sie alle hier in der Villa lebten, war es doch schon seit Längerem nicht mehr selbstverständlich, dass sie auch zur gleichen Zeit aßen. Aber heute waren sie ihm zu Ehren alle anwesend: seine beiden älteren Söhne Georg und Robert mitsamt ihren Frauen und Kindern ebenso wie sein jüngster Sohn Karl, dem es mit seinen neunundzwanzig Jahren bisher nicht gelungen war, eine Frau an sich zu binden, geschweige denn eine Familie zu gründen, was Peter Hansen gewisse Sorgen bereitete. Manchmal glaubte er sogar, dass vielleicht irgendetwas mit Karl nicht stimmte.

Sein Blick ging zu der vierzehnjährigen Luise hinüber, seiner jüngsten Enkelin. Er konnte nicht erklären, weshalb, doch war ihm die zweite Tochter seines Sohnes Robert die liebste seiner insgesamt drei Enkelinnen. Mit ihrer zwei Jahre älteren Schwester Martha und der gleichaltrigen Frederike, Tochter seines Sohnes Georg, konnte er nicht wirklich etwas anfangen. Und selbst sein Enkel Richard, obwohl bisher der einzige männliche Nachkomme, war für ihn nur der Sohn seines

Sohnes, bei dem er weder besondere Fähigkeiten noch menschliche Qualitäten entdecken konnte. Richard war jetzt siebzehn Jahre alt und sollte nach dem Willen seiner Eltern in einem Jahr seine Reifeprüfung ablegen. Peter Hansen bezweifelte, dass dem Enkel dies gelingen würde, denn er hielt ihn für einen nur wenig ambitionierten jungen Mann, der gewiss auch seine Begabungen hatte. Für seinen Großvater war jedoch nicht zu erkennen, worin diese liegen mochten.

Richard, Frederike und Martha glichen für seinen Geschmack zu sehr ihren jeweiligen Müttern, die ihren Lebensinhalt darin sahen, ein reiches und unbeschwertes Dasein an der Seite ihrer Männer zu führen, die dieses finanzierten.

Seine eigene Frau Marie war von einem ganz anderen Schlag gewesen. Sie hatte ihm während der fast vierzig Jahre währenden Ehe stets den Rücken gestärkt, bis ein Leiden sie im vorletzten Frühling dahingerafft hatte. Seither war kein Tag vergangen, an dem er nicht über ihren so sinnlosen Tod und das damit ebenso sinnlos gewordene Leben gegrübelt hatte.

Noch einmal blickte er jeden der Anwesenden an, deren Tischgespräche er nur beiläufig verfolgt hatte, legte sein Besteck beiseite, nahm die Stoffserviette von seinem Schoß, behielt sie jedoch in der Hand und stand auf. »Ich möchte euch noch einmal dafür danken, dass ihr alle euch heute Zeit für mich genommen habt. Das bedeutet mir wirklich viel. Und nun entschuldigt mich bitte einen Augenblick«, bat er, legte die Serviette auf den Tisch und ging langsam zur Tür. Als er an Luise vorbeikam, hielt er einen Moment inne und berührte mit einer zärtlichen Geste ihre Wange. Die Enkelin lächelte, schmiegte sich an seine Hand. Kurz zögerte er, setzte dann aber seinen Weg fort.

Er spürte die fragenden Blicke seiner Familie, als er hinausging und die Schiebetür hinter sich schloss. Ganz ruhig stieg er Stufe für Stufe die Treppe zum oberen Stockwerk hinauf und ging zu seinem Arbeitszimmer. Er öffnete die Tür, betrat den

Raum und schloss sie wieder. Einen Moment lang lehnte er sich an, atmete tief durch. Sein Blick schweifte durch das Zimmer, das für ihn das schönste im ganzen Haus war. Marie hatte es überaus geschmackvoll eingerichtet, so wie sie jedem Raum in der prächtigen Villa ihre ganz eigene Handschrift gegeben hatte. Wäre sie doch nur hier! Alles wäre anders gekommen, dessen war er sich sicher.

Er stieß sich von der Tür ab, ging zu seinem Schreibtisch und setzte sich in den bequemen Ledersessel. Tausende Male hatte er hier gesessen, Liefer- und Bestandslisten kontrolliert, Rechnungen geprüft und Korrespondenz beantwortet.

Er zog einen seiner bedruckten Briefbogen hervor und legte ihn vor sich auf die Schreibtischplatte. *Peter Hansen & Söhne, Kaffeekontor seit 1850.* Er lächelte. Die geschwungenen Buchstaben schienen ihm in diesem Moment nicht mehr als eine wunderbare, langsam verblassende Erinnerung. Er nahm seinen Füllfederhalter zur Hand, suchte nach Worten. Dann ließ er den Füller auf das leere Blatt sinken, atmete tief durch, öffnete die unterste Schublade und nahm eine Holzkiste heraus, die er neben das Briefpapier auf den Schreibtisch stellte. Ordentlich schloss er die Schublade wieder, öffnete dann langsam die aus Mahagoni gefertigte Kiste. Die Waffe war in roten Samt gebettet. Es fühlte sich gut an, sie aus dem Stoff zu heben und an seine Schläfe zu führen. Er sah das liebevolle Gesicht seiner Frau vor sich, als er den Abzug drückte. Mit einem lauten Knall endete das Leben Peter Hansens an seinem fünfundsechzigsten Geburtstag.

1. Kapitel

Hamburg, 1888

Sie hatte die Zeit vergessen. Mutter würde fürchterlich zornig werden. Eilig setzte Luise das Kaninchen wieder in den Stall und schloss die kleine Holzpforte. Seit Großvaters Tod kam sie noch öfter hierher als früher. Wie sehr sie ihn vermisste! Hastig wischte sie die Haare des Tieres von ihrem zartrosa Kleid, klopfte den Schmutz, den die kleinen Pfoten hinterlassen hatten, ab. Sie sollte wohl besser eine Schürze tragen, wenn sie schon das Kaninchen so gern an sich drückte und herzte. Das hatte ihre Mutter ihr oft genug gesagt. Bestimmt würde sie eine Strafe bekommen, und das nicht nur wegen des Kleides.

Sie warf einen letzten Blick auf die drei Kaninchen. Nur eines davon, das weiße mit den schwarzen Flecken, gehörte ihr. Sie hatte es Cäsar genannt. Die anderen beiden gehörten ihrer Schwester Martha und ihrer Cousine Frederike. Der Großvater hatte sie ihnen vor drei Jahren geschenkt und sie alle ermahnt, sich gut um die Tiere zu kümmern. Ihr Cousin Richard hatte auch eines bekommen, doch es hatte bereits nach ein paar Tagen tot im Gehege gelegen. Luise wusste nicht, woran es gestorben war. Sie hatte sich ebenso gut um dieses wie auch um die anderen gekümmert, denn weder ihre Schwester noch ihre Cousine oder ihr Cousin hatten irgendein Interesse für die Kaninchen gezeigt. Während Luise dankbar für das Geschenk war und sich von Herzen über die Kaninchen gefreut hatte, schienen sie den anderen nichts als lästig zu sein.

Schon nach wenigen Tagen hatte der Großvater sie alle vier zu sich gerufen und jeden Einzelnen von ihnen nochmals nachdrücklich ermahnt, die ihnen übertragene Verantwortung für die kleinen Lebewesen, die nun in ihren Händen lag, ernst zu nehmen. Er hatte deutlich gemacht, dass er dies ohne Wenn und Aber von ihnen erwartete. Tags darauf hatte Richards Kaninchen tot im Gehege gelegen, aber Luise widerstrebte es, einen Zusammenhang zwischen der Zurechtweisung des Großvaters, die Richard deutlich verärgert hatte, und dem Tod seines Tieres zu sehen. Doch wenn sie ehrlich zu sich selbst war, verursachte es ihr eine Gänsehaut, wenn sie daran dachte, wie willkommen das plötzliche Ableben des Tieres Richard gewesen war.

Sie lief über den Rasen, der vom angrenzenden Park, wo der Großvater das Gehege für die Kaninchen hatte errichten lassen, bis zum Vordereingang des Hauses reichte. Ihre Mutter hatte nicht gewollt, dass die Kaninchen in Sichtweite des Gartens gehalten wurden. Sie empfand es als störenden Anblick, ganz zu schweigen von dem Geruch, den sie, wie sie immer wieder betonte, geradezu unausstehlich fand.

Luise rannte, so schnell sie konnte, und erreichte den Weg, der auf die Villa zuführte. Die Kieselsteine knirschten unter ihren Schuhsohlen. Da trat sie unglücklich auf, knickte um und fiel in vollem Lauf auf die Knie. Sofort schoss der Schmerz durch ihren Körper. Sie rappelte sich hoch und wischte mit der Hand über ihre Knie, die aufgeschlagen und blutig waren. Ein einzelner Kieselstein steckte noch in der Wunde. Sie zog ihn heraus und musste sich zusammenreißen, um weder laut aufzuschreien noch zu weinen. Sie spuckte auf ihre Finger, versuchte so die Knie zu säubern, was jedoch alles nur schlimmer machte, weil das Blut sich mit der Spucke und dem Dreck vermischte, der in der Wunde war, und nun einen noch größeren Fleck bildete. Luise wurde übel. Weniger wegen des Schmerzes oder des unschönen Anblicks, sondern weil sie ahnte, was sie von ihrer Mutter als Disziplinierungsmaßnahme, wie diese es nannte, zu erwarten hatte.

Kurz überlegte Luise, sich heimlich ins Haus zu schleichen und sofort ins Badezimmer zu laufen. Womöglich würde die Mutter es nicht bemerken, und sie könnte wenigstens ihre Knie säubern, um einigermaßen vernünftig auszusehen, wenn sie ihr unter die Augen trat. Aber Luise verwarf den Gedanken. Sie war zu spät dran, ihr Kleid durch das Kaninchen verschmutzt, ihre Knie blutig und wahrscheinlich auch ihre Frisur alles andere als einem Mädchen aus gutem Hause angemessen. Sie konnte sich auf mindestens fünf Nachmittage Hausarrest gefasst machen, egal, wie sie es drehte und wendete.

Sie eilte die fünf Stufen zu der Villa hinauf, die sonnengelb und mit weißen Rahmen um die Fenster vor ihr aufragte. Luise liebte dieses Haus, in dem sie seit ihrer Geburt zusammen mit allen anderen Mitgliedern der Familie Hansen lebte. Sie drückte die Klinke herunter und öffnete die schwere Holztür. Niemand war im Flur, obwohl sie eigentlich damit gerechnet hatte, dass ihre Mutter sie bereits dort erwartete. Jedoch drangen Stimmen aus dem Esszimmer. Luise ging einige vorsichtige Schritte näher heran, hörte, wie ihr Onkel Georg etwas zu den anderen sagte. Nun erwiderte ihr Vater etwas, das sie nicht verstand. Sie riss sich zusammen, klopfte an und steckte den Kopf durch den Türspalt, als ihr Onkel Georg »Herein!« gerufen hatte.

»Bitte entschuldige, Mutter. Ich bin zu spät dran.«

Ihre Mutter machte eine Handbewegung, als wollte sie eine Fliege verscheuchen. »Jetzt nicht, Luise. Geh nach oben zu den anderen. Wartet, bis wir euch rufen.«

»Ja, Mama«, gab Luise kleinlaut von sich, zog den Kopf zurück und schloss die Tür. Ihr Herz klopfte wild. Die Spannung im Raum war beinahe mit den Händen greifbar gewesen. Neben ihren Eltern waren ihr Onkel Georg und dessen Frau Vera sowie ihr anderer Onkel Karl anwesend, außerdem Herr Dr. Lampert, der Anwalt der Familie, und ein Mann, den Luise nie zuvor gesehen hatte. Was hatte das zu bedeuten?

Sie rannte die Stufen hinauf zu dem Zimmer, das sie sich mit ihrer Schwester teilte. Martha saß auf ihrem Bett. Auf Luises Bett gegenüber saßen Richard und Frederike.

»Da bist du ja«, sagte Martha, als Luise eintrat. »Was ist denn mit dir passiert?« Sie deutete auf Luises aufgeschlagene Knie.

»Was ist da unten los?«, wollte Luise wissen und setzte sich zu Martha aufs Bett, ohne auf deren Frage einzugehen.

»Wir sind pleite, das ist los«, bemerkte Richard mit einem spöttischen Lächeln.

Seine Schwester Frederike stieß ihn in die Seite. »Das weißt du gar nicht.«

»Ich hab's doch gehört. Der alte Lampert hat es vorhin gesagt.«

Luise schluckte schwer. Sie konnte nicht recht glauben, dass es wirklich stimmen sollte, dass kein Geld mehr vorhanden war. Konnte das überhaupt sein? Und was bedeutete es für ihre Familie?

»Wer ist der andere Mann, der unten bei den Eltern sitzt?«, fragte sie.

»Sein Name ist Reidel, er arbeitet in der Bank«, erklärte Richard.

»Trotzdem heißt das noch nichts«, entgegnete Frederike.

Luise warf ihrer Schwester einen fragenden Blick zu, den diese mit einem Schulterzucken quittierte. »Ich weiß auch nur das, was wir vorhin gehört haben. Es geht um Großvaters Erbe und wie es aufgeteilt werden soll.«

»Wenn es noch was aufzuteilen gäbe«, hielt Richard dagegen. »Deshalb hat sich der Alte doch den Schädel weggepustet.«

»Das hat er nicht!«, protestierte Luise sofort. »Großvater hatte einen Herzinfarkt, als er die Waffe reinigte, und dabei ist sie losgegangen.«

»Du bist eine so einfältige Kuh.« Richard verdrehte die Augen.

»Unsere Mutter hat uns gesagt, dass es so war, und ich glaube ihr«, beharrte Luise.

»Glaub, was du willst. Wir alle waren doch da, als er sich erschossen hat. Mein Vater hat uns auch eingebläut, nicht zu sagen, was sich zugetragen hat. Aber das ändert nichts an den Tatsachen.«

»Ich glaube nicht, dass kein Geld mehr da ist.« Frederike spielte mit ihrem Haar, das zu einem Zopf geflochten war. »Vielleicht ist es nicht mehr *so viel* Geld, aber immer noch genug.« Sie machte eine ausholende Handbewegung. »Seht euch doch nur um. Allein von dem, was diese Einrichtung gekostet hat, könnte ich mir zehn neue Kleider kaufen.«

»Und was denkst du, warum dieser Reidel wohl gleich nach der Testamentsverlesung hergekommen ist?«, fragte Richard, an seine Schwester gewandt. Dann sah er zu Martha und Luise hinüber.

»Aber unsere Väter arbeiten doch schon so lange im Kontor mit«, wandte Luise ein. »Müssten sie da nicht mitbekommen haben, wenn es Schwierigkeiten im Geschäft gab?«

»Der Alte hatte die Zügel fest in der Hand«, erwiderte Richard.

»Ach, unsere Väter werden es schon richten«, bemerkte Frederike leichthin, als es klopfte und auf Richards Aufforderung hin Anna, die Haushälterin der Hansens, eintrat.

»Die Herrschaften wünschen, dass Sie nach unten kommen«, richtete sie aus.

»Wir kommen«, sagte Richard, und alle vier erhoben sich von den Betten.

»Könntet ihr einen Moment warten?« Luise deutete auf ihre Knie.

»Ja, aber mach schnell«, mahnte Martha.

Die vier verließen das Zimmer, und Luise eilte ins Badezimmer am Ende des Flurs. Sie griff nach einem Handtuch, hielt es unter den Wasserhahn und wischte, so gut es ging, das Blut und den Schmutz von ihren Knien. Dann strich sie ihre blonden Haare zurück, zupfte ihr Kleid zurecht und trat wieder auf den Flur. Die anderen warteten an der Treppe auf sie.

»Danke«, sagte sie und schloss sich der kleinen Gruppe an, die hinunter ins Erdgeschoss ging. Ihre Eltern und Onkel Karl erwarteten sie im Esszimmer. Dr. Lampert und der Bankmitarbeiter Reidel waren bereits gegangen.

»Setzt euch«, bat Georg Hansen, der nach dem Tod seines Vaters der Älteste in der Familie war und den Platz des Familienoberhaupts am Kopfende des Tisches einnahm.

Schweigend ließen sie sich auf den Stühlen nieder und sahen Georg erwartungsvoll an, der wie immer mit einem förmlichen, dreiteiligen Anzug bekleidet war, das dunkle Haar tadellos frisiert.

»Das Testament eures Großvaters wurde verlesen. Er hat einige Verfügungen getroffen, die insbesondere persönliche Gegenstände angehen, die euch zu übergeben sind. Eure Eltern«, er sah zu Martha und Luise, »und Vera und ich werden uns darum kümmern, die Sachen in den nächsten Tagen für euch zusammenzustellen.«

»Was ist mit dem Geld?«, fragte Richard unverblümt, was seine Mutter zu einem empörten Zischlaut veranlasste.

»Richard!«, schimpfte sie.

Er zuckte mit den Schultern. »Man wird doch wohl noch fragen dürfen.«

»Solange du nicht erwachsen bist, Richard, was du durch diese Äußerung gerade eben wieder einmal bewiesen hast«, maßregelte ihn sein Vater, »hast du weder das Recht, diese Frage zu stellen, noch eine Antwort darauf zu erwarten.« Er funkelte seinen Sohn wütend an. »Wir werden das Geschäft eures Großvaters weiterführen. Für euch wird sich zunächst nichts ändern. Das ist alles, was ihr wissen müsst. Hat jemand Fragen dazu?« Er sah in die Runde. Sein Blick blieb auf Richard haften, der jedoch nicht einmal mehr aufsah. »Gut.« Er stand auf, ging zur Tür und öffnete sie. »Anna, du kannst das Essen auftragen.« Er schloss die Tür wieder.

Luise, die die ganze Zeit über ihren Blick gesenkt gehalten hatte, hob den Kopf, als sie bemerkte, dass ihre Mutter sie ansah.

»Wie siehst du eigentlich wieder aus, Luise?«, wandte sich Elisabeth mit zornigem Gesichtsausdruck an die Tochter. »Wie ein gewöhnliches Mädchen – schämen solltest du dich!«

»Ich bitte um Verzeihung«, sagte Luise kleinlaut und senkte abermals den Blick.

»Du warst wieder bei diesen widerlichen Kaninchen, nicht wahr?«

Luise nickte schuldbewusst. »Ich habe ihnen etwas zu fressen gegeben.« Sie verkniff sich die Bemerkung, dass sie schließlich die Einzige war, die sich überhaupt um die Tiere kümmerte.

»Robert, diese Kaninchen kommen weg!«, forderte Elisabeth von ihrem Mann.

»Nein!« Luise sah sie erschrocken an. »Bitte, Mama, tu das nicht, Großvater hat sie uns geschenkt.«

»Es ist das einzig Lebendige, das den Kindern von ihm geblieben ist«, wandte Luises Vater ein.

»Sieh dir deine Tochter doch an«, zischte Elisabeth ihrem Mann zu. »Sie ist schmutzig und nicht mehr vorzeigbar.«

»Bitte – ich verspreche auch, künftig besser achtzugeben«, bettelte Luise. Tränen stiegen ihr in die Augen. Sie warf ihrer Schwester einen flehenden Blick zu, ihr beizustehen.

»Lasst uns die Viecher lieber noch behalten«, warf Richard ein. »Wenn die Zeiten nicht besser werden, haben wir wenigstens einen Festbraten.« Er lachte auf, während Luise bei dem bloßen Gedanken daran schon ganz bleich wurde.

»Achte künftig besser darauf, dich nicht schmutzig zu machen, Luise«, sagte nun ihr Vater, der neben Luise der einzige Blonde in der Familie war. »Sonst wird das Folgen haben. Vorerst bleiben die Kaninchen.«

Luise atmete erleichtert auf. »Danke, Vater. Ich werde ab jetzt besser aufpassen.« Sie sah zu ihrer Mutter, der die Lösung ihres Mannes alles andere als zu gefallen schien. Doch sagte diese nichts weiter.

»Richard«, sprach Robert seinen Neffen nun an. »Karl und ich werden schon morgen nach Wien reisen, um dort Geschäfte zu machen. Dein Vater möchte, dass du uns begleitest.«

»Ich? Warum?«

»Übermorgen beginnen die Ferien. Wenn du einen Tag früher die Schule verlässt, wird dich das nicht umbringen«, meinte Georg.

»Aber weshalb soll ich mit nach Wien?«, bohrte Richard abermals.

»Du wirst lernen müssen, wie man Geschäfte macht«, erklärte sein Vater Georg. »Als ich in deinem Alter war, wusste ich bereits viel mehr über den Kaffeehandel als du und was zu beachten ist. Es wird Zeit, dass du in die Abläufe des Kontors einbezogen wirst.«

Richard verzog das Gesicht. »Aber ich möchte mich während der Ferien erholen und nicht von der einen Arbeit in die nächste kommen.«

Georg sog die Luft ein und atmete dann geräuschvoll aus. Er wollte sich seinen Sohn lieber unter vier Augen zur Brust nehmen, ganz so, wie es sein Vater auch stets mit ihm gemacht hatte. Doch wenn er Richard mit seinem aufsässigen Verhalten vor den anderen durchkommen ließ, würde das seine Position als Oberhaupt der Familie womöglich schwächen. »Erholen *wovon?*«, fragte er und hob spöttisch die Augenbrauen. »Vom übermäßigen Lernen? Das kann bei dir wohl kaum zutreffen bei den mangelhaften Leistungen, die du erbringst.«

Richard funkelte seinen Vater wütend an, schien eine Erwiderung zu überlegen. Luises und sein Blick trafen sich. Fast unmerklich schüttelte sie den Kopf. Richards Augen verengten sich zu Schlitzen, doch er sagte nichts mehr.

»Gut«, bemerkte Georg. »Dann wäre das geklärt.«

Die Haushälterin trug, unterstützt von einem Dienstmädchen, Tabletts mit diversen Speisen an den Tisch und beendete damit endgültig die Diskussion. Dass es noch immer in Richard brodelte, war deutlich zu sehen. Das Thema jedoch wurde auch während des gemeinsamen Essens nicht mehr aufgegriffen.

Robert, Karl und Richard waren inzwischen fast fünf Wochen fort, und die ganze Familie wartete sehnsüchtig auf ihre Rückkehr. Richards Vater Georg hatte seinen Sohn, als die Schule vor knapp zwei Wochen wieder begonnen hatte, fürs Erste entschuldigt und mit dem Gymnasium vereinbart, dass Richard die Fehlzeit, die dessen Verpflichtung im Kontor mit sich brachte, durch zusätzliche Hausarbeiten nachholen werde, sobald er aus Wien zurückkehre. Des Weiteren hatte Georg eine finanzielle Zuwendung zur Unterstützung der Lehranstalt in Aussicht gestellt, obwohl er nicht wusste, wie er diese aufbringen sollte. Er setzte genau wie der Rest der Familie alle Hoffnung auf einen Erfolg seiner Brüder. Sollten diese mit leeren Händen zurückkommen, wusste er nicht, wie lange sich das Hansen'sche Kaffeekontor noch halten konnte. Die Stimmung im Haus war entsprechend angespannt und stellte die restlichen Bewohner vor eine Zerreißprobe.

Georg ging täglich zu Fuß zum Kontor in der Speicherstadt, wo die Waren gelagert und abgefüllt wurden. Im Obergeschoss des roten Ziegelsteinbaus befanden sich die Büroräume, in denen stets ein Hauch von Kaffeeduft lag. Luise bemerkte, dass ihr Onkel das Haus jeden Tag früher verließ. Und obwohl sie ihn sehr mochte, war sie froh darüber, denn ihrem Onkel standen die Sorgen, die ihn umtrieben, ins Gesicht geschrieben.

Tante Vera und ihre Mutter Elisabeth standen sich in dieser Zeit auf eine eigenartige Art nahe, während sie sonst oft kein gutes Haar an der anderen gelassen hatten, was Luise noch misstrauischer machte. Wenn die beiden Frauen sich nach so vielen Jahren der Antipathie plötzlich verstanden, so mutmaßte Luise, musste es um die Familie schlechter bestellt sein, als sie ahnte und Onkel Georg zugeben wollte.

Während der Mahlzeiten, bei denen ihr Onkel meist nicht zugegen war und deshalb nur Vera, Elisabeth, Frederike, Martha und Luise am Tisch saßen, wurde nur wenig gesprochen und wenn, dann war das einzige Thema ihre gemeinsame Hoffnung, dass Robert, Karl und Richard so bald wie möglich mit guten Nachrichten aus Wien heimkehrten. Wie es weitergehen sollte, wenn dies nicht der Fall war, darüber mochte keine von ihnen nachdenken, geschweige denn sprechen.

Luise verbrachte die Zeit, in der sie nicht in der katholischen Bildungsanstalt war, entweder bei den Kaninchen, wo sie sich jetzt immer pflichtschuldig eine Schürze umband, um nur ja keinen Streit mehr zu provozieren, oder lesend in ihrem Zimmer. Im letzten Jahr hatte sie zu ihrem Geburtstag die Theodor-Storm-Novelle *Immensee* von ihrem Großvater geschenkt bekommen. Er hatte ihr damals gesagt, dass sie das Buch als Appell verstehen sollte, ihr Leben nach ihren eigenen Vorstellungen zu leben, um nicht eines Tages verpassten Gelegenheiten nachtrauern zu müssen.

Luise hatte das Buch gelesen, jedoch nicht allzu viel damit anfangen können. Erst nach dem Tod des Großvaters hatte sie es wieder hervorgeholt und es seitdem wieder und wieder gelesen. Ihr war, als verstehe sie erst jetzt, was er ihr mit der Geschichte von Reinhard und Elisabeth hatte sagen wollen, und sie fragte sich, ob es ihrem Großvater wohl auch so gegangen war wie Reinhard, der sich als älterer Mann an seine unerfüllte Jugendliebe erinnerte. Zwar hatte ihr Großvater seine große Liebe in seiner Frau gefunden und diese nicht – wie Reinhard in der Novelle – einfach ziehen lassen. Doch sowohl Reinhard als auch der Großvater hatten diese Liebe verloren, auf die eine oder andere Art.

Luise hätte ihren Großvater zu gern gefragt, ob er bereute, sein Leben so gelebt zu haben, wie er es getan hatte. Hatte ihm etwas anderes vorgeschwebt, als er noch jung war? Wäre er gern mit seiner Frau fortgegangen, hätte er statt des Kaffeehandels lieber etwas anderes gemacht, womöglich auch keine Söhne bekommen? Dann wäre auch Luise jetzt nicht auf der Welt. Immer wieder trieben sie diese Fragen um, auf die sie vom Großvater keine Antwort mehr erhalten würde.

Und genau wie Reinhard in der Novelle begann sie, ihre Gedanken immer mal wieder zu Papier zu bringen. Die losen Blätter verwahrte sie in einer kleinen Mappe. Eines Tages würde sie sich ein Büchlein kaufen und alles, was sie fühlte und dachte, dort hineinschreiben, das nahm sie sich ganz fest vor.

»Was schreibst du da eigentlich immer?«

Luise erschrak. Sie hatte nicht bemerkt, dass Martha ins Zimmer gekommen war. Schnell klappte sie die Mappe zu. »Gar nichts.«

»Lass mich mal sehen!«, forderte Martha und streckte die Hand aus.

»Nein, das gehört mir.« Luise drückte die Mappe an sich.

»Wenn ich Mutter davon erzähle, wird sie dich zwingen, sie ihr zu geben.«

»Bitte, Martha, tu das nicht!« Luise drückte die Mappe fester an sich. »Es ist nichts Verbotenes, das musst du mir glauben. Es ist nur …«

»Was?«

»Meine Gedanken.«

»Gedanken worüber?«

»Über die Schule, unsere Familie, das Kaffeekontor. Eben alles, was hier geschieht.«

»Steht da auch was über mich drin?«

Luise zuckte mit den Schultern. »Nein, eigentlich nicht.«

»Dann will ich es lesen, um sicher zu sein.«

»Und dann sagst du es nicht Mama?«

»Nein, dann nicht.«

Luise reichte Martha die Mappe, die diese nahm und sich auf ihr eigenes Bett setzte.

»*Immensee?*« Martha sah Luise fragend an.

»Eine Novelle von Theodor Storm. Es geht um zwei Liebende, die sich von Kindheitstagen an kennen und einander Treue versprechen. Doch dann muss Reinhard fortgehen, und Elisabeth bleibt zurück. Sie schreiben sich und …« Sie brach ab, als sie Marthas gelangweiltes Gesicht sah. »Ich habe das Buch hier. Du kannst es gern lesen, wenn du möchtest.«

»Du schreibst über eine Novelle? Weshalb?«

»Weil mich die Geschichte von Reinhard und Elisabeth berührt hat.« Luise zuckte mit den Schultern.

Martha sah ihre Schwester verständnislos an, blätterte dann weiter, las einige Passagen, blätterte wieder weiter. »Du schreibst ja nur über langweiliges Zeug.«

»Ich schreibe über das, was ich denke«, gab Luise entschuldigend zurück.

Martha klappte die Mappe zu und gab sie der Schwester wieder. »Hier. Das will ohnehin keiner lesen.«

Luise nahm die Mappe und legte sie unter ihr Kopfkissen.

»Ich hasse die Ferien«, seufzte Martha. »In der Zeit haben sich die meisten meiner Freunde getroffen und haben zusammen etwas unternommen. Nur ich durfte nicht mit. Und diese dämliche Kuh Annegret hat die Ausflüge genutzt und Ferdinand schöne Augen gemacht, obwohl er schon seit einem halben Jahr an mir interessiert war. Ich hasse Annegret.«

»Ich dachte immer, du und Annegret, ihr seid Freundinnen?«

»Freundinnen? Pah, Unsinn! Schon in der Tanzstunde war sie neidisch, wenn mir jemand schöne Augen gemacht hat. Und jetzt tut sie alles, um Ferdinand für sich zu gewinnen.«

»Warum versuchst du nicht, ihn wieder auf dich aufmerksam zu machen?«

»Und wie soll das gehen? Er hat nur noch Augen für diese Hexe. Dabei will sie ihn gar nicht. Sie will nur, was sie nicht kriegen kann. Vor allem aber gönnt sie ihn mir nicht.«

»Vielleicht wird ihr Interesse an ihm bald nachlassen«, versuchte Luise die Schwester zu beschwichtigen.

»Ach ja? Und dann soll ich wieder gut genug sein? Was denkt dieser Kerl sich? Dass ich nur auf ihn warte?«

»Ich finde ihn sowieso nicht so gut.«

Martha sah Luise kopfschüttelnd an. »Du bist noch viel zu jung, um das zu verstehen. Ferdinands Eltern gehört eines der größten Handelskontore weit und breit. Als seine Frau könnte man sich alles kaufen, was man will.«

»Du hast doch auch so genug schöne Kleider«, wandte Luise ein.

Martha verdrehte die Augen. »Ich sag's ja, du bist einfach zu jung und hast auch sonst komische Ansichten. Du verstehst nicht, wie Frauen wirklich fühlen.«

Darauf wusste Luise nichts zu erwidern.

Martha stand von ihrem Bett auf und ging zur Tür. »Ich gehe lieber zu Frederike. Die versteht mich wenigstens. Und bestimmt fällt ihr etwas ein, wie ich dieser Annegret eins auswischen kann.«

»Mach das«, gab Luise gleichgültig zurück und war froh, als Martha die Tür hinter sich schloss. In einem Punkt gab Luise der Schwester recht: Sie würde Martha wohl nie verstehen.

2. Kapitel

Es dauerte genau sechs Wochen und zwei Tage, bis Robert, Karl und Richard in die Hansen-Villa zurückkehrten. Sie wurden stürmisch von den übrigen Familienmitgliedern begrüßt, doch es schwang gleich die bange Frage mit, ob ihre Reise wohl erfolgreich gewesen war.

»Ich möchte unbedingt aus meinen Sachen raus«, sagte Robert lächelnd. »Aber wir können euch schon einmal sagen, dass wir gute, nein sogar sehr gute Nachrichten mitbringen. Wir erzählen gleich alles beim Essen. Ich sterbe fast vor Hunger.«

Karl klopfte dem Bruder auf die Schulter. »Du nimmst mir die Worte aus dem Mund.« Er sah sich um. »Wo ist Georg?«

»Noch im Kontor. Er hat in letzter Zeit immer sehr lange gearbeitet«, antwortete Vera.

»Dann schick einen Burschen zu ihm und lass ihm ausrichten, dass er baldmöglichst nach Hause kommen soll«, schlug Robert vor.

Die Haushälterin, die die Ankunft der Männer verfolgt hatte, knickste. »Ich werde gleich jemanden losschicken, gnädiger Herr.«

»Danke, Anna.«

»Geht's dir auch gut?«, fragte Luise ihren Cousin, der bisher kaum ein Wort gesagt hatte und einen müden, abgekämpften Eindruck auf sie machte.

Richard sah sie an und zuckte mit den Schultern. »Geht schon« war alles, was er hervorbrachte. Dann folgte er seinen Onkeln, um sich frisch zu machen.

»Und nun erzählt endlich«, bat Georg, der kurz vor dem Essen nach Hause gekommen war und seine Brüder überschwänglich begrüßt hatte, bevor sie an der Tafel Platz nahmen. Anna war es gelungen, in der kurzen Zeit ein kleines Festessen zuzubereiten, und die Stimmung bei Tisch war so gelöst und fröhlich, wie Luise es schon lange nicht mehr – wenn überhaupt jemals – erlebt hatte.

»Haben unsere Briefe dich erreicht?«, fragte Robert seinen Bruder Georg.

»Ja, zwei. Und habt ihr den Abschluss bekommen, den ihr wolltet?«

»Du hast Briefe erhalten?«, unterbrach Elisabeth ebenso erstaunt wie verärgert. »Wäre es nicht das Mindeste gewesen, uns davon zu erzählen?«

»Bitte entschuldige, Elisabeth«, bat Georg die Schwägerin. »Selbstverständlich hast du recht. Ich hatte in letzter Zeit so viel um die Ohren, dass ich es wohl einfach vergessen habe.«

Elisabeth nickte, doch die Empörung über das Verhalten ihres Schwagers war ihr deutlich anzusehen.

»Dann fasse ich für euch alle kurz zusammen, was wir Georg geschrieben haben«, erklärte Robert. »Wie ihr wisst, befindet sich das Kontor in einer heiklen Lage.« Er hob die Hand, als Georg Einwände erheben wollte. »Ich denke, wir sollten die Familie nicht länger im Unklaren darüber lassen.«

Luise lag eine Frage auf der Zunge, doch sie schluckte sie herunter. Sie konnte nur hoffen, dass sie die Gelegenheit bekäme, mit ihrem Vater unter vier Augen zu sprechen. Vielleicht würde sie dann erfahren, ob ihr Großvater tatsächlich Selbstmord begangen hatte.

»Wahrscheinlich hast du recht«, sagte Georg. »Ich werde euch, bevor Robert über ihren Aufenthalt in Wien berichtet, kurz in Kenntnis setzen, wie es zu dieser Lage kam.« Er trank einen Schluck Wein, wirkte nachdenklich. »Wie ihr alle wisst, hat Vater sich nicht gern in die Geschäfte hineinreden lassen. Und für Robert, Karl und mich gab es nie einen Grund, an seinem Urteilsvermögen zu zweifeln.« Er zuckte mit den Schultern. »Vermutlich wäre es bei der Entscheidung, die er traf und die uns in diese Lage brachte, jedoch angezeigt gewesen.«

Georg nahm einen weiteren Schluck, bevor er den Familienmitgliedern erzählte, dass der Vater etwa ein Dreivierteljahr vor seinem Tod ihn, Robert und Karl zu sich ins Büro gebeten und berichtet hatte, dass die Handelsgeschäfte mit Deutsch-Ostafrika durch die neuerlichen Zölle und die immer öfter auftretenden Überfälle sehr viel schwieriger geworden waren und es deshalb dringend erforderlich gemacht hätten, sich nach neuen Lieferanten umzusehen, da das Kontor nicht mehr in der Lage gewesen sei, die getätigten Zusagen einzuhalten. Aus diesem Grund hatte Peter Hansen auf die Empfehlung eines Geschäftsfreundes hin Kontakt zu einem Händler in Bagamoyo aufgenommen, der in dem Ruf stand, große Kaffeemengen zu einem guten Preis liefern zu können. Das einzige Problem bestand darin, dass die abzunehmende Menge so groß war, dass Peter Hansen nicht nur das ganze zur Verfügung stehende Guthaben bereithalten, sondern zusätzlich einen Kredit bei der Bank holen musste. Allerdings sollte ebenjenes Geschäft die Lieferschwierigkeiten beseitigen, in die außer ihrem Kontor auch so gut wie alle anderen Kaffeekontore geraten waren. Peter Hansen hielt sich für einen der wenigen Kaufleute, die den immer stärker steigenden Bedarf an Kaffee erfüllen konnten, und hoffte, so die Position des Hansen'schen Kontors weiter zu stärken.

»Vater hat alles auf eine Karte gesetzt«, erklärte Georg. »Doch er wurde hereingelegt. Als er es bemerkte, war es bereits zu spät.« Georg berichtete weiter, es hätte sich erst später herausgestellt, dass der angebliche Kaffeehändler lediglich eine Zeit lang für den erkrankten Verwalter einer Kaffeeplantage dessen Dienst übernommen und Ware zum Kauf angeboten hatte, die längst anderweitig verkauft worden war. Doch offenbar hatte es genügt, den Abnehmern vorzugaukeln, dass enorme Mengen an Kaffeebohnen vorhanden waren und für die Kunden bereitstanden.

»Haben sie den Kerl gefasst, der Großvater betrogen hat?«, fragte Richard.

»Sie suchen noch nach ihm. Die deutsche Kolonie befindet sich noch im Aufbau. Es ist dort viel einfacher zu betrügen als hier bei uns. Er hat nicht nur Großvater übers Ohr gehauen, sondern noch mindestens sechs andere Kaufleute, von denen wir wissen. Kaum dass er das Geld hatte, ist er untergetaucht und wurde seither nicht mehr gesehen. Wahrscheinlich hat er einen der Kapitäne bestochen und ist Gott weiß wohin geflohen. Mit dem ganzen Geld, das er bei sich hatte, kann er sich überall niederlassen und braucht keinen Tag seines Lebens mehr zu arbeiten.«

»Hätte er sich doch nur nie mit diesen Lumpennegern eingelassen«, seufzte Elisabeth.

»Der Mann nannte sich Hans Müller und ist Deutscher, Elisabeth«, stellte Robert klar, was seine Frau zum Schweigen brachte.

»Wie dem auch sei, das Geld ist weg, und ihr wisst nun, weshalb«, sagte Georg. »Robert, Karl, erzählt nun, was sich in Wien getan hat. Habt ihr unsere Kunden zurückgewinnen können?«

»Teils, teils«, antwortete Robert. »Ihr könnt euch deren Verärgerung vorstellen. Der Name *Peter Hansen & Söhne* stand stets für Zuverlässigkeit und seriöse Geschäfte. Doch als wir nicht mehr liefern konnten, haben auch unsere Geschäftspartner Einbußen hinnehmen müssen und sich nach anderen Händlern umgesehen. Jetzt haben sie bei denen abgeschlossen und brauchen unsere Kaffeebohnen nicht mehr.«

Georg sah ihn grimmig an. »Ich hätte nichts dagegen, wenn du zum gelungenen Teil eures Aufenthalts kämst.«

»Der Handel mit Kaffee hat einen schweren Stand«, erwiderte Robert und hob den Zeigefinger, »aber nicht der mit Kakao.«

»Kakao? Davon hast du in deinen Briefen gar nichts erwähnt.«

»Weil ich dich kenne, Bruder. Karl und ich waren uns einig, dass wir lieber persönlich mit dir darüber sprechen wollen.«

»Die Hansens betreiben ein Kaffeekontor seit 1850!«, rief Georg.

Karl lachte auf. »Robert wusste, dass du genau das sagen würdest.«

Georg sah zwischen den Brüdern hin und her. »Robert, du hast geschrieben, dass sich eine Geschäftsmöglichkeit aufgetan hat?«

»Das ist richtig. Karl, Richard und ich waren in so ziemlich jedem Kaffeehaus in Wien. Ja, der Bedarf an Kaffee ist groß. Doch es wird nicht mehr lange dauern, dann steht ihm der Kakao an Beliebtheit in nichts mehr nach. Die Menschen sind ganz verrückt nach Schokolade, sie essen sie, trinken sie, verfeinern damit Speisen, Kuchen und Gebäck. Schon in ein paar Jahren wird der Bedarf an Kakao den an Kaffee übersteigen«, gab Robert euphorisch von sich.

»Robert hat recht«, stimmte Karl zu. »Die Kaffeehäuser sind so voll, dass man oft warten muss, bis man einen Platz bekommt. Und viele Leute dort trinken Schokolade.«

»Wir haben allein sieben Kaffeehäuser ausgemacht, die uns mit Freuden Kakao abnehmen würden, wenn wir ihn denn liefern könnten.«

»Aber wir selbst haben keinen Lieferanten dafür«, wandte Georg ein.

»Wir haben *noch* keinen Lieferanten«, stellte Karl richtig. »Und damit kommen wir zu der Möglichkeit, die Robert in seinem Brief an dich erwähnt hat.« Alle Familienmitglieder am Tisch sahen Robert erwartungsvoll an.

»Auch wenn ihr uns für verrückt halten werdet … Karl und ich haben uns etwas überlegt. Und natürlich Richard ebenso«, fügte er rasch hinzu. »Wir waren deshalb so lange fort, weil eine Kaffeehausbesitzerin uns sagte, dass ihr Lieferant aus Kamerun in Kürze eintreffen würde. Er besucht regelmäßig seine Mutter, die in München lebt. Dann nutzt er die Gelegenheit und fährt auch zu den Kaffeehäusern in Wien und anderen Städten, die er beliefert. Sein Name ist Johann Meyerdierks. Er ist Deutscher und vor drei Jahren nach Kamerun gegangen. Seitdem betreibt er dort eine Plantage.«

»Und diesen Mann habt ihr in Wien getroffen?«

»Ja, das haben wir«, bestätigte Karl.

»Kann er nur Kakao- oder auch Kaffeebohnen liefern?«

»Nur Kakao. Aber das ist noch nicht alles«, antwortete Robert und atmete tief durch. Offenbar rechnete er mit Widerstand bei dem, was er seiner Familie gleich sagen würde. »Er will seine Plantage baldmöglichst verkaufen.«

»Er will verkaufen?«, echote Georg. »Also kann er gar nicht mehr lange liefern?«

»Nein, er sucht jemanden, der die Plantage übernimmt«, erklärte Karl.

»Dann sollten wir versuchen, Kontakt mit diesem Meyerdierks zu halten, damit er uns seinen Nachfolger nennt, wenn es so weit ist«, meinte Georg.

»Das wird nicht nötig sein«, erwiderte Robert. »Wir kennen seinen Nachfolger bereits.«

Georg sah erneut von Robert zu Karl, versuchte deren Blicke zu deuten. Dann schüttelte er heftig den Kopf. »Ihr seid ja wahnsinnig! Kommt nicht infrage. Auf gar keinen Fall!«

»Was kommt nicht infrage?« Vera sah ihren Mann an. »Ich verstehe kein Wort.«

»Ich auch nicht«, pflichtete Elisabeth bei.

»Robert und Karl überlegen, die Plantage zu kaufen«, erklärte Georg den Frauen. »Oder täusche ich mich?«, fragte er, nun wieder an seine Brüder gewandt.

»Genau das haben wir vor«, bestätigte Karl.

»Überleg doch mal, Georg – wir wären unser eigener Lieferant! Keine Ausfälle mehr, kein Geld, das irgendwo versickert. Wir könnten ganz groß ins Kakaogeschäft einsteigen, noch bevor andere es tun.«

»Oder ganz groß scheitern und alles verlieren.« Georg verzog das Gesicht.

»Nein, wir werden nicht scheitern«, entgegnete Robert, »weil wir uns künftig breiter aufstellen werden. Du bleibst mit deiner Familie hier in Hamburg, leitest das Kontor und erschließt neue Handelskontakte, je nachdem, wie viel wir liefern können. Karl wird nach Wien gehen und dort ein neues Kontor errichten, sodass wir die Waren nicht wie bisher in kleineren Mengen ausliefern, sondern direkt vor Ort lagern und an die Geschäftspartner abgeben. Und ich«, er sah zu Elisabeth hinüber, »werde mit meiner Familie nach Kamerun gehen und die Plantage betreiben.«

Elisabeth schnappte nach Luft. »Du bist wohl nicht bei Sinnen, Robert Hansen! Ich werde keinesfalls bei diesen Negern leben, die einem jederzeit die Kehle durchschneiden können. Und meine Töchter auch nicht.«

»Elisabeth, du hast ein völlig falsches Bild. Die deutsche Kolonie befindet sich noch im Aufbau, ja. Aber es gibt dort bereits eine deutsche Schule, Kirchen, deutsche Familien und Gemeinden.«

»Und wilde, schmutzige Neger.« Elisabeth hatte ihr Besteck beiseitegelegt und verschränkte die Arme vor der Brust.

»Du wirst mehr Personal haben als hier«, hielt ihr Mann dagegen. »Und wenn man Johann Meyerdierks' Worten glauben darf, ist die Landschaft dort von einer so einzigartigen Schönheit wie sonst nirgendwo auf der Welt.«

»Ich finde Hamburg sehr schön und brauche diese Wilden nicht.«

»Du hast keine Ahnung vom Kakaoanbau.« Georg sah Robert nachdenklich an. »Traust du dir das denn zu?«

»Das ist vollkommen gleichgültig, weil wir nicht dorthin gehen werden«, keifte Elisabeth.

»Meyerdierks sagt, dass das Wichtigste die Lage der Plantage ist.« Robert antwortete lediglich auf die Frage seines Bruders und ließ den Einwand seiner Ehefrau unbeachtet.

»Und die ist gut?«

»Es scheint so.« Robert nickte. »Der Kakao wird zweimal im Jahr geerntet. Im letzten Jahr hat die Plantage von Meyerdierks zehntausend Tonnen hervorgebracht.«

»Sag das noch mal«, forderte Georg ihn auf. »Zehntausend Tonnen?«

Robert grinste. »Ich sage dir, das ist eine Goldgrube. Er hat den Ertrag seit Übernahme der Plantage vor drei Jahren erhöhen können. Doch er sagt, dass sogar noch mehr möglich wäre.«

»Er hat nicht mal zwei der drei Jahre gebraucht, um reich zu werden«, fügte Karl hinzu. »Und mit reich meine ich *richtig* reich.«

»Warum will er die Plantage dann verkaufen?« Georg schien nicht überzeugt.

»Weil seine Mutter krank ist und er sich die letzten Jahre ihres Lebens um sie kümmern will. Meyerdierks selbst ist an die fünfzig. Du kannst dir also ausrechnen, wie alt seine Mutter sein muss.« Robert blickte Georg ernst an. »Das ist unsere Gelegenheit, Georg! Ich habe ein wirklich gutes Gefühl bei der Sache.«

Georg wirkte nachdenklich. »Selbst wenn wir es wollten, wir haben nicht das Geld, eine Plantage zu kaufen.«

»Jetzt kommt das Beste an der ganzen Sache«, sagte nun Karl. »Wir müssen die Kaufsumme erst nach der Ernte an Meyerdierks bezahlen, und dann auch nicht alles auf einmal. Er gibt uns acht Jahre Zeit, obwohl er meinte, dass wir wahrscheinlich nicht einmal halb so lange brauchen werden, genug Gewinn mit der Plantage zu erzielen, um alles zu begleichen.«

»Klingt fast zu gut, um wahr zu sein, oder?«, erwiderte Georg.

»Vielleicht war es Fügung, ich weiß es nicht«, meinte Karl.

»Wie seid ihr mit diesem Meyerdierks verblieben?«

»Wir sagten ihm, dass wir zunächst nach Hause zurückkehren werden, um mit dir zu sprechen. Er selbst dürfte inzwischen wieder auf dem Weg nach Kamerun sein. Er erwartet uns innerhalb der nächsten sechs Wochen auf seiner Plantage. Sollte keiner von uns kommen, weiß er, dass wir nicht interessiert sind, und bietet die Plantage anderweitig an.«

»Ich werde nicht nach Kamerun gehen«, wiederholte Elisabeth erneut.

»Womöglich hast du wirklich ein falsches Bild von dem Land, und es ist am Ende sehr schön dort«, versuchte Vera vermittelnd einzugreifen.

»Dann geh du doch mit deiner Familie dorthin, und wir bleiben hier in Hamburg«, gab Elisabeth gereizt zurück.

»Wir sollten erst einmal eine Nacht darüber schlafen und morgen erneut beraten«, schlug Georg vor.

»Ich habe bereits einige Nächte darüber geschlafen, genau wie Karl. Und auch Richard kannte unsere Pläne schon in Wien und sieht trotz seiner jungen Jahre ebenfalls die Möglichkeiten, die sich uns bieten. Schlaf du die eine Nacht darüber, die du brauchst, Georg. Kamerun ist unsere Zukunft, das spüre ich genau.«

»Soll das heißen, du willst es auf jeden Fall machen?«

»Ja, Georg, das heißt es. Und ich hoffe, es unter dem Namen *Peter Hansen & Söhne* tun zu können.«

»Und wenn ich Nein sage?«

»Dann wird die Plantage auf den Namen Robert Hansen laufen, und ich werde das alleinige Risiko tragen.«

»Das kannst du nicht tun«, giftete Elisabeth.

»Wir wollen dich nicht übergehen, Georg, doch wir fürchten, dass die Gelegenheit vertan ist, wenn wir zu lange warten«, fügte Karl hinzu. »Wenn du nicht davon überzeugt bist, überlassen Robert und ich dir das Hamburger Kontor und helfen dir dabei, die Schulden bei der Bank zu begleichen. Wir bleiben Brüder, wie wir es immer waren. Doch womöglich gehen wir dann in Zukunft geschäftlich getrennte Wege.«

Die Kinder tauschten unsichere Blicke. Jeder im Raum schien zu spüren, dass in diesem Moment die Weichen für die Zukunft gestellt wurden.

Georg sah erst Robert, dann Karl an. »So sicher seid ihr euch?«

Robert nickte. »Ohne jeden Zweifel. Ich werde nach Kamerun reisen, und ich würde mich freuen, wenn du mich bereits bei diesem ersten Besuch begleitest, Elisabeth, und dir zusammen mit mir und unseren Kindern unser neues Zuhause ansiehst.«

»Auf gar keinen Fall!«, entgegnete Elisabeth vehement.

»Nun gut, dann wirst du es eben erst sehen, wenn wir übersiedeln.«

»Ich will ebenfalls nicht nach Kamerun«, stellte Martha mit Tränen in den Augen klar. »Alle meine Freunde sind hier.«

»Du wirst auch dort Freunde finden, wenn du es nur willst«, befand Robert und blickte dann seine jüngere Tochter an.

Unsicher sah Luise erst zu ihrer Mutter, dann zu Martha hinüber und schließlich wieder zu ihrem Vater. »Ich würde sehr gern mit dir nach Kamerun reisen, auch gleich bei dieser ersten Fahrt.«

»Das wirst du nicht tun!«, sagte Elisabeth.

»Sie wird schon bald dort wohnen, Elisabeth. Du wärst gut beraten, dem Beispiel deiner Tochter zu folgen.« Robert lächelte Luise an. »Dann such dir leichte Kleidung heraus, meine Kleine. In Kamerun ist es warm.« Er zwinkerte seiner Tochter zu, hob dann sein Glas und wartete, dass die anderen es ihm gleichtaten. »Auf die neue Zeit und die Hoffnung, die sie in sich trägt!«

»Auf die neue Zeit«, echoten die anderen – bis auf Elisabeth, die ihren Mann nicht einmal ansah. Geräuschvoll schob sie ihren Stuhl zurück und stand auf.

»Entschuldigt mich«, sagte sie gereizt. »Komm, Martha. Wir beide finden hier kein Gehör.«

Martha erhob sich ebenfalls, warf ihrem Vater einen unsicheren Blick zu. Dann folgte sie ihrer Mutter hinaus.

Luise sah den beiden nach. Ihr war nicht wohl bei dem, was sich in ihrer Familie abspielte. Es war nicht richtig von ihrem Vater gewesen, die Bedenken ihrer Mutter einfach zu übergehen. Doch letztendlich hatte er das Sagen in der Familie, genau wie Georg in der seinen. Und Luise wurde ganz aufgeregt bei dem Gedanken, dass sie schon in wenigen Tagen auf dem Weg nach Kamerun sein würde.

»Darf ich kurz aufstehen?«, bat sie.

Ihr Vater blickte sie verwundert an. »Gewiss, Luise. Wo willst du denn hin?«

»Ich bin gleich zurück«, gab sie zur Antwort, nahm die Serviette von ihrem Schoß, legte sie auf ihren Stuhl und verließ den Raum. Kurz darauf kam sie wieder herein, den großen

Globus, der sonst auf einem Holzgestell im Arbeitszimmer ihres Vaters stand, in den Händen. Mit etwas Mühe bugsierte sie das Teil auf die kleine Anrichte an der Stirnseite des Raumes. »Wo genau liegt Kamerun?«, fragte sie dann.

Robert erhob sich lächelnd, ging zu seiner Tochter und drehte den Globus. Auch die anderen waren neugierig geworden und standen auf, um besser sehen zu können.

Robert deutete mit dem Finger auf eine Stelle. »Hier, meine Kleine, ist Hamburg«. Er zog eine geschwungene Linie nach unten. »Wir fahren mit dem Schiff hier entlang bis nach Westafrika. Und hier«, er tippte auf eine andere Stelle, »hier ist Kamerun. Unser neues Zuhause.«

3. Kapitel

Kamerun, 1888

Die Überfahrt von Hamburg nach Kamerun dauerte genau achtundzwanzig Tage. Während dieser Zeit hatte Luise viel Muße, die letzten Tage in Hamburg vor ihrer Abreise noch einmal in Gedanken Revue passieren zu lassen. Die Kluft zwischen ihrer Mutter und ihr schien noch größer geworden zu sein. Seit dem Abendessen, an dem der Entschluss gefasst worden war, dass ihr Vater und sie nach Kamerun reisen würden, hatte Elisabeth kaum mehr mit der Tochter gesprochen. Auch wenn Luise sonst schon oft das Gefühl gehabt hatte, der Mutter nichts recht machen zu können, war es danach noch um einiges schlimmer geworden.

Jedes Mal, wenn sie zu den Kaninchen gegangen war, hatte sie sich von Anna eine Schürze geholt, um sich ja nicht schmutzig zu machen. Sie hatte fleißig ihre Aufgaben versehen und die Mutter auch nicht um Hilfe bei der Vorbereitung der Reise gebeten, um nur keinen Anlass zu einem weiteren Streit zu geben. Doch es war vergebens. Falls Elisabeth die Tochter überhaupt beachtete, dann nur mit wütenden und vernichtenden, ja fast schon angewiderten Blicken und Kommentaren. Dabei wusste

Luise nicht zu sagen, was sie so Schlimmes getan haben sollte, außer den Entschluss zu fassen, den Vater auf seiner Reise zu begleiten.

Sie hatte Martha geradezu angefleht, die Pflege der Kaninchen zu übernehmen, und später das Gefühl gehabt, der Schwester etwas schuldig zu sein, obwohl diese doch selbst ein Interesse daran haben musste, gut für die Tiere zu sorgen. Sie konnte nur hoffen, dass Martha sich an ihr Versprechen halten würde. Sicherheitshalber war Luise jedoch auch noch zu Anna gegangen, um diese zu bitten, für das regelmäßige Füttern Sorge zu tragen. Die Zusicherung der Haushälterin hatte Luise ein wesentlich beruhigenderes Gefühl gegeben als das ihrer Schwester abgerungene Versprechen. Auch wenn Annas Pflichten in der Villa nur wenig Zeit übrig ließen, so wusste Luise doch, dass die Kaninchen während der Zeit ihrer Abwesenheit nicht verhungern würden.

Viele dieser Gedanken schrieb sie während der Überfahrt nieder. Und täglich sah und erlebte sie neue Dinge. Luise war randvoll mit Eindrücken von der Reise und fürchtete fast, nicht genug Papier mitgenommen zu haben, um alles niederschreiben zu können. Sie war nie zuvor von Hamburg fort gewesen und hatte schon die Reise ihres Vaters, Onkels und Cousins nach Wien als großes Abenteuer angesehen. Nun an der Seite ihres Vaters einen anderen, unendlich weit entfernten und fremden Kontinent anzusteuern, war für sie fast nicht zu begreifen. Bei aller Vorfreude schwang auch ein wenig Angst und Unsicherheit mit, was sie wohl in dieser neuen Welt erwarten würde, die für die nächsten Jahre ihr Zuhause sein sollte.

»Siehst du dort?« Ihr Vater deutete mit dem ausgestreckten Arm, als das Schiff langsam in die Bucht glitt. »Die deutsche Flagge.«

Luise nickte und lächelte ihn an. Sie spürte, dass er ihr ein Gefühl von Heimat vermitteln wollte. Dass es jedoch genau das

Fremde, Unbekannte war, was sie staunen ließ, sagte sie nicht. Alles sah vollkommen anders aus als zu Hause. Und doch hatte sie, noch während das Dampfschiff langsam auf das Festland zusteuerte und schließlich in einiger Entfernung vor Anker ging, das Gefühl, als wäre ihr alles seltsam vertraut, so als wäre sie schon einmal hier gewesen.

Anders als in Hamburg, wo eine stattliche Kaimauer das direkte Anlegen ermöglichte, gab es hier lediglich einen Strand, sodass Passagiere wie Waren in kleineren Booten an Land gebracht werden mussten. Oberhalb der lang gezogenen Bucht, die über den Strand in den großen Wald zu führen schien, waren linksseitig einige Holzhütten gebaut worden. Direkt davor führte ein Weg vom Strand hoch ins Innere des Landes, der vom Wasser aus nur sehr begrenzt einzusehen war. Hinter dem Wald ragte in einiger Entfernung ein Bergmassiv auf, dessen Gipfel die Wolken zu berühren schien.

»Ist das der Kamerunberg?«, fragte Luise ihren Vater.

»Der *große* Kamerunberg«, stellte er richtig. »Die Einheimischen nennen ihn Fako. Er ist ein noch immer aktiver Vulkan.«

Luise nickte, sah wieder zum Land, reckte ein wenig den Hals. Vor dem Kamerunberg durchzogen mehrere kleinere, mit tropischem Urwald bewachsene Höhenzüge die Landschaft. Die Bäume, die sie sah, waren bestimmt fünfzig Meter hoch, womöglich sogar höher. Sie hatte nie zuvor etwas so Schönes gesehen, nicht einmal in den Illustrationen von fremden Ländern, die der Großvater ihr früher gezeigt hatte. Sie spürte, nein sie wusste, dass sie hierhergehörte. Genau hier, an diesem so fernen Ort der Welt, war ihre Heimat. Dieses Gefühl überwältigte sie so sehr, dass ihre Augen sich mit Tränen füllten.

»Was hast du, meine Kleine? Gefällt es dir nicht?« Ihr Vater legte besorgt seinen Arm um ihre Schultern und zog sie leicht an sich.

»Ich kann es nicht beschreiben«, begann Luise mit schwacher Stimme. »Doch es ist … es ist so …«, stammelte sie, »als wäre ich schon einmal hier gewesen. Alles wirkt fremd und dennoch vertraut.« Sie sah zu ihrem Vater auf. »Ich weiß, ich rede Unsinn, bitte entschuldige.«

»Das finde ich gar nicht, Luise.« Noch einmal zog er sie an sich, etwas fester diesmal, und sah über die Reling auf das Land, das vor ihnen lag. »Denn mir geht es ebenso. Vielleicht ist genau hier der Ort auf der Welt, an den wir gehören.«

»Ja«, hauchte Luise und schluckte, »so fühlt es sich für mich an.«

Mehrere kleine, bunt bemalte Boote steuerten auf sie zu, die sie trockenen Fußes an Land bringen sollten. Die dunkelhäutigen Männer hatten allesamt nackte Oberkörper, was Luise sehr befremdlich vorkam. Zu Hause hatte sie noch nie einen Mann mit freiem Oberkörper gesehen, schon gar nicht in der Öffentlichkeit. Sie kletterten in die Boote und erreichten nur wenige Momente später den Strand. Luise war nach der langen Schiffspassage etwas wackelig auf den Beinen, als sie schließlich aus dem kleinen Boot ausstieg, einen Fuß auf das Festland setzte und das erste Mal in ihrem Leben Kamerun betrat. Ein Einheimischer reichte ihr helfend die Hand.

»Danke«, sagte Luise und nickte ihm zu. Er ließ ihre Hand los, als er sah, dass sie sicheren Stand gefunden hatte, und beachtete sie dann nicht mehr. Luise fragte sich, ob sie etwas falsch gemacht hatte, und wollte sich sogleich entschuldigen, sollte dies der Fall gewesen sein. Doch der Mann hatte sich bereits abgewandt und griff nun nach einem der geschnürten Pakete, die auf dem anderen Boot vom Schiff an Land gebracht worden waren.

»Verstehen Sie meine Sprache?«, fragte ihr Vater einen anderen Einheimischen, der ebenfalls mit dem Abladen beschäftigt war.

Dieser sah ihn kurz an und fuhr dann mit seiner Arbeit fort, ohne etwas zu antworten. Überall wimmelte es von Menschen, die beim Löschen der Ladung halfen, jedoch schien niemand von Robert oder Luise Hansen, die etwas hilflos am Strand standen und das Treiben beobachteten, Notiz zu nehmen. Immer wieder sprach Robert jemanden an, erhielt jedoch keine Reaktion.

»Wohin wollen?«, fragte plötzlich eine Stimme, und Robert fuhr herum.

»Guten Tag. Mein Name ist Robert Hansen, und das ist meine Tochter Luise. Wir möchten zur Plantage von Johann Meyerdierks.«

Der Einheimische nickte, rief zwei Männern etwas zu, die sofort herbeieilten und Robert und Luise das Gepäck abnahmen.

»Gehen«, sagte der Einheimische daraufhin und wandte sich von Robert ab.

»Wir sollen ihnen wohl folgen. Komm, Luise.«

Die beiden Männer, die ihr Gepäck genommen hatten, warteten weiter oben und bedeuteten den Deutschen, in den bereitgestellten Tragen, die aus einem zwischen zwei Stangen gespannten Tuch bestanden, Platz zu nehmen. Vier Männer standen bereit, die Deutschen an ihren Bestimmungsort zu tragen.

»Ich möchte lieber reiten«, stellte Robert klar. »Pferd!«

Er wartete, ob er eine Reaktion erhielt, dann zeigte er in die Richtung, in der er etwa ein halbes Dutzend Pferde ausgemacht hatte, und gab ein wieherndes Geräusch von sich. Einer der Einheimischen deutete erneut auf die Tragen, doch Robert schüttelte den Kopf, wies abermals auf die Pferde und tippte dann gegen seine Brust. Der Mann verstand, ging zu dem Holzhäuschen, neben dem die Pferde angebunden waren, und kam kurz darauf mit einem der Reittiere am Zügel zurück.

»Danke.« Robert stieg auf das Pferd, während die zwei Männer, die seine Trage bereitgehalten hatten, diese nahmen und weggingen. Luise setzte sich auf einen Fingerzeig ihres Vaters auf das Tuch. Sofort griffen zwei Männer die Stangen und hoben sie hoch. Kurz fürchtete sie, seitlich herunterzufallen, und klammerte sich am Stoff fest. Dann jedoch fand sie ihr Gleichgewicht, wenngleich es ihr unangenehm war, von den Männern getragen zu werden. Doch sie behielt ihre Gedanken für sich. Hier in Kamerun war alles anders, das hatte ihr Vater ihr während der Schiffsreise immer wieder eingeschärft. Und dass sie versuchen sollte, sich den Menschen hier anzupassen und ihre Lebensweise zu verstehen. Immerhin waren sie auf die Arbeit und auch die Erfahrungen der Einheimischen beim Kakaoanbau angewiesen. Luise versprach es, doch selbst wenn ihr Vater es ihr nicht so eindringlich ans Herz gelegt hätte, wäre sie so vorgegangen.

Die Trage schwang hin und her, während die Träger sie über den unebenen Pfad trugen. Der Seegang auf dem Schiff hatte ihr weniger zu schaffen gemacht. Sie waren bereits gut eine Stunde unterwegs, als die Männer sich etwas zuriefen und die Trage absetzten. Zuerst glaubte Luise, dass sie eine kurze Rast einlegen wollten. Immerhin hatten die Einheimischen sie ununterbrochen getragen. Sie blickte zu ihrem Vater, der vom Pferd aus offenbar bereits entdeckt hatte, weshalb sie angehalten hatten. Die Träger liefen ein Stück voraus, und jetzt sah auch Luise, dass der Grund ihres Halts nicht eine Rast war, sondern ein umgestürzter Baum, der über dem Pfad lag und ihnen den Weg versperrte.

Die Einheimischen versuchten nach Kräften, den Baumstamm wegzuschieben, konnten ihn jedoch keinen Zentimeter bewegen. Da kam einer der Männer zurück und deutete auf das Pferd. Er sagte etwas zu Robert, was weder dieser noch Luise verstand. Doch war schnell klar, was der Mann Robert zu vermitteln versuchte. Er wollte das Pferd benutzen, um mit dessen Hilfe den Stamm von dem Pfad zu ziehen.

Robert stieg ab und übergab ihm das Tier. Geschickt band der Einheimische ein Seil um den Baumstamm und das andere Ende um den Hals des Pferdes. Während er das Tier zog, um es in Bewegung zu setzen, versuchte der andere Mann mit aller Kraft, den Baumstamm wegzuschieben. Robert eilte hinzu, schob ebenso kräftig mit, und tatsächlich bewegte sich der Stamm. Es gelang ihnen, den Pfad so weit freizulegen, dass sie passieren konnten. Das Reittier wurde von dem Seil um seinen Hals befreit, und der Einheimische verbeugte sich mehrfach, bevor er Robert beim Aufsteigen half. Eilig rannten die Männer zur Trage zurück und hoben Luise wieder an. Dann setzten sie ihren Weg fort.

Es mochte noch einmal eine Stunde vergangen sein, als der Pfad zu einem breiteren Weg wurde, von dem eine Auffahrt abzweigte, die zu einem Steinhaus, einer richtigen Farm, führte. Luise staunte bei jedem Schritt, den die Träger näher an das Anwesen herankamen. Anders als daheim in Hamburg war das Haus nicht in die Höhe, sondern in die Breite gebaut. Von dem Hauptgebäude, dem weißen Steinhaus, auf das ein weiteres Geschoss gesetzt war, gingen rechts und links flache Anbauten ab. Das Dach des Hauptgebäudes, das an der Frontseite mit drei Erkern ausgebaut war, bestand aus hellroten Ziegeln, während die Anbauten lediglich mit Stroh oder einem ähnlichen Material gedeckt waren. Um das gesamte Gebäude lief eine Holzveranda, und über die ganze Front waren in Abständen von etwa zwei Metern eckige Säulen gesetzt worden, die das Dach zu stützen schienen. Womöglich waren sie aber auch nur zur Zierde, Luise wusste es nicht. Sie staunte mit offenem Mund, bis die Träger sie direkt vor dem Haus absetzten. Robert stieg vom Pferd, und genau in diesem Augenblick trat ein weißer Mann in heller Kleidung aus dem Gebäude ins Freie.

»Was für eine willkommene Überraschung«, sagte er freundlich und ging sofort auf Robert zu.

»Herr Meyerdierks, wie schön, Sie wiederzusehen.« Robert schüttelte ihm die Rechte. »Darf ich Ihnen meine Tochter Luise vorstellen?«

Der Plantagenbesitzer reichte ihr die Hand.

»Willkommen! Wir Deutschen hier in Kamerun sprechen uns alle mit Vornamen an. Also sagt doch bitte Johann zu mir.«

Luise lächelte, vermied es jedoch, Meyerdierks gleich mit dem Vornamen anzusprechen. Ein solches Verhalten entsprach einfach nicht ihrer Erziehung.

»Robert.« Luises Vater war die Freude über das Wiedersehen mit dem Plantagenbesitzer deutlich anzumerken.

Dieser ging auf die Träger zu, die Luise und Robert hierhergebracht hatten, griff in seine Hosentasche und zog ein paar Münzen hervor. Dann sagte er etwas, das Luise als Dank interpretierte, und wandte sich wieder seinen Gästen zu.

»Kommt, setzen wir uns auf die Veranda und trinken etwas. Hattet ihr eine gute Reise?«

»Sie ging schneller vorbei, als wir gedacht hatten. Und der Anblick, der uns hier erwartet hat, ist wirklich überwältigend.«

»Bitte.« Meyerdierks ging voraus und deutete auf eine kleine Sitzgruppe aus geflochtenen Stühlen und einem Tisch.

Sie hatten gerade erst Platz genommen, da eilte ein Diener mit einem Tablett herbei und stellte eine Glaskaraffe und drei Gläser vor ihnen auf den Tisch, wobei ihn ein anderer Mann beaufsichtigte.

»Danke, Mojo«, sagte Meyerdierks. Dann wies er mit dem Kopf auf den hinter Mojo stehenden Mann und wandte sich wieder an seine Gäste. »Das ist Malambuku, er ist schon von Beginn an bei mir. Er ist der Vorarbeiter und beaufsichtigt auch die Diener. Ihr werdet keinen besseren Mann finden, solltet ihr euch entschließen, euch hier niederzulassen.«

»Danke, Sango.« Malambuku nickte und ging wieder.

»Er spricht sehr gut Deutsch und versteht jedes Wort. Und sein Sohn Hamza ist geradezu begnadet im Umgang mit den Kakaopflanzen. Er ist erst sechzehn, doch schon so geschickt, dass ich ihn nicht mehr entbehren möchte.«

»Sie haben sich ein sehr schönes Fleckchen Erde zum Leben ausgesucht«, urteilte Robert.

»Wenn ihr euch etwas erfrischt habt, werde ich euch mit Vergnügen die Plantage zeigen.« Meyerdierks ließ den Blick schweifen. »Es wird mir schwerfallen, das alles zurückzulassen – die unendliche Weite der Landschaft, die Menschen hier, das Klima. Es ist wie …«

»Wie eine Melodie«, sagte Luise ihre ersten Worte und vollendete damit seinen Satz.

Meyerdierks sah sie überrascht an, und sofort wollte die junge Hamburgerin sich entschuldigen. Dann lächelte er. »Ja, genau das beschreibt Kamerun. Danke sehr, Luise. Du hast mein Gefühl für dieses wunderschöne Fleckchen Erde mit nur einem Wort beschrieben.«

Luise lächelte etwas verlegen. »Danke, Herr Meyerdierks.«

»Johann«, korrigierte er. »Auch wenn du jünger bist – so ist es hier Sitte. Es sind nicht einmal zweihundert Deutsche, die hier in Kamerun leben. Und wir alle sprechen uns mit Vornamen an.«

»Zweihundert?« Robert schien überrascht. »Und gibt es regelmäßige Treffen?«

»Der Kirchgang am Sonntag ist uns allen ebenso wichtig wie daheim in Deutschland. Nach dem Gottesdienst kommen wir zusammen und tauschen uns aus, unterhalten uns über die Ereignisse und natürlich auch über den neuesten Klatsch.« Meyerdierks grinste. »Es ist gar nicht mal so anders als zu Hause.«

»Und dennoch willst du all das hier verkaufen?« Robert schwenkte den Arm. »Uns würde es auch genügen, es eine Zeit lang zu pachten.«

Meyerdierks schüttelte den Kopf. »Wenn ich mit etwas abschließe, dann endgültig.« Er ließ erneut seinen Blick schweifen. »Womöglich kehre ich eines Tages nach Afrika zurück.« Er trank einen Schluck. »Meine Mutter wird nicht ewig leben, und ich habe dieses Land lieben gelernt. Doch meiner Erfahrung nach macht man etwas entweder mit aller Kraft und von ganzem Herzen, oder man lässt besser die Finger davon. Ich kann nicht nach Hause zurückkehren, um mich um meine Mutter zu kümmern, und in Gedanken immer noch hier sein. Damit würde ich keiner Seite gerecht.«

»Eine mutige Entscheidung«, bemerkte Robert. »Und es bleibt bei den Konditionen, die du in Wien genannt hast?«

Luises Herz schlug höher, als Meyerdierks eine bedächtige Pause einlegte.

»Nicht ganz«, sagte der Plantagenbesitzer dann.

»Was soll das heißen?«, fragte Robert, und es klang schärfer, als er es beabsichtigt hatte.

»Wir haben in Wien nicht über die Arbeiter gesprochen, was ein Versäumnis war.«

»Und das heißt?«

»Ich wäre bereit, euch einen längeren Zeitraum für die Abzahlung zu gewähren, wenn ihr im Gegenzug alle Angestellten weiterhin beschäftigt.«

Robert atmete erleichtert aus. »Das wird sich vermutlich machen lassen. Es sei denn, du beschäftigst Leute, damit sie dir morgens die Socken herauslegen.«

Meyerdierks lachte auf. »Nein, wirklich nicht. Ihr werdet jeden Einzelnen von ihnen brauchen. Doch es gibt einige Gerüchte über andere Plantagenbesitzer und deren Vorgehen. Und das will ich für meine Leute hier auf keinen Fall.«

»Was für Gerüchte?«

Meyerdierks verzog das Gesicht. »Sie behandeln die Einheimischen ohne Respekt und teilweise schlechter als Tiere.«

Robert schüttelte den Kopf. »Das würde bei meiner Übernahme der Plantage nicht geschehen. Niemals!«

»Genauso schätze ich dich auch ein. Deshalb möchte ich sichergestellt wissen, dass du keinen meiner Arbeiter fortschickst und er dann woanders unterkommen muss.«

»Wie viel bezahlst du den Männern hier?«

»Sie haben freie Unterkunft und Verköstigung und erhalten zusätzlich einen Monatslohn von zehn Mark.«

»Deutsche Mark?«

»Ja. Im Oktober vorletzten Jahres wurde die Währung hier eingeführt.«

Robert überlegte einen Moment. »Ich gebe zu, dass das mehr ist, als ich erwartet hätte. Zu Hause in Hamburg erhält ein Angestellter etwa hundert Mark im Monat, muss davon aber Miete, Kleidung und Nahrungsmittel bezahlen.«

»Die Ansprüche der Menschen hier sind nicht hoch. Sie leben in den Hütten, die ein Stück vom Haus entfernt in der Nähe der Kakaobäume stehen. Die Ausgaben für ihre Nahrung sind überschaubar und fast nicht der Rede wert.«

»Wie viele arbeiten für dich?«

»Fest sind es zwölf Männer und vier Frauen. Die Frauen erhalten jedoch keinen Lohn. Malambuku erhält als Einziger zwölf Mark im Monat. Sein Sohn Hamza wie die anderen Arbeiter zehn Mark, Malambukus weitere Kinder im Alter von dreizehn, zwölf, zehn und acht Jahren bekommen keinen Lohn. Ebenso verhält es sich mit den Kindern der anderen Arbeiter. Sie werden von mir mit Nahrung versorgt. Das ist alles.«

»Wie hoch sind die Kosten für alle zusammen?«

»Wenn ihr euch auf zweihundert Mark im Monat einstellt, sollte das ausreichen.«

Robert überschlug kurz, dass er mit dieser Summe kaum seine eigene Familie ernähren könnte. »Und wie lange habe ich Zeit, um die Plantage abzubezahlen?«

»Wenn du alle Arbeiter übernimmst und ihre Löhne nicht kürzt, biete ich dir acht Jahre an.«

»Und es bleibt bei den zehntausend Mark, die du in Wien verlangt hast?«

»Dabei bleibt es«, versicherte Meyerdierks.

Robert beugte sich vor. »Wir werden es noch schriftlich machen, doch der Handschlag besiegelt unseren Vertrag schon jetzt.« Er streckte ihm die Rechte entgegen.

Meyerdierks beugte sich ebenfalls vor. »Ich habe das beruhigende Gefühl, dass ich meine Plantage in die besten Hände gebe.« Er griff zu und schüttelte Roberts Hand. Dann stand er auf. »Das sollten wir doch mit etwas Kräftigerem begießen«, sagte er und ging ins Haus. Als er wiederkam, trug er eine Kristallkaraffe mit einer kupferfarbenen Flüssigkeit und zwei Gläser in den Händen. »Ich vermute, dass du nichts möchtest, Luise?«

Sie lachte und schüttelte den Kopf. »Ganz sicher nicht.«

Meyerdierks füllte beide Gläser und reichte eines Robert, der sich erhob. »Auf den Erfolg!«

»Auf den Erfolg!«

4. Kapitel

Hamburg, 1888

Neun Wochen waren vergangen, seit Robert und Luise nach Kamerun aufgebrochen waren, und Elisabeth wie auch der Rest der Familie erwarteten fast stündlich ihre Heimkehr. Es hatte keinen einzigen Tag in den neun Wochen gegeben, an dem Elisabeth nicht dafür gebetet hatte, dass ihr Ehemann den denkbar schlechtesten Eindruck von der Situation vor Ort bekommen mochte und mit enttäuschtem Gesichtsausdruck die Nachricht brachte, dass aus dem geplanten Kauf nichts würde. Alles andere mochte Elisabeth sich nicht ausmalen. Sie wollte nicht nach Kamerun! Sie wollte überhaupt nirgendwo anders leben als in Hamburg. Oder wenn es wenigstens so gewesen wäre, dass ihr Ehemann das geplante Kontor in Wien leiten würde und stattdessen ihr Schwager Karl nach Afrika ginge. In Wien gab es nach allem, was man hörte, eine ebenso feine Gesellschaft wie in Hamburg, und Elisabeth könnte sich dort gewiss auch wohlfühlen. Aber Kamerun? Bei den Schwarzen, von Schmutz, Gefahren und wilden Tieren umgeben? Nein, auf keinen Fall!

Sie saß vor ihrer Frisierkommode im Schlafzimmer und betrachtete sich nachdenklich im Spiegel. Es war damals ein Fehler gewesen, Robert zu heiraten, das wusste sie heute sicherer als je zuvor. Sie hatte ihn ohnehin nur genommen, weil Georg, den sie durch ihren Vater auf einem Empfang kennengelernt hatte und der ihr als genau der richtige Mann für sie erschienen war, damals bereits mit Vera verlobt gewesen war. Sein Charakter war ihrem wesentlich ähnlicher als der seines Bruders. Robert hatte etwas so Ungestümes, überhaupt nicht Vornehmes an sich. Und nicht nur das. Viel zu oft erkannte sie sein Wesen auch in ihrer Tochter Luise wieder, obwohl sie stets darauf geachtet hatte, beide Töchter als Mädchen aus gutem Hause entsprechend zu erziehen. Bei Martha war es ihr gelungen. Doch Luise? Nein, hier hatte sich der abenteuerlustige Charakter ihres Ehemannes durchgesetzt, was Elisabeth über die Maßen verabscheute. Sie hatte sich zwar geärgert, jedoch nicht gewundert, dass Luise mit ihrem Vater gereist war. Und das, obwohl Elisabeth ihr und auch Robert deutlich zu verstehen gegeben hatte, was sie davon hielt.

Aber nun ja, er war ihr Ehemann, und sie hatte sich entsprechend zu fügen, was jedoch keinesfalls hieß, dass sie seine Entscheidung einfach so hinnehmen würde. Sollte der schlimmstmögliche Fall eintreten und Robert nach seiner Rückkehr noch immer an seinem Plan, die Plantage in Kamerun zu betreiben, festhalten, würde sie sich etwas einfallen lassen müssen, um gemeinsam mit Martha hier in Hamburg bleiben zu können. Doch wie sollte ihr Leben dann weitergehen? Sie konnte sich nicht vorstellen, ohne Robert an ihrer Seite zu Empfängen der Hamburger Gesellschaft zu gehen. Was würde denn das für einen Eindruck machen? Womöglich würde sie künftig nicht einmal mehr eingeladen. Und das wäre nur Roberts Schuld!

Der Gedanke trieb ihr die Zornesröte ins Gesicht. Dieser verdammte Robert Hansen! Zwei Kinder hatte sie ihm geschenkt und dabei ihre zuvor makellose Figur beinahe eingebüßt. Wie konnte er es wagen, sich nun wie ein Halbstarker zu benehmen, um seinen Willen um jeden Preis durchzusetzen? Sie ballte die Hand zur Faust, hob den Blick und nahm ihr Spiegelbild wahr. Sie war noch immer eine schöne Frau und konnte ganz andere Männer als Robert haben. Doch welchen Ruf würde sie damit riskieren?

Ihr Gedankengang wurde unterbrochen, als von draußen Stimmen zu ihrem Schlafzimmer heraufdrangen. Sie stand auf und ging ans Fenster. Eine Kutsche war vorgefahren, und sie sah, dass Karl vor das Haus getreten war und in diesem Moment Robert umarmte. Hinter der Gardine verborgen, versuchte sie zu erkennen, was sich im Gesicht ihres Mannes widerspiegelte. War es Freude oder Verdruss, Triumph oder Enttäuschung? Sie konnte es nicht ausmachen. Mit einem Seufzer verließ sie ihren Aussichtspunkt und ging zur Tür.

»Mutter!«, hörte sie in diesem Moment Martha von unten rufen. »Sie sind zurück! Vater und Luise sind wieder da!«

Elisabeth öffnete die Tür, trat auf den Korridor und setzte ein Lächeln auf. »Ich komme«, rief sie, so freundlich sie konnte, und ging zur Treppe. Robert und Luise standen bereits im Flur.

Elisabeth hob ihr Kleid, um auf den Stufen nicht ins Stolpern zu geraten. »Robert, Luise!«, rief sie erfreut. »Was für ein Glück! Ihr seid wohlbehalten zurückgekehrt!«

Ihr Mann trat an die Treppe und umarmte seine Frau, als diese die letzte Stufe erreichte. »Es ist schön, wieder zu Hause zu sein.«

Luise wurde sowohl von ihrer Schwester als auch von ihrer Cousine Frederike stürmisch umarmt. Und sofort prasselten Fragen auf sie ein, wie es in Kamerun gewesen sei, was sie alles gesehen hätte und was es zu erzählen gäbe.

»Lasst sie doch erst einmal richtig ankommen«, mahnte nun Vera, die auf die Nichte zuging und sie kurz an sich drückte.

»Ihr müsst erschöpft sein«, bemerkte Elisabeth. »Wollt ihr euch erst frisch machen oder uns gleich alles erzählen?«

Robert und Luise tauschten einen Blick. »Ja, wir haben euch wirklich viel zu berichten«, sagte Robert, und Luise nickte bestätigend.

Dann gingen alle zum Esszimmer hinüber, und Elisabeth wies Anna an, etwas aufzutragen. Sie hakte sich bei ihrem Mann unter, bis sie ihren Platz erreichte. Dass er es abgelehnt hatte, sich nach der Reise zunächst waschen zu gehen, war ein weiterer Punkt, den sie ihm ankreidete. Aber sie lächelte ihn an, als freute sie sich aufrichtig, ihn wieder zu Hause zu haben. Seine gelöste Stimmung jedoch verhieß ihr nichts Gutes.

»Und?«, fragte Karl, kaum dass sie saßen. »Habt ihr gute Nachrichten?«

Robert wollte gerade antworten, als er Georgs Schritte auf dem Flur vernahm. Er stand auf und ging seinem Bruder entgegen.

»Ihr seid zurück!« Georg umarmte ihn überschwänglich und klopfte ihm auf den Rücken. Elisabeth fand es albern, dass zwei erwachsene Männer sich so aufführten, nur weil sie sich ein paar Wochen nicht gesehen hatten.

»Du kommst genau zur rechten Zeit. Ich wollte gerade anfangen zu erzählen.«

Zusammen gingen sie ins Esszimmer, wo alle bester Stimmung waren. Alle bis auf Elisabeth, die trotz ihrer Bemühungen, die Fassung zu bewahren, einen skeptischen Gesichtsausdruck zur Schau trug. Georg und Robert setzten sich.

»Nun spann uns nicht länger auf die Folter, Robert«, mahnte Karl.

Alle Blicke gingen zwischen Luise und Robert hin und her.

»Wie hat denn dir Kamerun gefallen, Luise?«, fragte Georg und bedankte sich dann bei Anna, die ein Glas Bier vor ihm abstellte.

»Kamerun ist einfach unbeschreiblich.« Luise strahlte über das ganze Gesicht. »Dieses Land ist so unglaublich schön, dass ihr es euch gar nicht vorstellen könnt!« Mit leuchtenden Augen begann sie von dem Moment an zu erzählen, als sie in der Bucht vor Viktoria an Land gegangen waren. Während Richard alles eher gleichgültig zur Kenntnis nahm, hingen Frederike und Martha förmlich an ihren Lippen.

»Und die Plantage?«, fragte schließlich Karl, an Robert gewandt.

»Groß, schön und in einem tadellosen Zustand.« Robert trank einen Schluck. »Man muss es mit eigenen Augen gesehen haben, sonst glaubt man es nicht. Alles läuft wie am Schnürchen. Meyerdierks hat überaus fähige und fleißige Arbeiter.«

»Du sprichst von Negern, nicht wahr?«, fragte Elisabeth herablassend.

»Ja. Von Negern, Elisabeth.« Robert warf ihr einen warnenden Blick zu. »Neger, die so schwarz sind, wie du sie noch nie gesehen hast.« Seine Worte troffen vor Spott. »Männer und auch Frauen, die hart arbeiten und jeden Respekt verdienen.«

Elisabeth hob das Kinn. Offenbar lag ihr eine Erwiderung auf der Zunge, doch sie schluckte sie herunter.

»Meyerdierks und du, seid ihr euch einig geworden?«, fragte Karl.

»Ja«, sagte Robert zufrieden. »Er hat Wort gehalten, wie ich es erwartet habe. Seine einzige weitere Bedingung war, dass wir all seine Arbeiter übernehmen und weiterhin bezahlen müssen. Das kommt auch in den Kaufvertrag hinein. Es gibt viel Ärger im Land mit Deutschen, aber auch mit Engländern und Franzosen in den anderen Kolonien, die ihre Arbeiter ausbeuten, keinen Lohn bezahlen und die Leute wie Sklaven zur Arbeit zwingen.«

»Ich hoffe, du konntest ihm deutlich machen, dass unsere Familie so etwas nie tun würde«, bemerkte Georg.

»Selbstverständlich.« Robert erläuterte, wie viel ein Arbeiter dort im Monat verdiente und welche finanziellen Aufwendungen für Nahrungsmittel zu kalkulieren waren.

»Das ist deutlich weniger als hier bei uns«, urteilte Georg.

»Wozu sollten die Menschen dort auch mehr Geld brauchen?«, fragte Elisabeth spitz. »Fernab jeder Zivilisation gibt es wohl kaum eine Möglichkeit, Geld auszugeben, oder täusche ich mich da?«

»Allerdings tust du das«, antwortete Robert. »Der Handel in Kamerun ist sehr rege. Die Menschen dort brauchen schon deshalb Geld, um diesen in der Form, wie wir ihn erlebt haben, aufrechtzuerhalten. Die jungen Männer sparen ihren Lohn, um eines Tages das Brautgeld bezahlen zu können, wie uns Meyerdierks erklärte. Das ist ein sehr wichtiger Aspekt ihrer Kultur.«

»Das Brautgeld?«, gab Elisabeth spöttisch zurück, verkniff sich aber jede weitere Bemerkung, als sie den zornigen Blick ihres Mannes sah.

»Wie seid ihr verblieben?«, fragte nun Georg, um zum eigentlichen Thema zurückzukehren.

»Meyerdierks hat mir alle erforderlichen Daten gegeben, sodass ich einen Kaufvertrag vorbereiten lassen kann. Du und Karl könnt euch also noch überlegen, ob ihr einsteigt oder nicht. Danach werde ich meine Angelegenheiten hier weitestgehend klären und mich zusammen mit meiner Familie auf den Weg nach Kamerun machen. Die Haupterntezeit für Kakao ist von September bis Februar. Seit Mai läuft die Nebenernte. Bis ich alles geregelt habe, wird es August sein. Wir werden also spätestens Mitte September in Kamerun ankommen. Meyerdierks wird noch einen Monat lang dortbleiben, um uns alles zu zeigen. Wir lassen die Verträge auf den 15. September datieren. Bis dahin gehört die Ernte noch Meyerdierks, alles, was danach eingebracht wird, uns.«

»Das bedeutet, wir werden bereits dann Einnahmen haben?«

»Ganz recht.«

Georg wirkte erleichtert. »Was das angeht, würde ich später gern noch mit Karl und dir allein sprechen.«

Robert ahnte, dass es keine gute Nachrichten waren, die sein Bruder mitzuteilen hatte. Doch für den Moment wollte er sich nicht die Laune verderben lassen. »In Ordnung.«

»Ihr könnt es auch gleich hier und jetzt besprechen«, wandte Elisabeth ein. »Schließlich geht es um unser aller Zukunft.«

»Für die dein Mann, Karl und ich sorgen werden«, wischte Georg die Bemerkung seiner Schwägerin beiseite.

»Ist es recht, wenn ich jetzt das Essen auftrage?« Anna hatte nach einem kurzen Klopfen die Tür geöffnet und den Kopf hereingestreckt.

»Ja, Anna, mach das! Luise und ich sterben fast vor Hunger, nicht wahr?«

Luise nickte bestätigend.

Während des Essens war es vor allem Luise, die den anderen Familienmitgliedern von ihren Eindrücken von Kamerun und den Menschen, die dort lebten, berichtete. Es war ein ausgelassener Abend, bis sich Georg, Robert und Karl schließlich entschuldigten und ins Arbeitszimmer gingen, um über die Zukunft zu sprechen. Elisabeth ärgerte es, dass sie nicht mitbekommen sollte, was gesprochen wurde. Womöglich hätte sie doch noch Zweifel säen und diese fixe Idee ihres Mannes zunichtemachen können. Doch so blieb ihr nur die Rolle der Beobachterin, was sie alles andere als zufriedenstellte.

Georg schloss die Tür des Büros, ging zu der kleinen Anrichte, auf der eine Glaskaraffe mit Cognac stand, und füllte drei Gläser. Er nahm zwei, reichte sie Karl und Robert, die auf dem bequemen Ledersofa Platz genommen hatten, holte sein eigenes Glas von der Anrichte und setzte sich in einen der Sessel.

»So gute Nachrichten du mitbringst, so schlechte habe ich nun für dich«, kündigte Georg, an Robert gewandt, an. »Karl weiß es bereits: Die Bank hat mitgeteilt, unsere Kredite zu kündigen, wenn wir nicht binnen zwei Wochen unsere

Verbindlichkeiten erfüllen. Wir haben alles zu Geld gemacht, was wir an Waren im Kontor hatten. Doch es reicht nicht.«

»Verdammt! Wir brauchen noch ein bisschen Zeit.« Robert sah von Georg zu Karl. »Habt ihr der Bank gesagt, was wir vorhaben?«

»Ja«, antwortete Georg. »Und ich bin nicht sicher, ob es das nicht noch schlimmer gemacht hat.«

»Inwiefern?«

»Ich glaube, sie trauen uns nicht zu, dass das Konzept aufgeht. Ich weiß nicht, ob sie meinen, wir wollten uns alle nach Afrika absetzen.« Georg schüttelte den Kopf. »Aber mit ihnen ist nicht zu reden. Wir werden nicht einen Groschen haben, den wir Meyerdierks als Anzahlung geben können.«

»Ich hoffe, ich bin nicht zu weit gegangen, doch ich habe Meyerdierks über unsere finanzielle Lage in Kenntnis gesetzt. Also die bezüglich des Verlustgeschäfts in Deutsch-Ostafrika«, erklärte Robert.

»Wie hat er reagiert?«, fragte Karl.

»Menschlich.« Robert sah seinen Bruder an. »Er sagte mir, dass er vergleichbare Geschichten schon sehr viele Male gehört hat. Die Situation in den Kolonien ist immer noch unübersichtlich, und Betrüger haben leichtes Spiel. Er hatte Verständnis für unsere Lage. Deshalb wiederholte er sein Angebot, dass wir erst *nach* der ersten Ernte mit der Abzahlung beginnen müssen.«

»Ein Geschäftspartner, wie man ihn sich nur wünschen kann. Doch wir werden nicht einmal mehr bis dahin durchhalten«, sagte Georg.

»Was können wir also tun?« Robert sah Georg ernst an.

»Wir müssen die Villa verkaufen.«

»Nein!« Robert sprang auf. »Mutter und Vater haben dieses Haus geliebt, wir alle und auch unsere Kinder sind hier aufgewachsen. Auf gar keinen Fall!«

»Glaubst du denn, mir fällt es leicht?« Georg stand ebenfalls auf, ging zum Fenster hinüber und sah hinaus.

»Lasst es uns mit einer weiteren Hypothek versuchen.«

»Robert, die Hypotheken kommen schon aus dem Schornstein wieder heraus. Wir bekommen kein Geld mehr.«

»Trotzdem muss es einen anderen Weg als den Verkauf geben.« Robert überlegte fieberhaft.

»Wenn du einen weißt, gern.« Georg ging wieder zu dem Sessel und ließ sich kraftlos hineinfallen.

»Ich werde mit der Bank sprechen.« Robert setzte sich ebenfalls wieder.

»Ich war bei den Gesprächen dabei«, sagte nun Karl. »Georg und ich haben alles versucht, das kannst du uns glauben.«

»Was ist mit dem Kontor?«

»Es ist leer, wie ich schon sagte.«

»Ich meine das Gebäude. Wie hoch sind die Belastungen?«

»Genauso hoch wie bei der Villa.«

»Was würde uns das Gebäude bringen?«

»Zu wenig«, urteilte Georg.

»Aber es würde uns etwas Zeit verschaffen. Und genau das ist es, was wir brauchen.«

»Nein. Es würde uns keine Zeit verschaffen. Außerdem glaube ich kaum, dass wir überhaupt einen Käufer finden würden. Für die Villa jedoch schon. Und wir könnten den Verkauf selbst in die Hand nehmen, während wir, wenn die Villa auf die Bank übergeht, einen erheblich schlechteren Preis dafür bekommen würden.«

Robert musterte Georg. »Das klingt, als hättest du bereits einen Käufer.«

»Ja«, gestand dieser. »Den habe ich.«

»Das wusste ich nicht«, stellte Karl fest. »Seit wann?«

»Der Notar hat vor drei Tagen ein Treffen organisiert. Er ist bereit, hunderttausend Mark für die Villa zu bezahlen. So viel bekommen wir nie wieder geboten. Wir können damit auf einen Schlag alle Schulden tilgen und haben noch immer genug, um neu anzufangen.«

»Du solltest dich selbst reden hören – es ist, als würdest du Vaters und Mutters Andenken verkaufen.« Robert schüttelte den Kopf.

»Du bist ungerecht«, wies Karl den Bruder zurecht. »Georg sucht einen Ausweg, genau wie du und ich.«

Georg schluckte herunter, was er Robert am liebsten entgegnet hätte, und sagte stattdessen in ruhigem Ton: »Robert, du gehst mit deiner Familie nach Kamerun, Karl geht nach Wien. Ich brauche für Vera, die Kinder und mich keine Villa, in der vier Familien Platz finden. Außerdem haben wir einfach keine Wahl. Entweder wir verkaufen, oder die Bank nimmt uns die Villa und bekommt dafür nur einen Bruchteil dessen, was Frederiksen uns bietet.«

»August Frederiksen?« Robert war erneut aufgesprungen, die Hand zur Faust geballt.

Georg senkte den Kopf. »Ja, genau der.«

»Niemals bekommt dieser Kerl die Villa«, schnauzte Robert. »Vater hat ihn gehasst.«

»Es gab Zeiten, da waren sie sogar Freunde«, korrigierte Georg. »Setz dich wieder.«

»Ich werde mich nicht setzen!«

»Setz dich hin und führ dich nicht wie ein Hitzkopf auf!«

Robert schnaubte mehrmals, dann kam er der Aufforderung seines Bruders nach und nahm wieder auf der Couch Platz. »Vater würde sich im Grabe umdrehen, wenn er wüsste, was du vorhast.«

»Es reicht, Robert«, sagte Georg ernst.

»Was sagst du denn dazu?« Robert wandte sich Karl zu.

»Was willst du hören? Dass mir die Sache nicht gefällt, ist klar. Aber ich weiß auch keinen anderen Ausweg.«

»Aber ausgerechnet Frederiksen«, wiederholte Robert. »Du weißt genau, was Vater von ihm gehalten hat. Er hat große Verluste hinnehmen müssen, als Frederiksen ihn damals betrogen hat.«

»Ich weiß. Doch hätte Vater nicht die Fehlentscheidungen getroffen, würden wir gar nicht darüber sprechen müssen.«

»Zieh seinen Namen nicht in den Schmutz!«

»Das tue ich nicht. Du weißt, wie sehr ich ihn respektiert habe. Doch Tatsache ist, dass er sich das Leben genommen hat, als er keinen Ausweg mehr wusste. Und wir sitzen jetzt hier und haben das Ganze auszubaden.«

Robert wollte etwas erwidern, hielt sich aber zurück, als Karl ihm die Hand auf den Arm legte. »Georg hat recht, und das weißt du auch.«

»Ich will noch einmal mit der Bank reden«, bat Robert sich aus. »Wenn ich nichts erreiche, verkaufen wir die Villa.«

»In Ordnung«, gab Georg nach. »Soll ich dich begleiten?«

»Ja. Lasst uns alle drei gehen und Einigkeit demonstrieren. Die Bank hat gute Geschäfte mit der Firma *Peter Hansen & Söhne* gemacht. Sie sind uns etwas schuldig.«

»Ich hoffe, du kannst sie überzeugen.« Karl presste die Lippen aufeinander und legte die Stirn in Falten.

»Ich werde gleich morgen einen Termin mit Herrn Reidel ausmachen«, sagte Georg.

»Nicht mit Reidel«, entgegnete Robert. »Er hat zu wenig Entscheidungsgewalt. Wir müssen mit Palm persönlich sprechen.«

»Ist gut.« Georg beugte sich vor. »Es tut mir leid, dass wir keine besseren Nachrichten haben. Aber glaub mir, ich freue mich aufrichtig, dass du wohlbehalten wieder da bist.«

Robert lächelte freudlos. »Seid ihr trotzdem bei der Kamerun-Sache mit im Boot, oder wollt ihr euch etwas anderes suchen?«

»Ich auf jeden Fall«, antwortete Karl sofort.

»Ich denke, wir haben kaum eine andere Wahl«, sagte Georg nach kurzem Zögern. »Unser Ruf wird leiden, sollten die Gespräche mit der Bank endgültig scheitern und die Villa verkauft werden müssen. Aber das werden wir verkraften. Wir wären nicht die ersten Kaufleute, denen das passiert.«

»Und auch nicht die letzten«, meinte Robert. »Doch noch ist es nicht so weit.« Er stand auf, nahm die Gläser vom Tisch, ging hinüber zur Anrichte und füllte sie nochmals auf. Dann kam er zurück und gab jedem seiner Brüder ein Glas. »Ich trinke darauf, dass die Firma *Peter Hansen & Söhne* nicht untergehen wird. Wir drei werden sie von Neuem erblühen lassen und wieder hier in dieser Villa zusammenkommen, wenn das alles durchgestanden ist.«

Georg und Karl standen zugleich auf.

»Darauf trinke ich!« Georg stieß erst mit Robert, dann mit Karl an.

»Auf die Söhne Peter Hansens!«, sagte nun Karl und lächelte. Doch die Angst, es nicht zu schaffen, stand ebenso im Raum wie die vor einer ungewissen Zukunft.

Georg, Robert und Karl sagten kein Wort, während sie auf den verzierten Holzstühlen vor dem Büro des Bankdirektors warteten. Die Anspannung war zum Greifen.

»Die Herren Hansen.« Bankdirektor Palm, ein grauhaariger, leicht untersetzter Mann um die sechzig, den sie zuletzt auf der Beerdigung ihres Vaters gesehen hatten, trat aus seinem Büro und begrüßte jeden der Brüder mit Handschlag. »Bitte kommen Sie herein. Darf ich Ihnen etwas anbieten? Einen Kaffee vielleicht?«

»Sehr gern«, sagte Georg. »Hoffentlich ist er aus unserem Kontor?«

Palm lächelte ihn an. »Das fällt unter das Bankgeheimnis«, scherzte er und wies seine Sekretärin an, Kaffee zu bringen. »Bitte setzen Sie sich doch.« Palm deutete zum Besprechungstisch.

»Danke«, sagte Robert, und alle vier nahmen an dem Mahagonitisch Platz, dessen Farbton exakt dem der holzverkleideten Wände entsprach.

»Und wie ist das werte Befinden?«, begann der Bankdirektor zwanglos. »Ich hoffe, die Familien sind gesund.«

»Ja, alle sind wohlauf.«

»Ich habe erfahren, dass Ihr Richard vor einer Weile das Gymnasium eine längere Zeit nicht besucht hat. Er war doch hoffentlich nicht krank?«

»Woher haben Sie davon erfahren?«, wunderte sich Georg. »Nein, Richard war zusammen mit meinen Brüdern in Wien, um mehr über den Handel zu lernen.«

Die Sekretärin betrat mit einem Tablett den Raum und stellte die bereits gefüllten Tassen vor ihnen ab. Dann bot sie Sahne und Zucker an und platzierte die kleinen Gefäße in der Mitte des Tisches.

»Danke sehr, Fräulein Handtke.« Der Bankdirektor nickte ihr zu. Er wartete, bis sie wieder gegangen war, dann nahm er das Gespräch wieder auf. »Ich weiß es von meinem Enkel. Er ist im selben Alter wie Ihr Richard.«

»Wirklich? Das habe ich gar nicht gewusst.«

»Er ist der Sohn meiner Tochter. Deshalb heißt er mit Nachnamen auch nicht Palm, sondern Köhler. Wie hätten Sie auch darauf kommen sollen?«

»Köhler … Alexander Köhler, nicht wahr? Der Name sagt mir etwas.«

»Ja, genau. Das ist mein Enkel.«

Georg hatte Richard mehrfach etwas über einen Alexander Köhler sagen hören, jedoch nichts Freundliches. Köhler war wohl ein Außenseiter, hatte kaum Freunde, war dafür aber einer der besten Schüler. Richard fand ihn sterbenslangweilig.

»Mein Sohn spricht nur gut über Ihren Enkel«, log Georg. »Er ist ein ausgezeichneter Schüler, nicht wahr?«

»Ja, das ist er«, stimmte Palm nachdenklich zu. »Doch leider ein wenig weltfremd. Ich fürchte, meine Tochter hat ihn zu sehr behütet, weil sie nur das eine Kind hat.« Er trank einen Schluck Kaffee. »Es ist sehr begrüßenswert, dass Sie Ihren Richard bereits in die Geschäfte einführen. Je früher die jungen Menschen lernen, wie es in der Welt zugeht, desto besser.«

»Das sehe ich genauso. Und dass nicht immer alles einfach ist. Aus diesem Grunde sind wir hier.«

Palm nickte. »Ich weiß um Ihre Situation«, sagte er. »Unser Herr Reidel hat mich umfassend informiert. Bedauerlich, das alles. Wirklich bedauerlich.«

»Unser Vater war sein ganzes Leben lang Kunde Ihrer Bank. Er hat Ihnen vertraut, so wie diese Bank stets auf ihn vertrauen konnte«, sagte Robert.

»Das stimmt«, bestätigte Palm. »Ihr Vater war ein großartiger Geschäftsmann und ein Mensch, den ich über die Maßen respektierte. Ich bedaure seinen Tod sehr.«

»Dann wissen Sie auch, dass auf das Wort eines Hansen Verlass ist«, sagte Robert.

»Ja, das weiß ich. Und ich denke auch nicht, dass Ihnen diese Bank je in Abrede gestellt hat, Ihr Wort zu halten.«

»Nun ja«, bemerkte Georg. »Wir baten um einen Aufschub, der vonseiten Ihres Mitarbeiters abgelehnt wurde.«

Palm hob den Zeigefinger und bewegte ihn hin und her. »Das ist so nicht ganz richtig. Sie baten zum nunmehr dritten Mal um einen Aufschub. Zweimal haben wir Ihrer Bitte Folge geleistet. Doch auch wir stehen unseren Kunden gegenüber in der Pflicht. Herr Reidel hat nur unseren Statuten gemäß gehandelt. Ihm ist nichts vorzuwerfen.«

»Darum geht es hier auch nicht«, stellte Robert ruhig fest. »Wir haben schon von unserem Vater gelernt, dass wir Ihrer Bank stets vertrauen können. Und nun sind wir drei gekommen, um noch einmal Ihr Vertrauen zu erbitten.«

Palm schüttelte den Kopf. »Ich sehe da wirklich keine Möglichkeit.«

»Noch nicht.« Robert schien siegesgewiss. »Denn noch wissen Sie nicht, welch großartiges Geschäft wir abschließen konnten.«

Palm beugte sich vor. »Wirklich? Sie haben etwas in Aussicht?«

»Mehr als das«, versicherte Robert und berichtete sodann vom Kauf der Plantage in Kamerun. »Johann Meyerdierks weiß so genau, wie hoch der Gewinn aus dem Kakaoanbau ist, dass wir mit der Abzahlung des Kaufpreises – die sich zudem über acht Jahre erstreckt – erst nach dem Einbringen der ersten Ernte beginnen müssen«, endete Robert.

»Das nenne ich einen Vertrauensvorschuss«, lobte Palm. »Doch was ist, wenn die Plantage Ausfälle hat?«

»Meyerdierks betreibt das Anwesen seit nunmehr drei Jahren, hat die Plantage erweitert und konnte damit stetig seine Einkünfte erhöhen. Er kann sich uns gegenüber nur deshalb so großzügig zeigen, weil er mehr Geld damit verdient hat, als er im Leben ausgeben kann.«

»Hört, hört.« Palm wirkte nachdenklich. »Ich will ganz offen sein, ich halte nichts davon, dass Bismarck seine Haltung hinsichtlich der Erschließung des dunklen Kontinents geändert hat. Wir haben in unserem eigenen Land genug Möglichkeiten, Handel zu treiben. Sollen doch die Franzosen, Engländer und Belgier ihr Glück dort suchen. Das hat mit uns Deutschen nichts zu tun.« Er nahm einen Schluck aus seiner Tasse.

»Ach nein?«, gab Georg zurück. »Schmeckt Ihnen denn Ihr Kaffee, Herr Palm? Die Bohnen dürften von dem Kontinent stammen, den Sie als nicht maßgeblich ansehen.«

Der Bankdirektor stellte die Tasse ab.

Robert warf Georg einen Blick zu, mit dem er dem Bruder bedeutete, nun ihn reden zu lassen. Belehrungen brachten sie an dieser Stelle nicht weiter, und Robert hielt die Bemerkung Georgs für kontraproduktiv. »Was mein Bruder damit sagen will, Herr Palm: Der Schwarze Kontinent ist längst hier im Deutschen Reich angekommen. Ob Kaffee, Kakao, Baumwolle oder Palmöl – die Waren aus Afrika sind nicht mehr aus unserem Leben wegzudenken. Und der Konsum steigt. Genau deshalb ist der Schritt, den wir gehen, nicht nur mutig, sondern ein Fingerzeig in die Zukunft.«

Palm sah ihn nachdenklich an.

»Unser Vater sagte uns stets, dass Sie ein Mann seien, der die Visionen seiner Kunden verstehen könne. Deshalb sind wir hier. Wir brauchen einen Aufschub von einem halben Jahr. Dann werden wir alles bis auf den letzten Groschen zurückzahlen können.«

»Ein halbes Jahr?« Palm schnappte nach Luft. »Unmöglich.«

»Herr Palm, wir sprechen mit Ihnen als vertrautem Freund unseres Vaters. Womöglich irren wir uns, sollten Sie das Verhältnis zwischen Ihnen beiden anders eingeschätzt haben. Doch es ist genau das, als was unser Vater Sie gesehen hat, als einen Freund. Was, denken Sie, würde unser Vater gesagt haben, wenn Ihre Tochter ihn in einer Angelegenheit um Hilfe gebeten hätte?«

Palm rieb sich nachdenklich das Kinn. Robert spürte, dass er jetzt nachsetzen musste. »Er war ein Mann, der stets gern anderen geholfen hat. Streckte er eine Hand nach oben, um weiter die Erfolgsleiter hinaufzuklettern, so hielt er doch auch eine immer nach unten, um denen zu helfen, die noch nicht so weit gekommen waren wie er.«

»Diesen Eindruck kann ich bestätigen«, sagte Palm. »Wussten Sie, dass ich selbst Ihrem Vater etwas zu verdanken habe? Genau aus diesem Grund habe ich unserem heutigen Treffen überhaupt nur zugestimmt.«

»Wirklich?«

»Ja. Ihr Vater war bereits guter Kunde dieser Bank, als ich noch ein kleiner Angestellter war. Ich machte einen Fehler, und Ihr Vater, der allen Grund gehabt hätte, sich darüber zu beschweren, behielt es damals für sich. Er nahm deshalb sogar eine Einbuße hin. Es war nicht viel Geld, doch hat sein Schweigen bewirkt, dass eine anstehende Beförderung, die nach diesem Fauxpas ausgeschlossen gewesen wäre, dennoch ausgesprochen wurde.«

Robert lächelte. Er spürte, dass die Erinnerungen an die damaligen Geschehnisse Palm zum Umdenken bewegen konnten.

»Ich habe mich bei Ihrem Vater bedankt, doch das wollte er gar nicht recht hören. Er sagte mir damals, dass man nie vergessen dürfe, ein Mensch zu sein.«

»Das klingt ganz nach Vater«, bemerkte Karl.

Palm schüttelte den Kopf. »Ich hätte uns nie als Freunde bezeichnet, doch jetzt, wo Sie es ansprechen …« Er lächelte in sich hinein. »Wir kannten uns mehr als drei Jahrzehnte und wussten uns stets aufeinander zu verlassen. Wahrscheinlich war er mir ein besserer Freund, als ich es mir bisher bewusst gemacht hatte.« Er seufzte, hob dann den Blick. »Dennoch sind mir die Hände gebunden. Ich würde Ihnen allen von Herzen gern helfen, bitte glauben Sie mir das.«

Die Brüder tauschten einen Blick. Georg lag eine bittere Bemerkung auf den Lippen, doch er schluckte sie herunter.

»Dann wollen wir Ihre Zeit nicht weiter in Anspruch nehmen.« Georg stand auf, und auch Robert und Karl erhoben sich. Palm schob als Letzter seinen Stuhl zurück. »Darf ich Sie fragen, was Sie jetzt tun werden?«

»Wir werden die Villa verkaufen müssen«, antwortete Georg.

Palm zog die Stirn in Falten. »Das tut mir aufrichtig leid. Ich weiß, wie viel das Haus Ihren Eltern bedeutet hat.«

»Ihnen und auch uns«, sagte Karl.

»Kann ich Ihnen behilflich sein, einen Käufer dafür zu finden?«, bot Palm an. »Es wäre das Mindeste, was ich für Sie tun kann.«

»Nicht nötig.« Georg reichte ihm die Hand. »Wir haben bereits ein Gebot vorliegen. Machen Sie sich keine Mühe. Die Bank wird pünktlich ihr Geld bekommen.«

Die Brüder verabschiedeten sich von dem Bankier und gingen zur Tür.

»Ich hoffe, wir kommen unter erfreulicheren Umständen wieder einmal zusammen«, sagte Palm, als Georg die Tür bereits geöffnet hatte. »Nur aus Neugierde und um sicherzugehen, dass der Käufer auch liquide ist – würden Sie mir seinen Namen verraten?«

»Frederiksen. Ich bin sicher, dass er das Geld hat.«

»August Frederiksen?« Palm trat an Georg vorbei und schloss die Tür wieder. »Der ehemalige Geschäftspartner Ihres Vaters?«

»Ganz recht.«

»Ihr Vater hat den Mann gehasst!« Palm sah die Brüder einen nach dem anderen an. »Und das aus gutem Grund!«

»Das wissen wir. Doch wir haben keine Wahl.« Robert zuckte mit den Schultern.

Die Miene des Bankiers veränderte sich, seine Lippen wurden zu einem schmalen Strich. »Kommt nicht infrage«, stellte er fest und öffnete die Tür mit einem Ruck. »Fräulein Handtke, bitte zum Diktat.« Er deutete zum Besprechungstisch. »Bitte, die Herren, setzen Sie sich wieder. Ich werde meiner Sekretärin jetzt in Ihrer Anwesenheit einen Aufschub Ihrer sämtlichen Verbindlichkeiten für volle neun Monate diktieren. Innerhalb dieser Zeit müsste es gelingen, die gewonnene Kakaoernte zu verkaufen, richtig?«

»Ja, auf jeden Fall«, versicherte Robert begeistert.

»Gut.« Die Sekretärin trat ein. »Bitte schreiben Sie, was ich Ihnen diktiere, und lassen Sie sowohl Herrn Reidel als auch den Herren Müller und Wirts eine Abschrift zukommen.«

»Jawohl, Herr Direktor.« Fräulein Handkte setzte sich auf einen der Stühle und zückte ihren Bleistift.

»Überschrift: Bewilligung eines Aufschubs sämtlicher Verbindlichkeiten des Kontors *Peter Hansen & Söhne* sowie Auszahlung eines Überbrückungsgeldes«, begann der Direktor zu diktieren.

Georg, Robert und Karl strahlten über das ganze Gesicht.

5. Kapitel

Kamerun, Ende September 1888

Es war ganz früh am Morgen, fast noch Nacht. Wie an jedem der letzten vier Tage war Luise aufgewacht, als die Sonne schon den kommenden Tag ankündigte und der Mond noch immer zu sehen war. In den ersten zwei Tagen hatte sie die verschiedenen Roséfarben des Himmels von ihrem Fenster aus bewundert. Als sie jedoch bemerkt hatte, dass um diese Zeit niemand außer ihr wach war und die Farm, auf der es tagsüber von umherlaufenden Menschen nur so wimmelte, gänzlich unbelebt wirkte, hatte sie sich nur rasch einen Morgenmantel übergeworfen, sich vergewissert, dass wirklich niemand sie sah, und war zu dem Baumstamm bei den Kakaobäumen gehuscht, auf dem zur Mittagszeit die Arbeiter saßen und eine Kleinigkeit aßen. Von hier aus hatte man einen wunderschönen Blick über die weite Landschaft bis hin zum Kamerunberg. Während die gesamte Umgebung in ein zartes Rosa getaucht war, das fast minütlich kräftiger wurde, war der Himmel um den Berg herum blaugrau, sodass es Luise schien, als würde sich das Massiv widersetzen.

Für sie war die Stunde, die sie so früh dort draußen verbrachte, die schönste Zeit des Tages und wurde ihr zu einem festen Ritual. Sie konnte es nicht beschreiben, doch für sie fühlte sich diese Zeit zwischen Nacht und Tag an, als gehörte sie ihr ganz allein. Alles war in dieser Zeit nur für sie da: die Farben, die Geräusche der Tiere, die Farm, die Weite der Steppe, die ein Stück von der Plantage und dem Urwald entfernt begann, ja sogar der Berg. Luise fühlte sich angekommen, so ruhig und gefestigt wie nie zuvor in ihrem Leben. Sie wusste nicht, was die Zukunft ihr bringen würde, doch es war klar, dass diese für sie hier lag und an keinem anderen Ort der Welt.

Seit vorgestern hatte sie, dem Verbot und den Ermahnungen ihrer Mutter zum Trotz, bei der Kakaobohnenernte geholfen. Sie hatte Hamza, Malambukus ältesten Sohn, von dem Johann Meyerdierks nur das Beste zu berichten wusste, gebeten, ihr die nötigen Handgriffe zu zeigen. Doch er hatte sie nur angesehen und sich ohne ein Wort wieder abgewandt. Womöglich verstand er ihre Sprache doch nicht so gut, wie Meyerdierks behauptete. Also war ihr nichts anderes übrig geblieben, als den Einheimischen bei der Arbeit zuzusehen, sich dann eines der Buschmesser zu holen und selbst zu versuchen, die ovalen Früchte vom Baum zu schlagen. Die Erntearbeiter hatten sie skeptisch beobachtet, sie aber weder in ihrem Vorhaben unterstützt noch daran gehindert.

Die geernteten Früchte wurden an einem zentralen Platz gesammelt und dort durch einen geschickten Schlag mit dem Buschmesser geöffnet. Luise hatte es mehrfach beobachtet und auch selbst schon probiert. Doch bisher war ihr das scheinbar so mühelose Öffnen, wie die Einheimischen es beherrschten, nicht gelungen. Sie hatte sich deshalb darauf beschränkt, genau zuzusehen, was anschließend geschah, und war froh, als Johann Meyerdierks an ihre Seite getreten war und ihr die einzelnen Abläufe genau erklärt hatte.

So wusste sie nun, dass nach dem Öffnen der Frucht die Samen, die von einer weißlichen Masse umgeben waren, aus der Schale gelöst wurden. Die frischen, feuchten Kakaobohnen wurden anschließend auf Bananenblätter aufgehäuft und zum Schutz vor Verunreinigung mit weiteren Blättern abgedeckt. Sie war überrascht gewesen, als Johann ihr mitgeteilt hatte, dass der erwünschte Gärungsprozess aufgrund der Hitze sofort einsetzte und die Bohnen nur eine Woche auf diese Weise fermentiert wurden. Innerhalb dieser Zeitspanne, so hatte er weiter erläutert, würde das den Bohnen anhaftende Fruchtfleisch flüssig werden und schließlich abfließen. Durch den Temperaturanstieg auf bis zu fünfzig Grad Celsius starben die Kakaosamenkeime ab, und die Zellwände wurden durchlässig, sodass die Zellsäfte den ganzen Kakaokern durchdringen konnten. Der ursprünglich bitter-herbe Geschmack wurde dabei deutlich abgeschwächt, und gleichzeitig veränderte sich die Farbe der weißlich-gelben Kakaobohnen zu einem kräftigen Schokoladenbraun.

Luise war Johann dankbar dafür, dass er ihr die Stadien dieses Prozesses anhand unterschiedlich reifer Bohnen so anschaulich erklärt hatte. Denn zuvor hatte sie noch geglaubt, dass die Bohnen bereits dunkelbraun in der Frucht heranwuchsen und die frischen Bohnen dann in Säcke gepackt und an alle möglichen Orte auf der Welt verschifft wurden.

Überhaupt hatte sie das Gefühl, dass Meyerdierks der Einzige auf der Farm war, dem ihr Interesse an der Kakaogewinnung nicht eigenartig oder gar befremdlich vorkam, sondern der sich aufrichtig darüber freute und sie unterstützte. Selbst ihr Vater schien zu sehr damit beschäftigt, die voraussichtlichen Erntemengen zu ermitteln und mehr Zeit der Kalkulation der jeweiligen Erträge zu widmen als der Gewinnung der Kakaobohnen selbst. Im Grunde konnte Luise es verstehen, musste ihr Vater doch vor allem die Einnahmen, die die Plantage ihnen bringen würde, im Auge behalten. Doch für Luise kam dabei das Wunder, wie aus einer Frucht die Gewinnung der köstlichen Bohnen gelang, zu kurz.

Ihre Schwester Martha oder gar ihre Mutter dafür begeistern zu wollen, das hatte Luise sich bereits am ersten Tag ihres Aufenthalts hier in Kamerun aus dem Kopf geschlagen. Die beiden ließen weder an der wunderbaren Gegend noch den Menschen, die hier lebten, auch nur ein gutes Haar. Und Luise war froh darüber, ihnen auf der weitläufigen Plantage aus dem Weg gehen zu können.

Am Abend hatte sie sich die Zeit genommen, sowohl die einzelnen Schritte der Kakaogewinnung als auch ihre Eindrücke aufzuschreiben, und die Zettel dann in ihre Mappe gelegt. Eines Tages würde sie all dies noch einmal nachlesen. Sie hoffte von Herzen, dass es nicht im fernen Hamburg geschähe und sie sich dort an ihre Zeit in Afrika erinnern würde. Denn schon in den wenigen Tagen in diesem Land war die Angst, eines Tages wieder von hier fortzumüssen, zu ihrem ständigen Begleiter geworden.

Alles dies ging ihr durch den Kopf, während sie beobachtete, wie die Farbe des Himmels allmählich von einem kräftigen Rosa in ein helleres Orange überging. Luise sah zum Berg, verweilte noch einen Moment auf dem Baumstamm. Dann erhob sie sich und ging langsam und mit einem Lächeln auf den Lippen zurück zum Haus. Leise schlich sie in ihr Zimmer, zog den Morgenmantel aus und kroch unter das dünne Laken, das ihr als Bettdecke diente. Als sie die Augen schloss, sah sie noch immer den rosafarbenen Himmel Kameruns vor sich und glitt sanft wieder in den Schlaf.

Sie saßen beim Frühstück auf der Veranda. Es war Sonntag, und gleich würden sie zusammen mit Johann Meyerdierks aufbrechen, um den Gottesdienst zu besuchen. Die kleine Kirche war eine gute Stunde mit der Kutsche von der Plantage entfernt, was bedeutete, dass ihre Farm eine der Kirche am nächsten gelegene war.

»Du siehst schlecht aus, Luise.« Elisabeth fasste ihrer Tochter unter das Kinn und hob ihren Kopf an. »Blass und kränklich.«

»Ich bitte dich, Elisabeth.« Robert verdrehte die Augen. »Wir alle haben in den letzten Tagen durch die Sonne mehr Farbe bekommen als in sämtlichen Hamburger Sommern zusammengenommen.«

»Das meinte ich nicht«, erwiderte seine Frau gereizt. »Müdigkeit und Abgeschlagenheit lassen sich nicht durch eine dunklere Hautfarbe verbergen.«

»Ich fühle mich sehr gut, Mutter.« Luise bemühte sich um ein Lächeln, was ihr nicht gerade leichtfiel, weil das ständige Genörgel ihrer Mutter sie über die Maßen nervte.

»Ich finde, Mutter hat recht«, stimmte Martha zu. »Und ehrlich gesagt, ist mir auch nicht ganz wohl. Womöglich vertrage ich das Essen hier nicht oder habe mir gar eine Krankheit geholt, obwohl ich mich nach Kräften bemühe, mich von den Negern fernzuhalten.«

Meyerdierks sah Robert an. Offenbar lag ihm eine Entgegnung auf den Lippen, doch er schwieg.

Luise fand das Verhalten ihrer Schwester einfach nur beschämend, und es machte sie wütend. »Ich glaube, sie wollen mit dir auch nichts zu tun haben.«

»Luise«, fuhr die Mutter sie an und schlug mit der Hand auf den Tisch, »sprich nicht so mit deiner Schwester! Robert, würdest du deine Tochter bitte zurechtweisen?«

»Luise, dein Ton gehört sich nicht«, begann Robert. »Doch ich kann deine Empörung über die Worte deiner Schwester sehr gut verstehen.« Er sah Martha an. »Vielleicht würde es dir guttun, einen Tag lang mit diesen Menschen mitzuarbeiten, um sie so wertschätzen zu lernen, wie sie es verdienen.«

Martha riss die Augen auf. »Aber, Vater!«

»Das wirst du keinesfalls müssen«, mischte sich Elisabeth ein.

Robert sah seine Frau einen Moment lang an, nahm dann seine Serviette vom Schoß, legte sie neben seinen Teller und stand auf. »Johann, würdest du meine Frau und mich wohl einen Moment entschuldigen?« Er wandte sich an Elisabeth. »Kommst du bitte?«

Elisabeths Miene gefror, langsam erhob sie sich von ihrem Stuhl, legte ihre Serviette beiseite und drehte sich ohne ein Wort um. Gemeinsam gingen Robert und sie ins Haus.

Martha und Luise tauschten einen bangen Blick. Nie zuvor hatte Luise ihren Vater auf diese Weise reagieren sehen. Für gewöhnlich nahm er das Verhalten ihrer Mutter einfach hin. Luise fürchtete, dass aus der Situation ein großer Streit erwachsen könnte, der die Lage noch angespannter und die Fronten zwischen Robert und Luise einerseits und Elisabeth und Martha andererseits weiter verhärten würde. Indessen, so musste sie sich eingestehen, gefiel es ihr auch, dass es dem Vater offensichtlich zu viel geworden und er nicht mehr hinzunehmen bereit war, wie diese sich den Menschen hier gegenüber benahm.

»Und, freut ihr euch schon darauf, wenn in drei Wochen euer Lehrer eintrifft?«, versuchte Johann Meyerdierks die angespannte Stimmung aufzulockern.

Luise war dankbar dafür und lächelte ihn an. »Ich bin neugierig, wie es sein wird. Wir haben noch nie einen Privatlehrer gehabt, Martha, nicht wahr?«

»Nein, noch nie«, gab die Schwester tonlos von sich.

»Ich hoffe, mir bleibt dann immer noch genug Zeit für die Ernte und zum Helfen auf der Farm«, bemerkte Luise.

»Bestimmt. Auf einer Plantage gibt es immer etwas zu tun, meist mehr, als man schaffen kann.«

»Was war dein Grund, nach Afrika zu gehen? Ging es nur ums Geschäft?«

Meyerdierks sah nachdenklich zur Decke. »Was der Grund war … Ich denke, es war Abenteuerlust. Als die Aufteilung

Afrikas auf der Berliner Konferenz beschlossen wurde, wollte ich mitmischen und war einer der Ersten, die einen Fuß nach Kamerun gesetzt haben. Damals gab es dieses Haus noch nicht. Ich habe die Menschen hier als ebenso freundlich wie misstrauisch kennengelernt. Es war eine Zeit des Aufbruchs. Ich bin froh, dabei gewesen zu sein.«

»Denkst du denn, die Zeit des Aufbruchs ist bereits wieder vorbei?«, fragte Luise.

»Nein, ich fürchte, ein wesentlich größerer Aufbruch wird erst noch kommen. Doch ich möchte nicht mehr Teil dessen sein.«

»Wie meinst du das?«

»Die Franzosen, Engländer, Belgier, Portugiesen und wir Deutschen sind gekommen und haben Afrika untereinander aufgeteilt. Die Menschen, die hier leben, wurden nicht gefragt. Es gibt bereits jetzt Unruhen in den Regionen, in denen die Einheimischen von ihren neuen Herren mehr als nur schlecht behandelt werden.« Er blickte Martha eindringlich an. »Deshalb appelliere ich auch an dich, dass du deine Einstellung gegenüber den Menschen hier, die für euch die Arbeit auf der Farm erledigen, überdenkst.«

Martha öffnete den Mund und schloss ihn wieder. Tränen traten in ihre Augen.

»Bitte entschuldige, ich wollte dir nicht zu nahe treten.« Meyerdierks nickte Martha zu, die augenblicklich zu Boden sah.

»Wir wären dann so weit.« Robert war zusammen mit Elisabeth wieder auf die Veranda getreten. »Habt ihr aufgegessen?«

»Ja«, sagte Luise und zischte Martha leise zu: »Jetzt reiß dich zusammen, bevor du alles noch schlimmer machst!«

Die Schwester nickte. Dann erhoben sie sich von ihren Stühlen. Luise warf ihrer Mutter einen kurzen Blick zu. Elisabeths Miene wirkte wie versteinert. Als sie zu den Kutschen gingen, die jeweils von einem Einheimischen gelenkt wurden, sah Luise, wie Elisabeth Robert zunickte und sich bei ihm unterhakte. Luise war nicht sicher, wie diese Geste zu deuten war. Eines jedoch war offensichtlich: Ihr Vater schien deutliche Worte für seine Frau gefunden zu haben. Auch wenn Luise wusste, dass es nicht richtig war und Schadenfreude ohnehin niemandem gut zu Gesicht stand, musste sie doch eingestehen, dass sie sich insgeheim darüber freute.

»Darf ich euch allen die Familie Hansen vorstellen?« Johann Meyerdierks war unter den Unterstand getreten, der ein Stück abseits der Kirche erbaut worden war und wo sich die Deutschen trafen, um nach dem Gottesdienst ein wenig zu plaudern, zusammen ein Glas zu trinken und sich auszutauschen. Es waren etwa vierzig Leute da, so schätzte Luise.

»Robert Hansen und seine Ehefrau Elisabeth.« Meyerdierks deutete jeweils auf die beiden. »Und dies sind ihre reizenden Töchter Martha und Luise. Die Hansens werden in Kürze meine Plantage übernehmen.«

»Du machst also ernst, ja?« Ein Mann um die fünfzig kam auf sie zu und gab jedem von ihnen die Hand. »Admiral Heribert Bischoff, für euch nur Heribert. Es ist mir eine Ehre.« Eine Frau trat an seine Seite. »Das ist meine Ehefrau Irmgard, der Große dort hinten unser Sohn Manfred. Willkommen in Kamerun!«

Nach und nach machten sich alle miteinander bekannt, wobei Luise die Namen, kaum dass sie der Hälfte der Menschen vorgestellt worden war, bereits wieder vergessen hatte.

»Raimund Leffers«, stellte sich nun ein junger Mann, der noch keine zwanzig Jahre alt sein mochte, vor. »Wie erfreulich, endlich ein paar jüngere Gesichter hier.«

»Ich heiße Luise.«

»Und ich bin Martha, ihre große Schwester.« Luise erhielt einen leichten Stoß in die Seite, als Martha sie unsanft zur Seite schob. »Und, Raimund, was macht ihr hier so? Lasst ihr ebenfalls Kakao anbauen?«

»Nein, mein Vater steht im Dienst des Kaisers und hat den Auftrag, Kamerun weiter aufzubauen und die Situation vor Ort stabil zu halten.«

»Das klingt wirklich interessant.« Martha war offenbar Feuer und Flamme, trat auf Raimund zu und hakte sich bei ihm unter. »Erzähl mir doch bitte mehr davon. Wir haben hier bisher nichts als Kakaobohnen gesehen.« Sie lachte gekünstelt, und Luise verdrehte die Augen.

»Aber sicher«, stimmte Raimund zu und zuckte mit den Schultern.

Luise schmunzelte. Ihr schien, als hätte er nicht allzu große Lust dazu. Doch offenbar war er zu höflich, es ihrer Schwester zu sagen.

Sie hielten sich mehrere Stunden bei den Deutschen auf, bis sich allmählich alle wieder voneinander verabschiedeten und in alle Himmelsrichtungen des weiten Landes aufbrachen. Luise hatte es mehr genossen, mit ihren Landsleuten zusammenzukommen und ein wenig plaudern zu können, als sie anfänglich erwartet hatte. Für sie fühlte es sich nun nicht mehr so an, dass sie zwischen ihrer Heimat im Deutschen Reich und ihrem neuen Zuhause Kamerun wählen musste. Hier hatte sie beides.

»Hast du gemerkt, wie Raimund mich angesehen hat?«, schwärmte Martha auf dem Rückweg in der Kutsche, die sich Elisabeth, Martha und Luise teilten.

»Schon möglich.« Luise zuckte mit den Schultern.

»Mir ist es sehr wohl aufgefallen«, bestätigte Elisabeth und lächelte Martha zu. »Er konnte ja kaum die Augen von dir lassen.«

»Ja, nicht wahr?«

»Habt ihr ein Wiedersehen vereinbart?«, wollte Elisabeth von der Tochter wissen.

»Leider nicht. Er ist zu sehr in die Arbeit seines Vaters eingebunden und muss ihn unterstützen. Ich werde ihn erst nächsten Sonntag wiedersehen.«

»Wie schade für dich.«

Elisabeth tätschelte Marthas Hand.

»Ja, das ist es. Er ist ausgesprochen attraktiv, nicht wahr?«

»Wenn du's sagst.« Luise zuckte erneut mit den Schultern. »Ich finde, er sieht aus wie jeder Zweite in Hamburg.«

»Ach, du bist doch nur neidisch, dass er die ganze Zeit mit mir und nicht mit dir verbracht hat.« Martha zog die Augenbrauen hoch.

Luise seufzte. »Ich bin bestimmt nicht neidisch.«

»Ach nein?«, gab Martha schnippisch zurück. »Also, ich an deiner Stelle wäre es.«

Luise hatte keine Lust, sich weiter mit ihrer Schwester darüber zu streiten. »Ja, du hast recht. Ich bin furchtbar neidisch und wütend, dass er mich nicht beachtet hat. Gut so?«

»Sei nicht so herablassend, Luise Hansen!«, wies Elisabeth sie mit gerunzelter Stirn zurecht.

»Ja, Mutter.« Luise wandte den Blick in die andere Richtung und sah in die Weite der Landschaft, während Elisabeth und Martha sich angeregt weiter darüber unterhielten, welch gute Partie Raimund doch wäre.

Luise war froh, als die Kutsche die Plantage erreichte und sie endlich wieder ihrer Mutter und Schwester entkommen konnte. »Ich gehe noch hinüber zu den Bohnen.«

»Du redest, als wären es Menschen, die du besuchen möchtest.« Elisabeth schüttelte missbilligend den Kopf. »Aber gewiss gehst du nicht in diesem Kleid – zieh dir zuerst etwas anderes an!«

»Ja, Mutter.« Luise lief ins Haus, aus dem soeben Malambuku heraustrat. »Jambo, Malambuku.«

»Jambo, Nyango.«

Luise ging nach oben in ihr Zimmer, entledigte sich des unbequemen weißen Kleides und zog stattdessen eine Hose und eine feste Bluse an. Diese Bekleidung mochte sie viel lieber als alles, was sie in Hamburg immer getragen hatte. Sie hatte sich selbst zwei Hosen genäht, sehr zum Missfallen ihrer Mutter. Anders als in den vornehmen Kleidern fühlte sie sich in Hose und Bluse wirklich wohl – viel mehr wie sie selbst. Dass sie auch hier am Sonntag ein festliches Kleid zur Schau stellen musste, nahm sie hin, war jetzt aber froh und glücklich, es wieder abstreifen zu können.

Sie öffnete die Schublade ihres Schreibtisches, zog die Schreibmappe hervor, in der sie die losen Blätter mit ihren Eintragungen verwahrte, und griff nach dem Füllfederhalter, der früher ihrem Großvater gehört hatte.

23. September 1888
Heute ist Sonntag, und wir waren das erste Mal seit unserer Ankunft hier in Kamerun in der Kirche. Das Gebäude besteht aus weißem Mauerwerk mit Rundbogenfenstern und einem spitz zulaufenden Bogen als Eingang. Der Turm ist fast mittig gesetzt und sieht ganz anders aus als die bei den Kirchen in Hamburg, fast so, als hätte man ihn rasch noch eingefügt, bevor der Bau abgeschlossen wurde.
In der Nähe der Kirche gibt es einen offenen Unterstand aus Holz, unter dem etwa sechzig Menschen Platz finden. Hier wurden wir den anderen Deutschen vorgestellt. Alle waren sehr freundlich zu uns, und Martha hat einen jungen Mann namens Raimund Leffers kennengelernt, dessen Vater im Dienst des Kaisers steht und für den sie nun schwärmt. Ich glaube, dass seine

Begeisterung für sie eher mäßig ist, obwohl Martha und Mutter natürlich etwas ganz anderes behaupten.

Sie ließ den Füller sinken. Ihr stand nicht der Sinn danach, sich weiter über ihre Mutter und Martha Gedanken zu machen und sich darüber ohnehin nur zu ärgern. Also schlug sie die Mappe zu und legte sie zurück. Kurz überlegte sie, ob sie die Schublade abschließen und den Schlüssel mitnehmen sollte, entschied sich dann aber dagegen. Sollte Martha in ihren Sachen herumstöbern und auf die Zeilen stoßen, dann wüsste sie eben, wie Luise über die Sache dachte. Und wenn schon! Sie stand auf und ging wieder nach unten.

Vater und Meyerdierks unterhielten sich ein Stück entfernt mit Malambuku. Worum es ging, konnte Luise von hier nicht verstehen. Sie beachtete die drei nicht weiter und ging zum Sammelplatz der Kakaobohnen hinüber, wo heute keiner der Einheimischen seine Arbeit tat. Luise wusste nicht, ob Meyerdierks dafür gesorgt hatte oder ob es auch hierzulande üblich war, am Sonntag nicht zu arbeiten. Jedenfalls waren alle Einheimischen in ihrem Hüttendorf, das am östlichen Rand der Plantage gelegen war.

Luise betrat den Schuppen, wo die Kakaobohnen in flachen Holzkisten, die etwa einen Meter breit und drei Meter lang und in Brusthöhe aufgestellt waren, gelagert und immer wieder mit einer Art Holzbesen, bei dem die Borsten fehlten, durchgemischt wurden. So konnte man auch kleinste Steine oder Holzstücke, die beim Umfüllen möglicherweise unter die Kakaobohnen geraten waren, entdecken und noch vor dem Verpacken aussortieren.

Luise griff sich einen der Holzbesen, mischte damit mehrfach die Bohnen durch. Dann stellte sie das Arbeitsgerät beiseite und ließ ihre Hände über die Kakaobohnen gleiten. Sie nahm einige heraus, rieb sie zwischen den Händen und hielt sie sich an die Nase, um den Duft des Kakaos tief einzuatmen.

»Jambo, Nyango.«

Luise gab einen erschrockenen Laut von sich und ließ die Bohnen wieder in die Holzkiste fallen.

Hamza, Malambukus Sohn, der bisher kein einziges Wort mit ihr gesprochen hatte, war unbemerkt in den Schuppen getreten.

»Jambo«, gab sie eilig von sich und ersparte sich den Hinweis, dass er sie fast zu Tode erschreckt hatte.

Hamza lachte.

»Was ist?«, fragte Luise etwas ungehalten. Erst sprach dieser Kerl kein Wort mit ihr, reagierte nicht einmal, wenn sie ihn etwas fragte, und jetzt machte er sich offenbar über sie lustig, obwohl es seine Schuld war, dass sie sich so erschreckt hatte.

»Deine Nase, Nyango. Der Kakao hat dich gefasst.«

»Der Kakao hat mich gefasst? Was soll das heißen?« Luise war immer noch verärgert.

Hamza schien ihren Unmut gar nicht zu bemerken, sondern lachte sogar noch etwas lauter.

»Lass das«, mahnte Luise, doch wie er so dastand und sie angrinste, musste auch sie schmunzeln. Sie wischte sich mit dem Handrücken über die Nase und begriff dann, was er ihr zu sagen versucht hatte – ihre Hand war mit dunkelbraunem Kakaostaub bedeckt.

»Da gibt es überhaupt nichts zu lachen«, bemerkte Luise und versuchte, sich zusammenzunehmen. Doch letztlich gab es kein Halten mehr, und sie prustete los. Die beiden bogen sich vor Lachen, obwohl Luise nur ahnen konnte, wie sie wohl aussehen musste. Schließlich zog sie ein Taschentuch aus ihrer Hosentasche und wischte sich damit übers Gesicht.

Hamza schmunzelte noch immer.

»Ist es jetzt besser?«, fragte Luise.

Er nickte, und Luise steckte das Taschentuch wieder ein. »Was machst du hier? Heute wird doch gar nicht gearbeitet.«

»Die Bohnen wollen, dass ich sie besuchen komme.«

Jetzt musste Luise schmunzeln. »Ach ja? Haben sie dir das gesagt?«

»Die Bohnen sagen nicht, sie singen«, erwiderte er. »Singen Melodie, nur ich kann hören.«

»Du sprichst unsere Sprache sehr gut, Hamza.«

»Du auch, Nyango.«

Diese schlagfertige Antwort brachte Luise erneut zum Lachen. Sie wollte ihn fragen, weshalb er bisher nicht ein Wort mit ihr gesprochen hatte, verkniff es sich aber. »Magst du deine Arbeit?«

»Ja, Nyango.«

Sie sah ihn an. Sie wusste nicht, ob es eine gute Idee war, doch bevor sie weiter darüber nachdenken konnte, bat sie: »Könntest du mich Luise nennen?«

Hamza formte mit seinen Lippen ein U, versuchte offenbar, den Namen richtig auszusprechen.

Luise öffnete den Mund, legte die Zunge oben an ihre Zähne. »Llllll«, machte sie und sagte die nächsten Buchstaben deutlich vor. »L-uuuuu-iiiii-se.«

»Luuiise«, wiederholte Hamza.

»Genau. Luise. Das ist mein Name.«

»Luise Nyango.«

»Ohne Nyango. Nur Luise.«

Hamza zögerte. »Nur Luise«, wiederholte er dann.

»Genau.«

»Nur Luise«, sagte er noch einmal.

»Und jetzt ohne das Nur. Luise.«

»Luise.«

»Sehr gut, Hamza.«

»Luise?«, hörte sie die Stimme ihres Vaters ein Stück entfernt.

»Ja?« Sie trat aus dem Schuppen.

»Kommst du bitte mal?«

»Ja, ich komme.« Sie wandte sich an Hamza. »Es war schön, dich zu treffen. Ich hoffe, wir sprechen wieder einmal.«

»Wir sprechen wieder, Luise.« Er strahlte über das ganze Gesicht, als freute er sich, ihren Namen korrekt ausgesprochen zu haben.

Sie lächelte ihn an. »Auf Wiedersehen, Hamza.«

»Auf Wiedersehen, Luise.« Er deutete eine Verbeugung an.

Luise lächelte, wusste nicht recht, was sie von der kurzen Begegnung zu halten hatte. Aber sie spürte, wie sehr Hamza sich um ihre Sprache bemühte, und freute sich aufrichtig darüber, dass das Eis zwischen ihnen gebrochen war.

6. Kapitel

Hamburg, Ende Oktober 1888

Kamerun, 23. September 1888
Geliebte Familie,
zusammen mit diesem Brief erreicht Euch die erste Ladung Kakaobohnen von unserer Plantage in Kamerun, und wir können unser Glück kaum fassen, wie üppig die Ernte schon jetzt ausgefallen ist. Bereits mit dem nächsten Schiff in etwa zwei Wochen werden wir Euch eine weitere Ladung schicken und bitten Euch, dem Kapitän dann das Geld mitzugeben, das Ihr entbehren könnt, damit wir unseren Verpflichtungen hier nachkommen können.
Wir hoffen, dass Ihr Euch bester Gesundheit erfreut, genau wie wir es tun. Das Leben in Afrika ist anders – einfacher und doch anspruchsvoller –, als ich gedacht hätte. Die Menschen hier leben im Einklang mit der Natur und den Tieren, achten auf Winde und Wetter. Es gibt viel für uns zu lernen und zu verstehen, was uns fremd erscheint.

Ich habe den Eindruck, dass die Duala, so heißen die Einheimischen, die in der Nähe unserer Plantage in ihren Hütten wohnen, von uns ebenso viel lernen wie wir von ihnen. Einige sind zurückhaltend, fast schon argwöhnisch, scheinen uns nicht zu vertrauen. Doch ich glaube, es wird nur eine Frage der Zeit sein, bis jeder versteht, dass wir ihnen nichts Schlechtes wollen.

Die Deutschen hier in der Gegend sind offene, entgegenkommende Menschen, mit denen sich gut auskommen lässt. Wir haben viele von ihnen heute kennengelernt, als wir das erste Mal den Gottesdienst besuchten.

Wenn Euch dieser Brief erreicht, wird Johann Meyerdierks Afrika bereits verlassen haben. Ich hoffe, wir werden die Farm in seinem Sinn und nach seinen Vorstellungen weiterführen und damit fortsetzen können, was er in den letzten Jahren aufgebaut hat. So viel nun zu meinem ersten Eindruck.

Elisabeth, Martha und Luise werden ebenfalls Briefe beifügen. Bitte schreibt uns und haltet uns auf dem Laufenden, wie sich alles bei Euch entwickelt. Und teilt mir bitte die Anschrift des neuen Kontors in Wien mit, sobald Karl ein passendes gefunden hat. Schreibt mir auch, wie Ihr die Mengen künftig aufteilen wollt. Vorerst sende ich alles ins Kontor nach Hamburg und vertraue auf Eure Verkaufsexpertise.

Bleibt alle gesund und schreibt uns bald!

Herzlichst
Euer Robert

Georg ließ den Brief sinken, nachdem er die Zeilen seines Bruders laut vorgelesen hatte, und sah zu Vera, seinen beiden Kindern und seinem Bruder Karl, die sich alle um den Esstisch versammelt hatten. Dann rieb er sich die Augen.

»Hier sind noch weitere Briefe an euch«, erklärte er. »Ein Brief für dich von Elisabeth«, sagte er zu Vera und reichte ihr das Kuvert. »Für Frederike und Richard von Martha und Luise, dann noch einer von Martha an Frederike und ein Brief von Robert an Karl und mich. So.« Er übergab die Schreiben den jeweiligen Empfängern.

»Wie viel hat Robert bereits liefern können?«, fragte nun Vera. »Seid ihr beiden ebenso zufrieden wie er?« Sie sah erst ihren Mann, dann Karl an.

»Robert hat von uns allen am meisten auf sich genommen«, antwortete Karl. »Und wir sind ihm und seiner Familie zu großem Dank verpflichtet. Noch ist nicht alles gewogen, aber es dürften um die zweihundert Tonnen sein, die Robert uns geschickt hat.«

»Und wenn man bedenkt, dass sie gerade mal etwas über zwei Wochen in Kamerun gewesen sein können, als die erste Lieferung auf das Schiff geladen wurde, ist die Menge umso erstaunlicher«, fügte Georg hinzu.

»Werden wir damit alles bezahlen können?«, fragte Vera etwas bang.

Richard und Frederike sahen den Vater ebenso erwartungsvoll an wie Vera, die sofort bereute, die Frage vor den Kindern gestellt zu haben.

»Karl und ich haben uns bereits bemüht, Käufer für den Kakao zu finden. Doch hier in Hamburg und Umgebung steht noch immer der Kaffee am höchsten im Kurs. Es wird nicht einfach.«

»Deshalb sollte ich auch so schnell wie möglich nach Wien aufbrechen«, hakte Karl ein.

»Wann willst du fahren?«

»Am besten gleich morgen, sobald wir alles zusammengestellt haben. Wir haben keine Zeit zu verlieren.«

»Kann ich irgendetwas tun?«, fragte Richard, was ihm einen überraschten Blick seines Vaters einbrachte.

»Ich freue mich aufrichtig, dass du fragst, mein Sohn.« Georg überlegte kurz. »Du könntest mir mit den Papieren helfen und dir auf diese Weise auch gleich einen Überblick verschaffen.«

»Natürlich.«

»Ich würde auch gern etwas tun«, bot Frederike an, doch es war deutlich zu spüren, dass sie ihrem Bruder lediglich nicht nachstehen wollte.

»Das ist keine Frauenarbeit«, warf Vera belehrend ein. »Die Männer werden es schon richten, Frederike.«

»Ja, Mutter.«

Georg erhob sich. »Karl, würdest du mit mir bitte ins Arbeitszimmer kommen?«

»Gern.« Karl stand ebenfalls auf.

Als Georg an Richards Stuhl vorbeiging, legte er kurz seine Hand auf die Schulter seines Sohnes. »Ich bin stolz auf dich«, sagte er. Richard konnte sich nicht erinnern, wann er dies zum letzten Mal von seinem Vater gehört hatte. Er lächelte, als Georg und Karl das Esszimmer verließen.

Auf der Treppe blieb Georg stehen und betrachtete das Gemälde seiner Eltern, das diese bei ihrer Silberhochzeit zeigte. »Ich glaube, sie wären zufrieden mit uns.«

»Das sollten sie auch«, gab Karl zurück. Dann gingen sie in das Arbeitszimmer, das früher ihrem Vater gehört hatte. Georg trat hinter den wuchtigen Schreibtisch mit der Lederauflage, zog die mittlere Schublade auf und holte eine Mappe hervor. »Wir müssen besprechen, was wir am dringendsten zu bezahlen haben.«

Karl nahm auf einem der Stühle vor dem Schreibtisch Platz. »Du fürchtest, dass wir die Kakaobohnen nicht schnell genug verkaufen können, nicht wahr?«

»Zumindest hier bei uns kennen sich viele noch nicht mit der Verarbeitung aus«, gab Georg zu bedenken.

Karl überlegte kurz. »Mir kommt da ein Gedanke … aber nein, wahrscheinlich hältst du mich für verrückt.«

»Nun sag schon!«

»Wir sollten eine kleine Menge Kakaobohnen holen und dann selbst heiße Schokolade herstellen. Als Getränk, meine ich, mit Sahne und Zucker, wie ich es in den Kaffeehäusern in Wien getrunken habe.«

»Und dann verkaufen?«

Karl zögerte. »Ja, vielleicht auch das. Vor allem aber müssen wir dafür sorgen, dass die Schokolade im wahrsten Sinne des Wortes in aller Munde ist. Wir könnten Anna probeweise mit einem kleinen Stand auf den Wochenmarkt schicken, und den Kakao auch hier in allen Teestuben anbieten.«

»Wir betreiben ein Kontor, Karl. Führt das alles nicht zu weit? Ich möchte nicht, dass wir uns verzetteln und den Überblick verlieren.«

»Womöglich hast du recht. Doch einen Versuch wäre es wert.«

»Vera wird mich für verrückt erklären.«

»Vera kann sich ein neues Kleid kaufen, wenn unser Vorhaben glückt.«

Karl schmunzelte.

»Das wird sie überzeugen«, gab Georg zurück und hob belustigt die Augenbrauen.

»Dann machen wir es?«

Georg stand auf. »Ja, machen wir's. Lass die Kutsche anspannen. Ich gehe nur eben zu Vera und und sage ihr, dass wir noch mal fortmüssen.«

Die beiden verließen das Arbeitszimmer. Während Karl zu den Stallungen hinter dem Haus eilte, um dem Kutscher Bescheid zu geben, trat Georg in den Salon.

»Karl und ich fahren noch mal ins Kontor.«

»Ach ja?« Vera ließ das Buch, in dem sie gelesen hatte, in den Schoß sinken. »Weshalb denn?«

»Um Kakaobohnen zu holen. Sag Anna, sie soll in der Küche Pfannen zum Rösten bereitstellen.«

»Wovon redest du da bitte?«

»Wir werden Kakaobohnen rösten und dann heiße Schokolade machen.«

»Jetzt seid ihr völlig durchgedreht.«

»Mag sein. Aber wenn wir recht behalten, wirst du dir bald ein paar neue Kleider kaufen können.«

Vera öffnete den Mund und schloss ihn wieder. Dann stand sie auf.

»Ich gebe Anna gleich Bescheid«, verkündete sie und ging ohne weitere Widerrede hinaus.

»Bist du sicher, dass wir es richtig machen?« Georg sah skeptisch auf die schwarzen Kakaobohnen in der Pfanne. »Das riecht ganz schön beißend, oder?«

Karl zuckte mit den Schultern. »So hat es mir die Kaffeehausbesitzerin in Wien gezeigt.«

»Irgendwas haben wir falsch gemacht.« Georg hob die Pfanne hoch, während Vera, Richard, Frederike und Anna, wie von den Brüdern erbeten, am Küchentisch saßen und darauf warteten, die erste heiße Schokolade aus dem Hause Hansen probieren zu dürfen.

»Ich kenne mich damit ja nicht aus«, meinte Anna, der es offensichtlich schwerfiel, am Tisch zu sitzen, während die beiden Männer am Herd standen. »Aber könnte es sein, dass die Hitze zu groß war?«

Georg sah sie verdutzt an und blickte dann auf den gusseisernen Kohleherd.

»Darf ich es mal versuchen?«, bat die Haushälterin.

»Ja, gern.« Georg stellte die Pfanne ab, während Anna sich von ihrem Stuhl erhob und an den Herd trat. Sie griff nach dem Lappen, den zuvor Georg gehalten hatte, nahm die Pfanne hoch und roch an den Bohnen. »Die sind nicht geröstet, sondern verbrannt.« Ohne zu zögern, warf sie die Bohnen in den Mülleimer, ging zur Spüle, wusch die Pfanne aus, die bei der Berührung mit dem Wasser zischte, und rieb sie dann trocken.

»Gnädiger Herr«, wandte sie sich nun an Karl. »Was genau hat die Kaffeehausdame Ihnen zum Vorgang der Schokoladenherstellung gesagt?«

»Dass die Kakaobohnen erst geröstet, dann geschält und schließlich gemahlen werden müssen. Dann kocht man das Pulver mit Wasser oder auch mit Milch, je nach Geschmack. Zum Schluss fügt man Zucker hinzu und verfeinert noch mit Sahne.«

Anna nickte. »Gut. Wenn die Herrschaften erlauben, werde ich es jetzt versuchen.«

Georg und Karl nickten ihr aufmunternd zu.

»Ich bitte um Verzeihung, aber würden Sie sich an den Tisch setzen? Ich kann es nicht ausstehen, wenn jemand beim Kochen direkt hinter mir steht.« Der Haushälterin war anzusehen, wie unangenehm es ihr war, ihre Herrschaft auf diese Art zurechtzuweisen.

Georg und Karl grinsten sich an. »Ganz wie bei Mutter«, sagte Georg mit Spott in der Stimme, dann setzten sie sich wieder an den Tisch.

Anna stellte die Pfanne auf den Kohleherd und wartete, bis sie erhitzt war. Dann nahm sie sie vom Feuer, griff in den Sack und holte eine Handvoll Kakaobohnen heraus, die sie in die Pfanne gab. Anschließend stellte sie diese wieder auf den

Herd, umwickelte den Griff mit dem Lappen und rüttelte die Pfanne ohne Unterlass. Die Kakaobohnen tanzten durch das gusseiserne Gefäß und verströmten nach und nach einen süßlichen Duft. Anna schwenkte die Pfanne immer weiter, nahm sie schließlich vom Herd und stellte sie daneben auf den Kacheln ab. Dann griff sie nach einem kleinen Löffel, nahm eine Bohne heraus und rieb sie zwischen den Fingern. »Fühlt sich an wie eine Nuss.« Sie drückte einige Male, pulte dann den Kern aus der Schale und rieb diesen abermals zwischen ihren Fingern. Sie streckte die Zunge heraus und leckte vorsichtig mit der Zungenspitze darüber. »Es ist ein bisschen bitter«, stellte sie fest, nahm eine weitere Kakaobohne aus der Pfanne, drückte auch diese auf und gab sie Karl. »Ist es so richtig?«

Karl roch daran, war sich aber offenbar nicht sicher, ob die Bohnen, die die Kaffeehausbesitzerin ihm nach dem Rösten gezeigt hatte, genauso geduftet hatten. »Gib mir ein paar und einen Mörser. Und setz Wasser auf. Dann wissen wir es bald.«

Anna tat, wie ihr geheißen, und nun stand Frederike auf und half ihr dabei, die Schalen von den Kernen zu lösen. Dann erhob sich auch Richard und nahm seiner Schwester einige Bohnen ab. Georg trat an Karls Seite, der mit dem Mörser beschäftigt war, und tunkte seine Fingerspitze in das Pulver, um es zu probieren. Eine ganz besondere Stimmung entstand in der Küche. Es war, als wollte jeder von ihnen zum Gelingen beitragen. Nur Vera blieb sitzen und wartete ab. Als alle Bohnen geschält und im Mörser zu Pulver verarbeitet waren, füllte Anna etwas kochendes Wasser in eine Tasse und gab das Pulver hinein. Sie rührte um, fügte ein wenig Zucker hinzu. Das Getränk war recht dünn und sehr durchsichtig.

»Im Kaffeehaus hat es kräftiger ausgesehen«, bemerkte Karl.

»Wir müssen die Mengen noch genau abstimmen«, erklärte Anna, tunkte dann einen kleinen Löffel hinein und probierte.

Ihr Gesicht leuchtete auf. »Ich glaube, wir sind auf einem guten Weg.«

Nacheinander kosteten alle, dann rösteten sie noch mehr Kakaobohnen, schälten sie und mahlten sie zu Pulver. Als sie zwei Stunden später ihre Arbeit in der Küche schließlich einstellten, hatten sie mehrere Tassen köstlicher heißer Schokolade fabriziert.

»Ich könnte immer weitertrinken«, sagte Frederike schwärmerisch.

»Wir brauchen einen Marktstand«, erklärte Georg. »Anna, du hast an den Tagen, an denen du den Verkauf auf dem Markt übernimmst, anschließend frei.«

»Danke, gnädiger Herr.«

»Und wer soll dann hier für Ordnung sorgen, während Anna fort ist?«, gab Vera erbost von sich. »Die Dienstmädchen brauchen Annas Aufsicht. Sonst ist es am Ende nicht in Ordnung.«

»Es wird sich schon jemand finden«, versuchte Georg seine Frau zu beschwichtigen.

»Eines sage ich dir, Georg Hansen: Ich werde nicht dulden, dass am Ende die Hausarbeit nicht mehr vernünftig geregelt ist. Es ist mir und den Kindern nicht zuzumuten, in Unordnung zu leben.«

»Da hast du natürlich recht, Vera. Wir können es ja so machen, dass du dir eine Schürze umbindest und statt Anna unsere Schokolade auf dem Markt anbietest. Was hältst du davon?«

Vera öffnete den Mund. »Das ist ungeheuerlich!«

»Ich könnte direkt nach dem Markt zurückkommen und die Hausarbeit erledigen«, bot Anna an.

»Wir werden uns etwas überlegen, Anna. Erst mal vielen Dank. Wir werden dich zunächst vor allem für das Rösten der Bohnen brauchen. Frederike, Richard, könnt ihr beim Schälen helfen?«

»Ja, Vater«, kam die Antwort der Geschwister wie aus einem Mund.

»Danke. Ich bin froh, dass ihr verstanden habt, wie wichtig dies hier für den Erhalt unserer Familie ist.« Er sah Vera an, durchbohrte sie geradezu mit seinem Blick, schüttelte dann den Kopf und ging hinaus.

Karl brach gleich am nächsten Tag auf.

»Schick ein Telegramm, sobald du etwas angemietet hast, und teile mir mit, wohin ich die Kakaobohnen schicken kann.« Georg sah zu seinem jüngeren Bruder, der schon mitsamt seinem Gepäck in der Kutsche saß.

»Das werde ich. Ich habe ein gutes Gefühl, Georg, es wird gelingen!«

»Wir werden alles dafür tun.« Die Brüder reichten sich noch einmal die Hand, nachdem sie sich, ehe Karl die Kutsche bestiegen hatte, bereits umarmt hatten. Dann hob Karl den Arm und verabschiedete sich von den Kindern und Vera. Letztere war an der Eingangstür stehen geblieben. Sie hatte sich zuvor im Haus von ihrem Schwager verabschiedet und ihm eine gute Reise gewünscht, sodass sie sich nicht mehr die Mühe machte, ihn bis zur Kutsche zu begleiten.

Während Georg, Richard und Frederike ihm noch nachwinkten, machte Vera kehrt und ging ins Haus hinein.

Karl fuhr mit der Eisenbahn über Hannover und Göttingen nach Würzburg, Nürnberg, Regensburg und Passau, wo er in einem Gasthaus übernachtete. Tags darauf wollte er nach dem Passieren der Grenze zu Österreich-Ungarn und der Städte Wels, Linz, Amstetten und St. Pölten am Nachmittag in Wien sein.

Während der Zugfahrt hatte er viel Zeit zum Nachdenken. Seine Familie würde ihm fehlen, doch freute er sich auch auf die Unabhängigkeit, die ihm sein neues Leben in Wien ermöglichen würde. Vielleicht, so hoffte er, würde er dann endlich seinen Platz im Leben finden. Er konnte es nicht recht beschreiben, doch er spürte schon lange, dass er für ein Leben, wie seine Brüder es führten, irgendwie nicht gemacht war. Er hatte sich manches Mal gefragt, wie die Frau sein müsste, für die er sich wirklich interessieren würde. Er hatte Affären gehabt, ja, aber keine hatte ihm jemals wirklich Befriedigung verschafft. Das ging sogar so weit, dass ihm der Gedanke an ein romantisches Abenteuer mit der einen oder anderen, das sich angeboten hatte, geradezu absurd vorgekommen war. Und es war ihm nie schwergefallen, letztlich davon Abstand zu nehmen.

Wenn andere Männer seines Alters oder sogar jüngere in einer Herrenrunde frivole Bemerkungen über ihre amourösen Erlebnisse fallen ließen, hatte Karl das meistens abstoßend gefunden. Er war weder auf eine Affäre aus noch reizte ihn der Gedanke, mit einer Frau sesshaft zu werden. Und nach einer Ehefrau wie Vera oder Elisabeth stand ihm schon gar nicht der Sinn. Er war gespannt, ob die Frauen in Wien womöglich anders waren und es ihm dort vielleicht gelang, tiefe Gefühle für eine Frau zu entwickeln. Aber im Grunde bezweifelte er es.

Wie geplant hatte er in Passau in einem Hotel in Bahnhofsnähe übernachtet. Die Unterkunft war einfach, doch er wollte sein Geld zusammenhalten. Schließlich musste er damit rechnen, die Miete für ein Kontor mit Lager für drei Monate im Voraus bezahlen zu müssen, und darüber hinaus genug Geld für seine eigene Unterkunft, Essen, Trinken und auch noch die Telegramme bereithalten. Alles war sehr knapp kalkuliert, doch Georg und er hatten keinen großen Spielraum.

In den Gasthäusern, in denen er eingekehrt war, hatte er jedes Mal gefragt, ob auch Schokolade angeboten wurde. Er erhielt nicht ein einziges Mal eine positive Antwort. Und auch auf seinen Hinweis, dass das Getränk immer mehr in Mode komme und er die dafür benötigten Kakaobohnen liefern könne, erntete er nur unverständige Blicke.

Es war früher Abend, als er Wien erreichte und etwas gerädert von der Bahnreise, aber auch erleichtert aus dem Zug stieg und den Wiener Nordbahnhof betrat. Karl hatte schon bei seinem ersten Besuch in Wien über das riesige, im Stil des romantischen Historismus gebaute und 1865 nach etwa sechsjähriger Bauzeit fertiggestellte Bahnhofsgebäude gestaunt. Der als Durchgangsbahnhof gestaltete Bau wies viele verspielte Details, aber auch hohe und großzügige Decken auf. Karl stand auf dem breiten Bahnsteig und sah sich in der großen, fünf Gleise umfassenden Bahnhofshalle um. Er legte den Kopf in den Nacken und betrachtete die im Dach schräg eingelassenen Oberlichter, durch die die Abendsonne einfiel. Staunend folgten seine Augen den hohen eisernen Säulen, auf denen die Dachkonstruktion ruhte.

Vom Bahnsteig aus ging er über eine prächtige, längs der Gleise führende Treppe in die Ankunftshalle hinunter. Er erkannte immer wieder Stilelemente, die zum Teil gotisch oder romanisch anmuteten, an manchen Stellen sogar byzantinisch oder maurisch-arabisch. Karl dachte, dass diejenigen, die den Nordbahnhof als den prunkvollsten Wiens rühmten, vollkommen recht hatten. Schließlich verließ er den Bahnhof und betrat durch einen der fünf Torbögen die davor befindliche Nordbahnstraße, neben der die namensgebende Nordbahn verlief.

Noch bevor er sich eine Unterkunft suchte, ging er in das Kaffeehaus, in dem ihm die Besitzerin bei seinem Besuch mit Robert und Richard die Kakaobohnenverarbeitung gezeigt hatte.

Sie erkannte ihn auf Anhieb wieder. »Klaus Hansen, nicht wahr? Der Schokoladenmann.« Sie trat ihm entgegen und reichte ihm die Hand.

»*Karl* Hansen«, korrigierte er. »Guten Tag, Fräulein Loising. Aber Schokoladenmann stimmt mehr denn je.«

»Wirklich? Sie haben also Ihren Plan in die Tat umgesetzt?«

Karl breitete die Arme aus. »Vor Ihnen steht Ihr neuer Kakaobohnenlieferant.« Er sah sie prüfend an. »Zumindest hoffe ich das.«

»Bitte, setzen wir uns doch.« Sie winkte der Kellnerin zu. »Frieda, übernimm meinen Bereich eine Weile. Ich habe ein Gespräch zu führen.«

Die Kellnerin nickte und verschwand dann in der Küche.

»Was möchten Sie trinken, Herr Hansen?«

»Schokolade natürlich, was sonst?«

»Mit Vergnügen. Bitte nehmen Sie Platz. Ich bringe sie Ihnen.«

»Vielen Dank.« Karl ging zu dem Tisch ganz hinten in der Ecke am Fenster und setzte sich. Dann sah er sich um. Dieses Kaffeehaus hatte etwas ganz Besonderes, und das nicht nur wegen seiner reizenden Inhaberin. Therese Loising mochte etwa in seinem Alter sein, womöglich ein oder zwei Jahre jünger. Ihre dunkelblonden, langen Haare waren locker hochgesteckt und mit einem Seidenband geschmückt. Sie trug eine weiße Bluse und einen schlichten schwarzen Rock, der ihre zierliche Figur betonte. Wie sie Karl bei seinem letzten Besuch erzählt hatte, war sie unverheiratet und gedachte es auch zu bleiben. Sie war ganz anders als alle Frauen, die er bisher kennengelernt hatte. Freundlich und zuvorkommend waren viele, doch Therese wirkte überhaupt nicht so, als wäre sie darauf aus, einem Mann zu gefallen. Sie war unabhängig, so erfrischend unkonventionell und hatte ein glockenhelles und geradezu ansteckendes Lachen.

Auch die Einrichtung des Kaffeehauses entsprach ihrem Wesen. Es gab runde und eckige Tische, an denen zwei bis vier Stühle standen. Die Stühle waren aber nicht alle gleich, sondern passten nur am jeweiligen Tisch zueinander. Im gesamten Kaffeehaus jedoch waren sie alle unterschiedlich. Manche waren mit einem grünen, andere mit einem roten Polster überzogen. Dann gab es wiederum einfache, dunkle Holzstühle mit hoher Lehne oder auch solche mit geflochtenem Einsatz am Rücken. Karl wusste nicht, ob es Absicht war oder lediglich dem Umstand geschuldet, dass Therese das Kaffeehaus erst nach und nach erweitert hatte und die Einrichtung nun im Grunde gar nicht mehr zusammenpasste, aber genau dadurch ein stimmiges Bild abgab. Die Wände waren in einem hellen Rot tapeziert, das leicht schimmerte. Der Fußboden bestand aus breiten, schön polierten Holzdielen. Nichts passte zueinander, und doch passte alles. Und den Gästen schien es zu gefallen. Bis auf zwei Tische waren alle besetzt.

Therese kam mit zwei Tassen zurück. »Schokolade für den Schokoladenmann«, sagte sie lachend an, stellte die Tassen ab und setzte sich.

»Nennen Sie mich doch bitte Karl. Obwohl mir Schokoladenmann auch sehr gut gefällt.«

»Therese.« Sie hob die Tasse. »Probieren Sie! Ich habe unser Rezept nochmals verfeinert.«

Karl nippte an der Tasse. Die Schokolade war heiß, jedoch nicht so, dass er sich die Zunge verbrannte. Zusammen mit der kühlen aufgeschlagenen Sahne erzeugte sie einen reizvollen Zweiklang an seinem Gaumen. »Wirklich köstlich«, urteilte er und bemerkte, dass er bereits die Hälfte der Tasse geleert hatte.

Therese lachte auf. »Jetzt haben Sie *noch* einen Bart.«

Karl zog eilig ein Taschentuch hervor und tupfte um seinen Mund herum. Wäre er nicht so in Mode, er hätte sich diesen sorgsam gezwirbelten Schnurrbart längst abrasiert. »Besser?«

Therese nickte. »Es gefiel mir auch vorher, doch jetzt ist es gut.« Sie trank einen Schluck. »Hatten Sie eine gute Reise von Hamburg?«

»Ja, ohne besondere Vorkommnisse. Allein kommt man eben doch rascher voran.«

»Also sind Ihr Bruder und Ihr Neffe dieses Mal nicht mitgekommen?«

»Nein«, sagte Karl. »Mein Bruder Robert, den Sie kennengelernt haben, hat eine Kakaoplantage in Kamerun übernommen, und mein Neffe ist in Hamburg bei seinen Eltern.«

Therese war begeistert. »Wirklich? Die Plantage von Herrn Meyerdierks etwa, mit dem ich Sie seinerzeit bekannt gemacht habe?«

»Genau die.«

»Das gibt es ja gar nicht! Ach, ich freue mich von Herzen. Na, Sie zögern aber wirklich nicht lange.«

»Wir fanden es eine ausgezeichnete Idee. Wozu also warten?«

»Endlich ein Mann der Tat!« Sie lächelte ihn freundlich an. »Womöglich sind die Hamburger einfach so. Hier bei uns wird alles immer endlos besprochen und abgewogen, aber nur keine Entscheidung getroffen.« Sie verdrehte die Augen. »Ich glaube, wenn es mir hier nicht mehr gefällt, werde ich nach Hamburg gehen und dort ein Kaffeehaus eröffnen.«

»Auf gar keinen Fall!«, sagte Karl streng.

»Weshalb nicht?«

»Na, weil ich jetzt hier bin und mich in Ihrem Wien noch überhaupt nicht auskenne und darauf hoffe, dass Sie es mir zeigen.«

»Und schon wieder setzen Sie sogleich etwas in die Tat um. Karl Hansen, Sie könnten mir gefährlich werden.«

»Das hoffe ich doch.«

Eine kurze Pause entstand, in der beide von ihrer Schokolade tranken.

»Und, was denken Sie, Therese? Hätten Sie Lust, meine erste Abnehmerin in Wien zu werden?«

»Mit Freuden. Zwar habe ich gerade mein Lager etwas aufgefüllt, doch ist noch einiges an Platz übrig. Wie viel können Sie liefern?«

»Wie viel brauchen Sie denn?«

»Zwanzig Kilo? Oder ist das zu viel?«

»Auch das Doppelte wäre nicht zu viel.«

»Wunderbar. Und machen Sie mir einen besseren Preis als den anderen Kaffeehäusern?«

»Ich werde Ihnen einen sehr guten Preis machen«, sicherte er ihr zu. »Und wenn Sie mich nicht verraten, dann auch einen besseren als den anderen Kaffeehäusern.« Er zwinkerte ihr zu.

Sie streckte ihm die Hand entgegen. »Dann, lieber Karl, haben Sie in mir die beste Stadtführerin, die Sie sich nur wünschen können.«

Er griff ihre Rechte und schüttelte sie.

»Haben Sie schon eine Unterkunft?«, erkundigte sich Therese.

»Nein, ich bin eben erst angekommen.«

»Und direkt zu mir geeilt – das nenne ich die richtige Einstellung«, scherzte sie. »Ich könnte einige Freunde fragen, die Zimmer vermieten. Oder wollen Sie lieber eine größere Wohnung?«

»Nein, ein Zimmer reicht fürs Erste völlig. Danke. Und ich brauche auch noch ein Kontor oder einen Lagerraum, wohin ich die Kakaobohnen liefern lassen kann.«

»Wie viel Geld haben Sie denn?«

Karl machte eine vage Kopfbewegung. »Ich brauche nichts Besonderes. Nur so viel Platz, dass ich den Kakao unterbringen kann.«

»Da wird sich schon etwas finden«, gab sie lächelnd zurück. »Die Wiener sind sehr gastfreundliche Menschen. Und ich habe viele Freunde. Holen Sie mich um halb sieben hier ab. Dann machen wir uns zusammen auf den Weg.«

»Um halb sieben?«

»Genau. Ich muss jetzt weitermachen, Sie sehen ja …« Therese deutete mit dem Arm. Im Kaffeehaus waren inzwischen alle Plätze besetzt, und es standen sogar schon einige Gäste in der Tür und warteten auf einen frei werdenden Tisch.

»Ich werde pünktlich da sein.« Karl zog seine Brieftasche hervor.

Therese stand auf. »Die Schokolade geht aufs Haus. Willkommen in Wien, Schokoladenmann!«

7. Kapitel

Kamerun, November 1888

Luise wischte sich den Schweiß von der Stirn. Während daheim in Hamburg langsam der Winter Einzug hielt, hatten sie hier am Tag stets über dreißig Grad Celsius. Erst am Abend wurde es merklich kühler. Luise half jeden Tag bei der Ernte, wofür sie von ihrer Mutter und Martha nur verspottet wurde. Manchmal, das musste sie zugeben, hätte sie schon gern mit den beiden getauscht oder sich mit einem kühlen Getränk zu ihnen gesetzt. Doch diesen Triumph wollte Luise den beiden nicht gönnen. Ihr Stolz siegte über ihre müden Beine und die Erschöpfung, sodass sie nur etwas Wasser trank und gleich weiterarbeitete. Wie so oft gaben Luise die Gesänge der Arbeiter neuen Schwung, sie sangen melodisch und in gleichmäßigem Rhythmus. Manches Lied hätte sie sogar schon mitsummen können, traute es sich aber nicht, sodass sie nur ihre Bewegungen dem Gesang anglich und mit den anderen im Einklang blieb.

Malambuku kam immer mal wieder vorbei, beaufsichtigte alles. Anders als zu Beginn ihres Aufenthalts, wo sie noch geglaubt hatte, dass Malambuku eine Art Vorarbeiter von

Johann Meyerdierks sei, hatte sie in der Zwischenzeit verstanden, dass er nichts Geringeres als der Vorarbeiter war, der seine Stammesbrüder einteilte und die Aufsicht darüber führte, dass jeder die ihm zugewiesene Arbeit sorgfältig verrichtete. Und noch etwas war ihr aufgefallen: Wenn Malambuku von der Farm zur Plantage herüberkam, behandelte er jeden dort gleich und wechselte auch kein weiteres Wort mit Hamza und dessen Brüdern. Kam aber Hamza zur Farm, wenn er seinen Vater etwas fragen wollte oder ihm etwas auszurichten hatte, behandelte Malambuku ihn stets mit der freundlichen Zuwendung eines Vaters, der seinen Sohn liebte und über die Maßen stolz auf ihn war.

»Luise kann mitsingen.« Hamza war an ihre Seite getreten und half ihr, die Holzstückchen zwischen den Kakaobohnen herauszulesen.

»Nein, das kann ich nicht.«

»Luise macht, wenn keiner merkt.« Hamza nickte wissend.

»Nein, mache ich nicht«, widersprach sie sofort.

Hamza grinste breit. »Luise macht, und Hamza weiß es.«

Sie wollte etwas erwidern, doch er ging auf die gegenüberliegende Seite der hölzernen Einfassung und setzte dort seine Arbeit fort.

Noch vor einigen Wochen hätte sie sich darüber geärgert, dass er sie mit der letzten Bemerkung einfach so stehen ließ. Inzwischen hatte sie jedoch verstanden, dass er es nicht böse meinte. Hamza gehörte zu den Menschen, die aufhörten zu sprechen, wenn alles gesagt war.

»Willst du eines Tages mal Vorarbeiter werden wie dein Vater?«, nahm sie das Gespräch wieder auf.

»Ja, eines Tages, wenn mein Vater tot ist.«

Luise zuckte zusammen. »Aber Malambuku wird doch nicht arbeiten, bis er tot umfällt. Ich meine, wenn er sich eines Tages zur Ruhe setzt.«

Hamza zog die Stirn in Falten. Offenbar konnte er mit der von Luise gewählten Redewendung nichts anfangen.

»Ich meine, wenn er alt ist und genug gearbeitet hat und dann nur noch …«, sie suchte nach einem Beispiel, »nur noch auf die Rinder aufpasst.«

»Das ist Arbeit für kleine Jungen. Mein Vater ist ein starker Mann.«

»Ja, du hast natürlich recht. Entschuldige, dass ich gefragt habe.« Manchmal machte Luise die Sprachbarriere zwischen ihnen zu schaffen. Hamza verstand Deutsch im Grunde recht gut, nur war ihm manches einfach nicht klarzumachen. Ob nun der Sprache oder der anderen Kultur wegen, war nicht immer eindeutig.

»Und du? Wirst du eines Tages die Arbeit von deinem Vater weitermachen?«

Luise wurde nachdenklich. Vom ersten Moment an hatte sie gespürt, dass hier und nirgends sonst ihr Zuhause war. Doch würde es ihr überhaupt möglich sein, eines Tages die Farm zu übernehmen? Dass Martha das nicht anstrebte, war klar. Dann wohl eher Richard, ihr Cousin. Aber sie selbst? Eine Frau in Afrika? Das klang dann doch zu absurd. »Bei uns zu Hause verdient der Mann das Geld, weißt du, und die Frauen arbeiten nicht. Also die, die genug Geld haben, meine ich.«

»Aber du bist eine Frau?«

»Ja.«

»Und du machst hier Arbeit.« Er überlegte kurz. »Dann haben deine Mutter und deine Schwester genug Geld und du nicht?«

»Guter Einwand«, sagte sie und schmunzelte. »Sie mögen die Arbeit nicht, ich schon.«

Hamza schüttelte den Kopf, und Luise merkte, dass sie ihm kaum verständlich machen konnte, wie sie dachte. Kein Wunder. Nicht einmal die Deutschen hier im Land zeigten Verständnis dafür, dass sie bei der Ernte half. Luise hatte schnell gemerkt, dass sie auch hier nicht herpasste. Sie gehörte einfach nicht in die Welt dieser hochgestellten deutschen Persönlichkeiten, deren Ziele und Maßstäbe so ganz andere waren als ihre.

»Wenn du nicht weiterführst die Farm, was machst du dann?«

»Ich werde wohl irgendwann nach Hamburg zurückkehren müssen.« Im Kopf fügte sie »und heiraten« hinzu, sprach es aber nicht aus. Allein der Gedanke ließ sie schaudern.

»Was ist in Hamburg?«

»Da komme ich her, und da wohnt der Rest meiner Familie: meine Onkel, meine Tante, meine Cousine und mein Cousin.«

Hamza nickte. »Ich würde gern dorthin gehen.«

»Wohin? Nach Hamburg?«

Wieder nickte er.

»Weshalb denn?«

»Mein Vater sagt, dort du kannst lernen schreiben und lesen. Und kannst verkaufen eigene Bohnen und versorgen Familie und ganzen Stamm.«

»Du möchtest Lesen und Schreiben lernen? Das wusste ich nicht.«

»Viele meiner Brüder denken nicht. Doch ich tue. Als mein Vater war kleiner Junge, es gab kaum weiße Männer hier bei uns. Dann kamen und brachten uns viel bei. Ich wäre gern klug wie weißer Mann.«

»Ach, Hamza.« Sie legte den Kopf schief. »Du bist doch klug. Du sprichst meine Sprache, ich deine aber nicht. Du bist viel klüger als ich.«

»Ich nicht spreche gut genug.«

»Möchtest du, dass ich dir dabei helfe?«

»Wie helfen?«

»Wir sprechen miteinander, und ich helfe dir, immer besser zu reden. Genau wie die Weißen.«

Hamza strahlte. »Das wäre sehr schön«, gab er zurück und deutete eine Verbeugung an. »Was du möchtest im Tausch?«

»Was möchtest du im Tausch dafür haben – so heißt es richtig.«

Hamza begriff, dass die Lehrstunde bereits begonnen hatte, und wiederholte: »Was möchtest du im Tausch haben?«

»Sehr gut.« Sie lächelte ihn an. »Wir sind Freunde, Hamza. Ich möchte dir einfach nur helfen.«

»Freunde?«

Luise nickte. »Ja, für mich ist es so. Genau genommen, bist du der einzige Freund, den ich habe.«

Hamza wusste nicht recht, was er dazu sagen sollte. »Danke«, brachte er dann hervor und fügte hinzu: »Mein Freund Luise.«

Kurz wollte sie ihn verbessern, doch die Formulierung gefiel ihr. »Ja, ich bin dein Freund Luise, Hamza.«

Die nächsten Tage hatten Luise und Hamza viel Spaß beim täglichen Lernen. Anfangs bedachten die anderen sie noch mit fragenden Blicken, doch schnell gewöhnten sich alle daran, dass Luise und Hamza miteinander Umgang hatten. Hamza war sehr aufmerksam, wiederholte meist jeden einzelnen Satz, den Luise sprach. Und tatsächlich verbesserte sich sein Deutsch rascher, als Luise es für möglich gehalten hätte. Seine Sätze wurden länger, und er benutzte nun Subjekt, Prädikat und Objekt in der richtigen Abfolge. Manchmal glaubte Luise, ihre eigene Lehrerin sprechen zu hören, wenn sie sich mit Hamza unterhielt. Wenn der Privatlehrer hingegen seine Stunden gab, hörte Luise ihm kaum zu.

Vor einigen Tagen waren Briefe von zu Hause angekommen. Luise hätte es nie für möglich gehalten, wie sehr sie sich über ein paar Zeilen von ihrer Verwandtschaft freuen könnte. Außerdem hatte Onkel Georg einen Packen Tageszeitungen zusammengeschnürt, damit die Auswanderer auch Nachrichten aus der Heimat zu lesen bekämen. Sosehr Robert sich über die Geste seines Bruders gefreut hatte, so heftig erschrak Luise über die Reaktion ihrer Mutter, die augenblicklich in Tränen ausgebrochen und schluchzend in ihr Zimmer gelaufen war.

Nie zuvor hatten Luise oder Martha einen solchen Gefühlsausbruch ihrer Mutter erlebt. Nicht einmal, als diese die Nachricht vom Tod ihres Vaters erreicht hatte, war sie derart aufgelöst gewesen. Ihre Mutter war bereits gestorben, als Elisabeth im gleichen Alter gewesen war wie Luise jetzt. Die Töchter hatten sie einmal danach gefragt, jedoch rasch bemerkt, dass es kein Thema war, über das ihre Mutter sprechen wollte. Also hatten sie nie mehr ein Wort darüber verloren.

Gleich nach Elisabeths heftigem Gefühlsausbruch war Robert aufgestanden und ihr nachgegangen. Luise und Martha waren mit einem beklommenen Gefühl zurückgeblieben. Als die Eltern nach einer Weile wiederkamen, schienen sie sich ausgesprochen zu haben. Zumindest war Elisabeth danach auffallend um gute Laune bemüht. Doch genau das war es, was Luise wirklich Angst machte. Ihre Mutter hatte sich noch nie die Mühe gemacht, eine Laune zu verbergen, geschweige denn gute Miene zum bösen Spiel zu machen.

Eine Weile fürchtete Luise, ihre Mutter könnte dem Vater das Versprechen abgerungen haben, die Plantage wieder aufzugeben und nach Hamburg zurückzukehren, sobald die größten Schulden abgebaut waren. Deshalb hörte sie danach bei jedem Gespräch, das bei Tisch geführt wurde, sehr aufmerksam zu, ob es Hinweise darauf gab, dass die Zeit in Kamerun womöglich ihrem Ende zuging. Doch es gab glücklicherweise keinen Anhaltspunkt dafür.

Luise stand noch immer jeden Morgen mit den ersten Sonnenstrahlen auf und ging hinüber zu dem Baumstamm, wo sie die Stille und die Landschaft genoss. Mittlerweile nahm sie stets ihre Schreibmappe mit, brachte ihre Gedanken zu Papier und zeichnete auch manchmal das, was sie sah oder was ihr in Erinnerung geblieben war, wie beispielsweise die Kirche, von der sie inzwischen mehrere recht gute Ansichten skizziert hatte.

Meist blieb sie dort eine Stunde sitzen, manchmal auch länger, schlich dann zurück zum Haus und legte sich wieder hin, bis es Zeit war, aufzustehen und an die Arbeit zu gehen.

Auch an diesem Morgen war alles wie immer, außer dass Malambuku nicht wie üblich auf der Veranda hatte eindecken lassen, sodass Luise unverrichteter Dinge wieder ins Haus hineinging. Sie wunderte sich, denn es strahlte bereits die Sonne vom Himmel, und es gab keinen ersichtlichen Grund, im Haus zu bleiben. Als sie das Esszimmer betrat, brauchte sie einen Moment, um zu verstehen, weshalb ihre Familie dort versammelt war und sie bereits erwartete. In der Mitte des Tisches stand ein Kuchen, um den herum mehrere Kerzen drapiert waren.

Ihre Mutter kam mit ausgebreiteten Armen auf sie zu. »Alles Liebe zum Geburtstag, mein Kind.«

Luise hätte erstaunter nicht sein können. War es wirklich schon der 3. Dezember?

Martha umarmte sie ebenfalls, danach ihr Vater.

»Ich wünsche dir nur das Beste zu deinem Ehrentag«, sagte Robert und drückte sie an sich.

»Danke«, brachte Luise nur hervor, vollkommen überrascht und auch ein wenig gerührt.

»Hier, Luise.« Elisabeth übergab ihr eine kleine Schachtel.

Sorgsam löste Luise das Schleifchen, das um die Schachtel geschlungen war, und hob dann den Deckel. »Großmutters Brosche!« Sie sah von ihren Eltern zu Martha.

»Du hast sie immer so gern gemocht, und ich glaube, dein Großvater hat schlicht vergessen, sie in seinem Testament zu erwähnen. Georg, Vera und auch die Kinder wissen Bescheid, und wir alle sind uns einig, dass du sie bekommen sollst.«

»Danke schön, das bedeutet mir sehr viel.« Luise traten Tränen in die Augen.

»Wir haben noch etwas für dich«, kündigte Robert an, und Martha hielt ihrer Schwester ein weiteres Geschenk entgegen, das in Zeitungspapier eingeschlagen war. Ein Buch, wie Luise aufgrund der Form vermutete. Sie löste die Schleife und entfaltete das Papier. Zum Vorschein kam ein in Leder gebundenes Buch ohne Aufschrift. Als Luise es aufschlug, sah sie nur leere Seiten.

»Martha hat uns verraten, dass du seit einiger Zeit deine Gedanken niederschreibst. Nun kannst du sie dort hineinschreiben.«

Luise riss die Augen auf, öffnete abermals das Buch, schnappte nach Luft. »Ich glaube es nicht.« Sie umarmte zunächst Martha stürmisch, dann ihren Vater und schließlich, etwas zurückhaltender, ihre Mutter. »Ihr macht mir eine solche Freude, tausend Dank!«

»Und dennoch sind wir nicht ganz fertig«, verkündete Robert breit lächelnd. »Malambuku«, rief er laut, und nur wenige Momente später trat der dunkelhäutige Mann mit einem großen Kasten herein.

»Geschenk für Nyango Luise.«

Luise wurde fast schwindlig vor Glück, als sie sah, was Malambuku ihr da entgegenhielt.

»Cäsar!«, rief sie aus, und nun konnte sie die Tränen nicht mehr zurückhalten. »Das gibt es doch gar nicht!«

»Wir wissen ja, wie schwer dir der Abschied von deinem Cäsar gefallen ist. Und damit er nicht so allein ist, durften Marthas und Frederikes Kaninchen natürlich auch mit.« Robert lächelte seine Tochter an. »Noch einmal alles Liebe zu deinem fünfzehnten Geburtstag, Luise.«

Luise fiel ihrem Vater um den Hals und lief dann sofort zum Kaninchenkäfig hinüber, den Malambuku auf dem Boden abgestellt hatte. Vorsichtig öffnete sie die kleine Klappe, hob Cäsar heraus und drückte ihn zärtlich an sich. »Du hast mir ja so gefehlt!«

Martha räusperte sich. Sie hielt einen Brief in den Händen. »Kannst du zuhören, auch wenn du nur noch Augen für die Kaninchen hast?«

Luise nickte freudestrahlend und ging mit Cäsar auf dem Arm zu einem der Stühle. Sie dachte nicht darüber nach, ob ihrer Mutter dies gefallen würde oder nicht. Sie war viel zu glücklich, um etwas anderes wahrzunehmen als dieses Gefühl. Martha begann laut vorzulesen.

Liebe Luise,
von uns allen die besten Wünsche für Gesundheit, Glück und Zufriedenheit zu Deinem 15. Geburtstag!
Wir hoffen, dass Du Dich von Herzen über Deine Geschenke freust, und wünschten, wir könnten Dein Gesicht sehen, wenn Du Cäsar und seine Kameraden endlich wieder in die Arme schließen kannst. Es ist Frederikes persönliches Geschenk an Dich, Dir auch ihr Kaninchen zu überlassen, damit die drei nicht voneinander getrennt werden. Wir alle wissen, dass sie bei Dir in den allerbesten Händen sind.
Wir umarmen Dich und werden am 3. Dezember voller Liebe an Dich denken! Und auch an jedem anderen Tag, den wir gern mit Dir und Deiner Familie hier in Hamburg verbringen würden.

Alles Liebe
Onkel Georg, Tante Vera, Richard und Frederike

Luise drückte Cäsar noch fester an sich, wischte sich mit dem Handrücken die Tränen fort. Martha faltete den Brief zusammen und steckte ihn wieder in den Umschlag, den sie dann vor Luise auf den Tisch legte.

»Ich danke euch allen so sehr«, sagte Luise gerührt. »Das ist der schönste Geburtstag, den ich je hatte!«

»Aber, aber«, erwiderte Robert, »der Tag beginnt doch gerade erst. Wir haben uns überlegt, heute einmal nicht zu arbeiten und stattdessen mit dir nach Viktoria zu fahren. Würde dir das gefallen?«

»Aber ja. Das wäre sehr schön.« Luise wollte sich nicht anmerken lassen, dass sie viel lieber auf der Plantage geblieben wäre. Ihre Verwandten in Hamburg wie auch ihre Familie hier hatten sich große Mühe gegeben, sie glücklich zu machen. Luise hätte es als undankbar empfunden, den Vorschlag zurückzuweisen.

»Dann solltest du dich umziehen gehen, und direkt nach dem Frühstück fahren wir los«, jubelte Elisabeth. »In Viktoria soll es eine richtige Hauptstraße geben und Geschäfte, in denen wir uns umsehen können. Ach, es wird herrlich werden!«

»Ja, Mutter, das wird es.« Luise lächelte sie an, stand auf und setzte Cäsar zurück in den Käfig. Kurz streichelte sie die anderen beiden Kaninchen, die bis heute keine Namen hatten. Dann schloss sie die kleine Klappe. »Wo habt ihr den Käfig überhaupt die ganze Zeit versteckt, seit das Schiff gekommen ist? Das ist doch schon über eine Woche her.«

»Hamza hat sich um die Tiere gekümmert«, verriet Robert. »Er hat den Käfig mit ins Dorf genommen und ihn wie seinen Augapfel gehütet.«

Luise lächelte. »Ich gehe mich rasch umziehen.«

In diesem Moment trat Malambuku wieder herein.

»Ah, gut. Könntest du die Kaninchen aus dem Esszimmer bringen?«, sagte Elisabeth mit einem Hauch von Abscheu in der Stimme.

»Ja, Nyango.« Malambuku hob den Käfig an.

»Bring ihn an den Platz, den wir ausgesucht haben«, bat Robert.

»Ja, Sango, ich werde dorthin bringen.«

»Danke, Malambuku.«

Der Mann trug den sperrigen Kasten hinaus. Fast sehnsüchtig sah Luise ihm nach. Am liebsten wäre sie gleich hinterhergelaufen, um zu sehen, wo die Kaninchen künftig ihren Platz finden sollten, und diese abermals zu streicheln und an sich zu drücken. Doch stattdessen beeilte sie sich, ihr neues Buch an sich zu nehmen sowie die Schachtel mit der Brosche ihrer Großmutter und in ihr Zimmer zu laufen, um sich umzuziehen. Alle hatten sich solche Mühe gegeben. Sie wollte ihre Familie auf keinen Fall enttäuschen.

8. Kapitel

Wien, 20. Dezember 1888

Seit seiner Ankunft in Wien Ende Oktober hatte Karl jeden einzelnen Tag mit Therese verbracht. Bei allem, was ihm bisher gelungen war, hatte sie ihm geholfen. Er wohnte in einem Zimmer, das ihm eine Witwe vermietet hatte, die Therese schon seit vielen Jahren kannte und um die sie sich öfter ein wenig kümmerte. Das Zimmer war nicht groß, aber sehr gemütlich und gepflegt, und die Witwe sorgte sich wie eine Mutter darum, dass es Karl an nichts fehlte. Und das Lager, das er für die Kakaobohnen angemietet hatte, war nur wenige Gehminuten von seinem neuen Zuhause entfernt. Natürlich wusste er, dass er sich, wenn er sich als ernst zu nehmender Händler in Wien etablieren wollte, beizeiten etwas Repräsentativeres suchen musste. Doch im Moment genoss er es so, wie es war.

Er hatte inzwischen sechs Kaffeehäuser als Kunden gewonnen – zusätzlich zu Thereses –, die ihm regelmäßig Kakaobohnen abnahmen, weitere Verhandlungen galt es zu führen, und er musste immer häufiger Telegramme an Georg schicken, dass er weitere Lieferungen benötigte. Der Bedarf der Wiener an der süßen Köstlichkeit schien riesig.

Karl war froh darüber, wie sich alles entwickelt hatte. Zu den guten Geschäften kam hinzu, dass er sich in Wien so wohlfühlte, wie er es in Hamburg nie getan hatte. Die Menschen hier waren anders, offener und ungezwungener. Sie wollten ihren Spaß haben und ihr Leben genießen. Therese lud in regelmäßigen Abständen nach Schließung des Kaffeehauses einige Freunde und Bekannte ein. Aber auch interessierte Kaffeehausbesucher waren herzlich willkommen. Mal trug ein noch unbekannter Dichter seine Werke vor, mal hängte ein junger Maler ein paar Bilder an die Wände und hoffte, so einen reichen Mäzen zu finden, mal wurde einfach nur zwanglos geplaudert, zusammen gelacht und ein Glas getrunken. Man hatte Freude am fröhlichen Zusammensein.

Friedhelm, ein dreiundzwanzigjähriger Bankierssohn, der am Tage in der Bank seines Vaters arbeitete, brachte stets seine Gitarre mit, sodass sie alle zusammen sangen, tranken und eine schöne Zeit hatten. Karl empfand ein Gefühl der Freiheit, wie er es nie zuvor kennengelernt hatte. Schon jetzt – nach nicht einmal zwei Monaten – konnte er sich nicht vorstellen, je wieder ins steife Hamburg zurückzukehren.

»Was machst du eigentlich Weihnachten?«, fragte Therese, nachdem der letzte Gast gegangen war und sie ihr Kaffeehaus für heute schloss. »Fährst du zurück nach Hamburg?«

»Nein.« Karl schüttelte den Kopf und nahm ihr den Korb ab, in dem sie den Rest eines Kuchens, der nicht ganz verkauft worden war, mit nach Hause nahm. »Ich habe meinem Bruder bereits telegrafiert, dass ich über die Feiertage hier in Wien bleibe.«

»Fällt es dir schwer?«

»Weihnachten nicht bei meiner Familie zu verbringen?« Karl überlegte seine Antwort, während sie nebeneinander die Rotenturmstraße hinunterschlenderten. »Im Grunde nicht«, urteilte er dann. »Weihnachten bei der Familie zu sein, ist schön, doch es ist anders, seit Mutter und Vater tot sind.«

»Oh«, machte Therese. »Das wusste ich nicht.«

»Mutter ist vor einigen Jahren gestorben und Vater vor einigen Monaten.« Er zögerte. »Es war wohl ein Herzinfarkt«, fügte er dann hinzu, auch wenn er sich bei der Lüge nicht ganz wohlfühlte. Aber er musste bei der Version bleiben, die in der Familie zurechtgelegt worden war, und durfte nicht einmal bei Therese eine Ausnahme machen. »Leben deine Eltern noch?«

»Ja, in Korneuburg. Das ist etwa eine Stunde von hier.«

»Und wirst du Weihnachten dort verbringen?«

»Einen Tag, ja. Obwohl ich es am liebsten vermeiden würde. Wir haben nicht besonders viel miteinander zu tun.«

»Weshalb nicht?«

»Ihnen gefällt nicht, wie ich lebe.«

»Was ist schlecht daran? Dir gehört ein gut gehendes Kaffeehaus, du hast viele Freunde, bist unabhängig.«

Therese lachte auf. »Und ebendies sind drei der Punkte, die ihnen missfallen.« Sie schüttelte den Kopf. »Ich verrate dir jetzt etwas.« Sie blieb stehen. »Meine Familie ist reich. Sie schwimmt im Geld. Und dass ich eine kleine Kaffeehausbesitzerin bin, noch dazu mit Ende zwanzig unverheiratet, ist ein wahrer Schandfleck.« Sie ging weiter, und auch Karl setzte sich wieder in Bewegung.

»Was erwarten sie denn von dir?«

»Ach, wer weiß das schon? Ich denke, sie möchten, dass ich etwas Bedeutsameres leiste, als den Menschen Kaffee, Schokolade und Torten zu kredenzen. Doch es ist genau das, was mich glücklich macht. Aber das können meine Eltern nicht verstehen. Mein Bruder ist da ganz anders, er ist der ganze Stolz der Eltern. Bestimmt wird ihm eines Tages ganz Österreich-Ungarn gehören.«

»Du klingst verbittert?«

»Ach nein, eigentlich nicht. Ich wünschte nur, sie würden einsehen, dass ich gern so lebe. Ich habe mir jeden Gulden vom Mund abgespart, bis ich alles für mein Kaffeehaus zusammenhatte.«

»Deine Eltern haben dich also nicht unterstützt?«

Wieder schüttelte sie den Kopf.

»Nein. Das hätte ich auch nicht gewollt. Mein Vater hat mir immer vorgehalten, wie schwer mein Urgroßvater geschuftet hat, um etwas aufzubauen, und dass er es von ganz unten geschafft hat. Mein Großvater hat die Geschäfte weitergeführt und dann an meinen Vater übergeben. Florentinus wird der Nächste in der Reihe sein, und mein Bruderherz wird meine Eltern gewiss stolz machen. Etwas, das mir nie gelungen ist.«

Karl nahm den Korb in die andere Hand und legte den Arm um Thereses Schultern. »Ich weiß, wie es ist, mit hohen Erwartungen aufzuwachsen.«

»Wir sind aber auch wirklich das Letzte«, scherzte Therese. »Wobei du ja noch etwas Sinnvolles tust, indem du Handel im großen Stil betreibst. Aber«, sie hob grinsend den Zeigefinger, »du bist sogar noch älter als ich und hast noch immer keine Frau gefunden. Scheußlich, so was, wirklich scheußlich!«

»Ich habe eben bisher keine wie dich getroffen.«

Therese blieb erneut stehen und sah ihn prüfend an. »So war es nicht gemeint, Karl. Ich wollte nicht …«

»Ich weiß.« Er streichelte ihr über die Wange. »Das wäre gar nicht deine Art.« Er beugte sich zu ihr hinunter, gab ihr einen Kuss auf den Mund. »Ich habe nie zuvor einen Menschen wie dich getroffen, Therese Loising.«

»Du musst das nicht aus Mitleid tun.« Sie sah ihn nun mit einem verkniffenen Gesichtsausdruck an.

»Gut, dass du mir das sagst.« Er stellte den Korb ab, zog sie in seine Arme und küsste sie erneut, diesmal nicht nur zärtlich, sondern fordernd. Therese erwiderte den Kuss, ohne sich um irgendwelche Blicke von Passanten zu kümmern, schlang ihre

Arme um seine Taille, drückte sich fest an ihn. So verharrten sie einen Moment.

Als sie sich voneinander lösten, glühten Thereses Wangen. Sie sah Karl an, lächelte. »Was würdest du davon halten, mich Weihnachten zu meinen Eltern zu begleiten?«

Sie gingen weiter. »Ich weiß nicht.« Karl wiegte den Kopf.

»Sie würden mich bestimmt besser behandeln, wenn ich einen Freund vorweisen könnte.«

»Soso, Therese Loising, du benutzt mich also.«

»Aber selbstverständlich. Wusstest du das etwa nicht?« Sie ließ dieses helle, kräftige Lachen hören, das Karl so vertraut geworden war.

»Ach, dass die Frauen mich immer nur für ihre Zwecke missbrauchen wollen.«

Er verdrehte die Augen. Therese boxte ihm gegen den Arm und lachte noch lauter.

»Ach, weißt du, warum eigentlich nicht?«, meinte Karl dann. »Immerhin bin ich ein stattlicher Kerl und stamme aus gutem Hause.« Er klopfte sich imaginären Staub von der Schulter. »Vielleicht schaffen wir es ja, deinen Eltern zu zeigen, dass du durchaus jemanden für dich zu begeistern weißt. Nur eben nicht, weil sie es sagen.«

»Weiß ich denn wirklich für mich zu begeistern?« Therese sah angestrengt zu Boden, während sie nebeneinanderher schlenderten.

»Du bist ganz anders, wenn du von deinen Eltern sprichst, weißt du das?«

»Ach ja?«

»Ja.«

Sie gingen eine Weile schweigend weiter. »Wie bin ich denn dann?«, fragte Therese schließlich.

»Nicht mehr du, nicht mehr fröhlich, sondern voller Selbstzweifel.«

»Ich weiß. Ich habe immer das Gefühl, ihnen nichts recht machen zu können.«

»Das Gefühl kenne ich nur zu gut. Ich habe immer geglaubt, mit meinen Brüdern mithalten zu müssen. Wenn ich ehrlich bin, hat sich das erst vor einigen Monaten geändert.«

»Wie kam das?«

»Ich bin wie du in einer sehr wohlhabenden Familie aufgewachsen. Mein Vater war Peter Hansen, *der* Peter Hansen, ein erfolgreicher Kaufmann und in Hamburg und Umgebung recht bekannt. Es waren große Fußstapfen, in die meine Brüder und ich treten sollten. Georg, mein ältester Bruder, war schon immer der Schlaueste von uns. Ihm fiel alles leicht, ob in der Schule oder bei den Handelsbüchern. Georg genügte ein Blick, um alles zu verstehen. Er ist genau wie mein Vater. Robert hingegen ist wohl der Mutigste von uns. Er hat früher am meisten Prügel bezogen und auch ausgeteilt.«

»Klingt schmerzhaft«, bemerkte Therese lächelnd.

»Meine Mutter sagte immer, Robert habe einfach ein wildes Wesen. Ich habe ihn dafür bewundert.«

»Und du? Wie würdest du dich beschreiben? Wir haben einen Klugen, einen Wilden – und was ist der dritte Bruder?«

»Bisher nicht viel wert.«

Therese blieb abrupt stehen. »Sag so etwas nicht! Dein Wert liegt weit über dem der meisten Männer, die ich je kennengelernt habe.« Sie setzte sich wieder in Bewegung.

»Kann ich dir etwas anvertrauen?«

»Sicher.«

»Ich habe mich immer wertlos gefühlt, solange ich denken kann. Das hat sich erst vor einigen Monaten geändert.«

»Wodurch?«

»Bitte erschrick nicht, wenn ich das so sage: durch den Tod meines Vaters. Nicht, dass ich ihn nicht geliebt oder bewundert hätte. Doch er hatte Schwierigkeiten im Kontor, von deren

Ausmaß keiner von uns Söhnen etwas geahnt hat. Wir drei mussten nach seinem Tod zusammenstehen, und jeder wurde plötzlich unentbehrlich für das Gelingen. Da habe ich gemerkt, dass auch meine Arbeit und mein Dazutun von Bedeutung sind.« Er sah zu ihr hinüber. »Ich hoffe, du verachtest mich nicht dafür, dass erst mein Vater sterben musste, damit ich meinen Wert erkenne.«

»Natürlich nicht. Dieses Zusammenstehen, von dem du eben sprachst, bist du deshalb hier?«

»Ja.«

»Und jetzt entwickelt sich alles so, wie du und deine Brüder es euch wünscht?«

»Besser sogar.«

»Wenn das alles gelingt, wirst du dann nach Hamburg zurückkehren?« Eine nicht zu überhörende Furcht schwang in ihrer Stimme mit.

»Darüber habe ich in letzter Zeit auch viel nachgedacht. In Hamburg lebt meine Familie, dort ist der Hauptsitz unseres Kontors. Aber so kurze Zeit ich auch hier bin, ich merke, dass Wien schon mein Zuhause geworden ist. Ich möchte nicht wieder zurück.«

Sie hob den Kopf, lächelte ihn an. »Ich muss schon sagen, das gefällt mir wirklich gut.«

»Ja?«

Sie nickte strahlend. »Das weißt du doch.« Sie erreichten Thereses Wohnung. Sie zog ihren Schlüssel hervor, verharrte aber in der Bewegung. »Also, was ist – kommst du Weihnachten mit zu meiner Familie?«

»Ja«, entschied er. »Ich werde dich sehr gern begleiten.«

Der 25. Dezember war gekommen, und Karl hatte seinen besten Anzug mit Weste aus dem Schrank geholt und mit einem Stehkragenhemd und einem Krawattenschal mit Perlennadel kombiniert. Er betrachtete sich noch einmal im Spiegel, bevor er sich auf den Weg zu Therese machte. Sein Scheitel war exakt in der Mitte, die Haare mit Pomade, die nach Apfel duftete, glatt gestrichen. Er hatte seinen Schnurrbart gestutzt und war sehr zufrieden mit dem, was er im Spiegel sah.

»Fesch«, urteilte Therese, als sie ihre Wohnungstür öffnete und Karl erblickte.

»Das Kompliment gebe ich gern zurück.« Er nahm sie bei den Händen und drehte sie um ihre eigene Achse, um sie genau zu betrachten. Therese trug ein weißes Kleid mit einer Spitzenkorsage, eng anliegenden Ärmeln und einem weit fallenden Rock mit mehreren Volantschichten. Um den Hals hatte sie ein Amulett an einem Seidenband, das aus einem Stein mit einem aufgemalten Enzian bestand. Ihre langen, dunkelblonden Haare waren kunstvoll hochgesteckt. »Ein wunderschönes Kleid, das du da trägst. So solltest du dich jeden Tag ausstaffieren.«

»Mit dem Ding? Da würde ich ja sämtliche Tassen von den Tischen fegen, wenn ich meine Gäste mit ein bisschen Schwung bediene.« Sie schwang den weiten Rock erst in die eine, dann in die andere Richtung. »Aber es gelegentlich zu tragen, gefällt mir schon.«

»Deine Haare mag ich lieber, wenn du sie lockerer hochgesteckt hast. Aber du bist wirklich sehr hübsch.«

»Glaub mir, meine Mutter würde mich während des gesamten Essens missbilligend ansehen und immer wieder fast unmerklich den Kopf schütteln. Oder sie würde mich schon bei der Begrüßung beiseitenehmen und mir ins Ohr flüstern, dass mir wohl ein Malheur passiert sei und ich rasch das Bad aufsuchen solle, um meine Frisur zu richten.« Sie lachte auf. »Machen wir uns auf den Weg?« Sie reichte ihm den Kuchen, den sie gebacken hatte.

Karl nahm ihn an sich. »Ja, gehen wir.«

Sie traten auf die Straße, wo eine Kutsche wartete, die zuvor, als Karl in das Gebäude hineingegangen war, noch nicht dort gestanden hatte.

»Meine Eltern haben ihre Droschke geschickt«, erklärte Therese und bedeutete Karl mit einer Handbewegung, dort einzusteigen.

In diesem Moment stieg der Kutscher vom Bock herunter und öffnete den Verschlag. »Küss die Hand, gnädiges Fräulein Therese, und frohe Weihnachten.«

»Grüß Gott, Thomas. Auch Ihnen ein gesegnetes Weihnachtsfest.« Sie lächelte den alten Mann an, der, seit sie denken konnte, im Dienst ihrer Eltern stand. »Wir haben uns lange nicht gesehen. Geht es Ihnen gut?«

»Der Ischias plagt mich. Aber ich will nicht klagen, Fräulein Therese.«

Sie berührte kurz seinen Oberarm. »Es ist schön, Sie zu sehen, Thomas.« Sie ließ sich von Karl in die Kutsche helfen, danach stieg er selbst ein, und Thomas schloss von außen die Tür.

Die Fahrt dauerte etwa eine Stunde. Je näher sie ihrem Ziel kamen, desto nervöser knetete Therese ihre Hände. Karl bemerkte es und legte beruhigend seine Hand auf ihre. »Es wird schon werden.«

»Ich hoffe es. Warum tun wir uns das eigentlich an? Ich hätte ohne Mühe zu viel Arbeit als Ausrede vorschieben können.«

»Du machst dir zu viele Gedanken. Es sind nur einige Stunden, und du bist nicht allein.«

Sie lächelte ihn an. »Ja, das stimmt. Ich bin froh, dich an meiner Seite zu haben.«

Er beugte sich zu ihr hinüber und drückte ihr einen Kuss auf die Wange. Als die Kutsche zum Stehen kam, suchte er ihren Blick. »Bereit?«

Sie nickte. »Bereit!«

»Mutter, Vater, ich wünsche euch ein frohes Weihnachtsfest. Darf ich euch Karl Hansen vorstellen? Karl, dies sind meine Eltern, Margarete und Friedrich Loising.«

Karl verbeugte sich formvollendet, hauchte einen Kuss auf Margarete Loisings Hand, die wie eine etwas ältere, vor allem aber korpulentere Version von Therese wirkte. »Es ist mir ein Vergnügen, gnädige Frau. Die Frage, woher Therese ihre Schönheit hat, ist mit dem heutigen Kennenlernen beantwortet. Ein frohes Weihnachtsfest wünsche ich Ihnen.«

»Herr Hansen, Sie sind ein Schmeichler.«

»Ein ehrlicher Schmeichler«, stellte Karl augenzwinkernd richtig und ergriff nun fest die ihm entgegengestreckte Hand von Friedrich Loising, der ihn in dem dunkelblauen Anzug mit der Weste ein wenig an seinen eigenen Vater erinnerte. »Herr Loising.«

»Habe die Ehre, Herr Hansen.«

»Wo ist Florentinus?«, fragte Therese.

»Hier«, schallte eine Stimme von der Treppe her, und alle Blicke richteten sich auf den schlanken, hochgewachsenen jungen Mann mit dem zur Seite gescheitelten Haar, der schwungvollen Schrittes zu ihnen herunterkam. Mit einem strahlenden Lächeln ging er auf Therese zu, nahm sie in die Arme und wirbelte sie herum. »Kleine Schwester, du siehst hinreißend aus.«

Therese lachte hell auf. Florentinus setzte sie wieder ab und gab ihr einen Kuss auf die Wange. Dann sah er zu Karl hinüber. »Und wer ist dieser glückliche Mann, der sich deine Begleitung nennen darf?«

Therese hakte sich bei ihrem Bruder unter. »Florentinus, darf ich dir Karl Hansen vorstellen?«

»Freut mich sehr, Herr Hansen.«

»Herr Loising.« Sie schüttelten sich die Hand.

Florentinus winkte ab. »Ach, der Herr Loising steht hier neben mir, das ist mein Papa. Nennen Sie mich Florentinus – oder noch besser: Wir trinken zu viel Absinth, und Sie nennen mich Tino, wie meine Freunde es tun.«

»Sehr gern. Karl.«

»Kommt doch erst einmal richtig herein«, bat Margarete Loising. »Du warst ja so lange nicht daheim, Therese.«

»Ich habe zu viel Arbeit, Mutter.«

»Ach was.« Margarete machte eine abfällige Handbewegung und hakte sich dann bei ihrem Mann unter. »Damen der Gesellschaft haben keine Arbeit, sie genießen eine Beschäftigung.«

Therese schluckte die Bemerkung, die ihr auf den Lippen lag, herunter.

Karl reichte ihr den Arm. »Ich bin glücklich, heute hier bei Ihnen sein zu dürfen. Haben Sie herzlichen Dank für die Einladung.«

Thomas, der Kutscher, der noch immer an der Tür stand, räusperte sich. Therese löste sich von Karls Arm, ging hinüber und nahm dem alten Mann die Mehlspeisen ab, die er in der Hand hielt. »Danke, Thomas.« Sie trat auf ihre Mutter zu und übergab ihr den Kuchen. »Ich hoffe, er wird dir schmecken.«

Margarete Loising nahm ihn entgegen, sah sich aber sogleich um, wo sie ihn wieder abstellen könnte. Eine Hausangestellte eilte herbei, als sie es bemerkte.

»Bringen Sie ihn in die Küche.«

»Sehr wohl, gnädige Frau.« Das Mädchen knickste.

»Gehen wir doch in den Salon.« Friedrich Loising deutete mit dem ausgestreckten Arm in die Richtung. Er ließ seiner Frau den Vortritt, und hinter ihm folgten Florentinus, Karl und Therese.

Sie tranken einen Aperitif, dann erschien ein Diener und teilte mit, dass die Vorsuppe aufgetragen werden könne. Friedrich bat alle ins Esszimmer hinüber, wo er selbst an der Stirnseite des Tisches Platz nahm. Seine Frau setzte sich rechts von ihm an die Längsseite, daneben Florentinus, ihm gegenüber Karl und Therese an die Linke ihres Vaters. Sodann wurde die Suppe von zwei Dienern serviert.

»Herr Hansen«, begann Friedrich Loising das Gespräch, »darf ich Sie fragen, was Sie beruflich machen?«

»Sagt Ihnen möglicherweise der Name *Kaffeekontor Peter Hansen & Söhne* etwas?«

»Hm …« Friedrich Loising wirkte überrascht und überlegte eine Weile. »Ich meine, den Namen schon einmal gehört zu haben. Vielleicht von einem meiner Geschäftspartner. Ist das Ihr Herr Vater?«

»Ganz recht. Mein leider bereits verstorbener Herr Vater.«

»Oh, das tut mir leid. Die Firma liegt im Norden des Deutschen Reiches, soweit ich weiß?«

»Das ist richtig. Wir haben unseren Kontorsitz in Hamburg.«

Margarete Loising sah ihn interessiert an. »Sie betreiben also ein Kontor, wie schön!«

»Zusammen mit meinen Brüdern, ja. Wir vertrieben früher nur Kaffee, doch inzwischen haben wir auch die Kakaobohne als lohnende Handelsware entdeckt.«

»Karl beliefert mein Kaffeehaus«, brachte Therese sich ein.

Ihre Mutter hob die Augenbrauen. »Den kleinen Raum kann man wohl kaum als richtiges Kaffeehaus bezeichnen.«

Therese schluckte schwer.

»Sie finden es also auch so erstaunlich?«, fragte Karl, an Margarete gewandt.

»Was meinen Sie?«

»Thereses Kaffeestube. Es ist in der Tat fast das kleinste Kaffeehaus von allen, die ich in Wien kenne. Und dennoch werden dort die meiste Schokolade und auch beachtliche Mengen von Kaffee verkauft. So etwas nennen wir Kaufleute eine lukrative Quelle.«

Margarete sah ihn mit großen Augen an, wusste offenbar keine Erwiderung.

Karl wandte sich wieder Therese zu. »Du hast wirklich allen Grund, stolz auf das zu sein, was du dir aufgebaut hast.«

»Und das ganz ohne jede Unterstützung«, fügte Florentinus hinzu. »Meine kleine Schwester hat es uns allen gezeigt.«

»Nun wollen wir aber nicht übertreiben«, mahnte sein Vater.

»Das tue ich durchaus nicht. Überlegt doch mal: Du hast die Fabrik und damit den Reichtum schon von deinem Großvater in die Wiege gelegt bekommen, genau wie dein Vater vor dir. Ich darf mich nur nicht besonders einfältig anstellen, dann muss ich mich für den Rest meines Lebens nicht mehr um mein Auskommen sorgen. Karl hat das Kontor ebenfalls von seinem Vater geerbt. Nur unsere Therese, die hat es ganz allein geschafft. Ohne jede Unterstützung.« Er hob das Glas. »Wir sind sehr stolz auf dich, kleine Schwester.« Er wartete und warf seinen Eltern einen warnenden Blick zu. Schließlich griffen auch Friedrich und Margarete nach ihren Gläsern. Karl lächelte und tat es ihnen gleich.

»Auf Therese, die es uns Kerlen so richtig gezeigt hat. Möge dein Erfolg ewig währen!«

»Auf Therese!«, wiederholte Karl, während die Loisings nur rasch einen Schluck aus ihren Gläsern tranken und der Tochter zunickten.

Florentinus und Karl tauschten einen Blick. Karl hatte Mühe, sich ein Schmunzeln zu verkneifen.

9. Kapitel

Hamburg, 25. Dezember 1888

Die Stimmung am Tisch war bedrückt. Solange Georg zurückdenken konnte, waren die Weihnachtsfeste der Familie Hansen stets ein besonderes Ereignis gewesen. Eine festliche Zeit, zu der alle zusammenkamen und die Familie vereint am Tisch miteinander sprach und eine feierliche Atmosphäre in jedem Augenblick zu spüren war. Jetzt jedoch waren sie nur zu viert, und Georg, der normalerweise um Gespräche und Geschichten nicht verlegen war, fiel nichts ein, was er hätte sagen können, um die Stimmung ein wenig aufzulockern.

»Und, Richard«, versuchte er es dennoch, »bist du zufrieden mit deinen schulischen Leistungen in diesem Jahr?«

Richard zuckte mit den Schultern und schob sich missmutig ein Stück Fleisch in den Mund.

»Richard, wenn dein Vater dich etwas fragt, dann antwortest du ordentlich!«, mahnte Vera.

»Ich habe in der Schule getan, was ich konnte«, erwiderte Richard mit vollem Mund.

»Ich wünschte, die Familie wäre hier«, platzte es aus Frederike heraus.

»Wir sind doch eine Familie«, entgegnete Vera gereizt.

»Ich meine Onkel Robert und Tante Elisabeth. Vor allem aber Martha und Luise. Und natürlich auch Onkel Karl. Sie fehlen mir. Wir haben Weihnachten immer zusammen verbracht.« Tränen traten in die Augen der Sechzehnjährigen.

»Sie fehlen uns allen, Frederike.«

»Letztes Jahr waren alle hier, und auch Großvater lebte da noch. Doch jetzt ist es einfach nur traurig.«

»Wir können auch zu viert ein schönes Weihnachtsfest feiern«, meinte Vera. »Wir müssen uns nur mehr bemühen.«

»Das ist doch nicht wahr«, widersprach Richard.

»Richard, achte auf deinen Ton!« Vera sah ihren Sohn wütend an.

»Lass ihn«, bat Georg. »Ihr könnt uns glauben, wir hätten sie alle ebenso gern hier wie ihr. Doch die Zeiten haben sich eben geändert.«

»Soll das heißen, dass wir nie wieder ein Weihnachtsfest wie früher erleben werden?« Frederike ließ ihr Besteck sinken.

»Nein, das heißt es nicht. Diese Villa ist unser Zuhause, das Heim der ganzen Familie Hansen. Wir werden alle wieder hier zusammenkommen, da bin ich ganz sicher«, versuchte Georg seine Kinder aufzumuntern.

»Aber wann? Ich will kein einziges Weihnachtsfest mehr hier verbringen, wenn es so ist wie jetzt«, begehrte Frederike auf.

Vera brach in Tränen aus, und Georg reichte ihr ein Stofftaschentuch. »Bitte versuch die Contenance zu wahren, Vera.«

»Wir bemühen uns wirklich nach Kräften, hier alles aufrechtzuerhalten«, schluchzte Vera. »Ihr seid so undankbar.«

»Bitte entschuldige, Mutter. So war es nicht gemeint.«

Vera schluchzte noch einmal, dann sah sie mit geröteten Augen auf. »Wenn ihr mich bitte entschuldigen wollt. Ich bin müde und möchte zu Bett gehen.«

»Aber wir haben noch nicht einmal zusammen gesungen«, brachte Frederike fassungslos hervor.

Vera erhob sich von ihrem Stuhl. »Ob ihr euch nun über vier oder drei verbleibende Stimmen beschwert, macht wohl keinen Unterschied mehr. Und nun entschuldigt mich.« Damit schob sie ihren Stuhl zurück und verließ den Raum.

Nur kurze Zeit später baten auch Richard und Frederike, auf ihre Zimmer gehen zu dürfen. Georg erhob keine Einwände. Er hätte es sich selbst nicht eingestanden, doch im Grunde war er froh darüber, allein sein zu können. Er griff sein Glas Wein und ging hinüber in den Salon. Dort holte er sich von der Anrichte einen Cognacschwenker, schenkte sich ein und nahm die noch halb volle Glaskaraffe mit hinüber zum Ledersessel, der früher einmal seinem Vater gehört hatte. Georg trank erst den Wein, hob dann das kleine Glas und leerte es in einem Schluck. Dann setzte er die Glaskaraffe erneut an und füllte sich wieder nach. Er ließ sich tiefer in den Sessel sinken, lehnte seinen Kopf an und schloss die Augen.

Was für ein miserables Leben er im Moment doch führte. Vor vier Tagen noch hätte seine Laune kaum besser sein können, als er zur Bank gegangen war und eine Einzahlung vorgenommen hatte, die das letzte Drittel der noch offenen Beträge ausglich. Nun waren sie mit ihren Zahlungen nicht mehr in Verzug, und das Lager war noch immer gut gefüllt. Wären die persönlichen Umstände anders gewesen, hätte Georg allen Grund zur Freude gehabt. Robert sandte im zweiwöchentlichen Rhythmus Schiffsladungen von Kakaobohnen. Entgegen der ursprünglichen Planung wurden diese nun doch vom Hamburger Kontor aus nach Wien weitergeleitet, da Karl dort bisher keine geeigneten Räumlichkeiten gefunden hatte, um größere Mengen zu lagern. Der Aufwand war so zwar etwas größer, doch im Grunde änderte sich nicht viel. Vor allem aber, so hatte Georg das Gefühl, gab es ihm die

Möglichkeit, wenigstens einen Teil zum Wiedererblühen des Geschäfts beizutragen.

Denn so gut der Verkauf der Kakaobohnen in Wien lief, so schleppend ging er in Hamburg und Umgebung voran. Die Menschen hier wollten keine gesüßte Schokolade, sie wollten Kaffee trinken. Zwar gab es auch noch andere Verwendungsmöglichkeiten für die Kakaobohnen, doch war es Georg bisher nicht gelungen, eine größere Confiserie oder Konditorei zur Abnahme zu bewegen. Auch der Versuch, heiße Schokolade als Getränk auf dem Markt anzubieten, war gescheitert. Wenn die Hamburger während der kalten Tage ein Heißgetränk auf dem Markt zu sich nahmen, so waren dies Glühwein oder Grog. Anna, die Haushälterin der Hansens, wurde mit ihrem Schokoladenstand eher belächelt.

Und auch mit Verkostungen des schmackhaften Getränks in den Kaffeehäusern hatten sie keinen Erfolg gehabt. So hatte Georg im Alleingang entschieden, nicht nur auf die Kakaobohnen zu vertrauen, sondern auch den Kaffeehandel, der in den letzten Monaten zu kurz gekommen war, wieder aufleben zu lassen. Doch die Verhandlungen mit potenziellen Lieferanten verliefen immer noch zäh und zehrten an seinen Nerven. Und wenn er ehrlich zu sich selbst war, haderte er damit, sowohl von Robert als auch von Karl eine Erfolgsmeldung nach der anderen zu hören, während das Kontor unter seiner Regie bestenfalls auf der Stelle trat.

Doch wenigstens war die noch vor Kurzem lauernde Gefahr eines Bankrotts durch die Erfolge der Brüder gebannt, sodass Georg zumindest diesbezüglich eine kleine Verschnaufpause bekam.

Er war vor vier Tagen, als er die Einzahlung bei der Bank vorgenommen hatte, noch kurz beim Büro von Direktor Palm vorbeigegangen, um ihn von der nunmehr erfolgten Rückzahlung in Kenntnis zu setzen und ihm noch mal für das in die Brüder und damit auch in die Firma gesetzte Vertrauen zu danken. Der Bankier hatte sich erfreut gezeigt und Georg zu dem raschen Erfolg gratuliert, den er und seine Brüder mit der neuen Geschäftsidee erzielt hatten. Palms Herzlichkeit war aufrichtig gewesen, und Georg hatte den Eindruck gehabt, dass dieser mehr als nur erleichtert war, weil er mit dem Aufschub der fälligen Verbindlichkeiten ja selbst ein gewisses Risiko eingegangen war.

Palm hatte aus irgendeinem Grund Interesse daran, die Firma *Peter Hansen & Söhne* wieder gut dastehen zu sehen. Und Georg hegte den Verdacht, dass das Missfallen, das der Bankier gegenüber dem Konkurrenten der Hansens, August Frederiksen, zum Ausdruck gebracht hatte, eine Rolle spielte. Worum es dabei gehen mochte, konnte er sich nicht erklären, doch wollte er auf jeden Fall versuchen, mehr darüber herauszufinden. Allerdings hatte sich Palm bei der bloßen Nennung von Frederiksens Namen gesperrt, hatte Georg stattdessen nochmals herzlich zu seinem Erfolg gratuliert und sich dann mit der vielen Arbeit entschuldigt, die auf seinem Schreibtisch lag und noch vor den Feiertagen dringend erledigt werden musste.

Georg dachte an seine Brüder und die Farm im fernen Kamerun, die zur Existenzgrundlage der gesamten Familie geworden war. Es war ein Gefühl der Sehnsucht, mit dem er am Abend in den Schlaf glitt und das ihm Träume von einem Land bescherte, in dem er noch nie gewesen war.

* * *

Kamerun, 25. Dezember 1888

Luise war eigenartiger Stimmung, als sie zusammen mit den anderen Mitgliedern der deutschen Gemeinde in der Kirche *Kommet, ihr Hirten* sang, während ihr der Schweiß in den Nacken lief. Es war das erste Mal, seit sie in Kamerun war, dass sie so etwas wie Heimweh verspürte.

Das Weihnachtsfest nicht zu Hause in Hamburg in der großen Villa zu verbringen, schien ihr nicht richtig. Ganz abgesehen davon, dass in Hamburg zu dieser Jahreszeit Temperaturen von weniger als zehn Grad Celsius herrschten und es hier so heiß und schwül war, dass ein Weihnachtslied sich wie eine bloße Gesangsprobe anfühlte.

Malambuku wollte heute aus Respekt vor dem Glauben der Deutschen ein Festmahl zubereiten lassen. Woraus dies bestehen sollte, wusste Luise nicht. Doch sie hatte so eine Vorahnung, dass es ihrer Mutter vermutlich nicht gefallen würde. Diese war zuletzt an Luises Geburtstag fröhlich gewesen. Und zwar genau so lange, bis sie die Stadt Viktoria erreicht hatten und ihre Mutter feststellen musste, dass die von den Deutschen gepriesene Hauptstraße nichts anderes als ein breiterer unbefestigter Weg war, an dem auch keine richtigen Geschäfte gelegen waren. Viktoria hatte sich lediglich als chaotischer Sammelpunkt oft aggressiv wirkender Händler erwiesen, die lautstark ihre äußerst minderwertigen Waren anboten.

Für Elisabeth schien sich an diesem Tag das letzte bisschen Hoffnung auf eine zivilisierte Umgebung zerschlagen zu haben, sodass sie sich seither manchmal tagelang zurückzog und kaum ein Wort sprach. Luise und Martha erkannten die Sorge in den Augen ihres Vaters, doch wusste er offenbar keine Lösung für die Probleme seiner Frau.

Heute nun, am ersten Weihnachtstag, hatte sie sich aufgerafft und war in die Kirche mitgegangen. Doch selbst Luise bemerkte, wie elend die Mutter aussah. Trotz der leichten Tönung, die ihre Haut angenommen hatte, wirkte sie matt und fahl. Elisabeth war kaum in der Lage, den Gesprächen in ihrer Umgebung zu folgen, schien geistesabwesend und unendlich müde. Luise sah verstohlen zu ihr hinüber, als der Pastor Worte der Dankbarkeit und Hoffnung sprach. Dann sangen sie *Jesu, großer Wunderstern* und zum Ausklang des Gottesdienstes *Stille Nacht, heilige Nacht.*

Danach standen alle auf und verließen die Kirche. Draußen wollten die anderen Deutschen gemeinsam noch etwas trinken, doch Robert verabschiedete sich gleich mit guten Wünschen zum Weihnachtsfest und lotste seine Familie zu den Kutschen – sehr zum Ärger von Martha, die in diesem Moment Raimund Leffers erspäht hatte.

»Du kannst dich nächstes Mal mit ihm unterhalten. Komm jetzt, Martha«, drängte Robert.

Martha seufzte und presste vor Wut die Lippen zusammen. Doch da fiel ihr Blick auf Elisabeth, die sich scheinbar teilnahmslos von ihrem Mann in die Kutsche helfen ließ und wartete. Robert stieg zu ihr, während Luise und Martha die nachfolgende Kutsche besetzten.

»Es ist so eine Gemeinheit«, schimpfte Martha, so leise es ihr möglich war. »Manchmal hasse ich Mutter geradezu.«

»Hör endlich auf! Es geht ihr nicht gut, das siehst du doch.«

»Es geht ihr nie gut, seit wir hier in Kamerun sind. Aber ist das ein Grund, auch unser Leben zu zerstören?«

»Nun lass es aber gut sein«, erwiderte Luise genervt. »Sie zerstört nicht dein Leben, nur weil du einmal nicht mit Raimund sprechen kannst.«

»Ach nein? Und wie, denkst du, soll es hier für mich weitergehen? Ich werde in zwei Monaten siebzehn Jahre alt. Andere in meinem Alter in Hamburg wissen da bereits, wen sie heiraten.«

Luise wusste darauf nichts zu sagen.

»Und war es nicht Mutter, die uns immer gepredigt hat, wir sollen uns zusammenreißen und Haltung bewahren? Und was macht sie? Lässt sich jeden Tag ein bisschen mehr gehen. Die Leute reden schon.«

»Martha, könntest du mir einen Gefallen tun, weil Weihnachten ist?«

Martha sah sie überrascht an. »Welchen?«

»Könntest du die Fahrt über einfach nur deine Klappe halten?«

Martha funkelte die Schwester wütend an.

»Ja, genau so. Ich danke dir.« Luise drehte sich zur anderen Seite.

Und tatsächlich sagte Martha nichts mehr. Doch in ihre stillen Verwünschungen schloss sie nun auch ihre Schwester ein.

»Ich habe euch etwas anzukündigen«, sagte Robert, als sie später beim Essen saßen. Er legte seine Hand auf die seiner Ehefrau. »Und das wird besonders dich, meine Liebe, sehr interessieren.«

Sie blickte ihn an, bemühte sich aber gar nicht erst um ein Lächeln.

»Wenn die Ernte abgeschlossen ist, werden wir nach Hamburg reisen.«

Elisabeths Reaktion auf diese Ankündigung war erstaunlich. Es war, als wäre sie soeben durch einen lauten Knall aus dem Tiefschlaf geweckt worden.

»Hamburg?« Sie starrte Robert an.

»Ja, Liebes. Hamburg. Unser Zuhause.«

* * *

Wien, 26. Dezember 1888

Sie waren über Nacht in der Villa der Loisings geblieben. Therese hatte in ihrem alten Mädchenzimmer geschlafen, während für Karl eines der Gästezimmer hergerichtet worden war. Dass es tatsächlich so spät würde, damit hatte keiner von ihnen gerechnet. Margarete und Friedrich hatten sich beizeiten zurückgezogen, während Florentinus, Karl und Therese sitzen blieben und fröhlich miteinander plauderten. Florentinus und Therese erzählten Karl lustige Geschichten aus ihrer Kindheit und was für Streiche sie gespielt hatten, von denen ihre Eltern zum Großteil heute noch nichts wussten. Die Geschwister versuchten sich geradezu zu überflügeln, und es wurde ein ebenso ausgelassener wie beschwipster Abend. Als sie gegen zwei Uhr in der Früh zu Bett gingen, waren alle bester Laune.

Therese war glücklich über ihre Entscheidung, Karl zum Weihnachtsessen mitgenommen zu haben. Sie lag noch eine Weile wach und dachte über Karl Hansen nach. Er war ein schneidiger Mann mit besten Manieren, gutem Aussehen und ausgezeichneten Umgangsformen. Er wusste, wann er frei sprechen oder lieber schweigen sollte. Und er brachte sie zum Lachen, während viele Männer ihr lediglich ein höfliches Lächeln abzuringen vermochten. Er war ihr ein wirklich guter Freund geworden, der beste, den sie je gehabt hatte. Doch liebte sie Karl? Sie fand keine Antwort darauf, und nach einer Weile kam der Schlaf.

Am nächsten Morgen verabschiedeten sie sich von Margarete, Friedrich und Florentinus Loising und bestiegen die Kutsche, um den Heimweg anzutreten. Thereses Bruder hatte versprochen, in Kürze in ihrem Kaffeehaus vorbeizukommen und sie künftig öfter in Wien zu besuchen, und sie waren sich einig, dass der Kontakt, den sie etwas hatten einschlafen lassen, nun nicht wieder abreißen sollte.

Als sich die Kutsche in Bewegung setzte, beugte Therese sich noch einmal hinaus und winkte ihrer Familie, die vor dem Haus stand und ihnen nachsah. Dann setzte sie sich wieder gerade hin und griff nach Karls Hand. »Ich danke dir.«

»Wofür?«

»Es war alles ganz wunderbar, und das nur deinetwegen.«

»Ach was, das wäre auch ohne mich so gelaufen.«

Therese lehnte ihren Kopf an seine Schulter. »Nein, das wäre es nicht. Und wie du vor meinen Eltern Partei für mich ergriffen hast! Ich meine, als du sagtest, wie erstaunlich es sei, dass mein kleines Kaffeehaus so guten Gewinn macht. Ich glaube, das hat sie wirklich beeindruckt.«

»Es ist ja die Wahrheit.«

»Ja, aber so hat sich noch nie jemand für mich eingesetzt.«

»Florentinus hat das höchste Loblied auf dich gesungen.«

»Das stimmt. Er ist wirklich liebenswert.«

»Ehrlich gesagt, hat mich euer Umgang miteinander überrascht. Nach deinen Erzählungen bin ich davon ausgegangen, dass ihr euch nicht leiden könnt.«

»Wirklich?«

»Ja. Du sagtest, dass er derjenige ist, der immer alles richtig macht, während das, was du tust, nur belächelt wird.«

»So ist es ja auch. Aber das liegt nicht an Tino. Er macht seine Sache gut und verdient das Lob. Es war mir nur nie möglich, mit ihm Schritt zu halten. Doch als großer Bruder ist er himmlisch.«

»Ich mag ihn auch sehr.«

»Ich hoffe, er macht sein Versprechen wahr und kommt künftig öfter mal zu uns nach Wien. Erst jetzt merke ich, wie sehr er mir in all den Monaten gefehlt hat.«

»Das hoffe ich auch.«

Sie schwiegen eine Weile, jeder hing seinen Gedanken nach.

»Was machst du heute noch?«, fragte dann Therese.

Karl zuckte mit den Schultern. »Kakaobohnen anzubieten, wäre wohl am zweiten Weihnachtstag nicht angebracht. Also habe ich nichts vor.«

»Verbringen wir den Tag miteinander?«

»Das würde mich freuen.«

Therese zögerte kurz. »Du kannst auch jetzt schon mitkommen und gleich bleiben«, bot sie an.

Karl schüttelte den Kopf. »Ich möchte mich erst umziehen. Aber danach kann ich gern zu dir kommen, wenn du möchtest.«

»Ja, das wäre schön.«

»Gut.«

Bis zum Ende der Fahrt plauderten sie miteinander, dann setzte Thomas zunächst Therese an ihrer Wohnung und anschließend Karl am Haus der Witwe ab.

Karl bemühte sich, möglichst leise in sein Zimmer zu gehen. Ihm war jetzt nicht nach einem Gespräch, und er war froh, als er die Tür hinter sich ins Schloss drückte und von innen den Riegel vorschob. Sorgsam hängte er Anzug und Weste auf Bügel, streifte das Hemd ab und zog sich bis auf die Unterhose aus. Dann ließ er sich bäuchlings aufs Bett fallen und schloss erschöpft die Augen.

Die Bilder des letzten Abends zogen noch einmal in seinen Gedanken vorbei. Er konnte gut verstehen, warum Therese nicht viel mit ihren Eltern zu tun haben wollte. Ein Freigeist wie Therese passte nicht zur Spießigkeit der Loisings. Er musste an seine Nichte Luise denken. Sie war – anders als Frederike und Martha – genau wie Therese eher unangepasst, und beide konnten mit dem Bild, das vor allem ihre Mütter von ihnen hatten, nichts anfangen.

Karl drehte sich auf den Rücken und verschränkte die Hände hinter dem Kopf. Er sah zur Decke hinauf. An manchen Stellen war die Farbe ins Gelbliche übergegangen, aber ansonsten war alles einwandfrei sauber. Sein Zimmer in der

Hansen-Villa war größer und wesentlich luxuriöser eingerichtet. Doch dass dieses hier so klein war, störte ihn nicht.

Überhaupt stellte er immer wieder fest, dass er sich noch nie so wohlgefühlt hatte wie jetzt in Wien. Er freute sich darauf, wenn Therese das nächste Mal am Abend das Kaffeehaus öffnete und Freunde einlud. In dieser lockeren Atmosphäre zu plaudern und den Melodien von Friedhelms Gitarre zu lauschen, das mochte er sehr. Auch das Weihnachtsfest, so wie er es gerade erlebt hatte, ohne die Zwänge und das gemeinschaftliche Essen und Singen mit der Familie war das beste gewesen, das er je gehabt hatte. Endlich fühlte er sich frei. Frei auf eine Art, die er nie zuvor gekannt hatte.

Stets hatte er sich ein wenig so gefühlt, als spielte er eine Rolle in einem Theaterstück. Nicht als Haupt-, sondern lediglich als Nebendarsteller, abseits der Aufmerksamkeit des Publikums. Hier in Wien, in der Einfachheit seines bescheidenen Daseins, fühlte er sich endlich wie er selbst. Er hatte das Gefühl, jeden Tag ein bisschen mehr über diesen Karl Hansen zu erfahren, der ihn seit nunmehr neunundzwanzig Jahren im Spiegel ansah. Er wusste, dass in den Augen dieses Mannes noch mehr zu entdecken war als das, was er im Moment wahrnahm. Es war wie ein Geheimnis, das er aufzudecken versuchte. Er wollte wissen, welche Persönlichkeit sich hinter der Fassade des K. H. verbarg. Und er war sicher, die Antwort darauf hier in Wien zu finden.

Er schloss die Augen, atmete tief ein und aus. Als er sich wieder erhob, hatte er zwei Stunden fest geschlafen.

10. Kapitel

Kamerun, März 1889

Die letzten Bohnen waren verladen, und Luise fühlte sich so elend wie noch nie in ihrem Leben. Dabei hätte sie sich doch freuen müssen, nach all den ereignisreichen Monaten in diesem fernen Land endlich einmal wieder nach Hamburg zurückzukehren. Sie fand Trost in dem Gedanken, dass sie nur eine Woche in Hamburg bleiben würden, doch bedeutete es unter Einberechnung der langen Fahrt, dass Luise erst nach über zwei Monaten Kamerun wiedersehen würde. Außerdem schwang auch die bange Furcht mit, dass irgendetwas schiefgehen könnte und sie womöglich gezwungen wären, der Farm länger als geplant fernzubleiben. Luise mochte es sich gar nicht ausmalen.

Sie war sogar so weit gegangen, ihren Vater zu fragen, ob sie nicht einfach in Kamerun bleiben könnte. Sie hatte sich angeboten, alles zu überwachen und dafür zu sorgen, dass während der Abwesenheit des Vaters alles seinen gewohnten Lauf nahm. Doch Robert hatte über ihren Vorschlag nur gelächelt und ihr versprochen, dass sie auf jeden Fall wiederkämen und er nicht zuließe, dass der Aufenthalt in der alten Heimat sich länger als eine Woche hinziehen würde. Luise hatte es schließlich hingenommen, ihr blieb ja auch keine andere Wahl.

Luise blickte zum Strand, als die *Carl Woermann* den Anker lichtete und langsam aus der Bucht herausfuhr. Etwa zwanzig Angehörige des Duala-Volkes waren gekommen, um die Deutschen zu verabschieden. Ganz vorn standen Malambuku, der während ihrer Abwesenheit weiter für den reibungslosen Ablauf auf der Plantage sorgen würde, und sein ältester Sohn Hamza.

Luise hob den Arm, wurde jedoch sofort von ihrer Mutter zurechtgewiesen: »Luise, du wirst doch nicht den Negern zum Abschied winken! Was sollen denn die Leute denken?«

Luise ließ den Arm sinken. Auch wenn sie sich für den Gedanken schämte, so war ihr die Mutter, als sie traurig und ohne jeden Antrieb in ihrem Bett gelegen hatte, fast lieber gewesen als jetzt, wo sie wegen ihrer Heimreise wieder Auftrieb hatte und die Kraft fand, die Tochter fast stündlich auf irgendwelche Fehler und Unzulänglichkeiten hinzuweisen. Luise wandte sich von der Reling ab, weil sie nicht sicher war, wie lange sie die Tränen noch zurückhalten konnte, und ging auf die andere Seite des Schiffes. Martha folgte ihr.

»Wenn Raimund in meiner Abwesenheit mit einer anderen anbändelt, werde ich wahnsinnig!«

»Und wenn schon.« Luise verdrehte die Augen. »Auch wenn du es nicht wahrhaben willst, er interessiert sich doch gar nicht für dich.«

»Was redest du denn da?«

»Er ist höflich, das ist alles. Und jeder außer dir weiß das.« Luise erwartete, dass Martha wütend würde und auf dem Absatz kehrtmachte, doch die Schwester blieb neben ihr stehen und verschränkte die Arme vor dem Körper.

»Da kann man mal sehen, wie kindlich du doch noch bist und dass du gar nicht begreifst, was es mit der Liebe zwischen Erwachsenen auf sich hat.«

»Dann wird es wohl so sein«, gab Luise gleichmütig zurück.

»Du hast ja keine Ahnung, was sich bereits zwischen uns abgespielt hat.«

Nun wurde Luise doch neugierig. »Zwischen dir und Raimund?«

Martha setzte ein triumphierendes Lächeln auf. »Allerdings. Zwischen mir und Raimund.« Sie blickte auf die See, hob das Kinn.

Luise sah sie noch einen Moment an, dann wandte auch sie ihren Blick wieder aufs Wasser.

»Möchtest du wissen, was war?« Martha sah noch immer geradeaus.

»Wenn du es mir erzählen willst.« Luise tat gleichgültiger, als sie war. Sollte sich wirklich etwas zwischen ihrer Schwester und dem Sohn der Familie Leffers abgespielt haben, dann war sie schon neugierig, mehr darüber zu erfahren.

»Es war zum Jahreswechsel.« Martha beugte sich verschwörerisch zu Luise hinüber. »Ich habe bemerkt, dass Raimund schon den ganzen Abend meine Nähe suchte.«

Luise verkniff sich die Bemerkung, dass sie selbst das Geschehen genau andersherum wahrgenommen hatte.

»Als alle sich ein frohes neues Jahr wünschten, hat er mich an sich gezogen und geküsst.«

»Nein!« Luise starrte die Schwester verblüfft an. Damit hatte sie nicht gerechnet. »Wirklich?«

Martha nickte heftig. »Und dann hat er mir – ganz dicht an meinem Ohr – ein glückliches neues Jahr gewünscht, und dabei hat er mit seinen Fingerspitzen meinen Hals berührt. Ich hatte eine Gänsehaut am ganzen Körper.«

Luise war beeindruckt, wenngleich sie noch immer etwas skeptisch war, ob Raimund die Geschichte aus seiner Sicht genauso erzählt hätte.

»Heißt das, ihr seid jetzt so etwas wie ein Paar?«

»Aber selbstverständlich. Du glaubst doch wohl nicht, dass er das bei jeder machen würde!«

»Nein, bestimmt nicht.«

Martha schien zufrieden, dann veränderte sich ihre Miene. »Aber diese fürchterliche Maria Lehmbach schleicht ständig um Raimund herum. Ich bin sicher, dass sie ihn für sich gewinnen will.«

»Maria ist ein Jahr jünger als ich«, gab Luise verdutzt zurück.

»Und wenn schon. Ich habe bemerkt, wie sie Raimund beobachtet hat. Und schließlich ist nicht jeder in der Liebe so ein Spätentwickler wie du.«

»Ich bin doch gerade erst fünfzehn.«

»Ach was, als ich in deinem Alter war, habe ich mir in der Schule schon einige Kandidaten ausgeguckt. Aber du hast ja nur Augen für diese scheußlichen Bohnen.«

Darauf wusste Luise nichts zu sagen. Also standen sie eine Weile schweigend nebeneinander.

»Ach, mach dir keine Gedanken. Wenn du dich ein bisschen bemühst, wird es dir schon irgendwann gelingen, einen Mann auf dich aufmerksam zu machen. Hässlich bist du ja nicht. Du müsstest dich nur endlich mal etwas weiblicher geben. Wenn Mutter es dir nicht verboten hätte, wärst du gar mit einer dieser scheußlichen Hosen, die du auf der Farm trägst, heute an Bord gegangen.«

Luise überlegte einen Moment. »Ich weiß gar nicht, ob ich überhaupt einen Mann will.«

Martha sah die Schwester entgeistert an. »Wie soll ich denn das verstehen? Jede will einen Mann!«

»Ich glaube, ich nicht.« Luise zuckte mit den Schultern.

»Und wer soll dich dann versorgen?«

»Ich mich selbst.« Es klang wie ein Vorschlag. »Ich könnte mir eine eigene Plantage aufbauen und Handel treiben.«

»Als Frau?«

»Für einen Mann werde ich mich wohl kaum ausgeben können.«

»Du spinnst! Irgendetwas stimmt wirklich nicht mit dir.«

Luise ging nicht auf Marthas letzte Bemerkung ein, vor allem deshalb nicht, weil sie fürchtete, dass etwas Wahres daran sein könnte. Wie oft hatte ihre Mutter ihr vorgehalten, dass sie dringend ihr Benehmen ändern müsse, wenn sie keine alte Jungfer werden wollte. Und auch wie beschämend ihr burschikoses Verhalten oft sei und dass sich bestimmt kein Mann auf dieser Welt mit einer solchen Frau abgeben wolle, ließ die Mutter nicht unerwähnt. Luise hörte die Schimpftiraden schon fast nicht mehr. Tief in ihrem Innern fragte sie sich jedoch, wie ihr weiteres Leben aussehen würde und ob es nicht doch besser wäre, beizeiten auf die Ermahnungen ihrer Mutter zu hören.

Sie legten schon nach wenigen Stunden in Calabar und später in Lagos, den Hafenstädten von Britisch-Westafrika, an, wo die Mannschaft einen Teil der Ladung löschte und neue Waren aufnahm. Von da aus ging es über Cotonou im Königreich Dahomey, das unter dem Protektorat Portugals stand, nach Lomé, in die Hafenstadt in der deutschen Kolonie Togo. Die nächsten Häfen waren Accra, Hauptstadt der britischen Kolonie Goldküste, Takoradi, Abidjan und Monrovia in Liberia.

Da die Dampfschiffe, so auch die *Carl Woermann,* wegen ihres Tiefgangs oft nicht direkt im Hafen be- und entladen werden konnten, wurde dies von den einheimischen Kru-Boys mit Booten vorgenommen, was natürlich viel Zeit in Anspruch nahm. Also dauerten die jeweiligen Aufenthalte in den Häfen entsprechend lang. Von Monrovia aus fuhr die *Carl Woermann* nach Freetown und weiter nach Dakar im Senegal.

Irgendwann war Luise der Beobachtung der Ladevorgänge überdrüssig und nahm schließlich in der Gleichförmigkeit des Bordalltags nur noch wahr, dass sie Afrika passiert hatten und an Portugals und Spaniens Küste vorbeigefahren waren, um in Bordeaux den nächsten Halt zu machen. Weiter ging es durch die Biscaya und den Ärmelkanal, und nach einem Halt in Amsterdam näherten sie sich schließlich der deutschen Nordseeküste – und endlich auch Hamburg. Am Tag siebenundzwanzig nach ihrer Abfahrt aus Kamerun erreichten sie den Hamburger Hafen.

Ein kleiner Junge, er mochte acht oder neun Jahre alt sein, der sich zusammen mit einigen anderen im Hafen herumtrieb, rannte zu einem der Männer, die beim Löschen der Ladung helfen sollten. »Kommt dieses Schiff aus Kamerun?«, fragte der Kleine.

»Warum willst du das wissen?«

»Ich soll Meldung machen. Ist es das Schiff?«

»Ja, das ist es.«

Der Kleine bedankte sich nicht einmal, sondern stürmte davon, als sei der Leibhaftige ihm auf den Fersen. Er rannte den ganzen Weg bis zu dem Kontor, an dessen Fassade er nun hochsah. Dann betrat er das Gebäude. »Ich möchte zu Herrn Georg Hansen«, sagte er zu der Frau, die an einem Schreibtisch in unmittelbarer Nähe des Eingangs ihre Arbeit versah.

»Herr Hansen ist ein sehr beschäftigter Mann. Ich kann dich nicht zu ihm lassen. Was willst du denn von ihm, Junge?«

»Ich soll ihm Meldung machen, das hat er mir selbst gesagt.«

»Meldung worüber?«

»Wenn das Schiff aus Kamerun ankommt.«

»Und jetzt ist es angekommen?«

»Ja, aber das dürfen Sie ihm nicht sagen! *Ich* muss es ihm sagen, sonst bekomme ich doch meine Belohnung nicht.«

»Warte einen Moment hier.« Sie stand von ihrem Stuhl auf und ging über einen nach hinten führenden Korridor davon. Der Kleine blickte ihr nach. Am liebsten wäre er ihr hinterhergelaufen, um sicherzugehen, dass Georg Hansen nicht etwa schon von ihr die Nachricht erhielt und sich dann um die Bezahlung drückte. Doch schon kurz darauf sah er den Mann, der ihm den Auftrag erteilt hatte, gefolgt von der Frau, den Korridor entlangkommen. Offenbar hatte sie ihm die Botschaft aber doch schon überbracht, denn er lächelte, als freute er sich.

»Das hast du sehr gut gemacht.« Georg griff in seine Tasche. »Hier hast du einen Groschen, mein Junge.«

»Danke, Herr Hansen.« Der Kleine guckte angestrengt. »Ich könnte Ihnen immer Bescheid sagen, wenn Schiffe ankommen. Das mache ich gern, wirklich.«

»Mir ging es nur um dieses eine Schiff. Aber wenn ich dich wieder brauche, halte ich im Hafen Ausschau nach dir.«

»Danke, Herr Hansen.« Etwas traurig verließ der Kleine, gefolgt von Georg, das Gebäude. Ein Stück blieb der Junge noch neben ihm, weil sie denselben Weg zum Hafen hatten. Dann jedoch bog der Kleine ab, als er seine Freunde entdeckte, die ihn bereits erwarteten.

Georg ging schnellen Schrittes weiter bis zum Kai und hob heftig winkend den Arm, als er Robert erspähte, der soeben im Begriff war, seine Heimatstadt zu betreten. Als dieser den Bruder sah, musste er sich zügeln, um sich nicht an den Mitreisenden vorbeizudrängeln. Kaum dass er festen Boden unter den Füßen hatte, stürmte Georg auf ihn zu und umarmte ihn. »Robert! Es tut so gut, dich zu sehen!«

Die beiden lachten und hielten einander bei den Armen, klopften sich immer wieder auf den Rücken. Auch Elisabeth, Martha und Luise wurden von Georg so herzlich willkommen geheißen, dass es sie fast zu Tränen rührte.

»Endlich seid ihr wieder zu Hause! Dem Herrn sei Dank.« Georg winkte zwei Kutschen herbei. Robert und er nahmen die erste, Elisabeth, Martha und Luise folgten in der zweiten.

»Du hast ja fast schon dieselbe Hautfarbe wie eure Plantagenarbeiter«, scherzte Georg, als er seinen Bruder genauer betrachtete.

»Mir fällt es erst jetzt auf, wo wir nebeneinandersitzen. Wenn man von Schwarzen umgeben ist, fühlt man sich immer ein bisschen blass. Aber hier …« Er hielt seinen Arm zum Vergleich neben Georgs. »Meine Güte, das ist schon ein Unterschied!«

»Wie ist es euch denn ergangen?«, fragte Georg nun. »Alles in Ordnung?«

»Du hast es ja gesehen – die Plantage wirft so viel ab, wie ich es mir in meinen kühnsten Träumen nicht vorgestellt hätte.«

»Ja, das ist wahr. Doch das meine ich nicht. Ich meine, wie geht es euch, euch vieren? Habt ihr euch an das Leben dort gewöhnt?«

»Luise und ich lieben es, Martha hat nur noch Augen für den Sohn eines Kaisergesandten und findet es deshalb zum Aushalten, Elisabeth …«, er zögerte, »Elisabeth hasst es und ist oft schwermütig.«

»Wirklich?«

Robert nickte. »Sie kam manchmal tagelang nicht aus dem Bett.«

»Um Himmels willen! Wie gehst du damit um?«

Robert zuckte mit den Schultern. »Was soll ich tun? Wir haben keine Alternative zur Plantage. Doch für meine Frau ist es kein Leben. Sie hat nicht einmal versucht, sich in Kamerun einzugewöhnen. Anfangs besserte sich ihre Stimmung noch, wenn es auf den Sonntag zuging und wir wieder mit anderen Deutschen in Kontakt kamen. Sie hat sich mit den Frauen dort über das entbehrungsreiche Leben beklagt … Doch keiner der Frauen scheint es derart zu schaffen zu machen wie Elisabeth.« Er seufzte. »Ich glaube, sie hasst mich dafür, so leben zu müssen.«

»Aber, aber, vielleicht braucht sie nur mehr Zeit.«

»Das ist es nicht. Sie wird sich niemals an das Leben dort gewöhnen. Ich hoffe, die Zeit hier in Hamburg wird ihr guttun und alles ein bisschen erträglicher für sie machen. Ich habe die

Hoffnung, dass sie von hier, aus der Distanz, vielleicht spürt, dass es doch vieles gibt, was sie in Kamerun zu schätzen lernen könnte.«

»Das wird schon werden.« Georg legte freundschaftlich den Arm um die Schulter seines Bruders. Dann wurde er ernst. »Du hast viel auf dich genommen. Mehr als Karl, von mir gar nicht zu reden.«

»Wie geht es im Kontor? Sag schon. Und wie war es, als du das Geld pünktlich zurückgezahlt hast?«

»Ich gebe zu, das war ein kleines Fest für mich. Ein gutes Gefühl, ohne Frage. Ich wünschte nur, ich selbst hätte mehr zum Erfolg beitragen können, als nur die von dir gelieferten Bohnen zu lagern und einen Großteil nach Wien weiterzuleiten.«

»Also geht der Verkauf hier in Hamburg noch immer nicht voran?«

Georg schüttelte den Kopf. »Nein, leider. Die Menschen hier wollen Kaffee oder Tee, keine Schokolade.«

»Hast du etwas Kaffee eingekauft?«

»Ja, ein Teil dürfte sogar auf dem Schiff gewesen sein, mit dem ihr gekommen seid. Doch ich wollte nicht zu viel riskieren. Die Einnahmen sind stetig, doch noch stehen wir auf dünnem Eis. Wir müssen peinlich darauf bedacht sein, nicht abermals einzubrechen.«

»Wir werden das schaffen, Georg, hab Vertrauen!«

»Ich wünschte, das fiele mir so leicht wie Karl oder dir.«

»Wie meinst du das?«

Georg wiegte den Kopf. »Ich habe in den letzten Wochen und Monaten viel nachgedacht. Ihr seid nach Wien gereist und kamt mit einem fertigen, gut durchdachten Plan zurück, den ihr sogleich in die Tat umgesetzt habt. Ich habe nur als Zuschauer fungiert. Dennoch erhalten wir alle die gleichen Anteile, obwohl das, was du auf dich genommen hast und leistest, mit Karls und meiner Arbeit nicht im Mindesten zu vergleichen ist.«

»Du machst dir wie immer zu viele Gedanken«, meinte Robert. »Ich kann sehr gut mit dem leben, was ich tue.« Er grinste seinen Bruder an. »Ich bin nun mal der tollste Kerl von uns dreien. Damit müsst ihr beiden einfach klarkommen.«

Er lachte auf und boxte Georg gegen den Arm. »Nun zieh nicht so ein Gesicht.«

Erst zögerte er, dann schmunzelte Georg. »Schön, dich wieder hierzuhaben.«

»Ja«, bekräftigte Robert. »Es ist schön, zu Hause zu sein.«

Als die Kutschen vor der gelben Villa vorfuhren, brach Elisabeth vor Freude in Tränen aus. Noch bevor die Kutscher die Pferde zum Halten brachten, wurde die Haustür aufgerissen, und Vera, Richard und Frederike kamen, gefolgt von Anna, herausgelaufen. Die Kutschen machten halt, und sofort öffneten sich die Türen.

»Vera!«, rief Elisabeth unter Tränen und stieg eilig aus der Kutsche, ohne abzuwarten, bis ihr eine helfende Hand gereicht wurde. Sie hob die Röcke und lief der Schwägerin entgegen. Die Frauen umarmten sich und schienen sich gar nicht mehr loslassen zu wollen. Martha und Luise sprangen ebenfalls aus der Kutsche und umarmten Frederike, und selbst Richard, der sonst nicht zu Gefühlsausbrüchen neigte, drückte die Cousinen herzlich an sich.

Nachdem sich alle begrüßt hatten, gingen sie hinein. Luise kam es vor, als wäre sie eine Ewigkeit nicht in dieser Villa gewesen. Ein eigenartiges Gefühl. Die Familie kam im Esszimmer zusammen, wie sie es immer getan hatte, wenn es etwas zu feiern oder zu besprechen gab. In diesem Fall beides.

»Ihr müsst uns alles erzählen«, bat Vera. »Wirklich *alles.* Wie ist es euch ergangen?«

»Kamerun ist unglaublich«, brachte Robert begeistert hervor, wenngleich er spürte, dass die Miene seiner Ehefrau sich verzog. »Die Plantage ist riesengroß, etwa das Dreißigfache dieses Grundstücks hier.«

»Das Dreißigfache? Von unserem Grundstück mitsamt dem Park?«

»Ganz recht. Es zieht sich vom Beginn der Farm in einer schier endlosen Weite über die Plantage mit den Kakaobäumen bis zu den Hängen der Steppe. Alles ist grün und von üppiger Natur.«

»Ich habe es mir vor allem als Steppe und trocken vorgestellt«, sagte Richard.

»Wenn du über die Ebene blickst«, erklärte nun Luise, »ist alles kräftig grün. Das Eigenartige ist, wenn du dann näher kommst und die Erde durch deine Finger rieseln lässt, ist der Boden ganz trocken. Es ist erstaunlich, dass dort alles so üppig wächst.«

»Und die Menschen? Wie sind die?«, fragte Georg.

»Du meinst die Einheimischen?« Robert trank einen Schluck Bier, das Anna serviert hatte. »Man muss ihre Art zu leben verstehen lernen. Anfangs waren sie sehr zurückhaltend, warteten ab. Dann, als sie merkten, dass wir ihnen nichts Schlechtes wollen, wurden sie aufgeschlossener und sehr freundlich. Sie sind überaus fleißig. Bessere Arbeiter wird man nirgendwo finden.«

»Und die Deutschen dort?«, wollte Vera wissen.

»Ganz unterschiedlich. Aber man kann mit jedem von ihnen gut auskommen. Wir können uns nicht beklagen.«

»Martha hat dort einen jungen Mann kennengelernt«, berichtete Elisabeth mit Stolz in der Stimme. »Sein Vater steht im Dienste des Kaisers, müsst ihr wissen.«

»Wirklich?« Vera schien sehr interessiert.

Martha nickte glücklich und wurde rot. »Er heißt Raimund.« Mehr sagte sie nicht, doch sie warf Frederike einen Blick zu, der ahnen ließ, dass sie der Cousine zu einem späteren Zeitpunkt noch sehr ausführlich von ihm erzählen würde.

»Und du, Luise? Wie steht es bei dir?« Vera wandte sich an ihre andere Nichte.

»Luise interessiert sich nur für die Kakaobohnen«, gab Martha etwas abfällig zur Antwort.

Luise ärgerte sich über die Bemerkung, doch sie schluckte eine scharfe Erwiderung herunter. Waren Martha und sie in Kamerun eigentlich ganz gut miteinander ausgekommen, so war die Schwester hier wieder ganz die Alte. Luise fühlte sich von ihr enttäuscht.

»Luise hat sich ganz hervorragend in das Leben in Kamerun eingewöhnt«, sagte Robert. »Sie hat sogar bei der Ernte mitgeholfen und kennt jeden einzelnen Schritt bei der Gewinnung der Kakaobohnen.«

»Alles Tätigkeiten, die einem Fräulein aus gutem Haus ganz sicher nicht zu Gesicht stehen«, warf Elisabeth ein.

»Nun, wenn Luise sogar geholfen hat und sich mit den Bohnen so gut auskennt, gebührt ihr unser Dank«, urteilte Georg. »Wir haben in den letzten Monaten genug Geld verdient, damit die Familie Hansen wieder gut dasteht. Wenn es so weitergeht, werden in nicht einmal einem Jahr alle finanziellen Sorgen der Vergangenheit angehören. Und zwar für lange Zeit.«

Luise senkte den Blick. »Die Arbeit macht mir einfach Spaß.« Es klang, als wollte sie sich verteidigen.

»Freude an seinem Tun ist der Grundstein des Erfolgs«, zitierte Georg, »wie unser Vater immer zu sagen pflegte, nicht wahr, Robert?«

»Darauf trinke ich.« Robert hob das Glas, und alle anderen taten es ihm gleich. »Auf die Freude und den Erfolg!«

»Auf die Freude und den Erfolg!«

Georg lächelte in die Runde, stand dann auf. »Gestern erhielten wir einen Brief von Karl. Wir korrespondieren des Öfteren. Ich habe ihm mitgeteilt, dass ihr mit dem nächsten

Schiff für einige Tage nach Hause kommt. Ich hole mal den Brief.« Er verließ den Raum.

»Ich wünschte, wir hätten eine Telegrafenstation in Kamerun, doch so weit ist es leider noch nicht.«

Georg kam mit dem Brief in der Hand zurück und reichte ihn Robert. »Möchtest du ihn vorlesen?«

»Gern.« Robert entfaltete das Schreiben.

Liebe Familie!
Ich hoffe, dass Robert, Elisabeth, Martha und Luise sicher aus Kamerun heimgekehrt sind, wenn Euch diese Zeilen erreichen. Herzlich willkommen in der Heimat, Ihr Lieben! Zu gern wäre ich ebenfalls für einige Tage nach Hamburg gekommen, um Euch einmal wiederzusehen. Doch leider erlaubt es meine Arbeit derzeit nicht.
Die ausgezeichnete Qualität der Kakaobohnen, die das Kontor liefert, scheint sich inzwischen in ganz Wien herumgesprochen zu haben. Wie ich Georg bereits telegrafierte, werde ich eine neue Lieferung brauchen, um die hohe Nachfrage decken zu können. Es hat sich nun auch eine Möglichkeit ergeben, ein Kontor anzumieten, wobei ich noch ein wenig vor der Größe des Gebäudes zurückschrecke. Früher wurden dort Stoffe gelagert, und es bietet reichlich Platz, doch es ist nicht in bestem Zustand, es muss einiges daran getan werden. Dafür bekommen wir es günstig. Ich habe hier Freunde gefunden, die mir dabei helfen werden, alles wieder in einen einwandfreien Zustand zu versetzen. So schaffen wir hier nicht

nur Lagerfläche, sondern im vorderen Teil des Gebäudes auch einen Verkaufsraum, in dem Kunden auch kleinere Mengen Kakaobohnen für den eigenen Bedarf erwerben können. Es gibt eine Fensterfront, die alles sehr hell und freundlich aussehen lässt. Ich glaube, es kann ein Schmuckstück werden, und ich werde alles dafür tun, es zu einem der besten Kontore am Ort zu machen. Sobald es so weit ist, werde ich Euch schreiben und hoffe, dass Ihr dann eines Tages die Möglichkeit finden werdet, zu mir nach Wien zu reisen und es Euch anzusehen. Ich kann diesen Tag kaum erwarten.

Und noch etwas hat sich ereignet, von dem Ihr unbedingt erfahren sollt. Therese, die junge Frau, die wir seinerzeit in dem Kaffeehaus kennenlernten, war mir hier in Wien nicht nur eine große Hilfe, sondern ist zu einem wichtigen Teil meines Lebens geworden. Und deshalb – Ihr werdet es bereits ahnen – habe ich sie gebeten, meine Frau zu werden. Ich bin der glücklichste Mann, denn Therese hat Ja gesagt.

Die Hochzeit wird zunächst nur in einem kleinen Rahmen stattfinden, bis wirklich alle Familienmitglieder einen Zeitpunkt finden, zu dem wir zusammenkommen und gemeinsam diesen Tag begehen können. Therese freut sich darauf, Euch alle kennenzulernen. Womöglich können wir dieses Ereignis in einigen Monaten feiern, noch vor der nächsten Erntezeit? Sollte dies nicht möglich sein, ist für Therese und mich auch ein Zeitpunkt im nächsten Jahr denkbar.

Bitte sprecht Euch ab und lasst uns wissen, welche Termine Ihr vorschlagt.
Nun muss ich mit dem Schreiben Schluss machen und sende Euch herzliche Grüße.
Karl

Robert ließ den Brief sinken. »Das glaube ich ja nicht. Karl wird heiraten?«

»Wir alle haben uns sehr für ihn gefreut«, sagte Georg. »Wer hätte gedacht, dass er so bald schon sein Glück in Wien findet? Womöglich war es Schicksal, dass er von hier fortgehen musste, um der Frau seines Lebens zu begegnen.«

»Du redest von Schicksal? So kenne ich dich ja gar nicht.« Vera blickte ihren Mann erstaunt an.

»Dann kann ich dich wohl nach all den Jahren immer noch überraschen.« Er tätschelte seiner Frau die Hand.

Sie aßen gemeinsam, lachten zusammen, und es schien, als würde jeder in der Familie das Wiedersehen genießen. Nur Luise sah sich immer wieder verstohlen im Raum um. Sie konnte das Gefühl kaum beschreiben, und es verwirrte sie. Doch irgendwie fühlte sie sich fehl am Platz, so, als würde sie nicht mehr hierhergehören. Ihr altes Zuhause war ihr fremd geworden.

11. Kapitel

Hamburg, März 1889

Georg und Robert genossen die gemeinsame Zeit. Die Brüder fühlten sich so verbunden wie schon lange nicht mehr, vielleicht sogar wie nie zuvor. Für Robert war es eine Freude, täglich im Kontor zu sein, zusammen mit Georg die Warenbestände durchzugehen, die Bücher zu prüfen und Pläne für die Zukunft zu schmieden. Ihm wurde bewusst, wie sehr ihm der Austausch mit einem vertrauten Menschen gefehlt hatte. Zwar sprach er in Kamerun auch mit Malambuku darüber, wie die Ernte ausfiel, welcher Teil der Plantage mehr, welcher weniger Ertrag einbrachte und welche Menge mit dem nächsten Schiff nach Deutschland geschickt werden konnte. Doch das war etwas anderes. Dort war er der Sango, der Herr, und Malambuku war das Bindeglied zwischen der Familie Hansen und dem Volk der Duala. Und auch wenn er Malambuku in hohem Maß schätzte, begegneten sie sich nicht auf Augenhöhe. Ganz abgesehen davon, dass die Kultur und Mentalität so vollkommen unterschiedlich waren, dass Malambuku bestimmte Bedenken oder Überlegungen Roberts nicht nachvollziehen konnte.

Jetzt mit Georg im Kontor zu sein, gab Robert ein ganz anderes Gefühl von Partnerschaft. An einem Tag nahmen sie sich die Zeit, bei Bankier Palm vorbeizugehen und kurz mit ihm zu plaudern. Dieser hatte sich trotz der vielen Arbeit auf seinem Schreibtisch aufrichtig über den Besuch der Brüder gefreut und wollte genau von Robert wissen, wie es sich mit seinem Leben in Kamerun verhielt. Anschließend waren Georg und Robert durch die Straßen Hamburgs spaziert, hatten sich die neu entstandenen Geschäfte angesehen und es einfach genossen, gemeinsam Zeit zu verbringen.

»Am liebsten wäre mir, ihr würdet bleiben«, sagte Georg nachdenklich, als sie nebeneinanderher schlenderten.

»In diesem Moment geht es mir genauso. Warum haben wir uns eigentlich früher nie die Zeit für so was genommen?« Robert sah zu Georg. »Oder kannst du dich daran erinnern, dass wir je so etwas gemacht hätten, als wir noch beide in Hamburg wohnten?«

Georg schüttelte den Kopf. »Nein, nicht ein einziges Mal. Wahrscheinlich haben wir uns zu wenig zu schätzen gewusst und uns als selbstverständlich genommen.«

Robert nickte nachdenklich. »Sag mir bitte ganz ehrlich, geht es dir gut?«

»Wie meinst du das?«

»Nun ja, dass du kurz nach Vaters Tod und mit den ganzen Schwierigkeiten, die danach auf uns zukamen, nervös und angespannt warst, ist nur zu verständlich. Mir ging es genauso. Doch inzwischen – wo der finanzielle Druck nachgelassen hat und auch der drohende Verkauf der Villa vom Tisch ist – bin ich wieder ruhiger geworden, entspannter. Aber bei dir habe ich das Gefühl, dass es dir nicht wirklich besser geht.«

Georg dachte über das Gehörte nach. »Hast du dich schon einmal nach dem Sinn gefragt?«

»Welchem Sinn?«

»Dem Sinn unseres Lebens, dem Sinn darin, dass Mutter so qualvoll sterben musste, Vaters Tod, die Schwierigkeiten im Kontor. Unser eigenes Dasein und unsere Ziele und Anstrengungen.«

Robert überlegte kurz. »Du warst schon immer zu ernst, weißt du das? Du machst dir zu viele Gedanken.«

»Ich wünschte, ich könnte es ändern. Aber es gibt Tage, da frage ich mich, ob das wirklich alles sein soll. Vater hat sein Leben lang hart gearbeitet und alles gegeben, damit wir gut und behütet aufwachsen konnten. Und am Ende …« Er sprach den Gedanken nicht aus, doch Robert wusste auch so, was er meinte.

»Weißt du, wie die Duala denken? So heißt die Volksgruppe, die auf unserer Plantage lebt.«

»Nein.«

»Sie denken nicht an morgen. Malambuku kann Fragen, die ich ihm beispielsweise zu planerischen Dingen stelle, nur schwer beantworten. Er versteht nicht, weshalb ich mir darum Gedanken mache. Die Duala leben im Hier und Jetzt. Sie streiten sich in ihrem Volk nicht über das, was gestern war. Schließlich ist es vergangen. Und sie sorgen sich nicht um die Zukunft. Sie haben einen schier unerschütterlichen Glauben an das Gute und sind überrascht, wenn man etwas anderes denkt. Weißt du, warum sie uns in ihrem Land überhaupt akzeptieren und bei der Ernte helfen?«

»Wegen der Schutzverträge, nehme ich an.«

»Nein.« Robert schüttelte den Kopf. »Ich glaube nicht, dass Malambuku nachvollziehen könnte, was vor einigen Jahren ein Stammeshäuptling ohne genaue Kenntnis, was es bedeutete, unterschrieben hat. Nein, sie sehen uns nicht als Eroberer, meinen nicht, dass wir ihnen etwas genommen haben. Das ist der große Vorteil.«

»Aber uns gehört nun das Land, das früher ihres war.«

»Nicht nach dem Glauben der Duala. Land gehört niemandem. Wir Deutschen kamen, genau wie die Engländer, Franzosen oder Belgier, und holten die Früchte, die dort wuchsen. Genauso hatten sie es auch immer getan, das ist nichts Verwerfliches. Doch zeigten wir ihnen einen Weg, damit Handel zu treiben und Waren zu tauschen. Denn nichts anderes bedeutet ihnen auch der Lohn, den wir ihnen zahlen. Sie tauschen. Sie tauschen das Geld gegen Dinge, die sie brauchen. Sie sehen uns als Männer, die genau wie sie die Plantage bestellen. Und wir kümmern uns darum, dass sie etwas dafür bekommen. So einfach stellt es sich für die Duala dar. Eine interessante Denkweise, nicht wahr?«

»Klingt verführerisch. Manchmal würde ich auch gern so loslassen können.«

»Genau das habe ich in den Monaten in Kamerun schon gelernt«, fuhr Robert nachdenklich fort. »Ich sehe die Welt jetzt mit anderen Augen. Weißt du, was mich am meisten fasziniert?«

»Was?«

»Es gibt keinen Neid. Zumindest nicht auf unserer Farm. Wenn wir am Sonntag in die Kirche fahren und uns anschließend mit den anderen Deutschen treffen, dann bemerke ich die Blicke der Frauen, die ihre Kleider vergleichen oder auf den Schmuck der anderen sehen. Oder die Männer, die ihre Orden und Auszeichnungen zur Schau stellen und deren Krawattennadeln gern mal mit echten Diamanten besetzt sind. Doch wenn ich dann auf die Farm zurückkehre, fällt all das wieder von mir ab. Malambuku berichtet mir, was sich ereignet hat und ob womöglich eine Umzäunung erneuert werden muss, damit die Hühner nicht fortlaufen können. Das ist alles. Kein Anspruchsdenken, kein Neid, keine Bestrebung, besser oder reicher zu sein oder sich zumindest so darzustellen. Einfach nur sein, leben und auch arbeiten.«

»Wenn du noch lange weiterredest, packe ich meine Koffer und komme mit.«

»Du bist uns herzlich willkommen.«

»Ich glaube, es ist das Gefühl der Nutzlosigkeit, das ich nicht ertrage. Immer denke ich, noch nicht genug getan zu haben, noch nicht genug verkauft zu haben, nicht genug vorgesorgt zu haben, um allen gerecht zu werden.«

»Und wann ist für dich genug?«

Georg hob die Schultern und ließ sie wieder sinken.

»Nein, ich meine es ernst«, beharrte Robert. »Denk bitte mal darüber nach: Wann ist genug? Unser Ziel war, die Villa nicht verkaufen zu müssen und im zweiten Schritt unsere Darlehen zurückzahlen zu können. Das haben wir geschafft. Danach ging es darum, alles wieder finanziell zu stabilisieren und das Kontor zu neuem Leben zu erwecken. Auch das ist uns gelungen. Und nun?«

»Nun machen wir so weiter, bis wir auch die Plantage an Meyerdierks abgezahlt haben und weiter unser Einkommen sichern.«

»Ja, Georg, wir machen weiter. Wir werden Meyerdierks bezahlen, unseren Frauen schöne Kleider kaufen, unseren Kindern eine gesicherte Zukunft bieten. Und nun nehmen wir an, wir haben all das geschafft. Wieder sind wir an dem Punkt, wo ich dich frage: Wann ist genug?«

Georg zuckte mit den Schultern. »Ich fürchte, das kann ich dir nicht beantworten.«

»Nun, ich *kann* es. Denn ich möchte gar nicht immer mehr und noch mehr haben. Ich möchte stattdessen glücklich sein, einen Sonnenuntergang bei einem guten Schluck genießen und mich auch mal herzlich freuen können. Ich möchte lachen, Georg, einfach spontan lachen, ich möchte gute Gespräche führen, möchte sehen, dass die anderen glücklich sind und ich einen Teil dazu beigetragen habe.«

»Vater würde jetzt sagen, du seist ein Träumer.«

»Dann würde ich dagegenhalten, dass er zwar ein Realist war, aber war er wirklich glücklich mit dem, was er hatte?«

Eine Weile gingen sie schweigend weiter. Dann sagte Georg: »Schon als kleiner Junge habe ich dich beneidet, weißt du das?«

»Du mich?«

Georg nickte. »Es stimmt. Kannst du dich noch an den Streit erinnern, den wir mit den Schulze-Brüdern hatten?«

»Dieter und Kurt, ja, ich weiß noch. Wie alt waren wir damals?«

»Ich muss so neun und du sieben gewesen sein, glaube ich. Die beiden waren Raufbolde, und Vater hat immer gesagt, dass wir sie einfach ignorieren und ihnen aus dem Weg gehen sollten.«

Robert schmunzelte. »Ja, ich erinnere mich.«

»Ich habe mich dran gehalten. Auch als sie mir den Ball weggenommen haben, habe ich klein beigegeben. Du aber nicht.«

Robert lachte auf. »Ich habe deswegen ziemlichen Ärger mit Vater bekommen.« Er griff sich ans Gesäß. »Ich glaube, ich spüre den Stock noch immer ein wenig.«

»Ich habe dich damals dafür bewundert, dass du den Ball zurückgeholt und es den beiden so richtig gegeben hast. Meine Güte, wie Dieter danach aussah! Das Veilchen hat er eine ganze Weile gehabt.«

»Ich finde, er hat nie besser ausgesehen«, lachte Robert. »Aber wenn du so schwer damit umgehen konntest, warum hast du dich dann nicht gewehrt?«

Georg zuckte mit den Schultern. »Weil Mutter und Vater sagten, so etwas gehöre sich nicht. Sie sagten, dass sie von mir als ihrem ältesten Sohn erwarteten, dass ich über den Dingen stehe und Haltung bewahre.«

»So etwas Ähnliches haben sie mir auch gesagt, nur nicht das mit dem ältesten Sohn. Sie sagten: So etwas tut ein Hansen nicht.« Robert hob den Zeigefinger und lachte abermals auf. »Hat ja prima funktioniert bei mir.«

»Aber genau das ist es. Du hast einfach nicht auf sie gehört. So mutig war ich nicht.«

»Das war kein Mut, das war Trotz«, resümierte Robert. »Ich gebe zu, ich habe mich mit allen Mitteln dagegen gewehrt, so zu sein wie du.«

»Ach ja?«

»Ja. Weil ich wusste, dass ich nie an dich herankäme, geschweige denn besser sein könnte. Du warst immer in allem perfekt. Deine Hosen saßen glatter, deine Haltung war aufrechter, deine ganze Erscheinung drückte schon in Kindertagen aus, dass du eines Tages das Oberhaupt der Familie sein würdest. Ich konnte nie so sein wie du und wollte es schließlich auch nicht. Es war bequemer für mich, der kleine Bruder zu sein, dem man die Flausen irgendwann noch austreiben würde.«

»Das Oberhaupt der Familie«, wiederholte Georg versonnen Roberts Worte. »Ich habe das Gefühl, dass mir dies gründlich misslungen ist.«

»Aber weshalb?«

»Du hast deine Tasche gepackt, bist entschlossen und voller Zuversicht mit deiner Familie nach Kamerun gegangen und hast mutig eine Plantage übernommen, obwohl du keine Ahnung von Kakaobohnen hattest. Und die Einnahmen daraus sind höher, als sie es im Kaffeegeschäft je waren. – Karl ist nach Wien gegangen und verkauft dort mit großem Erfolg. Jetzt baut er sogar sein eigenes Kontor auf, und ich bin sicher, dass ihm auch das gelingen wird.« Er seufzte. »Versteh mich bitte nicht falsch, ich gönne euch beiden den Erfolg. Schließlich habe ich genau dadurch erhebliche Vorteile. Doch ich fühle mich in die Rolle des

Zuschauers verbannt, wie ein Schmarotzer, der sich auf eure Kosten ein gutes Leben macht.«

Robert hielt inne. »Was redest du da nur? Du leitest das Kontor hier in Hamburg.«

Georg war ebenfalls kurz stehen geblieben, ging nun aber langsam weiter, und Robert schloss zu ihm auf.

»Ja, ich leite das Kontor. Doch die großen Abschlüsse gelingen mir nicht.«

Robert legte dem Bruder die Hand auf die Schulter. »Nur vorläufig, mein Lieber. Die Hamburger sind stur, das weißt du doch. Sie wagen sich nicht leichtfertig an etwas Neues heran. Lass noch ein bisschen Zeit vergehen. Dann ist die Schokolade bei den Leuten hier ebenso beliebt wie jetzt der Kaffee, du wirst sehen.«

»Ich hoffe, dass du recht behältst.«

»Ich behalte recht.« Sie hatten wieder das Kontor erreicht. »Was meinst du? Wollen wir Fräulein Denker nur kurz Bescheid geben, dass wir für heute Schluss machen, uns in irgendeine Kneipe verziehen und meinen letzten Tag hier in Hamburg miteinander feiern?«

»Mitten am Tag?« Georg sah seinen Bruder entgeistert an.

»Ja, Georg, mitten am Tag. Nun gib dir einfach einen Ruck!«

Georg zögerte einen Moment, dann öffnete er die Tür und trat an den Schreibtisch der Sekretärin. »Fräulein Denker, mein Bruder und ich werden heute nicht mehr ins Kontor zurückkommen«, kündigte er an.

»Haben Sie einen auswärtigen Termin?«, fragte sie überrascht und blätterte sofort in dem Kalender. »Ich kann keine Eintragung finden.«

Robert war an die Seite seines Bruders getreten. »Sie haben recht, Fräulein Denker, es ist nichts im Kalender zu finden. Halten Sie die Stellung und haben Sie einen schönen Tag.« Er griff Georgs Arm und zog diesen mit sich hinaus. »Du wolltest schon wieder zurückrudern, das habe ich genau gesehen«, neckte Robert.

»Dieses verdammte schlechte Gewissen, das ich immer habe!« Georg schüttelte den Kopf.

»Das werden wir jetzt hochprozentig ersäufen«, stellte Robert fest.

Beide zogen die Hüte, als ein Mann an ihnen vorbeiging und sie freundlich grüßte. »Einen schönen Arbeitstag wünschen wir«, sagte Robert und deutete eine Verbeugung an. Dann gingen die Brüder lachend in Richtung Spielbudenplatz davon.

* * *

Der Tag der Abreise war gekommen, und Luise war schon gegen fünf Uhr aufgestanden, um nur rechtzeitig alles vorbereitet zu haben. Ganz leise war sie hinausgeschlichen, damit Martha nicht aufwachte. Es erinnerte sie daran, wie sie in Kamerun stets in aller Frühe nach draußen schlich, um den Sonnenaufgang zu beobachten. Sie brauchte nicht einmal aus dem Fenster zu sehen, um zu wissen, dass sich dies im tristen Hamburger Nebel nicht lohnen würde. Kurz überlegte sie, wo sie zu dieser frühen Stunde hingehen könnte, um niemanden zu stören. Dann huschte sie über den Flur und öffnete die Tür zum Arbeitszimmer von Onkel Georg, das früher das ihres Großvaters gewesen war, und schloss sie lautlos hinter sich.

Sie glaubte, im Raum noch immer seinen Geruch wahrzunehmen, auch wenn sie wusste, dass es wohl eher die Ledermöbel waren, die schon ihr ganzes Leben lang in diesem Raum standen, deren Duft sie wahrnahm. Sie ging hinüber zum Sessel, den ihr Großvater so geliebt hatte, und rollte sich darin ein wie eine Katze. Ganz so wie früher, als sie Großvaters Nähe gesucht und ihn darum gebeten hatte, im Raum bleiben zu dürfen, wenn sie versprach, ihn nicht bei der Arbeit zu stören. Sie schloss die Augen und stellte sich vor, dass es jetzt wieder so wäre.

Tief atmete sie ein und wieder aus, glaubte zu hören, wie der Füllfederhalter in Großvaters Hand über das Papier kratzte. Luise lächelte. Er war da, ganz nah, sie durfte nur nicht die Augen öffnen, dann war alles wieder wie früher. Sie sah ihn vor sich, groß und stattlich, bekleidet mit einem dunkelblauen Anzug, einer passenden Weste und einem weißen Hemd. Und dazu trug er ein dunkelrotes Tuch, das von einer Perlennadel gehalten wurde. Wie immer, wenn er arbeitete, zog er die Stirn in Falten und blickte ernst auf die Unterlagen vor sich. Dann schrieb er etwas und legte das Blatt anschließend auf den Stapel rechts von sich, öffnete den nächsten Umschlag und las die weitere Korrespondenz.

Er hatte Luise einmal gesagt, dass sie, was immer sie in ihrem Leben vorhabe, eines immer beibehalten solle: die Arbeit des Tages nicht auf morgen zu verschieben. Unter keinen Umständen, egal, wie lange sie arbeiten müsse. »Verschieberitis« hatte er es genannt und gesagt, dass es viel zu viele Menschen gebe, die sie sich zur Gewohnheit gemacht hätten.

Luise lag noch eine Weile so da, dachte an ihren Großvater und träumte sich in die Jahre ihrer Kindheit zurück. Als sie aus der Küche die ersten klappernden Geräusche vernahm, seufzte sie. Anna begann ihren Dienst, und gleich würden nach und nach die Hausbewohner den Tag beginnen. Gern hätte Luise noch ein wenig verweilt und dem Gefühl nachgespürt. Widerwillig öffnete sie die Augen, stemmte sich hoch und stand schließlich auf. Sie ging zur Tür, lehnte kurz die Stirn gegen das Holz. »Auf Wiedersehen, Großvater«, flüsterte sie und drückte die Klinke herab. Sie drehte sich noch einmal um, blickte auf den leeren Schreibtischstuhl. Dann ging sie schweren Herzens hinaus und zog leise die Tür wieder ins Schloss.

Es war gegen halb sieben, als endlich alle am Frühstückstisch zusammenkamen. Georg und Robert war der übermäßige Alkoholgenuss vom Vortag deutlich anzusehen, und das Missfallen ihrer Ehefrauen konnte selbst einem Blinden nicht entgehen.

»Ich habe mir das, was ich euch jetzt sagen werde, reiflich überlegt«, verkündete Elisabeth plötzlich und hob den Kopf. Sie machte eine dramatische Pause. »Ich werde nicht wieder mit nach Kamerun gehen.«

Robert hätte den Schluck Kaffee, den er in diesem Moment trank, fast zurück in die Tasse gespuckt. Er hustete heftig, so sehr hatte er sich verschluckt. Als er sich beruhigt hatte, starrte er seine Frau an. »Was hast du da eben gesagt?«

»Du hast mich schon richtig verstanden, ich werde nicht mit nach Kamerun gehen. Zumindest nicht heute«, schränkte sie ein.

Robert stand auf und warf die Serviette neben seinen Teller. »Würdest du bitte kurz mit nach draußen kommen?«

»Nein«, entschied Elisabeth. »Denn es gibt nichts zu besprechen, was nicht auch die anderen hören dürfen.«

Robert funkelte seine Frau wütend an. »Wir müssen uns unterhalten.«

»Nein. Ich habe mich oft genug von dir zurechtweisen lassen. Meine Entscheidung steht fest.«

Vera sah nervös zu Georg, dann von Elisabeth zu Robert. »Wollen wir nicht vielleicht doch nach nebenan gehen, damit die Kinder in Ruhe frühstücken können?«

Elisabeth trank einen Schluck, wandte sich dann ihren Töchtern zu. »Ihr beiden seid alt genug, um zu wählen, ob ihr wieder mit nach Kamerun gehen oder lieber hier bei mir in Hamburg bleiben wollt. Bei dir, Luise, weiß ich ohnehin, was du sagen wirst. Also, Martha, überlege es dir.«

Robert schäumte vor Wut. »Wir werden *alle* wieder nach Kamerun gehen, die ganze Familie!«

»Nein, das werden wir nicht.«

Robert ging mit schnellen Schritten um den Tisch herum und fasste seine Frau am Arm. Elisabeth schrie auf. »Du kannst an mir zerren, wie du willst, doch das wird nichts ändern. Niemand wird mich heute auf dieses Schiff bekommen, Robert Hansen. Niemand!«

»Bitte, Robert, lass ihren Arm los«, flehte Vera.

Robert lockerte den Griff. »Ich habe dir noch nie wehgetan, und ich werde heute sicher nicht damit anfangen«, spie er aus.

Elisabeth zuckte mit den Schultern, als sei es ihr gleichgültig. »Georg, ich muss dich als Familienoberhaupt fragen, ob du mir gestattest, weiter in diesem Haus zu wohnen, auch wenn mein Mann nicht anwesend ist.«

Georg sah zu Robert.

»Georg wird dir nichts verbieten«, sagte Robert und gewann langsam seine Fassung zurück. »Du bist ein Mitglied dieser Familie. Wenn du also in diesem Haus wohnen möchtest, kannst du das tun.«

Georg war die Erleichterung darüber anzusehen, dass Robert ihm eine Erwiderung abgenommen hatte.

Robert ging wieder um den Tisch herum und setzte sich auf seinen Platz. »Martha, du hast gehört, was deine Mutter gesagt hat. Ich weiß, dass es schwer ist, doch uns bleibt nicht mehr viel Zeit. Das Schiff wird in etwas über zwei Stunden ablegen. Überlege dir, was du möchtest, und bedenke dabei nicht das, was deine Mutter oder ich sagen. Du bist frei in deiner Entscheidung, doch du selbst musst sie treffen.«

Luise sah ihre Schwester ängstlich an. Einerseits war sie froh, dass ihr durch die Worte der Mutter die Entscheidung bereits abgenommen war. Andererseits tat ihr Martha in diesem Moment aufrichtig leid. Unter dem Tisch griff sie nach der Hand der Schwester.

Marthas Augen füllten sich mit Tränen. »Ich weiß nicht, wie ich mich entscheiden soll. Bitte, Mutter, lass uns wieder alle zusammen zurückfahren, ja?«

Elisabeth ließ das Flehen ihrer Tochter scheinbar kalt. Ruhig schüttelte sie den Kopf.

»Vater, könnten wir nicht die nächste Passage nehmen und noch etwas hierbleiben? Dann hätten wir Zeit, alles zu klären.« Martha schluckte schwer.

Robert zögerte, doch seine Entscheidung war längst gefallen. »Ich werde heute nach Kamerun zurückreisen«, erklärte er. »Wer von euch mich begleiten möchte, ist mir willkommen. Wenn Luise oder du oder ihr beiden hierbleiben möchtet, werde ich euch gewiss nicht böse sein. Doch die Entscheidung müsst ihr selbst treffen.«

Martha brach in Tränen aus, schob eilig ihren Stuhl zurück und lief aus dem Raum. Sie rannte die Stufen hinauf, und man hörte von unten, wie sie die Zimmertür hinter sich zuschlug.

»Ich werde zu ihr gehen«, bot Frederike an.

»Nein, ich mache das«, sagte Vera und ging hinaus.

»Bitte entschuldigt mich.« Robert erhob sich. »Ich muss meine Sachen holen.«

»Ich auch«, sagte Luise schnell und stand ebenfalls auf.

Georg, Elisabeth, Richard und Frederike blieben sitzen. Das Frühstück rührte jedoch keiner mehr an.

Etwa eine Stunde später reichte Luise ihren Koffer einem der Bootsmänner, der ihn ergriff und gleich zum Schiff hinauftrug. Sie umarmte ihren Onkel und ihre Tante, Cousin und Cousine und schließlich auch ihre Schwester. Nun konnte sie ihre Tränen kaum mehr zurückhalten. »Komm nach, wenn du so weit bist«, flüsterte Luise Martha ins Ohr, während sie sich aneinanderklammerten.

Martha nickte schluchzend und brachte kein Wort heraus.

Robert verabschiedete sich ebenfalls, reichte dann Luise den Arm und ging mit ihr auf das Schiff. Oben angekommen, stellten sie sich an die Reling und winkten ihren Angehörigen, die sie zum Hafen begleitet hatten. Elisabeth war nicht dabei.

Luise war erleichtert, als das Schiff sich in Bewegung setzte. Sie spürte, dass mit diesem Tag alles anders werden würde. Und sie fragte sich, ob sie jemals nach Hamburg zurückkehren würde.

12. Kapitel

Wien, April 1889

Karl war nervös. Sie hatten sich für eine Zeremonie in aller Stille entschieden, dennoch wussten ihre Freunde Bescheid, und Karl vermutete, dass an diesem Tage noch die eine oder andere Überraschung auf sie zukäme.

Das Telegramm, das er vor zwei Tagen von Georg erhalten hatte, hatte ihn aufgewühlt. Er hatte nie eine besonders hohe Meinung von Elisabeth gehabt, doch dass sie ihrem Ehemann so in den Rücken fallen würde, hätte er nicht geglaubt. Er beschloss, Robert einen Brief zu schreiben und seine Hilfe anzubieten, sollte es etwas geben, bei dem er dem Bruder Beistand leisten konnte.

Einen Moment ließ ihn die Misere, in der Robert sich nun befand, sogar daran zweifeln, ob es richtig war, Therese zu heiraten. Immerhin, so musste er eingestehen, war er nicht frei von Zweifeln, was die Ehe anging. Vor allem quälte ihn die Frage, ob das, was er für Therese empfand, die bedingungslose und hingebungsvolle Liebe war, die zwei Menschen miteinander verband, oder doch nur tiefe Freundschaft. Therese war eine Frau, wie er sie nie zuvor kennengelernt hatte. Sie war gradlinig und ehrlich, sagte, was sie dachte, und hatte ein Lachen, das an Herzlichkeit nicht zu überbieten war. Karl genoss jeden Moment, den er mit ihr verbrachte, und er konnte sich tatsächlich nicht vorstellen, nur einen einzigen Tag seines Lebens ohne Therese zu sein. Sie brachte ihn zum Lachen, und er fühlte sich wohl mit ihr, mehr als je zuvor in Gegenwart eines anderen Menschen. Nur war ihr Umgang miteinander ganz anders als beispielsweise der seiner Brüder mit ihren Frauen, was allerdings im Hinblick auf die aktuellen Ereignisse in Roberts Ehe nur von Vorteil sein konnte.

Er rückte die Fliege zurecht, die Florentinus ihm zum heutigen Anlass geliehen hatte. Florentinus war Thereses Trauzeuge, Friedhelm, der Gitarrist, war Karls. Sie fuhren in zwei Droschken zu der kleinen Kapelle, wo Thereses Eltern sie bereits erwarteten. Karl kam mit Friedhelm als Erster an, nur wenige Minuten danach Florentinus mit Therese. Karl lächelte seine Braut an. Sie sah hinreißend aus. Ihr Kleid ähnelte dem, das sie zu Weihnachten anlässlich des Besuchs bei ihren Eltern getragen hatte. Jedoch war dieses mit rosafarbenen Bändern abgesetzt, und um den Hals hatte sie eine Perlenkette, die vermutlich ziemlich teuer gewesen war. Karl schmunzelte, als er sah, dass sie die Haare lediglich locker hochgesteckt hatte, so wie er es am schönsten fand.

Therese und Karl betrachteten die kleine Kapelle, in der sie sich nun trauen lassen wollten. Das Gebäude war weder prunkvoll noch besonders, doch Karl fand, dass das Bauwerk, in dem sie den Bund fürs Leben schließen würden, einen gewissen Charme besaß. Karl reichte Therese den Arm, und gemeinsam gingen sie hinein.

Margarete trat an Thereses Seite. »Du könntest dich noch rasch frisch machen«, flüsterte sie ihr zu. »Dein Haar ist ein wenig derangiert.«

Therese lachte heiter auf. »Mein Haar ist perfekt, Mutter. Aber danke für deine Fürsorglichkeit.«

Margarete hob arrogant die Augenbrauen und wartete, bis Friedrich sie eingeholt hatte. Dann hakte sie sich bei ihrem Mann unter.

»Habe die Ehre, die Herrschaften.« Ein Pfarrer, Karl schätzte ihn auf etwa sechzig, kam auf die beiden zu. »Die Brautleute Loising und Hansen, wie ich annehme?«

»Ganz recht.«

Mit einem Kopfnicken begrüßte er auch die weiteren Anwesenden. »Mein Name ist Josef Edlmayr, ich werde gleich die Trauung vornehmen.«

»Karl Hansen, und dies ist meine Braut, Therese Loising. Guten Tag, Herr Pfarrer.«

»Wenn die Herrschaften mir bitte folgen wollen?« Der Pfarrer ging wieder in die Kapelle und blieb im Portal stehen, um zu warten, bis die beiden zu ihm aufschlossen. Als auch sie die Kapelle betraten, setzte die Orgelmusik ein.

»Das ist die letzte Gelegenheit, es dir noch einmal zu überlegen«, raunte Karl Therese ins Ohr.

Sie sah ihn an, lächelte und schüttelte heftig den Kopf.

»Wie du willst. Dann musst du ab jetzt eben mit mir leben.« Er küsste sie auf die Wange. Ruhig schritten sie hinter dem Pfarrer den Mittelgang auf dem roten Teppich entlang, der zum Altar führte. Die Orgelmusik spielte, bis der Pfarrer den Altar erreichte und sich zu den beiden umdrehte und die wenigen Besucher ebenfalls Platz genommen hatten. Dann klang die Melodie aus.

Karl verfolgte die Worte des Pfarrers wie in Trance. Es war, als hörte er gar nicht recht, was der Pfarrer sagte. Alles zog an ihm vorbei. Er war nicht sicher, was er von der Trauungszeremonie erwartet hatte, aber etwas feierlicher hätte das Ganze für seinen Geschmack durchaus sein können. Dabei hatten Therese und er es ausdrücklich so haben wollen. So war er zwar nicht enttäuscht, doch auf eine gewisse Art verwundert, als der Pfarrer die Zeremonie schloss und Karl und Therese Hansen zu rechtmäßig verbundenen Eheleuten erklärte.

Thereses Eltern gratulierten als Erste, danach Florentinus und dann Friedhelm. Sie verabschiedeten sich von dem Pfarrer und verließen die Kapelle. Alles in allem hatte die Prozedur keine Stunde gedauert.

»Eigenartig«, bemerkte Karl, als er mit Therese am Arm in Richtung Ausgang ging. »Ich hatte die Trauungen meiner Brüder anders in Erinnerung.«

»Wie denn?«, fragte Therese.

»Pompöser, würde ich sagen.«

»Vermutlich haben deine Brüder *richtig* geheiratet, nämlich mit Freunden und Verwandten und einer vollen Kirche«, wandte Margarete ein, die Karls Worte gehört hatte.

»Wir haben auch *richtig* geheiratet, Mutter. Und eine größere Zeremonie holen wir nach, wenn auch Karls Familie vollständig dabei sein kann.« Therese hatte sich zu ihrer Mutter umgewandt, blickte jetzt aber wieder nach vorn und verdrehte die Augen. Karl bemerkte es und schmunzelte. Sie hatten sich in der letzten Zeit viel darüber unterhalten, ob sie nicht wenigstens irgendetwas Besonderes für diesen Tag planen sollten, hatten sich dann aber dagegen entschieden. Nicht weil sie sich nicht auf den Tag gefreut hätten. Doch ohne Karls Familie wäre es beiden falsch erschienen, schon jetzt eine Feier abzuhalten. Dies sollte später nachgeholt werden.

»Was hat das junge Ehepaar denn jetzt vor?«, fragte Florentinus.

»Therese möchte gleich kurz im Kaffeehaus vorbeigehen, um nach dem Rechten zu sehen. Und dann wollen wir noch zu dem Kontorgebäude, das wir gerade herrichten. Aber heute Abend führe ich meine Braut zum Essen aus.«

»Ihr wollt allen Ernstes einfach so zur Tagesordnung übergehen?«, fragte Florentinus fassungslos.

»Wir wollten uns heute nur das Jawort geben und erst später feiern, das haben wir doch schon gesagt.« Sie erreichten die Tür und traten hinaus.

Therese machte einen Schritt rückwärts, als sie die Menschen sah, die sich offenbar ihretwegen dort draußen versammelt hatten. Sofort stürmten diese auf Karl und sie zu, gratulierten ihnen, umarmten und herzten sie. Alle ihre Freunde waren gekommen. Therese hatte dies weder erwartet noch gewollt, doch jetzt freute sie sich aufrichtig. Aber sie erschrak, als sie ihre Angestellte unter den Gratulanten entdeckte. »Frieda! Wenn du hier bist, wer ist denn dann im Kaffeehaus?«

»Niemand.« Thereses Vater sah die Tochter an. »Kleiner Kreis hin oder her, eine Hochzeit ist eine wichtige Angelegenheit, die gebührend gewürdigt werden will. Ich habe mir erlaubt, dein Kaffeehaus heute zu schließen und eine Tageseinnahme in die Bargeldschublade deiner Registrierkasse zu legen. Übrigens eine beeindruckende Erfindung, das muss ich schon sagen.«

Therese wollte Einwände erheben, doch Florentinus schüttelte den Kopf. »Auch wenn du immer alles allein schaffen willst, kleine Schwester, Vater hat vollkommen recht. Ihr habt geheiratet, und das muss gefeiert werden.«

»Und da ich vermutete, dass es dir in einem öffentlichen Etablissement nicht gefallen würde, habe ich zwei Köche engagiert, die einige Köstlichkeiten vorbereitet haben, die nun in deinem Kaffeehaus darauf warten, mit einem guten Glas Champagner heruntergespült zu werden.«

Täuschte Therese sich, oder war soeben ein Lächeln über das Gesicht ihres Vaters gehuscht?

Karl griff die Hand seines Schwiegervaters. »Das ist eine wunderbare Überraschung! Vielen Dank!« Er drehte sich zu den Freunden um und rief etwas lauter: »Euch allen vielen Dank! Und nun lasst uns feiern gehen!«

Ausgelassene Jubelrufe ertönten, und wie auf Kommando fuhren die von Friedrich Loising bestellten Kutschen vor, in denen jeweils vier Personen Platz fanden. Gleich die erste, die von Thomas gelenkt wurde, war für Therese und Karl reserviert, die als Einzige nur zu zweit fuhren.

Kaum dass sie saßen, bemerkte Karl, dass Thereses Augen feucht schimmerten. »Was ist denn?«, fragte er liebevoll.

»Ach, weißt du, ich habe noch nie erlebt, dass mein Vater etwas so Nettes für mich getan hat. Und dann unsere Freunde, die eigentlich arbeiten müssen und dennoch alle gekommen sind, um uns zu gratulieren.« Sie schmiegte sich an Karls Arm. »Ich bin glücklich, Karl, aufrichtig glücklich!«

»Ja, ich auch.«

Therese sah zu ihm hoch, und Karl neigte den Kopf, küsste sie zärtlich und lange. Dann schmiegte sie sich wieder an seinen Arm, und so genossen sie die Nähe, bis die Kutsche vor Thereses Kaffeehaus zum Halten kam.

Thomas stieg ächzend vom Kutschbock und öffnete den Verschlag. »Wir sind da, Fräulein Therese.« Der Kutscher überlegte kurz. »Aber nein, Sie sind ja nun gar kein Fräulein mehr.« Er schüttelte den Kopf. »Ich weiß nicht, ob ich mich daran gewöhnen kann. Sie wollen mir verzeihen, wenn ich Sie weiterhin Fräulein Therese nenne.«

Sie nahm die ihr gereichte Hand und stieg aus, dann folgte auch Karl. Kaum dass sie auf die Tür mit dem Holzrahmen und den Glaselementen im oberen Teil zugingen, wurde diese von innen weit geöffnet.

»Frau Hansen, Herr Hansen, unsere Glückwünsche zu Ihrer heutigen Vermählung.« Zwei Männer mit Kochmützen auf dem Kopf empfingen sie und postierten sich rechts und links vom Eingang.

»Danke schön.« Therese betrat ihr eigenes Kaffeehaus mit einem ganz besonderen Gefühl. Die Tische waren anders angeordnet, sodass sie eine lange Tafel bildeten, auf der in kurzen Abständen Blumengestecke drapiert waren. »Es sieht einfach wunderbar aus!«

Kurz danach kamen Thereses Eltern herein, gefolgt von Florentinus und Friedhelm. Therese war so überwältigt, dass sie ihrem Vater um den Hals fiel. »Vater, es ist wunderschön. Tausend Dank dafür!«

Friedrich Loising wirkte überrascht. Der Umgang mit Gefühlsausbrüchen oder Zärtlichkeiten war nicht gerade eine seiner Stärken. Dennoch genoss er es, die warme Umarmung seiner Tochter zu spüren, und freute sich mit ihr über die gelungene Überraschung. Margarete schien ihre Tochter jeden Moment zurechtweisen zu wollen, hielt sich aber zurück.

Nach und nach fuhren die Kutschen mit den Freunden vor, und das Kaffeehaus füllte sich. Als schließlich alle ihre Plätze eingenommen hatten, trugen vier Serviererinnen, die ebenfalls von Friedrich Loising engagiert worden waren, reichlich Essen auf.

Karl blickte in die Gesichter der Menschen, die gekommen waren, um ihm und seiner Frau eine Freude zu bereiten. Er musste an seine Familie denken, die ihm in diesem Augenblick entsetzlich fehlte. Es war falsch, dass sie nur die kleine Zeremonie hatten abhalten wollen, statt direkt eine richtige Feier auszurichten, und er bereute die Entscheidung bereits. Umso glücklicher war Karl jedoch nun, dass sein Schwiegervater die Sache in die Hand genommen hatte, wenngleich er sicher war, dass Florentinus ebenfalls seine Finger im Spiel gehabt hatte. Er war dankbar, nun mit lieben Menschen, die ihnen nur das Beste für ihre Zukunft wünschten, hier sitzen und feiern zu können.

Anfangs waren die Gespräche zwar fröhlich, aber noch mit gedämpfter Stimme geführt worden. Irgendwann jedoch, nachdem das Geschirr längst abgeräumt war, griff Friedhelm zu seiner Gitarre und begann zu spielen. Margarete Loising zog ein

Gesicht, das gleichermaßen Entsetzen und Missmut zur Schau trug. Ihr Mann hingegen klatschte begeistert mit. So wurde aus einer kleinen, vom frisch vermählten Paar gar nicht geplanten Feier ein ausgelassenes Fest, das Therese und Karl gegen Mitternacht als Erste verließen.

Friedrich Loising bestand darauf, dass das Paar nicht dabei helfen durfte, das Kaffeehaus wieder in einen ordentlichen Zustand zu versetzen, und sicherte seiner Tochter zu, dass sie morgen, wenn sie es wieder aufschloss, nichts mehr vom Vorabend bemerken würde. Das zweite Mal innerhalb weniger Stunden umarmte Therese ihren Vater herzlich. Diesmal gab sie ihm außerdem noch einen Kuss auf die Wange. »Danke, Papa. Du hast diesen Tag zu einem der schönsten in meinem Leben gemacht.«

Friedrich Loising schluckte schwer. »Und jetzt nach Hause mit euch! Schließlich ist es eure Hochzeitsnacht, und ich kann mir kaum vorstellen, dass dein Mann dich noch weiter mit uns teilen will.« Er zwinkerte ihr zu.

Therese hob sich abermals auf die Zehenspitzen und küsste ihn auf die andere Wange. »Danke!«

»Das sagtest du schon. Und jetzt fort mit dir!« Er begleitete die beiden zur Kutsche, öffnete die Tür und wies Thomas an, das Paar nach Hause zu fahren und dann gleich wieder zurückzukommen. Der Kutscher nickte nur, ließ die Brautleute einsteigen und setzte sich auf seinen Bock. Dann trieb er die Pferde an.

Als sie kurze Zeit später Thereses Wohnung erreichten, in der sie fortan gemeinsam leben würden, strahlte die Braut noch immer. »Was für ein herrlicher Tag!«, schwärmte sie.

Thomas öffnete die Tür und reichte ihr die Hand, sie stieg aus, hob sich auf die Zehenspitzen und gab nun auch dem alten Kutscher einen Kuss, der überraschter nicht hätte sein können.

»Vermutlich habe ich einen Schwips«, erklärte sie lachend. »Aber ich küsse auch einfach zu gern.«

Karl schmunzelte, als er das geradezu schockierte Gesicht des betagten Kutschers sah. »Vielen Dank, Thomas. Ich kümmere mich jetzt um meine Frau.« Karl umfasste Thereses Taille und geleitete sie ins Haus. Sie lachten, als er ihr die Stufen zur Wohnung im ersten Stock hinaufhalf.

»Frau Therese Hansen.« Therese blickte sich im Treppenhaus um. »Ich bin noch nie als Frau Therese Hansen hier heraufgegangen.«

»Mach dich nicht so schwer, Therese Hansen.« Karl bugsierte sie um die Ecke. »Wo ist der Schlüssel?«

»Den habe ich.«

»Wunderbar. Und wo?«

Therese hob ihre Tasche. »Hier drin. Irgendwo hier drin ist er.« Sie lachte.

Karl lehnte Therese an die Wand und achtete darauf, dass sie nicht den Halt verlor. Dann öffnete er ihre Tasche und nahm den Schlüssel heraus. »Schön stehen bleiben«, mahnte er.

»Ich bleibe ganz artig hier stehen.« Sie schloss die Augen und gähnte.

Karl schloss auf, ließ den Schlüssel in seine Jackentasche gleiten, nahm Therese dann mit Schwung auf seine Arme und trug sie zu ihrem Entzücken über die Schwelle in die Wohnung. Therese lachte auf, schlug sich aber sogleich erschrocken die Hand vor den Mund, um die anderen Hausbewohner nicht zu wecken.

Im Flur setzte Karl sie wieder ab, verschloss die Tür und führte seine frischgebackene Ehefrau ins Schlafzimmer.

»Ich habe mir extra für heute ein neues Nachthemd gekauft.«

Karl setzte sie auf das Bett. »Wunderbar. Glaubst du, du schaffst es, es dir allein anzuziehen?«

»Aber natürlich. Ich bin eine Dame.« Sie kippte rücklings auf das Bett, und Karl lachte, als er sah, dass sie krampfhaft versuchte, wieder hochzukommen.

Er kniete sich vor sie hin und streifte ihr die Schuhe ab, dann zog er sie am Arm hoch, um an die Schlaufen am Rücken heranzukommen. Sorgsam löste er sie, öffnete so Thereses Kleid und streifte es ihr von den Schultern. Kaum dass er sie losließ, sank sie kraftlos wieder auf das Bett. Karl seufzte kurz, schmunzelte dann und zog ihr das Kleid aus, sodass sie nur noch ihr Unterkleid trug. Dann ging er an das Kopfende des Bettes, schlug die Überdecke zurück, hob Therese an und legte sie mit dem Kopf auf das Kissen, deckte sie schließlich zu.

»Frau Therese Hansen«, murmelte sie.

Karl ging zu dem Stuhl hinüber, zog sich bis auf die Unterhose aus und hängte seine Sachen ordentlich auf Bügel. Dann ging er zum Bett und legte sich auf die andere Seite. »Gute Nacht, Therese«, sagte er, doch sie schlief bereits tief und fest. Er drehte sich auf die Seite und sank kurz darauf ebenfalls in den Schlaf.

»Bist du böse auf mich?«

Karl hatte eben erst die Augen aufgeschlagen und brauchte einen Moment, um sich zu orientieren. Therese war mit einem Tablett an seine Bettseite getreten und reichte ihm eine Tasse Kaffee. Karl setzte sich auf.

»Danke.« Er trank einen kleinen Schluck. »Weshalb sollte ich böse auf dich sein?«

»Weil ich einen Schwips hatte.«

»Einen Schwips, soso. Den hattest du, Stunden bevor wir nach Hause gingen. Am Ende warst du hoffnungslos betrunken.« Karl grinste breit.

»Zieh mich nicht damit auf. Ich schäme mich auch so schon genug. Ich verstehe es gar nicht. Alles war gut, solange wir im Kaffeehaus waren. Doch kaum trat ich auf die Straße«, sie verdrehte die Augen, »da war auf einmal alles vorbei. Ich weiß kaum noch, wie ich hierhergekommen bin.«

»Na, mit mir. Mit deinem dich liebenden Ehemann, der dich sogar über die Schwelle getragen hat.«

»Und mit dem ich die Hochzeitsnacht nicht einmal mehr gefeiert habe.« Sie schüttelte den Kopf, als könnte sie es selbst kaum fassen.

»Was?« Er sah sie entsetzt an. »Du erinnerst dich nicht daran?«

Therese riss die Augen auf. »Wir haben doch … ich meine, ich … gewiss … äh, meine Erinnerungen kommen allmählich zurück.«

Karl lachte lauthals los und verschüttete dabei fast den Kaffee. »Nein, wir haben nicht«, stellte er klar. »Ich habe mir nur einen Scherz erlaubt.«

»Du bist ein wirklich böser Mensch.« Sie gab ihm einen Klaps auf den Arm. »Veralbere mich nicht, Karl Hansen!«

»Ach, Therese.« Er stellte den Kaffee beiseite. »Mach dir doch nicht so viele Gedanken. Es ist alles in bester Ordnung. Ich finde, dass wir eine ganz wunderbare Hochzeitsfeier hatten, und unserer Ehe wird es gewiss nicht schaden, wenn wir sie etwas später vollziehen.« Er beugte sich zu ihr und nahm sie in den Arm. »Wir beide sind doch immer noch dieselben, die wir gestern um diese Zeit waren. Lass uns zusammen lachen und Spaß haben und alles nicht so furchtbar ernst nehmen. Das wäre einfach nichts für uns.«

»Ich bin sehr glücklich.« Sie löste sich aus seiner Umarmung und sah ihn ernst an. »Und ich liebe dich.«

»Ich liebe dich auch, Therese.« Sie küssten sich zärtlich, dann leidenschaftlich, fordernder. Doch plötzlich brach Karl ab. »Aber jetzt, meine liebe Frau, werden wir aufstehen müssen, damit wir pünktlich zur Arbeit kommen.«

»Wirklich?«, fragte sie enttäuscht. »Ich dachte, wir könnten …« Sie vollendete den Satz nicht.

Er sah auf die Uhr und schüttelte den Kopf. »Ich muss in einer halben Stunde beim neuen Kontor sein.«

»Da hätte ich wohl besser die Gelegenheit heute Nacht nutzen sollen«, stellte sie fest und stand auf.

»Wir haben noch viele Nächte«, erwiderte Karl, stand ebenfalls auf und gab ihr noch einen Kuss. »Zumindest hoffe ich, dass du nicht jeden Abend so betrunken sein wirst.«

»Karl Hansen! Mach, dass du ins Badezimmer kommst.« Sie tat verärgert, musste aber schmunzeln. »Und dann geh in die Küche, ich habe Frühstück gemacht. Wenn du zu wenig Zeit hast, dann nimm dir etwas mit auf den Weg.« Sie warf den Kopf in den Nacken und ging hinaus.

Karl sah ihr nach. Kein Zweifel: Er liebte diese Frau!

»Bekommt man die Scheiben denn wirklich nicht sauber?« Karl trat einige Schritte zurück und betrachtete die Fassade seines Kontors.

»Doch, aber dazu sind wir noch nicht gekommen«, antwortete Martin, ein Freund, der beim Umbau half. »Wir haben erst einmal nur das Grobe gemacht und wollten lieber mit den Streicharbeiten fertig werden.«

»Ich hole gleich Eimer und Lappen und kümmere mich selbst darum.«

»Kann ich helfen?« Therese war, von Karl unbemerkt, hinter ihn getreten. »Grüß dich, Martin.«

»Schön, dich zu sehen, Therese.«

Sofort hellte sich Karls Miene auf. »Therese.« Er küsste sie. »Was machst du denn hier? Ist das Kaffeehaus schon geschlossen?«

»Nein, noch nicht. Ich wollte nur kurz vorbeikommen. Frieda schafft es auch eine Weile allein. Wie kommt ihr hier voran?«

»Es sind tausend Kleinigkeiten. Die groben Arbeiten sind fast abgeschlossen. Da haben wir wenigstens gesehen, dass es voranging. Doch jetzt ist immer noch etwas und noch etwas, und ich habe das Gefühl, wir werden niemals fertig.«

»So ging es mir seinerzeit beim Kaffeehaus auch. Und ich bin im Grunde auch noch immer nicht fertig. Aber das macht nichts, weil außer mir niemand weiß, was noch gemacht werden muss.« Sie lächelte ihn an.

»Du bist ein Sonnenschein, weißt du das?« Er gab ihr noch einen Kuss.

»Habt ihr Hunger? Ich habe Gebäck mitgebracht.« Sie deutete auf den Korb, den sie bei sich trug.

»Dein Mann hat vollkommen recht, du bist ein Sonnenschein, Therese. Ich sterbe vor Hunger.«

Therese schlug das Tuch, das sie über den Korb gelegt hatte, beiseite. »Dann bedien dich.«

»Danke.« Martin kaute zufrieden.

»Ich werde noch zwei Stunden im Kaffeehaus weitermachen und dann wieder herkommen und helfen.«

»Das ist lieb von dir. Aber ich will nicht, dass du mir eines Tages unter der vielen Arbeit zusammenbrichst.«

»Mache ich auf dich einen sehr zerbrechlichen Eindruck?«, fragte sie zweifelnd. »Ich mag zwar weder groß noch stämmig sein, aber glaub mir, arbeiten kann ich mehr als fünf Männer.«

»Das glaube ich dir sofort.«

Therese umarmte ihren Mann, verabschiedete sich von Martin und nahm den beiden das Versprechen ab, dass sie das Gebäck auch den anderen Männern, die im Innern des Kontors arbeiteten, anbieten würden. Dann ging sie beschwingten Schrittes davon.

Als sie wie versprochen zwei Stunden später wiederkam, stand Karl auf einer Leiter und war noch immer damit beschäftigt, die Fenster zu putzen.

»Du machst das falsch«, rief sie zu ihm hoch. »So kriegst du sie niemals sauber.«

»Wieso? Was mache ich falsch?«

»Du reibst im Kreis und ziehst Schlieren.«

»Und du kannst es besser?«

»Und ob! Komm runter, und ich zeig's dir.«

Karl stieg von der Leiter und hielt ihr den Lappen hin.

Sie schüttelte den Kopf. »Wie willst du mit einem dreckigen Lappen Fensterscheiben sauber bekommen?«

Er sah sie nur an.

»Eben. Lass mich das machen.« Sie ging ins Haus zu dem großen Waschbecken mit der Pumpe, worin noch vor einigen Monaten Stoffe gewaschen worden waren. Therese pumpte einige Male, und sofort floss Wasser aus der Leitung. Sie nahm das Stück Seife, das am Beckenrand lag, und schäumte damit den Lappen ein. Dann spülte sie ihn wieder und wieder aus, bis keine Seifenreste mehr darin waren, und gab etwas von der Essigsäure, die in einem kleinen Gefäß aufbewahrt wurde und noch vom Vorbesitzer stammte, auf den Lappen. Sie füllte einen Eimer zur Hälfte mit Wasser, fügte einen Schuss Essigsäure hinzu, nahm einige trockene Tücher und ging hinaus.

»Nun zeig ich dir mal, wie das geht.« Sie reichte Karl den Eimer und stieg auf die Leiter. Nachdem sie die ersten drei der oberen Fenster geputzt hatte, kletterte sie wieder herunter, um den Lappen auszuwaschen. »Und? Was sagst du?«

»Wie hast du das gemacht? Ich habe ewig daran herumgerieben und keinen Unterschied gesehen.«

»Ich kann zaubern«, sagte sie und ließ ihr glockenhelles Lachen hören.

Kurze Zeit nachdem Therese gekommen war, machten die anderen drei Helfer, die im Innern des Gebäudes gearbeitet hatten, für diesen Tag Schluss. Die nächsten Tage würde nur einer von ihnen Zeit haben, sodass mit einem schnellen Abschluss der

Renovierungsarbeiten nicht zu rechnen war. Karl hoffte darauf, dass am Wochenende mehr seiner Freunde Zeit hätten.

Therese und Karl arbeiteten noch fünf Stunden weiter. Dann waren sie so geschafft, dass sie nur noch mit schleppenden Schritten nach Hause gehen konnten und sogar zu müde waren, um noch etwas zu essen. Also wuschen sie nur rasch den Schmutz von ihren Körpern und fielen todmüde ins Bett. Keiner von ihnen hatte mehr einen Gedanken dafür übrig, sich dem anderen zu nähern.

Auch in den nächsten zwei Wochen waren sie mit nichts als dem Umbau beschäftigt. Therese gab es nicht gern zu, doch dass ihr Ehemann so gar keine Anstalten machte, sie mehr als nur in den Arm zu nehmen, machte ihr zu schaffen. Sie konnte nur darauf hoffen, dass sich dies nach der Eröffnung des Kontors ändern würde. Schließlich waren sie verheiratet. Doch eigentlich lebten sie jetzt nur in einer gemeinsamen Wohnung, waren aber noch immer die Freunde, die sie vorher gewesen waren. Therese wollte nicht ungeduldig werden, aber langsam begann sie sich zu fragen, ob sie für ihren Mann womöglich nicht hübsch genug war.

13. Kapitel

Kamerun, Ende April 1889

Endlich! Luise konnte es kaum mehr erwarten, bis das Schiff den Anker warf und die kleinen Boote sie und ihren Vater an Land bringen würden. Die Fahrt hierher war ihr länger vorgekommen als die Male zuvor. Vermutlich lag es auch daran, dass sie die ganze Zeit über das Gefühl gehabt hatte, ihren Vater von seinem Kummer ablenken zu müssen. Und offenbar war es ihm genauso ergangen, denn Robert und Luise hatten noch nie so viel miteinander gesprochen wie in diesen letzten Wochen auf dem Schiff. Dabei hatten sie das Thema »Elisabeth« wohlweislich außen vor gelassen.

Martha würde ihr fehlen, das wusste Luise schon jetzt, obwohl die Schwester sich während der Zeit in Hamburg nicht besonders nett ihr gegenüber benommen hatte. Doch Luise trug es ihr nicht nach. Es war das Zuhause dort, das sie anders, irgendwie zickiger sein ließ. Luise war sicher, dass Martha bald genug haben und sich, wie zwischen ihrem Vater und Onkel Georg abgesprochen, von Letzterem das Geld geben lassen würde, um eine Schiffspassage nach Kamerun zu kaufen. Georg würde in diesem Fall auch dafür Sorge tragen, dass Martha die gesamte Fahrt über ein Erwachsener zur Seite stehen und auf sie aufpassen würde.

Als sie die Bucht von Viktoria erreichten, erkannte Luise Hamza sofort, der zusammen mit anderen Duala offenbar nach ihnen Ausschau hielt. Ihr Herz machte einen Sprung. Endlich war sie wieder zu Hause, endlich würde alles wieder gut werden. Luise hatte sich in den Momenten vor dem Einschlafen oft gefragt, wie es wohl für sie sein würde, künftig ohne ihre Mutter zu leben. Intensiv hatte sie in sich hineingehorcht, um wenigstens so etwas wie einen Hauch von Traurigkeit über diesen Umstand zu finden. Doch sosehr sie sich auch bemühte, sie konnte kein derartiges Gefühl in sich entdecken.

Luise hob den Arm und winkte, als Hamzas und ihr Blick sich trafen. Er erwiderte die Geste, und sie glaubte, selbst auf diese Entfernung sein breites Grinsen sehen zu können. Er selbst steuerte eines der bunten Boote und half Luise hinein, um sie sicher an Land zu bringen.

»Hamza!« Robert klopfte ihm auf die Schulter. »Wie schön, dass du hier bist, um uns zu empfangen.«

»Ich freue mich, dich zu sehen, Hamza«, sagte nun Luise. »Woher wusstest du, dass wir heute ankommen würden?«

»Ich bin oft hierher gekommen und habe gewartet.« Er strahlte sie an.

Luise fragte nicht nach, wie viele Tage er dies schon getan hatte. Sie freute sich einfach nur, ihn wiederzusehen. »Ich bin froh, endlich zu Hause zu sein«, sagte sie.

»Und Zuhause ist froh, dass Luise wieder da ist«, gab er zurück. Dann reckte er den Hals. »Kommen Schwester und Mutter nicht mit?«

»Nein, sie kommen später nach«, erklärte Luise knapp.

»Hat sich auf der Farm etwas Besonderes ereignet? Gab es Schwierigkeiten, während wir fort waren?«, fragte Robert.

»Es gab einen großen Regen. Viel Wasser ist geflossen.«

»Wurden die Kakaopflanzen beschädigt?«

Hamza schüttelte den Kopf. »Die Bohnen haben sich über das viele Wasser gefreut. Nur schlechte sind fort. Die guten sind so kräftig wie Hamza.«

Robert war nicht ganz sicher, wie er die Worte deuten sollte, und wurde etwas unruhig.

Als sie den Strand erreichten, half Hamza Luise aus dem Boot. »Ich würde lieber gehen, statt getragen zu werden, Vater. Ist das in Ordnung?«

»Aber ja.« Robert zögerte. »Wenn Hamza dich zur Farm begleitet, könnte ich dann schon vorausreiten?«

Luise merkte, dass er sich Sorgen machte. »Natürlich. Reite nur voraus.«

»Gut.«

Robert ging zu den Pferden hinauf. Inzwischen verstand und sprach er genug Duala, die Sprache der Einheimischen, um sich verständigen zu können, was jedoch nicht nötig war, da einer der Männer ihm bereits ein Pferd übergab, kaum dass er sie erreicht hatte.

Hamza kümmerte sich darum, dass die Träger das Gepäck und die weiteren Waren, die Luise und Robert aus dem Deutschen Reich mitgebracht hatten, zur Farm trugen. Dann machten Hamza und Luise sich gemeinsam auf den Weg.

»Dein Deutsch ist noch besser geworden«, lobte Luise, als sie nebeneinanderher gingen.

»Danke, Luise.« Er grinste breit. »Ich habe immer wieder in meinem Kopf deine Stimme gehört und die Sätze nachgesprochen.«

»Wirklich sehr gut.«

»War es schön in deiner Heimat?«

Luise seufzte. »Es war schön, doch es ist nicht mehr meine Heimat«, sagte sie nachdenklich.

Hamza sah sie fragend an.

»Weißt du«, fuhr Luise fort, »alles in Hamburg ist mir fremd geworden. Alles ist so dunkel und schwer. Ich weiß nicht, wie ich es sonst beschreiben soll.«

»Schwer? Musstest du hart arbeiten?«

»Nein, so meine ich es nicht.« Sie überlegte kurz. »Ich habe dir doch schon einmal mein Zimmer auf der Farm gezeigt, nicht wahr?«

»Ja. Hamza gefällt das Zimmer.«

»Es wäre besser, wenn du *mir* sagtest«, sie betonte das Wort. »*Mir* gefällt das Zimmer. Nicht: *Hamza* gefällt das Zimmer. So wie ich sage, *ich* finde etwas schön, und nicht: *Luise* findet etwas schön.«

»Ich verstehe. Mir«, er deutete auf seine Brust, »gefällt das Zimmer.«

»Sehr gut, Hamza.« Sie lächelte ihn an. »Du kennst doch meinen Schreibtisch, der darin steht, nicht wahr?«

»Ja.«

»Er ist weiß und hat nur eine Schublade. Ich könnte ihn ganz leicht hochheben, wenn ich wollte.«

Er nickte.

»Nun, in Hamburg, also in meiner Heimat, habe ich auch einen Schreibtisch. Er ist aus dunklem Holz und hat auf jeder Seite drei schwere Schubladen. Selbst wenn ich wollte, ich könnte ihn nicht einmal ein kleines Stück anheben. Und genau so ist es mit allen Sachen in meiner Heimat. Alles kommt mir dunkel und schwer vor, während es hier leicht und hell ist. Hier ist es warm, dort ist es kalt.« Sie rieb ihre Arme. »Ich habe dort den ganzen Tag gefroren. Und weißt du, was mir erst jetzt aufgefallen ist?«

»Nein, was?«

»Es gibt dort niemanden, der singt.« Luise begann zu summen. »Das machen wir hier doch die ganze Zeit, ob wir arbeiten oder uns ausruhen. Wir singen und summen, bewegen uns im

Rhythmus. Dort singt niemand, und alle ziehen so ein Gesicht.« Sie setzte eine missmutige Miene auf und starrte Hamza an.

Hamza lachte. »Du bist nicht so«, er suchte das richtige Wort, »hübsch, wenn du das machst.«

»Und sonst bin ich es?«

Hamza wirkte erstaunt. »Du bist die hübscheste Frau, die mir jemals gesehen habt.«

»Die *ich* jemals gesehen *habe*«, korrigierte sie.

»Die ich jemals gesehen habe«, wiederholte Hamza.

»Danke schön.« Wieder lächelte sie ihn an. »Hamza?«

»Ja, Luise?«

»Würdest du eine Melodie für mich singen?«

Er warf ihr einen Seitenblick zu und summte gleich los. Luises Schritt veränderte sich. Eben noch ruhig, ging sie nun im Rhythmus seines Summens weiter, wurde ein bisschen schneller, tänzelte dabei. Dann drehte sie sich um ihre eigene Achse, breitete die Arme aus und drehte sich noch ein paarmal im Kreis. Sie ging wieder geradeaus, steppte weiter im Rhythmus. »Ich fühle mich hier so frei, Hamza.«

Er hörte auf zu summen. »Wie meinst du frei, Luise?«

»Es ist schwer zu beschreiben. Kennst du das Gefühl, wenn du zu schnell gerannt bist und kaum Luft bekommst?«

Hamza schüttelte den Kopf.

»Es drückt dann hier.« Sie legte ihre Hand auf die Brust. »So war es für mich in Hamburg. Da war dieser Druck, und ich bekam nicht genug Luft.«

»Dann ist es gut, dass du wieder hier bist«, urteilte Hamza. »Hier ist überall genug Luft. Du kannst atmen, Luise. Ich werde auf dich aufpassen.«

»Ja, das weiß ich. Danke, Hamza.«

Er begann erneut zu summen, dann sang er eine kleine Melodie, die Luise schon oft während der Ernte gehört hatte. Sie summte und sang mit und war fast ein bisschen traurig, als sie die Gabelung erreichten, deren eine Abzweigung zur Farm führte. Sie hätte noch stundenlang mit ihm weitergehen, summen und singen und tanzen mögen. Luise sah zur Farm, die sie hell und freundlich im Sonnenlicht zu begrüßen schien. Sie war wieder zu Hause. Endlich!

In den folgenden Tagen verbrachte sie viel Zeit an der Seite ihres Vaters. Gestern war Sonntag gewesen, und sie hatten sich den Fragen der anderen Deutschen nach dem Verbleib Elisabeths und Marthas stellen müssen. Die offizielle Version lautete, dass diese sich aus wichtigen schulischen Gründen Marthas wegen noch eine Weile in Hamburg aufhalten würden, aber nachkämen, sobald alles geregelt sei. Dass zumindest Elisabeth vermutlich nie wieder einen Fuß nach Kamerun setzen würde, konnten sie zu einem späteren Zeitpunkt immer noch erklären. Alles andere ging die Menschen hier erst einmal nichts an.

Ein anderes Thema beschäftigte die Deutschen derzeit ohnehin um einiges mehr: Es hatte Überfälle gegeben, die den Bantu zugeschrieben wurden. Bisher waren ausschließlich Handelswaren gestohlen worden, doch die Deutschen sorgten sich, dass es nicht dabei bleiben könnte. Felicitas Leffers, Raimunds Mutter, hatte der Befürchtung Ausdruck verliehen, dass man sich den Umgang mit den Einheimischen womöglich zu einfach vorgestellt hätte und schon bald die Folgen dieser Fehleinschätzung tragen müsste. Es herrschte allgemein Konsens unter den Deutschen, dass man solchen Vorfällen umgehend Einhalt gebieten musste.

Ihr Vater war auf der Rückfahrt zur Plantage sehr einsilbig gewesen. Ob er sich ebenfalls sorgte oder ob ihm nur die abfällige Art, in der die Deutschen über die Einheimischen sprachen, nicht gefallen hatte, hätte Luise nicht zu sagen gewusst.

Es war die Zeit der Nebenernte, sodass alle etwas weniger zu tun hatten als in den Monaten ab September. Luise nutzte die freie Zeit, um zusammen mit Hamza ein Gehege für die Kaninchen zu bauen, in dem sie sowohl Auslauf hatten als auch genügend Schatten und sogar eine kleine Wasserstelle, um sich nach Belieben abzukühlen.

»Was weißt du über die Bantu?«, fragte Luise nachdenklich, während sie ein Stück Holz mit mehreren Schlägen in den Boden trieb.

»Wir sind Bantu«, antwortete Hamza.

Luise richtete sich auf. »Aber ich denke, ihr seid Duala?«

Hamza überlegte angestrengt. »Du bist eine Deutsche.«

»Ja.«

»Und dort, wo deine Heimat ist, du bist ein Hamburg.«

»Ich bin Hamburgerin, ja.«

»Ich bin Duala. Und ich bin Bantu.«

Luise konnte ihm nicht ganz folgen.

Hamza griff einen Stock und malte einen runden Kopf in den Sand. »Das ist Hamza.« Er malte weitere Köpfe daneben. »Hamza ist zusammen mit den anderen hier Duala.« Er zog einen Kreis darum. Dann kratzte er noch ein paar Köpfe in den Sand. »Das ist Stamm der Bakoko.« Wieder umrahmte er sie und malte daneben weitere Köpfe. »Das ist Stamm der Mabea.« Er zog mit dem Stock einen großen Kreis um alle Köpfe herum. »Duala, Bakoko, Mabea, das alles sind Bantu.«

»Ich verstehe«, sagte Luise. »Ich bin Hamburgerin. Außerdem gibt es Berliner, Frankfurter, Münchner … und wir alle sind Deutsche.«

Hamza strahlte über das ganze Gesicht. »Ja, das meinte ich.«

Luise widmete sich wieder dem Holzpfosten. »Dann haben die Deutschen etwas vollkommen Falsches erzählt. Es klang, als seien die Bantu ein eigener Stamm. Sie sollen Überfälle begangen haben.«

Hamza schüttelte den Kopf. »Die Männer, die haben überfallen und gestohlen, gehören nicht mehr zu Stamm. Sie waren Oroko, bevor Stammhäuptling sie hat verstoßen.«

»Bevor der Stammeshäuptling sie verstoßen hat.«

Hamza wiederholte ihre Worte.

»Ich verstehe. Ich werde mit Vater darüber sprechen. Ich glaube, die Deutschen hier haben sonst ein ganz falsches Bild.«

»Ich mag die Männer nicht, die das getan haben«, sagte Hamza. »Mein Vater sagt, sie sind schlecht für Duala und alle, die Handel treiben. Sie haben nicht … ich weiß nicht das Wort … sie helfen nicht im Stamm.«

»Du meinst, sie fühlen sich nicht dazugehörig?«

Hamza überlegte, ob das Wort ausdrücken könnte, was er zu sagen versuchte. »Dazugehörig«, wiederholte er. »Jeder von ihnen holt nur Sachen, die er selbst braucht. Nicht für die anderen.«

»Klingt ganz wie bei uns zu Hause«, bemerkte Luise kopfschüttelnd.

Hamza wusste nicht, was sie damit meinte, und sprach daher einfach weiter: »Dein Vater soll anderen Deutschen sagen, dass die Duala auch nicht mögen die Männer.«

»Das werde ich, Hamza. Ich verspreche es.«

Es dämmerte bereits, als die beiden mit ihrer Arbeit fertig wurden. Luise war zufrieden und freute sich darauf, Cäsar und seine noch immer namenlosen Gefährten in das Gehege zu setzen. Sie wollte Hamza helfen, den Kaninchenkäfig herzutragen, doch dieser lehnte ab und holte ihn selbst. Als sie die Tiere in das Gehege umgesiedelt hatten, blieben sie noch eine Weile dort stehen, um zu beobachten, wie diese sich verhielten. Wie jedoch nicht anders zu erwarten, verkrochen sie sich sofort in dem Unterschlupf. Luise und Hamza warteten noch ein wenig, dann beschlossen sie, die Kaninchen erst einmal in Ruhe zu lassen, und gingen zum Farmhaus zurück.

Luise war überrascht, als sie sah, dass Sigmund Leffers, Raimunds Vater und Gesandter des Kaisers, zu Besuch war. Solange sie in Kamerun waren, hatten sie nie zuvor Besuch bekommen. Die einzigen Treffen bestanden in den Zusammenkünften nach den sonntäglichen Gottesdiensten.

»Guten Abend.« Luise trat auf ihn zu. Leffers erhob sich und reichte ihr zur Begrüßung die Hand. »Fräulein Luise.«

»Sigmund ist gekommen, um die aktuelle Situation zu besprechen. Setz dich doch zu uns, Luise. Das geht dich auch etwas an.«

Hamza war am Fuß der Veranda stehen geblieben.

»Ich gehe mich nur kurz frisch machen und komme dann wieder«, sagte Luise. »Hamza, wir sehen uns morgen.«

Hamza hob die Hand. »Gute Nacht, Luise«, sagte er. »Gute Nacht, Sango.«

»Gute Nacht, Hamza«, erwiderte Robert und winkte dem Sohn Malambukus zu.

»Er nennt deine Tochter beim Vornamen?«, hörte Luise Leffers fragen, als sie hineinging. Sie blieb hinter der Tür stehen, um die Antwort ihres Vaters mitzubekommen.

»Ja, Hamza und Luise sind Freunde geworden. Es würde ihr nicht gefallen, wenn er sie förmlich anspräche.«

»Wenn du mich fragst, ist eine Freundschaft zwischen einem Deutschen und einem Neger ausgeschlossen. Es mag unserem Gefühl von Menschlichkeit entsprechen, sie gut zu behandeln. Doch letztendlich müssen wir sie als das sehen, was sie sind: bessere Affen, die ihren Dienst für uns tun.«

Luise schloss einen kurzen Moment die Augen.

»Wirklich? So siehst du die Menschen hier?«, erwiderte ihr Vater.

»Wir alle tun das, doch viele von uns sind nicht ehrlich genug, es auszusprechen. Unser Kaiser hat dieses Land erobert, und es ist unsere Aufgabe, die Wilden zu zähmen.«

Luise strich sich die Haare zurück und straffte ihren Körper. Sie verzichtete darauf, sich zuerst waschen zu gehen, sie war zu wütend über das, was sie soeben mit angehört hatte. Entschlossen machte sie einen Schritt hinter der Tür hervor, ging wieder hinaus und setzte sich an den Tisch.

»Also, Sigmund«, Robert musterte sein Gegenüber, »würdest du Luise bitte auch erzählen, was du mir vorhin gesagt hast?«

»Natürlich. Du musst dir keine Sorgen machen, Luise. Der Kaiser schickt Männer ins Land, um die Sicherheit hier zu gewährleisten. Es hat jedoch einige Vorfälle gegeben, die wir nicht ignorieren können. Wie du gewiss schon nach dem Gottesdienst mitbekommen hast, gibt es einige Männer vom Stamm der Bantu, die sich aufsässig verhalten.«

»Die Bantu sind kein Stamm«, gab Luise ungerührt zurück.

»Was meinst du damit, Luise?«, wollte Leffers wissen.

»Bantu ist der Überbegriff für alle Stämme hier«, stellte Luise richtig. »Es ist, als würde man sagen, dass es keine Hamburger gibt, sondern nur Deutsche.«

Robert schmunzelte. Er ahnte bereits, dass sie Leffers' abfällige Äußerungen über die Einheimischen mit angehört haben musste.

»Das wurde mir anders berichtet«, entgegnete Leffers.

»Nun, ich weiß es von den Menschen hier. Und die werden wohl wissen, welchem Stamm sie angehören.«

»Luise«, mahnte ihr Vater.

»Ich bitte um Entschuldigung. Aber meiner Meinung nach wissen wir Deutschen so vieles nicht, und dennoch maßen wir uns an, die Lage zu beurteilen. Ich gebe zu, dass mich das stört.«

»Ohne dir zu nahe treten zu wollen, Luise, möchte ich dich dennoch fragen, ob du dich womöglich zu sehr mit den Negern identifizierst?«

»Identifizieren? Inwiefern?« Sie legte den Kopf schief und sah ihn freundlich an. Doch wer sie näher kannte, wusste, dass es in ihr brodelte.

»Nun, in dem Sinn, dass du eine zu große Sympathie für sie hegst.«

»Wem wären diese herzlichen, aufrichtigen Menschen nicht sympathisch, die uns ein gutes Auskommen sichern und unsere Erfolge überhaupt erst möglich machen?«

»Sie sind Arbeiter und wir ihre Herren, Luise. Ist dir das denn nicht klar? Wir sind ihnen geistig vollkommen überlegen. Und eine solche Überlegenheit birgt auch immer die Verantwortung in sich, die Einfachen zu leiten.«

Luises Mundwinkel zuckten. »Es stimmt wohl, das habe ich zu keiner Zeit begriffen. Mir scheinen die Menschen hier nämlich durchaus nicht dumm oder gar unterlegen. Vielmehr können wir noch viel von ihnen lernen. Sie zeigen es uns nur nicht so deutlich, weil sie unsere Gefühle nicht verletzen wollen.«

Leffers schüttelte den Kopf. »Robert, wer bringt deiner Tochter denn solchen Unsinn bei?«

Luise sah ihren Vater an und fürchtete seine Antwort. »Ich natürlich«, sagte dieser dann, und Luise atmete erleichtert aus. »Und ich denke außerdem, dass du, Sigmund, und wir hier keinen Konsens finden werden.«

»Ihr wollt euch dem Zusammenschluss der Deutschen also entziehen?«

»Keineswegs. Wir bleiben in der Gemeinschaft und werden alles für ein gutes Miteinander tun. Und wenn es darum geht, diejenigen zu überführen und zu bekämpfen, die die Überfälle begangen haben, werden wir mit Freuden an eurer Seite sein. Zusammen mit unseren Duala.«

Leffers stand auf. »Das ist zwar nicht ganz das, was ich hören wollte, aber im Grunde sind wir uns zumindest in dieser Hinsicht einig.«

»Im Grunde ja.« Robert erhob sich ebenfalls und reichte Leffers zum Abschied die Hand.

»Luise«, sagte Leffers dann, deutete eine Verbeugung an und ging zu seinem Pferd. Ohne auf seinen Diener zu warten, hieb er dem Pferd in die Flanken.

»Bitte entschuldige, wenn ich unüberlegt gehandelt habe«, bat Luise.

»Wahrscheinlich war unser beider Verhalten nicht besonders klug«, meinte Robert, ging dann zu Luise hinüber, stellte sich hinter ihren Stuhl und legte seine Hände auf ihre Schultern. »Ich kann dieses menschenverachtende Gerede kaum ertragen.« Er gab ihr einen Kuss auf den Kopf.

»Glaubst du, dass es gefährlich werden könnte?«

»Womöglich. Doch das werde ich bestimmt nicht mit einem wie Leffers besprechen. Ich werde morgen Malambuku dazu befragen. Sein Rat scheint mir wertvoller.«

»Ich bin froh, dass du nicht wie die anderen Deutschen denkst.«

»Und bis auf einen sind die Deutschen nicht einmal die Schlimmsten. Nimm die Engländer, die Franzosen, sie alle glauben, die Eingeborenen unterwerfen und für ihre Zwecke missbrauchen zu können.«

»Bis auf einen?«

»Carl Peters.« Robert ging wieder um den Tisch herum und setzte sich seiner Tochter gegenüber.

Sie zuckte mit den Schultern. »Der Name sagt mir nichts.«

»Er ist der Gründer der Kolonie Deutsch-Ostafrika. So sein offizieller Titel. In Wahrheit ist er ein Schlächter, der die völlige Unterwerfung der Einheimischen anstrebt und alle niedermetzelt, die sich nicht fügen wollen. Wo Peters mit seinen Männern auftaucht, bleiben viele Leichen zurück.«

Luise schlug erschrocken die Hand vor den Mund.

Robert rieb sich die müden Augen. »Ich will dich nicht ängstigen. Es war ein harter Tag. Ich spreche morgen mit Malambuku. Dann werden wir entscheiden, wie wir weiter vorgehen.«

»Wo ist Malambuku jetzt?«

»Bei seinen Leuten im Dorf. Einige hat das Fieber erwischt, und er will helfen.«

»Gut. Ich gehe mich frisch machen und komme dann wieder. Ich beeile mich.« Sie stand auf.

»Hast du dich nicht vorhin schon waschen wollen?«

Luise fühlte sich ertappt, sagte dann aber frei heraus: »Ja, doch dann habe ich gehört, was Leffers zu dir gesagt hat, und wollte mich unbedingt zu euch setzen.«

»Das habe ich mir schon gedacht.« Robert schmunzelte. »Beeil dich jetzt. Ich habe Hunger.«

»Ja«, sagte Luise. »Ich auch.«

14. Kapitel

Hamburg, Ende April 1889

»Das kannst du nicht machen!« Elisabeth schritt aufgebracht in Georgs Büro im Kontor auf und ab.

»Ich tue nur das, was dein Mann mir aufgetragen hat«, stellte Georg klar. »Und er ist im Recht. Er sorgt für dein Auskommen. Mehr kannst du nicht von ihm verlangen.«

»Für mein Auskommen?« Sie hielt inne und funkelte ihn wütend an. »Etwas zu essen und zu trinken zu haben, ist wohl kaum als Auskommen zu bezeichnen.«

»Was erwartest du, Elisabeth? Dass er dich auf Rosen bettet nach allem, was du ihm angetan hast?«

»Ich *ihm* angetan? Du bist ja vollkommen verblendet. Wieso begreift hier denn niemand, was er *mir* angetan hat? Er hat mich nach Afrika verschleppt und dort gehalten wie ein Tier.«

»Elisabeth, bitte. Ich kenne meinen Bruder gut genug, um dir nicht ein einziges Wort zu glauben.«

»Ach ja? Frag doch Martha, sie wird es dir bestätigen. Alles dort ist schmutzig und eng, und überall gibt es Wilde, die einem nach dem Leben trachten.«

»Soweit ich es verstanden habe, hat Robert sehr zuverlässige einheimische Arbeiter um sich.«

»Es sind Neger, Georg! Den ganzen Tag über laufen sie mit nacktem Oberkörper herum und tragen nur einen leichten Lendenschurz, der bei dem kleinsten Windstoß angehoben wird. Ich bitte dich, Georg, das ist doch kein Leben für eine Frau der Hamburger Gesellschaft!«

»Robert macht das für uns, Elisabeth«, wurde Georg nun deutlich. »Hast du das denn wirklich nicht begriffen? Er ist nicht in Kamerun, weil er unbedingt dort sein will. Er ist dort, um mit der Farm Geld zu verdienen.« Er machte eine kurze Pause, weil er überlegte, ob er ihr das, was er dachte, wirklich sagen sollte. »Weißt du, wie schlecht es finanziell um uns stand, bevor dein Mann diesen mutigen Entschluss gefasst hat?«

Elisabeth war stehen geblieben und setzte sich nun auf einen der beiden Besucherstühle vor Georgs Schreibtisch. »Nein. Woher auch? Ihr habt ja nicht mit uns darüber gesprochen.«

»Weil ihr nur versorgt sein wollt und es Vera und dich doch überhaupt nicht interessiert, woher das Geld kommt«, hielt Georg ihr vor.

»Das ist ungerecht, Georg. Ihr haltet uns von allem fern, gewährt uns keinen Einblick und macht uns dann zum Vorwurf, dass wir nichts wissen.«

Georg schluckte seinen Ärger herunter. Ganz unrecht hatte seine Schwägerin nicht mit dem, was sie sagte, auch wenn er nie den Eindruck gehabt hatte, dass sie oder seine Frau sich für die Geschäfte der Familie interessierten. »Wenn du es genau wissen willst: Wir liefen Gefahr, die Villa verkaufen zu müssen.«

Elisabeth riss schockiert die Augen auf. »Die Villa?«

»Ja, die Villa. Wir konnten unsere Kredite nicht mehr bedienen und haben es allein Robert zu verdanken, dass Bankier Palm uns einen allerletzten Aufschub gewährt hat. Nur durch seine Idee mit der Plantage und den Mehrgewinn, den wir dadurch erzielen, war Palm zu überzeugen.« Georg behielt für sich, dass das ausschlaggebende Moment die Erwähnung von August Frederiksen als möglichem Käufer der Villa gewesen war.

Elisabeth knetete nervös ihre Finger. »Das habe ich nicht gewusst«, gab sie kleinlaut zu.

»Hätte Robert nicht den Mut gefasst, nach Kamerun zu gehen, würdest du heute nicht mehr in der Villa, sondern in irgendeiner Wohnung leben und könntest froh sein, wenn du genug zu essen hättest.«

Elisabeth schlug die Hände vors Gesicht. »Ich schäme mich so, Georg.« Sie brach in Tränen aus.

Georg zog sein Taschentuch hervor und reichte es ihr. »Dein Mann und du, ihr hättet euch mehr aussprechen sollen«, stellte er fest. »Womöglich wärst du dann jetzt an seiner Seite, wo du hingehörst.«

Elisabeth tupfte die Tränen ab. »Vermutlich wäre ich dann an seiner Seite, ja. Doch ich wäre nicht dort, wo ich hingehöre.« Sie sah ihn mit geröteten Augen an. »Ich denke, Robert und ich gehören einfach nicht zusammen. Ich hätte ihn niemals heiraten sollen.«

»So ein Unsinn! Ihr hattet viele glückliche Jahre.«

Sie schüttelte den Kopf. »Nein, die hatten wir nicht. Robert war nie der Mann, den ich wollte.« Sie atmete tief durch.

»Ach nein?«

»Nein.« Sie hob den Kopf. »Ich habe ihn nur gewählt, um in deiner Nähe sein zu können.«

Georg sah sie verblüfft an. »Du redest Unsinn, Elisabeth.«

»Nein. Es ist an der Zeit, dass ich es dir sage. Nach über achtzehn Jahren will ich wenigstens jetzt ehrlich sein.«

»Ich kann dir wirklich nicht folgen.«

»Erinnerst du dich an unsere erste Begegnung, Georg?«

»Ich weiß nicht.« Er dachte angestrengt nach. »Das war auf irgendeinem Empfang, richtig?«

»Ganz recht. Es war im Hause der Rudolfs. Mein Vater hat dich und mich miteinander bekannt gemacht, und ja, Georg, ich habe mich damals in dich verliebt.«

Georg sah sie zweifelnd an. »Ehrlich gesagt, kann ich das kaum glauben.«

»Weshalb nicht?«

»Du hast nie den Anschein erweckt, dass es so sein könnte.«

»Du warst damals schon mit Vera verlobt, und ich hatte nicht das Recht, mich dazwischenzudrängen. Außerdem gingen die Gefühle nur von meiner Seite aus.«

Georg warf Elisabeth einen Blick zu, den sie nicht zu deuten wusste. »Eines gebe ich zu. Ich habe schon immer gefunden, dass ihr, du und Robert, nicht zusammenpasst.«

»Genauso wenig wie du und Vera.«

»Meinst du?«

»Aber natürlich. Wir beide wissen, dass sie dich nicht glücklich gemacht hat.«

»Denkst du das wirklich?«

Elisabeth winkte ab. »Ach, es geht mich ja nichts an.«

Georg betrachtete sie nachdenklich, dann räusperte er sich. »Es tut mir leid, Elisabeth, doch ich kann dir nicht mehr Geld auszahlen, als Robert dir zugesteht«, kam er auf das eigentliche Thema zurück.

Elisabeth stand auf. »Das macht nichts. Während unseres Gesprächs ist mir eines klar geworden.«

»Und das wäre?«

»Ich sollte aus der Villa ausziehen.«

»Aber, Elisabeth, wo willst du denn hin? Mit Martha in eine kleine Wohnung ziehen?«

»Es ist ein Albtraum, ich weiß. Doch ich habe mir viel zu lange etwas vorgemacht.«

»Man würde dich aus der feinen Gesellschaft, die dir so wichtig ist, ausschließen.«

»Dessen bin ich mir bewusst. Aber wie soll ich denn weitermachen?«

»Du solltest vor allem nichts überstürzen. Die Situation ist eine Herausforderung. Aber ich bin überzeugt, dass du und Robert das Ganze meistern werdet.«

»Wenn ich ihn doch nicht liebe …«

»In deiner kleinen Wohnung ist auch niemand, den du liebst, oder? Was vergibst du dir also? Irgendwann, da bin ich sicher, wird Robert Kamerun hinter sich lassen.«

Elisabeth, die neben Georgs Schreibtischstuhl getreten war, sah auf ihn hinunter. »Ich werde es mir überlegen. Vielen Dank für deinen Rat.« Sie berührte mit einer zärtlichen Geste seine Wange. Dann ging sie ohne ein weiteres Wort hinaus.

Elisabeth stieg in die vor dem Kontor wartende Kutsche und ließ sich zur Villa zurückfahren. Sie dachte nach. Es war wichtig, jetzt klug vorzugehen und überlegt zu handeln. Selbstverständlich hatte sie keine Sekunde lang in Erwägung gezogen, aus der Villa in eine kleine Wohnung umzuziehen. Sie doch nicht! Sie hatte schließlich Bedürfnisse, und vor allem das gesellschaftliche Ansehen war ihr enorm wichtig. Es musste ihr gelingen, Robert als einen schlechten Ehemann darzustellen, auch wenn sie nur Gutes über ihn erzählen würde, und gleichzeitig Verständnis aufzubauen für ihre künftigen Taten. Kein leichtes Unterfangen. Doch sie wäre nicht Elisabeth Hansen, würde sie an dieser Stelle klein beigeben.

Ihr kleiner Auftritt bei Georg war spontan gewesen. Ursprünglich hatte sie ihn nur dazu bringen wollen, ihr einen monatlichen Betrag zuzusichern, von dem sie ihre Leidenschaft für Wohlstand und die schönen Dinge des Lebens bestreiten könnte. Eigentlich war es nicht ihre Art, zu improvisieren, doch sie hatte seinen Blick gesehen und den Zweifel erkannt, den sie in ihm geweckt hatte. Oder war es gar Begierde gewesen?

Noch bevor sie die Villa erreichte, hatte sie einen Plan gefasst. Sie lächelte, als sie aus der Kutsche stieg und an der Fassade der Villa hinaufblickte. Ein wirklich schönes Gebäude, das ihr angemessen war. Sie war entschlossen, keinen einzigen Tag mehr verstreichen zu lassen, ohne alles dafür zu tun, sich ihre Wünsche zu erfüllen. Ihre und die ihrer Tochter Martha, deren Zukunft nun allein in ihren Händen lag. Mit festem Schritt stieg sie die Stufen hinauf.

Als sie das Haus betrat, hörte sie Stimmen aus dem Salon. Sie ging hinüber und öffnete die Tür. »Ich bin zurück.«

»Oh, Elisabeth.« Vera machte den Eindruck, als fühlte sie sich bei dem Gespräch, das sie mit ihrem Sohn führte, ertappt.

»Was ist geschehen?«, fragte Elisabeth.

»Komm herein und schließ die Tür«, bat die Schwägerin in verschwörerischem Tonfall.

Elisabeth ging zu den beiden hinüber, die auf der Couch und dem gegenüberstehenden Sessel Platz genommen hatten. Sie strich ihr Kleid glatt und setzte sich neben Vera auf die Couch.

»Hier.« Die Schwägerin reichte ihr ein Schreiben. »Wenn Georg das liest, weiß ich nicht, was geschehen wird.«

Elisabeth überflog die Zeilen. »Du wirst womöglich die Schule verlassen müssen und deinen Abschluss nicht machen können?«

Richard ballte die Hand zur Faust. »Es liegt nicht an mir. Na ja, nicht nur. Die Lehrer haben etwas gegen mich. Vielleicht weil ich ein Hansen bin, ich weiß es nicht.«

»Weshalb sollten sie etwas gegen die Familie Hansen haben?«, fragte Elisabeth verwundert.

»Nun hör aber auf!«, entgegnete Vera. »Geh nicht noch auf diese Ausreden ein, Elisabeth. Mein Herr Sohn sucht nur einen Schuldigen für sein eigenes Versagen.«

»Was hast du angestellt?«, fragte Elisabeth ihren Neffen. »Einen solchen Brief erhält man doch nicht nur, weil man schlechte Noten geschrieben hat.«

»Es gab da so eine Sache. Aber ich habe eigentlich nur mitgemacht. Es war nicht meine Idee.«

»Was hast du getan?« Vera blickte ihn finster an. »Du sagst mir jetzt die ganze Wahrheit, sonst gnade dir Gott!«

»Es gibt bei der Schule seit einigen Wochen einen Stand, an dem die Apfelbauern Saft verkaufen. Wir haben dort die ganze Zeit Saft gekauft, die leeren Flaschen aber nicht zurückgegeben, sondern behalten. Na ja … Eberhard und Matthias haben dann den Verkäufer abgelenkt, und wir haben die Flaschen gegen andere ausgetauscht.«

»Was meinst du damit?«

»Wir haben die Flaschen in den letzten Wochen gesammelt und mit Bier gefüllt. Als Eberhard und Matthias mit dem Verkäufer fort waren, haben wir die Saftflaschen am Stand gegen unsere mit Bier gefüllten Flaschen ausgetauscht, und als der Mann dann wiederkam, hat er an alle Bier verkauft, ohne es zu wissen.« Er konnte sich ein Grinsen nicht verkneifen. »Die Flaschen sind so schnell wie noch nie weggegangen, als die anderen Schüler merkten, was drin war. Fast alle waren sturzbetrunken.«

»Wenn du jetzt noch lachst, Richard, dann fängst du dir eine Ohrfeige ein, das schwöre ich dir.« Vera hob die Hand.

»Wer war noch dabei? Von welchem Eberhard und welchem Matthias ist hier die Rede?«, fragte Elisabeth.

»Eberhard Breitenbaum und Matthias Wittbold. Sie haben ebenfalls solche Schreiben bekommen.«

»Wer noch?«, hakte Vera nach.

Richard schüttelte den Kopf. »Er hat nur beim Austauschen mitgeholfen, weil ich ihn darum gebeten habe. Ich werde seinen Namen nicht preisgeben.«

»Du sagst mir jetzt sofort, wer noch mit dabei war!«, forderte Vera.

Richard sah sie an. »Keiner weiß, dass er mitgemacht hat, und ich werde ihn nicht verraten.«

»Vater wird dich bestrafen, wenn du den Namen nicht sagst, verlass dich darauf!«

»Pah! Vater und mich bestrafen?« Er zog die Augenbrauen hoch. »Wenn du meinst. Aber den Namen sage ich trotzdem nicht.«

Vera wandte sich Hilfe suchend Elisabeth zu. »Sag du mir doch, was ich tun soll.«

Elisabeth überlegte. »Gar nichts.« Sie stand auf. »Ist der Schulleiter um diese Zeit noch da?«, fragte sie Richard.

»Ich denke schon. Ich habe heute Morgen nur den Brief ausgehändigt bekommen und sollte die Schule für heute verlassen. Ich habe mich nicht gleich nach Hause getraut und bin noch eine Weile herumgelaufen. Aber um diese Zeit ist noch Unterricht. Ich weiß nur nicht, ob Backen-Hajo auch noch da ist.«

»Backen-Hajo?« Elisabeth sah ihn erstaunt an.

»Hajo Feldkamp, unser Schulleiter. Er sieht aus wie ein Hamster, deshalb hat ihm irgendjemand diesen Spitznamen gegeben.«

Elisabeth seufzte. »Steh auf und komm mit.«

»Was hast du vor?« Vera hatte sich von ihrem Platz erhoben, und nun stand auch Richard auf.

»Ich werde jetzt zusammen mit Richard zu seiner Schule fahren und versuchen, die Sache zu bereinigen. Dein Vater wird ohnehin davon erfahren, und er wird gewiss nicht erfreut sein. Da wäre es besser, wir hätten bereits eine Übereinkunft mit deinem Schulleiter anzubieten.«

»Du fährst wirklich mit ihm dorthin?« Vera umarmte die Schwägerin. »Ich danke dir! Ich bin überhaupt nicht gut in solchen Dingen und würde vermutlich in Tränen ausbrechen.« Sie überlegte kurz. »Oder sollten wir doch lieber auf Georg warten?«

»Georg hat im Kontor genug zu tun. Und ich habe euch in letzter Zeit durch meine Entscheidung, nicht nach Kamerun zurückzukehren, ebenfalls eine Menge Ärger und Sorgen bereitet. Wenn ich auf diese Weise ein wenig gutmachen kann, würde ich es gern versuchen.«

»Also fahrt ihr beiden, und ich drücke hier zu Hause einstweilen die Daumen, dass sich die Angelegenheit doch noch irgendwie beilegen lässt.« Vera umarmte Elisabeth nochmals, warf Richard einen wütenden Blick zu und gab dann Anweisung, die Kutsche vorfahren zu lassen.

»Gehen wir.« Elisabeth deutete in Richtung Tür. »Und dass du genau das tust, was ich dir sage, und dir ja nicht einfallen lässt, irgendeine freche Bemerkung zu machen!«

»Ja, Tante Elisabeth«, gab Richard kleinlaut zurück.

»Gut. Dann komm. Und zieh mal Hose und Jackett zurecht. Auch wenn es dir nicht klar zu sein scheint – die nächsten Stunden werden über deine Zukunft entscheiden.«

Richard nickte nur, er wirkte nun etwas eingeschüchtert. Dann gingen sie hinaus und stiegen in die Kutsche. Auf der ganzen Fahrt sprachen sie kein Wort miteinander. Während Richard immer nervöser wurde und sich sichtlich unbehaglich fühlte, war Elisabeth ganz in Gedanken versunken.

Fast konnte sie ihr Glück nicht fassen, wie ihr dieser Vorfall in die Hände spielte. Schon vorhin hatte sie einen Plan gefasst, jedoch noch nicht konkret gewusst, wie sie diesen in die Tat umsetzen würde. Doch mit der Verfehlung ihres Neffen hatte sich das geändert. Sie würde für ihn kämpfen, wie sie es unter normalen Umständen nie in Betracht gezogen hätte, und alle Register ziehen, um die drohende Strafe – vermutlich ein Schulverweis – abzuwenden. Wie genau sie dies regeln wollte, wusste sie noch nicht. Doch es würde ihr schon gelingen. Nicht wegen Richard, Gott bewahre, sondern um ihrer selbst willen.

Als die Kutsche ihr Ziel erreicht hatte und anhielt, instruierte Elisabeth ihren Neffen sorgfältig, was er sagen sollte. Richard versprach, sich genau daran zu halten.

»Direktor Feldkamp wird Sie jetzt empfangen«, sagte die Sekretärin, bei der Elisabeth sich und Richard angemeldet und um eine dringende Unterredung mit dem Schulleiter ersucht hatte.

»Guten Tag, Herr Direktor. Mein Name ist Elisabeth Hansen, ich bin die Tante dieses jungen Mannes. Vielen Dank, dass Sie uns empfangen.«

Elisabeth fand den Namen Backen-Hajo überaus passend. Der kleine, untersetzte Mann hatte tatsächlich die Gesichtsform eines Hamsters.

»Frau Hansen, es ist mir eine Freude, Sie kennenzulernen, wenngleich das Vorkommnis, das zu dieser Begegnung geführt hat, überaus problematisch ist.«

»Wem sagen Sie das?« Sie ließ sich von ihm einen Handkuss geben.

»Bitte, setzen Sie sich doch.«

Elisabeth dankte und nahm auf dem linken Besucherstuhl Platz, während Richard sich auf den rechten setzte. Sie entfaltete den Brief, den Richard mit nach Hause gebracht hatte, und wandte sich dann an ihren Neffen: »Was möchtest du dem Herrn Direktor dazu sagen?«

»Ich möchte für mein kindisches und unangemessenes Verhalten um Entschuldigung bitten und die Strafe, die diese Verfehlung zur Folge hat, auf mich nehmen. Alles war meine Idee, und ich ersuche darum, meine Freunde nicht dafür zu bestrafen. Ich habe es versäumt, dieser Schule den nötigen

Respekt entgegenzubringen, was ein gravierendes Vergehen ist und nicht ohne Konsequenzen bleiben darf.«

Elisabeth war zufrieden. Richard hatte Wort für Wort wiedergegeben, was sie ihm vorhin eingebläut hatte. Wo auch immer die schulischen Schwächen ihres Neffen liegen mochten – im Auswendiglernen jedenfalls nicht.

Rektor Feldkamp musterte Richard. »Gut gewählte Worte, Hansen. Es war durchaus ein schwerwiegendes Vergehen.«

»Und genau deshalb wird mein Neffe jede noch so harte Strafe auf sich nehmen.«

»Wir haben Ihren Neffen nach dem Namen des vierten Mittäters gefragt. Er hat sich aber geweigert, ihn zu nennen.«

»Nun, was das betrifft, unterstütze ich meinen Neffen, auch wenn Ihnen das befremdlich vorkommen mag. Wir Hansens schützen die, denen wir uns verbunden fühlen.«

»Aber, Frau Hansen, er ist ein Krimineller und gehört bestraft.«

»Nun, einen Kriminellen würde ich den jungen Mann nicht nennen«, hielt Elisabeth dagegen. »Wahrscheinlich wurde ihm erst in dem Moment, da die drei anderen erwischt wurden, die Tragweite seiner Tat in vollem Umfang bewusst. Er hat einen Fehler gemacht. Doch er hat nicht nur eingesehen, dass er etwas Falsches getan hat, sondern auch die Erfahrung gewonnen, was echte Freundschaft bedeutet. Ein kostbares Gut, finden Sie nicht auch? Wie ich Richard verstanden habe, sind es doch ebensolche Werte, deren Vermittlung an die Jugend sich diese Einrichtung verschrieben hat. Oder täusche ich mich da?«

»Das hat er Ihnen gesagt?«

»Ja, und nicht nur heute. Darum schämt mein Neffe sich auch so, denn er hat das Gefühl, lieber Herr Direktor, Sie persönlich enttäuscht zu haben. Und deshalb will er auch die Strafe ganz allein auf sich nehmen, obwohl ich ihm sagte, dass Sie ohnehin erfahren werden, dass es gar nicht sein Einfall war.

Doch Unrecht bleibt Unrecht, und das hat Richard erkannt. Als seine Tante bitte ich Sie, ihm eine angemessene Strafe zu erteilen. Wir werden sie widerspruchslos akzeptieren, auch wenn es bedeuten würde, dass Richard künftig auf das Privileg verzichten müsste, an dieser Schule unterrichtet zu werden.«

»Es war also gar nicht seine Idee?«, hakte der Rektor prompt nach.

»Das ist nicht wichtig. Richard hat verstanden, dass er nur durch einen einwandfreien Umgang mit der jetzigen Situation zeigen kann, die hier vermittelten Werte verinnerlicht zu haben und sich so der Ausbildung, die er hier genießen durfte, würdig zu erweisen.«

»Aber seine Strafe würde wesentlich milder ausfallen, wenn er sagt, wer sich diesen elenden Streich ausgedacht hat.«

Elisabeth sah zu Richard. »Wärst du so freundlich, einen Moment hinauszugehen, damit ich unter vier Augen mit Herrn Feldkamp sprechen kann?«

»Ja, Tante.« Sofort erhob Richard sich.

»Danke.« Sie wartete, bis er die Tür hinter sich schloss, dann wandte sie sich wieder dem Schulleiter zu. »Ich möchte Ihnen etwas anvertrauen, Herr Direktor, und ich bitte Sie eindringlich darum, dass meine Worte diesen Raum nicht verlassen.«

»Darauf gebe ich Ihnen mein Wort, Frau Hansen.«

»Sie sind ein Mann, dem man nur in die Augen sehen muss, um zu wissen, dass man ihm vertrauen kann.« Sie atmete tief ein, als kosteten sie die nächsten Worte Überwindung. »Richard macht gerade eine sehr schwere Zeit durch. Vermutlich hat es sich längst herumgesprochen … Richards Mutter ist, wie soll ich sagen, derzeit nicht besonders stabil.«

»Was hat sie denn?«

»Ein Nervenleiden vermutlich. Sie hat bereits seit Jahren Probleme, die Arme, und vor allem ihr Ehemann Georg, mein Schwager, leidet sehr mit ihr. Die Belastung für die ganze

Familie ist immens. Es ist so schwerwiegend, dass ich mich entschlossen habe, nicht bei meinem Mann in Kamerun zu leben, wo er mit großem Erfolg eine Plantage betreibt, sondern meine Schwägerin hier in Hamburg zu unterstützen und auch meinen Neffen und meine Nichte ein wenig aufzufangen. Die beiden sind natürlich hilflos, was das Verhalten ihrer Mutter betrifft.«

»Das ist ja furchtbar! Ich hatte ja keine Ahnung. Zwar hörte ich, dass Ihr Gatte in Afrika auf seiner Plantage arbeitet und Sie hier in Hamburg leben, doch der Hintergrund war mir nicht bekannt.«

»Es ist für uns alle schwer. Und auch wenn ich Verständnis für den Zustand meiner Schwägerin habe, die sich oft nicht anders zu helfen weiß, als …« Sie unterbrach sich. »Nein, ich möchte nicht über die Einzelheiten sprechen.«

»Das müssen Sie auch nicht, liebe Frau Hansen. Ich habe vollstes Verständnis.«

»Ich danke Ihnen, Herr Feldkamp.« Elisabeth tupfte mit dem Finger eine Träne aus dem Augenwinkel. »Ich muss sagen, es ist eine Erleichterung, hier einmal so offen reden zu können.«

»Hätte ich gewusst, in welch schwieriger Lage sich Ihre Familie befindet, ich hätte Richards kleinen Fehltritt natürlich ganz anders bewertet.«

»Sie sind ein guter Mensch.« Sie beugte sich über den Schreibtisch, legte ihre Hand auf seine und drückte sie kurz. Dann setzte sie sich wieder aufrecht hin. »Doch Richard will ja gar keine Sonderbehandlung. Er hat einen Fehler gemacht, und das weiß er. Aber ich möchte, dass Sie verstehen, in welchem seelischen Zustand er sich befindet und dass er sich zu diesem dummen Streich nur deshalb überreden ließ, weil seine Freunde für ihn einen gewissen Halt darstellen. Den ich ihm natürlich ebenfalls zu bieten versuche. Doch es ist nicht so einfach, für alle da zu sein – für meine eigene Tochter, meinen Schwager, seine Kinder – und dann auch noch Vera, Richards Mutter, davon abzuhalten, etwas Falsches zu tun, wenn Sie verstehen, was ich meine.«

Der Schulleiter schüttelte den Kopf. »Ich habe Ihre Schwägerin schon gelegentlich auf Empfängen gesehen. Es wäre mir nie in den Sinn gekommen, dass sich hinter ihrer tadellosen Haltung und ihrem Lächeln so viel Leid verbergen könnte.«

»Man sieht es ihr nicht an, das stimmt. Wissen Sie, manchmal denke ich, wenn die Menschen wüssten, wie es ihr wirklich geht, wäre es womöglich leichter für Vera. Mir ist bewusst, dass sie Richards Lehrer hinsichtlich des Zustands seiner Mutter ins Vertrauen ziehen müssen. Manche von ihnen werden ihr bei gesellschaftlichen Anlässen vielleicht begegnen. Daher bitte ich Sie herzlich darum, die Lehrkräfte darauf einzuschwören, Vera oder Georg niemals direkt darauf anzusprechen.«

»Darauf gebe ich Ihnen mein Wort.«

»Ich vermute, manch einer wird ohnehin schon ahnen, was mit Vera nicht in Ordnung ist. Doch verstehen Sie mich bitte, ich möchte meinen Schwager und meine ganze Familie schützen.«

»Sie opfern sich auf, Frau Hansen. Das muss Sie viel Kraft kosten, geben Sie bitte acht auf sich.«

»Ach, wissen Sie, es ist in der Tat schwieriger geworden, seit mein Mann in Kamerun ist. Hier bin ich nun die Ehefrau ohne Mann und kein gern gesehener Gast mehr. Doch das alles halte ich aus, wenn ich damit nur Vera helfen kann.« Wieder tupfte sie ihre Augenwinkel ab.

»Was immer ich dazu beitragen kann, Ihnen das Leben etwas leichter zu machen, werde ich gern tun. Bitte zögern Sie nicht, sich vertrauensvoll an mich zu wenden.«

»Ich danke Ihnen. Zuallererst würde ich gern wissen, wie Sie meinen Neffen zu bestrafen gedenken.« Sie bemühte sich um ein Lächeln.

»Es war nur ein Streich, und niemand ist zu Schaden gekommen«, resümierte er. »Ich werde die Empfehlung aussprechen, ihn zu verwarnen, in der Hoffnung, dass er sich nie wieder zu einem solchen Unfug anstiften lässt.«

»Und welche Konsequenz zieht diese Verwarnung nach sich?«

»Keine. Es war zwar nicht das erste Mal, dass Ihr Neffe aufgefallen ist. Doch angesichts dessen, was Sie mir soeben anvertrauten, wundere ich mich über sein ansonsten fast tadelloses Verhalten. Er braucht nun starke Menschen um sich herum, die ihm helfen, seinen Weg zu finden. Wir hier in der Schule werden unser Bestes geben und ihn dabei unterstützen.«

»Ich kann es kaum glauben. Sie sind ein reizender Mann, Herr Feldkamp.«

»Aber, aber, das ist doch selbstverständlich.«

Elisabeth stand auf, und auch der Rektor erhob sich. »Dann will ich Ihre Zeit nicht länger in Anspruch nehmen. Ich hoffe aufrichtig, dass wir uns einmal wiedersehen und uns unterhalten können. Sie sind ein Mann, der so viel Zuversicht ausstrahlt und Kraft gibt mit dem, was er sagt.«

»Es war mir eine Ehre, Frau Hansen.« Er deutete einen Handkuss an.

»Auf Wiedersehen, Herr Feldkamp.«

Elisabeth ging zur Tür, verharrte kurz, um sich noch einmal die Tränen abzutupfen, und verließ dann das Büro des Direktors.

»Komm, Richard«, sagte sie schlicht, verabschiedete sich von der Sekretärin und verließ mit ihrem Neffen das Schulgebäude.

»Und?«, fragte Richard, kaum dass die Kutsche sich in Bewegung gesetzt hatte.

»Ich denke, ich werde dir künftig mehr zur Seite stehen müssen. Und ich erwarte von dir, dass du dein Verhalten grundlegend änderst.«

»Ja, Tante Elisabeth.«

»Sag nicht nur *Ja, Tante Elisabeth,* sondern verhalte dich entsprechend. Du unterlässt künftig jeden Unsinn und strengst dich mehr an. Zwar wird dein Vater von dieser Sache erfahren, doch ich werde dafür sorgen, dass du keine weitere Strafe erhältst.«

»Und was ist meine Strafe von der Schule?«

Sie sah ihn an, und ein Lächeln umspielte ihre Lippen. »Du erhältst eine Verwarnung.«

»Und sonst?«

»Nichts sonst. Das ist alles. Dein Fehlverhalten wird keine Konsequenzen nach sich ziehen.«

Richard bekam große Augen. »Wie hast du das gemacht?«

»Ich kann sehr überzeugend sein, wenn ich will. Halt dich künftig an mich.«

»Danke«, brachte Richard erleichtert hervor. »Ehrlich, vielen Dank!«

Sie nickte ihm zu.

»Tante Elisabeth, darf ich dich noch etwas fragen?«

»Sicher.«

»Warum hilfst du mir?«

»Weil du mein Neffe bist und ich sehe, dass deine Mutter dir nicht genügend beisteht. Entschuldige die Offenheit. Das bleibt besser unter uns.«

»Ich werde es ihr bestimmt nicht sagen.«

»Gut. Ich werde dir künftig die Unterstützung bieten, die sie dir nicht bieten kann oder will. Verlass dich einfach auf mich. Dann wird sich alles finden.«

Richard war verblüfft. So hatte er seine Tante nie reden hören. Überhaupt konnte er sich nicht erinnern, dass sie sich jemals sonderlich für ihn interessiert hätte. Doch dass sie diese Angelegenheit so reibungslos, vor allem aber ohne Folgen für ihn geklärt hatte, rang ihm eine gewisse Bewunderung ab. Vielleicht war sie doch nicht so kalt, wie er immer gedacht hatte, und es war nur nicht ihre Art, besonders herzliche Gefühle für ihn und Frederike zu zeigen. Seine Tante hatte sich für ihn eingesetzt und wollte ihm auch künftig beistehen. Er beschloss, dass er sie nicht enttäuschen würde.

Als sie die Villa erreichten und aus der Kutsche stiegen, reichte er Elisabeth den Arm. »Wird wohl Zeit, dass ich anfange, mich wie ein Erwachsener zu benehmen«, erklärte er.

Sie lächelte ihn an. »Das, mein lieber Richard, würde mir wirklich sehr gefallen.«

15. Kapitel

Wien, Mitte August 1889

Lieber Georg,
letzte Woche war es nun endlich so weit: Das Kontor hat eröffnet. Wer hätte gedacht, dass sich alles so lange hinziehen würde? Therese und ich sind erleichtert, denn es hat Zeiten gegeben, wo wir kaum noch an ein gutes Ende glauben konnten. Die Schäden, die durch das aus der defekten Pumpe austretende Wasser verursacht wurden, waren so erheblich, dass wir nach Beseitigung des Defekts einen ganzen Monat warten mussten, bis alles trocken genug war, um weitermachen zu können. Diese Zeit war nicht nur für Therese und mich sehr anstrengend, sondern auch für unsere Freunde, die uns bei dem Umbau geholfen haben. Manchmal fürchtete ich, dass am nächsten Tag der eine oder andere nach Feierabend nicht wiederkäme und ich sie auch als Freunde verloren hätte, wenn mir vor lauter Ungeduld und Unzufriedenheit ein

schroffes Wort ausgekommen war. Doch sie sind alle noch da und haben sich bei der Eröffnung des Kontors von Herzen mit uns gefreut. Nun, da die meiste Arbeit erledigt ist und wir endlich unseren Gewinn daraus ziehen können, hoffen Therese und ich auf ein wenig mehr Ruhe.

Weißt Du schon etwas über die Termine, zu denen auch Robert im Lande sein wird und wir gemeinsam unsere Hochzeit nachfeiern können?

Wie geht es zu Hause und mit den Geschäften? Ist das Kontor noch gut gefüllt? Ich kann nun größere Mengen an Bohnen lagern, sofern Du eine Ladung schicken möchtest. Ein kleiner Bestand ist noch vorhanden, der reichen wird, bis Robert die nächste Ernte einfährt.

Wir hoffen, dass Ihr alle bester Gesundheit seid und wir bald einen Brief von Euch erwarten dürfen. Wir haben uns schon viel zu lange nicht gesehen, und sowie es das Kontor und das Kaffeehaus erlauben, möchten Therese und ich nach Hamburg kommen und für einige Tage bleiben. Ich vermisse Euch alle sehr.

Herzlichst
Dein Dich liebender Bruder Karl

Karl seufzte, als er den Brief noch einmal las und dann in den Umschlag steckte. Das, was er geschrieben hatte, war noch untertrieben. Die letzten Monate hatten ihm und Therese wirklich zugesetzt. Sie waren vollkommen erschöpft von der vielen Arbeit, vor allem aber auch von den Rückschlägen, die mit dem Wasserschaden im Kontor und den damit verbundenen Verzögerungen einhergingen. Ihnen war so manches Mal im wahrsten Sinne des Wortes das Lachen vergangen. Die

Fröhlichkeit, die zwischen ihnen geherrscht hatte, seit sie sich kannten, war einem angestrengten Umgang gewichen. Karl nahm sich fest vor, dass dies wieder anders werden musste. Er wollte alles tun, damit sie wieder diese leichte Heiterkeit spürten, die sie von Anfang an verbunden hatte.

Doch es war nicht nur die viele Arbeit, die dafür gesorgt hatte, dass die Eheleute sich voneinander entfernt hatten. Es gab einen anderen Grund, der vermutlich viel entscheidender war, wenngleich Karl es hasste, mit Therese darüber sprechen zu müssen. Er fand, dass sie es schlicht überbewertete, dass es zwischen ihnen nur wenig Zärtlichkeiten gab. Sicher, sie hatten sich in all den Monaten, die sie nun schon das Bett teilten, weniger als ein Dutzend Mal geliebt. Doch war das nicht nachvollziehbar bei all der Arbeit, die sie in dieser Zeit zu bewältigen hatten? Sosehr er seine Frau liebte, so sehr hasste er es, dass sie wieder und wieder mit diesem Thema anfing. Geradezu besessen war sie davon, als ob es nichts Wichtigeres im Leben eines Ehepaares gäbe. Das war doch absurd. Vor allem störte ihn, dass Therese ihm mit ihren Fragen ein schlechtes Gewissen vermittelte, auch wenn sie stets betonte, dass dies nicht ihre Absicht sei. Ja, es stimmte. Ebenso oft, wie sie sich körperlich geliebt hatten, war es ihm auch misslungen, die nötige Steife in sein Glied zu bekommen. Therese hatte Verständnis gezeigt, und beide hatten es auf die viele Arbeit geschoben. Doch insgeheim konnte Karl keineswegs so souverän mit seinem Versagen umgehen, ihn quälte das Gefühl, kein richtiger Mann zu sein.

Einmal hatte Therese ihn sogar gefragt, ob er nicht vielleicht einen Arzt aufsuchen und den möglichen Ursachen auf den Grund gehen wolle. Ihre Erklärung, dass ja schließlich auch eine Krankheit die Ursache sein könnte, hatte er als lächerlich von sich gewiesen und sich weitere Nachfragen zu diesem Thema verbeten. Therese hatte daraufhin wütend und auch traurig die Wohnung verlassen und war erst Stunden später zurückgekehrt. Karl hatte auf der Seite gelegen und getan, als würde er schlafen. Doch er hatte mitbekommen, wie sie zu ihm ins Bett gekrochen war und dann leise geweint hatte.

Was konnte er nur tun? Er wusste schon lange, dass etwas nicht stimmte. Unter keinen Umständen wollte er das auch noch von einem Arzt bestätigt bekommen. Die wenigen Male, die er mit Therese geschlafen hatte, waren ein Kraftakt für ihn gewesen. Er hatte sich Bilder vor sein inneres Auge rufen müssen, die ihn erregten, um seine Steife wenigstens eine Zeit lang halten zu können, Bilder, von denen nicht ein einziges seine eigene Frau zeigte. Karl fühlte sich schlecht und empfand es Therese gegenüber als Betrug, obwohl dieser nur in seinen Gedanken und niemals im wirklichen Leben stattfand. Er konnte sich selbst nicht verstehen. Therese war hübsch, sogar schön, hatte ein freundliches Wesen und liebte ihn. Und er liebte sie nicht weniger, fühlte sich ihr eng verbunden. Doch hatte er keinerlei Interesse oder gar Lust, mit ihr zu schlafen.

Wie lange würde er Therese wohl an sich binden können, bis sie sich vollends von ihm abwandte und ihre Ehe nicht mehr wert war als die vielen anderen, die nur noch durch zwei getauschte Ringe und ein Stück Papier Bestand hatten? Bitter fragte er sich, ob es überhaupt sinnvoll war, die Zeremonie noch einmal kirchlich zu vollziehen und die Hochzeit zu feiern, wenn die Ehe bereits jetzt fast als gescheitert anzusehen war. Doch noch wollte er nicht aufgeben. Es musste ihm gelingen, diese Bilder, für die er sich selbst so sehr hasste und verachtete, aus seinem Kopf zu verbannen. Nichts als Kummer verursachten sie ihm und hinderten ihn daran, mit Therese das Leben zu führen, das sie sich wünschte. Das musste ein Ende haben!

Er nahm den Brief und ging noch beim Postamt vorbei, um ihn aufzugeben. Dann machte er sich auf den Weg nach Hause und dachte noch einmal gründlich über alles nach. Er wollte Therese nicht verlieren. Von heute an sollte sich alles ändern. Seine Frau hatte es verdient, glücklich zu sein. Und er auch. Dafür wollte er sorgen. Therese war der wichtigste Mensch in seinem Leben. Er wollte, nein er durfte sie nicht verlieren.

Als er die Tür zur Wohnung aufschloss, hörte er Stimmen aus der Küche: Thereses glockenhelles Lachen, eine Männerstimme, die etwas sagte. Wieder lachte Therese fröhlich auf.

»Guten Abend«, sagte Karl beim Eintreten.

»Schwager, da bist du ja!« Florentinus stand von seinem Stuhl auf und kam auf ihn zu, umarmte ihn und klopfte ihm auf die Schulter. »Ich hatte in Wien zu tun und wollte mir die Gelegenheit nicht entgehen lassen, bei euch vorbeizukommen.«

Karl freute sich aufrichtig. Florentinus hatte das Versprechen, das er ihnen Weihnachten gegeben hatte, gehalten und den Kontakt zu seiner Schwester und seinem Schwager gepflegt. Er war in den vergangenen Monaten ein oft und gern gesehener Gast in ihrer Wohnung gewesen.

Karl ging zu Therese und küsste sie zärtlich auf den Mund. »Guten Abend, mein Sonnenschein.« So nannte er sie fast immer, und ebenso zuverlässig schenkte sie ihm dafür ein Lächeln.

»Guten Abend. Ich habe noch nicht mal mit dem Kochen angefangen. Florentinus und ich haben über dem Plaudern die Zeit vergessen.«

»Es wird sich schon etwas Essbares finden«, sagte Karl und gab ihr einen weiteren Kuss, diesmal auf die Stirn.

»Da ich schuld bin, möchte ich es mit einem gemeinsamen Restaurantbesuch wiedergutmachen«, schaltete sich Florentinus ein. »Kommt schon, ihr beiden. Das würde mein schlechtes Gewissen beruhigen.«

Therese und Karl tauschten einen Blick, dann nickte Therese. »Ich hoffe, du hast genug Geld dabei. Ich habe einen Riesenhunger.«

Karl ging sich kurz frisch machen. Therese nutzte die Zeit, um ihre Haare neu hochzustecken und etwas von dem Duftwasser aufzulegen, das Karl ihr zum Geburtstag geschenkt hatte. Es dauerte nicht lange, bis die drei die Wohnung verließen und im »Piaristenkeller«, einem guten Wiener Traditionsrestaurant, eintrafen, wo der Ober sie zu einem Tisch führte.

Therese folgte der Empfehlung des Tages, während Karl und Florentinus beide Kalbsschnitzel mit Beilagen wählten. Dazu tranken sie eine Flasche Wein und bestellten eine weitere nach, kaum dass die erste geleert war. Die Stimmung war ausgelassen und heiter, all der Druck der letzten Zeit schien sich in Luft aufgelöst zu haben. Therese und Karl berührten sich immer wieder liebevoll während des Essens, tauschten Blicke und zärtliche Gesten.

»Wenn ihr Turteltauben mich kurz entschuldigen würdet«, bat Florentinus und stand auf. »Die Natur verlangt ihr Recht.«

»Therese«, begann Karl, kaum dass Florentinus außer Hörweite war, »ich habe über uns nachgedacht und möchte dir gern etwas sagen.«

»Ja?«

»Das Thema, worüber wir in letzter Zeit öfter sprachen … du weißt schon.«

»Ja?«

»Ich möchte, dass wir uns mehr umeinander kümmern. Ich werde mich bemühen und alles tun, dass es dir in jeder Hinsicht gut geht. Du bist für mich der wichtigste Mensch auf der Welt. Mein Leben wäre sinnlos ohne dich.«

Sie drückte seine Hand, sah ihm tief in die Augen. »Ich bin so glücklich, dass du das sagst.«

»Viel Arbeit hin oder her. Alles Geld der Welt ist es nicht wert, dass wir zu wenig aufeinander achten.«

»Das stimmt. Du machst mich sehr glücklich.« Sie blickten einander immer noch liebevoll an, als Florentinus an den Tisch zurückkehrte.

»Ich habe gleich noch eine Flasche bestellt«, verkündete dieser und setzte sich.

»Noch eine?« Therese sah ihn mit großen Augen an. »Florentinus, es ist mitten in der Woche, und wir müssen morgen alle früh raus. Also, zumindest Karl und ich.«

»Ach, Schwesterlein, sei nicht immer so vernünftig. Es gibt etwas zu feiern.«

»So? Was denn?«

»Na, heute ist Mittwoch.«

»Und?«

»Mittwoch, der 14. August 1889.«

»Und?«, fragte Therese noch einmal.

»Na, das ist ein Feiertag. Ein großer Feiertag.« Er hob das Glas. »Jeder weiß das, und darauf trinke ich.«

Die drei stießen miteinander an.

»Florentinus Loising, du bist vollkommen verrückt!« Therese lachte auf, dann hickste sie und schloss kurz die Augen. »O je. Schluckauf. Ich glaube, ich habe einen Schwips.«

»Nur einen? Das ist zu wenig«, meinte Florentinus und lachte, als in diesem Moment der Ober an den Tisch trat und ihre Gläser erneut füllte.

Sie blieben noch eine halbe Stunde. Dann bezahlte Florentinus und nahm die Flasche, die sie nur zur Hälfte geleert hatten, einfach mit.

»Du hast das Kontor noch gar nicht in fertigem Zustand gesehen«, sagte Karl mit etwas schwerer Zunge. »Kommt. Wir gehen jetzt zum Kontor, und ich werde vor meinem Schwager gehörig angeben.«

»Nein«, gab Therese zurück. »Ich will nach Hause in mein Bett.«

»Komm schon, Therese, mir zuliebe«, bettelte Karl. »Ich will vor meinem Schwager unbedingt ein bisschen mit dem Kontor protzen.«

Therese konnte sich ein Gähnen nicht verkneifen. Sie zeigte mit dem Finger geradeaus. »Ich werde jetzt diese Straße entlanggehen und dann schnurstracks in unsere Wohnung. Ihr beiden werdet dort links abbiegen, und du, mein Geliebter, kannst Florentinus das Kontor zeigen. Aber ich gehe schlafen.«

Karl begehrte noch einmal kurz auf, doch Therese hatte sich schon auf den Weg gemacht.

»Ich lege dir eine Decke und ein Kissen auf die Chaiselongue«, versprach Therese ihrem Bruder. »Und seid schön leise, wenn ihr nach Hause kommt. Habt ihr verstanden?«

»Jawohl, Madame.« Karl neigte dabei den Kopf und verlor fast das Gleichgewicht. Florentinus packte zu, damit er nicht vornüberfiel. »Besten Dank, lieber Schwager, besten Dank«, sagte Karl, und Florentinus lachte auf.

Arm in Arm und laut singend schlenderten sie in Richtung Kontor und blieben vor der Fassade stehen. »Das ist alles meins«, erklärte Karl und machte eine ausholende Armbewegung, die ihn abermals beinahe aus dem Gleichgewicht brachte.

»Kontor Hansen«, las Florentinus laut von dem Schild ab, das über dem Eingang prangte.

»Der Wiener Hansen, das bin ich.« Karl tippte sich gegen die Brust, dann fingerte er den Schlüssel hervor, und beim vierten Versuch gelang es ihm, das Schloss zu öffnen. »Bitte, Herr Loising, treten Sie ein.«

»Danke sehr, Herr Hansen, nach Ihnen. Ich bestehe darauf.« Florentinus verbeugte sich, so tief er konnte, ohne ins Schwanken zu geraten.

Karl ging hinein. »Es werde Licht.« Er betätigte den neben der Tür angebrachten Kippschalter, und mit einem Schlag wurde der Raum von der elektrischen Beleuchtung erhellt.

Florentinus ließ einen begeisterten Laut hören. »Das nenne ich aber mal hell!« Er trat weiter hinein in den Raum, nahm den Geruch frischer Kakaobohnen wahr. Hinter dem hüfthohen

Tresen waren dunkle Holzregale aufgebaut, in denen verschieden große Porzellanbehälter standen. Alle waren fein säuberlich nebeneinander platziert, und die Ware wartete nur darauf, von den Kunden ausgewählt zu werden.

»Der Vorbesitzer war einer der Ersten in der Stadt, die mit Strom versorgt wurden.« Karl machte eine ausholende Armbewegung. »Beeindruckend, nicht wahr?«

Florentinus strich mit der Hand über den Tresen, während er seinen Blick durch den Raum und zur Decke schweifen ließ. »Herr Hansen, ich muss schon sagen, Sie haben ein wahres Schmuckstück aus diesem alten Gemäuer gemacht.«

»Danke, Herr Loising, verbindlichsten Dank. Darauf trinke ich.« Karl nahm Florentinus die Flasche aus der Hand und trank einen kräftigen Schluck, dann reichte er sie seinem Schwager zurück. »Komm mit. Ich zeige dir das Lager.«

Sie gingen durch eine Tür in den hinteren Bereich, wo Karl erneut einen Schalter betätigte und damit den Raum erhellte. Hier waren ebenfalls Regale an den Wänden angebracht, die jedoch aus einem helleren Holz gefertigt waren als die im Verkaufsraum und in denen Säcke mit verschiedenen Aufschriften und Kennungen gelagert waren.

»Alles nur Kaffee und Kakao, wohin man schaut.«

»Ich trinke auf deinen Erfolg, Karl!« Florentinus hob die Flasche und ließ den Wein die Kehle herunterlaufen.

»Auf den Erfolg!« Karl nahm die Flasche und trank den letzten Schluck, dann stellte er sie auf dem Boden ab und sah sich um. »Hier war früher alles voll mit Stoffen, wusstest du das? Alles voll. Aber mit den Bohnen verdient man mehr«, erklärte er lallend.

»Du und Therese, ihr habt schon so viel erreicht.« Florentinus trat an das vordere Regal, strich mit der Hand über das grobe Material des Kaffeesacks und lehnte sich dann an das Regal. »Ich wünschte, ich hätte euren Mut.«

»Mut? Das ist kein Mut, etwas auf die Beine stellen zu wollen. *Du* hast Mut. Jeden Tag musst du dich an den Erfolgen deines Vaters messen lassen.«

Florentinus lächelte. »Nein, ich werde ihm sowieso nie das Wasser reichen können. Sie sagen es nicht, doch in ihren Augen habe ich versagt.«

»Du? Die Firma steht besser da als je zuvor, oder nicht?«

»Geld … Es ist nur Geld. Das hier, das kann man sehen und begreifen. In diesen Wänden stecken Leidenschaft und Schweiß. Ihr habt etwas geschaffen. Das werde ich in meinem ganzen Leben wohl niemals so fertigbringen.«

»Und ich dachte immer, du kennst keine Selbstzweifel«, sagte Karl und trat einen Schritt näher heran. »Ich dachte immer, du bist der große, erfolgreiche Bruder meiner Frau, der stets guter Laune ist und dem der Erfolg nur so zufällt.«

Florentinus schnaubte. »Unsinn! Das Gegenteil ist der Fall.«

Karl sah den Schwager an. Etwas Eigenartiges, Fremdes und doch auf eine falsche Art Erregendes ging in diesem Moment von ihm aus. Ihre Blicke trafen sich, keiner sagte ein Wort.

Dann bewegte Florentinus ruckartig den Kopf weg. »Sieh mich nicht so an. Das halte ich nicht aus.« Er drehte den Kopf wieder zurück, nahm seinerseits Karls Blick auf.

»Was hältst du nicht aus?«, fragte Karl, und er spürte, wie rau sein Hals sich anfühlte.

Florentinus verharrte noch einen Moment, dann stieß er sich von dem Regal ab und machte einen Schritt auf Karl zu, sodass sie nun ganz dicht voreinanderstanden. Florentinus hob die Hand, strich über Karls Wange hinunter bis zum Hals. »Ich liebe meine Schwester, doch ich begehre ihren Mann.«

Karl schlug das Herz bis zum Hals. Er wusste, dass er augenblicklich kehrtmachen und das Gebäude schnellstens verlassen sollte. Es wäre richtig, Florentinus einfach stehen zu lassen und für immer zu vergessen, was er soeben gesagt hatte.

Doch er schloss stattdessen die Augen und näherte sich dem Schwager, bis ihre Lippen sich trafen. Ein Schauer lief durch seinen Körper. Sachte hob er die Hand, legte sie in Florentinus' Nacken, zog ihn sanft noch näher an sich heran. Sie umarmten sich, klammerten sich wie Ertrinkende aneinander, ihre Küsse wurden wilder, fordernder. Bis sie sich gegenseitig die Kleidung abstreiften und sich vorbehaltlos ihrer Lust hingaben. In diesem Moment existierte nichts als nur sie beide und ihr Begehren füreinander.

Danach standen sie atemlos voreinander, sahen sich in die Augen, küssten sich noch einmal. Keiner von ihnen sagte ein Wort. Dann, nach einer Weile, zogen sie sich an, hoben die leere Weinflasche auf und gingen.

Bevor Karl das Licht ausschaltete, sah er noch einmal in den Raum. Alles war noch genau wie zuvor. Und doch veränderte das, was eben geschehen war, ihrer beider Leben für immer. Gemeinsam verließen sie das Gebäude, und Karl schloss hinter ihnen ab.

»Therese darf niemals davon erfahren«, beschwor er Florentinus, ohne ihn anzusehen.

»Nein«, gab dieser zur Antwort. »Niemals.«

Dann gingen sie schweigend zur Wohnung. Florentinus legte sich auf die Chaiselongue, und Karl kroch zu Therese ins Bett. Keiner von ihnen fand Schlaf, bevor der Morgen graute.

16. Kapitel

Kamerun, September 1889

Eintrag in Luise Hansens Tagebuch:

Es ist der 2. September 1889, und ich freue mich auf die Erntezeit, die vor uns liegt. In den letzten Wochen haben Hamza und ich jeden Tag miteinander verbracht. Er ist mir so vertraut wie kaum ein anderer Mensch. Wir unterhalten uns viel, tauschen unsere Gedanken aus. Inzwischen spricht er unsere Sprache fließend und fast fehlerlos. Sein größter Wunsch wäre es, so hat er mir anvertraut, eines Tages für eine Weile in unserem Land leben zu können und dort eine Ausbildung zu machen, die ihm die Möglichkeit gäbe, trotz der Liebe zu seinem Volk und zu den Kakaobohnen einen davon unabhängigen Beruf zu wählen. Erst durch Hamzas Art zu denken ist mir klar geworden, welches Glück es für mich ist, in Deutschland geboren zu sein, und welche Möglichkeiten mir dies eröffnet, die ich hier in

Kamerun niemals gehabt hätte. Auch wenn ich eine Frau bin, so weiß ich inzwischen doch, dass ich nicht so leben möchte wie beispielsweise meine Mutter oder meine Tante. Ich möchte hier in Kamerun bleiben und eines Tages die Farm meines Vaters übernehmen.

Seit einigen Nächten habe ich den immer gleichen Traum, der mich einerseits verwirrt, mir andererseits ein ganz wundervolles Gefühl beschert. In diesem Traum stehe ich vor unserem Farmhaus und sehe zu der Plantage hinüber. Niemand sonst ist da, und ich wundere mich über die Stille, die um mich herum herrscht. Auch auf der Plantage kann ich niemanden arbeiten sehen, sodass ich beschließe, dorthin zu gehen. Dann, auf dem Weg, höre ich das helle Lachen von Kindern, und ich denke sofort an die Duala in ihrem Dorf. Als ich näher komme, sehe ich einen kleinen Jungen und ein kleines Mädchen, und dann erkenne ich Hamza, der mit ihnen spielt. Hamza winkt mir, und die Kinder laufen auf mich zu, umarmen mich und nennen mich Mutter. Dann tritt Hamza heran und küsst mich, vertraut und schön und zärtlich. Alles fühlt sich richtig an, alles ist gut. Keiner von uns sagt etwas.

Kurze Zeit danach wache ich auf. Ich brauche immer einen Moment, um zu begreifen, dass es nur ein Traum war und Hamza nicht mein Mann ist, sondern nur der Sohn Malambukus, des Vorarbeiters auf unserer Farm. Für mich ist er mehr als das, auch wenn ich weiß, dass dieser Traum niemals wahr werden kann. Wir sind auf demselben Kontinent, an demselben Ort, wir arbeiten auf derselben Plantage. Und dennoch leben wir in verschiedenen Welten. Ich würde ihn schmerzlich vermissen, sollte Hamza eines Tages tatsächlich die Gelegenheit bekommen, nach Deutschland zu reisen und dort zu leben. Doch ebenso sehr würde ich es ihm von Herzen wünschen.

Vater und ich haben viel miteinander gesprochen in den letzten Wochen und Monaten, die wir nun ohne Mutter und Martha hier in Kamerun sind. Und es ist uns beiden vieles klar geworden. Ich glaube nicht, dass einer von uns – außer zu gelegentlichen Besuchen – jemals in die alte Heimat zurückkehren wird. Und das nicht nur wegen der Farm oder des Ertrags, sondern weil Vater und mir bewusst geworden ist, dass wir dort nicht hingehören. Es ist eigenartig. So brennend, wie Hamza es sich wünscht, nach Deutschland zu reisen, so sehnsüchtig möchte ich nicht mehr von hier fort.

Gestern waren wir in der Kirche und sprachen anschließend wie jeden Sonntag mit den anderen Deutschen. Ich glaube, dass sich die Bildung von zwei Lagern abzeichnet, deren unterschiedliche Einstellung das Leben aller hier in Kamerun beeinflussen wird. Zu meiner eigenen Überraschung verstehe ich mich inzwischen sehr gut mit Raimund Leffers, für den seinerzeit Martha so geschwärmt hat. So unterschiedlich wie meine Mutter und ich sind er und sein Vater. Sigmund Leffers kann ich nicht ausstehen und finde seine Reden über Neger und wie wichtig es ist, sie Gehorsam zu lehren, geradezu unerträglich. Raimund sieht es ebenso, nur hat er wenig Möglichkeiten, sich dem Denken des Vaters zu entziehen. Manchmal, wenn Sigmund wieder laut und heftig gegen die Einheimischen wettert und Geschichten zum Besten gibt, wie dumm sie doch seien, kann ich beobachten, wie Raimund verschämt den Blick senkt, um nur nicht seinen Vater anschauen zu müssen. Ich habe die Hoffnung, dass in einigen Jahren er derjenige sein wird, der von seinem Vater die Stelle als Gesandter des Kaisers übernimmt und den Menschen hier dann den Respekt und die Wertschätzung entgegenbringt, die ihnen vonseiten seines Vaters verwehrt bleiben.

Immer wieder kommen uns Geschichten zu Ohren über wahre Gräueltaten, die in Ost-Afrika durch Carl Peters, Gründer der Kolonie Deutsch-Ostafrika, begangen worden sein sollen. Einige Deutsche glauben es, andere nicht. Ich selbst weiß nicht, was ich davon halten soll. Ist es denn vorstellbar, dass ein deutscher Mann, dessen Vater angeblich Missionar war und dessen Beziehungen in die höchsten Kreise reichen, sich derart benimmt? Ist es überhaupt denkbar, dass ein Mensch das tun könnte, was diesem Peters nachgesagt wird? Ich kann es mir kaum vorstellen. Und doch fällt der Name immer wieder, und es hat bereits einige Gespräche mit den Stammeshäuptlingen hier in Kamerun gegeben, die ebenfalls von diesen angeblichen Taten Kenntnis haben und um ihre Sicherheit bangen.

Sigmund Leffers hat dazu natürlich eine klare Meinung. Er sagte etwas in der Art, dass die Neger sich vollkommen umsonst fürchteten. Schließlich sei kein Deutscher so dumm, sie abzuschlachten, wo sie doch bei der Arbeit viel nützlicher als Schweine seien. Dann hat er schallend gelacht, und Raimunds und mein Blick trafen sich. Ich versuchte ihm durch ein Lächeln Trost zu spenden, doch die Verzweiflung, die sich bei den Worten seines Vaters in seinen Augen widerspiegelte, war unübersehbar.

Vor einigen Tagen erreichte mich ein Brief aus der Heimat. Martha schrieb, dass sich in Hamburg alles gut entwickle und Mutter sich viel mehr Mühe gebe als früher. Ich weiß nicht, ob ich das glaube, doch ich muss zugeben, dass es mir im Grunde einerlei ist. Ich fühle mich von Hamburg und dem Leben dort so weit entfernt, als wäre mehr als nur eine Schiffspassage nötig, um dorthin zu gelangen.
Während ich hier sitze und diese Zeilen schreibe, frage ich mich, was mir in Hamburg wirklich von Bedeutung erschien. Und sosehr ich mich bemühe, es will mir nichts einfallen. Hier hingegen berührt alles, was geschieht, unser Leben. Alles fühlt sich echt an, ganz gleich, ob es die Farben des Himmels sind, die Tiere in der Steppe, die Duala mit ihrem gleichmäßigen, melodischen Gesang. Es werden keine Worte verloren über Moral und Anstand, Zusammenhalt und Liebe. Und dennoch werden diese Werte wahrhaft gelebt, und zwar mit einer

Intensität, die ich in Hamburg niemals erlebt habe. Es macht mich traurig, dieses Gefühl, dass ich die ersten fast fünfzehn Jahre meines Lebens in Oberflächlichkeit und Sinnlosigkeit vertrödelt habe. Hier greife ich in die Erde und lasse den Sand durch meine Finger rieseln, ich spüre die Sonnenstrahlen auf meiner Haut, ich schwitze von der harten Arbeit und lächle, wenn ich sehe, wie eine Duala-Mutter ihr Kind in den Armen hält und beschützt. Die Natur hier ist rau und dennoch barmherzig – sie schenkt uns die Bohnen und zeigt uns das freundlichste Gesicht.
Ich lege nun den Füller beiseite und gehe schlafen, bis die Sonne den Himmel rosa färbt. Schon jetzt freue ich mich auf diesen Moment.

Luise klappte ihr Tagebuch zu und legte es in die Schublade ihres Schreibtischs. Dann kroch sie unter das Laken und schloss die Augen. Es mussten mehrere Stunden vergangen sein, doch der Tag hatte noch nicht begonnen, als sie durch laute Stimmen geweckt wurde. Luise brauchte einen Moment, um sich zu orientieren. Hastig schlug sie das Laken zurück, sprang auf und lief auf den Flur. Von vor dem Haus drang ein Stimmengewirr zu ihr herauf. Sie konnte nicht verstehen, worum es ging, eilte ins Zimmer zurück und holte ihren Morgenmantel. Dann rannte sie wieder auf den Flur, hastete die Stufen hinunter und aus dem Haus.

Luise sah sich um, ihr schlug das Herz bis zum Hals. Rauchgeruch schnürte ihr die Luft zu. Was war passiert? Wo war ihr Vater? Sie blickte hinüber zum Wald und schlug erschrocken die Hand vor den Mund. Flammen schlugen hoch in den Nachthimmel. Nicht weit davon begann die Plantage. Die Flammen hatten sie also noch nicht erreicht.

Luise blieb stehen, sah sich um, rannte dann wieder ins Haus, in ihr Zimmer und zog sich Hose und Bluse an. Rasch band sie die Haare zurück, dann lief sie wieder hinaus und folgte den Duala, die alle in Richtung des Feuers rannten. In einiger Entfernung sah sie nun ihren Vater, der zusammen mit Einheimischen Wasser aus dem Stausee oberhalb der Plantage schöpfte, das in einer Eimerkette weitergereicht wurde, und der so versuchte, dem Feuer Herr zu werden. Sie reihte sich ebenfalls ein und reichte die Eimer weiter.

Die Flammen eroberten Stück für Stück des Waldes in Richtung Plantage. Luise sah Hamza, der seinen Stammesbrüdern offenbar Befehle zurief. Er blickte hektisch zu den Flammen, dann zum Stausee hinauf. Luise lief zu ihrem Vater.

»So werden wir es nicht schaffen, Vater!«, rief Luise ihm zu.

Robert antwortete nicht, sah nur kurz auf. Die Verzweiflung war ihm ins Gesicht geschrieben. Wenn die Flammen die Plantage erreichten, wäre die Ernte und mit den Pflanzen ihre gesamte Zukunft verloren.

Hamza rief etwas, das Luise nicht verstand. Auf dieses Kommando hin ließen die Duala allerdings die Eimer zu Boden fallen und folgten ihm.

»He, wo wollt ihr hin? Kommt zurück!«, rief Robert ihnen hinterher, doch keiner hörte auf ihn.

Am östlichen Rand des Stausees begannen die Einheimischen unter Hamzas Leitung, die Steine der Uferbefestigung mit Hämmern einzuschlagen und Stück für Stück abzutragen, um so das Wasser in den Wald strömen zu lassen.

Luise verharrte in der Bewegung und starrte gebannt zum Stausee hinauf. Das Wasser bahnte sich einen schmalen Weg zum Waldrand und zur Plantage, wurde breiter, dann brach das Wasser endgültig durch und verwandelte sich in einen reißenden Strom. Der äußere Rand der Plantage wurde mit voller Wucht getroffen, das Wasser nässte die Bäume, breitete sich weiter aus und floss in den Wald. Zischend erloschen die Flammen im unteren Bereich, während sie sich in den höheren Regionen der Bäume weiterfraßen.

Hamza rief erneut etwas, und die Duala folgten ihm. Sie rannten zu der Farm und dem angrenzenden Unterstand, holten ihre Buschmesser und liefen wieder zum Wald, wo sie die nassen Zweige abschlugen, die zischend in die Flammen fielen. Luise holte ihr eigenes Buschmesser und schlug wild gegen die Zweige, arbeitete sich mit den Einheimischen Stück für Stück weiter voran.

Das Feuer wurde immer weiter von der Plantage zurückgedrängt, es breitete sich nicht mehr aus. Doch es dauerte Stunden, bis es nur noch auf einer kleinen Waldfläche glomm und sie, vollkommen am Ende ihrer Kräfte, die Messer endlich sinken ließen.

Robert trat an die Seite seiner Tochter, während Hamza zur Plantage eilte, um nachzusehen, ob die Kakaobäume und -früchte einen Schaden erlitten hatten.

»Wir haben es geschafft«, sagte Robert erschöpft und atmete erleichtert aus.

»Ja«, sagte Luise, deren Gesicht schwarz vom Ruß war und deren Haare wild vom Kopf abstanden.

Hamza kam zusammen mit Malambuku von der Plantage zu ihnen herüber.

»Wie schlimm ist es?«, fragte Robert sofort.

Malambuku, dessen Miene zunächst nichts verriet, grinste die beiden dann breit an. »Früchte haben Bohnen gut beschützt«, sagte er.

Hamza nickte bekräftigend. »Die Früchte wurden nicht beschädigt. Es wird eine gute Ernte werden.«

Luise und ihr Vater sahen sich an und umarmten sich. Sie würden keine Einbußen hinnehmen müssen. Die Erleichterung trieb Luise Tränen in die Augen.

Stunden später, bei Tageslicht betrachtet, waren die Auswirkungen des Brandes, auch wenn sie ihnen keine Einbußen brachten, doch verheerend. Noch immer stieg Qualm aus dem Wald auf und lag schwer in der Luft. Es roch nach Verbranntem, und Luise stellte erschrocken fest, dass auf dem Kaninchengehege eine schwarze Rußschicht lag. Die Tiere hatten sich in ihrem Unterschlupf verkrochen und wirkten verschreckt, als Luise sie eines nach dem anderen hervorholte. Doch bis auf etwas dunkle Asche auf ihrem Fell waren sie unversehrt.

Malambuku, Hamza, Robert und Luise gingen die Plantage und den angrenzenden Wald ab. »Was denkst du, wodurch ist das Feuer ausgebrochen, Malambuku?«, fragte Robert.

»Feuer ist gekommen von da.« Er deutete mit dem ausgestreckten Arm. »Manchmal, wenn sehr warm für lange Zeit, Feuer kommt.«

»Du denkst also nicht, dass jemand das Feuer absichtlich gelegt hat?«

Malambuku schüttelte den Kopf. »Warum sollte ein Mann das tun?«

Robert zuckte mit den Schultern.

»Ich glaube auch nicht, dass es absichtlich gelegt wurde«, erklärte nun Hamza. »Hätte Ihnen jemand schaden wollen, hätte er die Plantage in Brand gesteckt.«

»Vielleicht wollte derjenige nicht, dass es zu offensichtlich ist«, wandte Robert ein.

»Ich weiß nicht.« Hamza wiegte den Kopf. »Doch ich glaube nicht, dass es so war.«

»Ich möchte, dass wir künftig darauf achten, ob jemand sich auf der Plantage befindet, der nicht hierhergehört. Haltet die Augen offen!«, ordnete Robert an.

»Ja, Sango.« Malambuku nickte.

»Glaubst du wirklich, dass es Brandstiftung war?«, fragte nun Luise.

»Ich weiß es nicht. Doch wir sollten aufmerksam sein. Wäre die Ernte vernichtet worden, hätte das unseren Bankrott bedeuten können.«

»Hast du einen konkreten Verdacht?«

»Nein, das wäre zu viel gesagt. Aber ich weiß, dass einige der anderen Plantagenbesitzer dieses Jahr schlechtere Ernten haben werden.«

»Wer?«

Robert schüttelte den Kopf. »Ich möchte keine Hexenjagd veranstalten. Wir sind mit dem Schrecken davongekommen, und das ist gut so. Doch wir sollten gewarnt sein.«

Luise gab sich mit der Antwort zufrieden, auch wenn sie spürte, dass ihr Vater ihr nicht die ganze Wahrheit gesagt hatte. Aber sie beließ es dabei. Und doch hatte sie von diesem Moment an das Gefühl, dass die Sorglosigkeit, die sie immer mit dem Leben auf der Plantage verbunden hatte, verschwunden war.

Auf der Plantage kehrte der Alltag zurück. Noch immer lag Brandgeruch in der Luft, doch Luise hatte sich inzwischen daran gewöhnt. Sie war froh, dass es keine besonderen Ereignisse mehr gegeben hatte und auch die Gerüchte über die in den benachbarten Stämmen aufkommende Unruhe nach und nach verstummt waren. Jedoch erreichten sie bei jedem sonntäglichen Zusammenkommen mit den Deutschen Nachrichten über Zwischenfälle zwischen den Kolonialmächten und Afrikanern, die nicht selten mit etlichen Toten einhergingen.

Luise war besorgt wegen dieser Entwicklung. Sie hatte sich vor vier Jahren, als die Deutschen die Berliner Verträge über die Aufteilung der Gebiete in Afrika geschlossen hatten, noch nicht dafür interessiert. Damals war sie erst knapp elf Jahre alt gewesen, und alles, was außerhalb Hamburgs geschah, schien für sie in einem anderen Universum stattzufinden. Jetzt jedoch, wo sie in Afrika lebte und auch ihre Zukunft hier verbringen wollte, hörte sie genau hin, wenn über die politischen Konflikte gesprochen wurde, insbesondere, welche Gerüchte man sich erzählte. Sie wollte verstehen, was vor sich ging.

Es war frühmorgens, und Luise saß auf dem Baumstamm am Rand der Plantage und sah zu, wie das Rosa des Himmels kräftiger wurde. Plötzlich hörte sie ein Geräusch. Nur ein leises Knacken, doch sie war sicher, dass sie etwas gehört hatte, und drehte sich um. Ihre Anspannung ließ sofort nach, als sie Hamza erkannte, der lächelnd ihren Blick erwiderte. Er kam zu ihr und setzte sich neben sie auf den Baumstamm.

»Du bist früh auf«, sagte Luise.

»Du auch. Ich dachte mir schon, dass ich dich hier finde.«

»Wirklich?« Luise war überrascht. »Weshalb?«

»Weil ich dich ein paarmal beobachtet habe, als ihr gerade erst nach Kamerun gekommen seid.«

»Du hast mich beobachtet?« Sie lächelte. »Das habe ich gar nicht bemerkt.«

»Am Anfang, weil ich nicht wusste, was du vorhast, und ich fürchtete, dir könnte etwas passieren, wenn du womöglich in den Wald gehst. Doch nach einigen Tagen war ich sicher, dass du nur hier sitzen wolltest, um allein zu sein. Also habe ich dich gelassen.«

»Ich habe dich nie bemerkt.«

»Dann habe ich alles richtig gemacht.«

Eine Weile sagte keiner von ihnen etwas. Dann fragte Luise: »Machst du dir Sorgen?«

»Sorgen? Warum?«

»Ich weiß nicht. Es kommt mir in letzter Zeit so vor.«

Er wiegte den Kopf. »Du bist eine gute Beobachterin.«

»Willst du mir sagen, was dich bedrückt?«

»Es ist schwer für mich. Ich will es dir anvertrauen, aber du darfst es nicht deinem Vater sagen.«

»Weshalb nicht?«

»Ihm gehört die Farm, und die Duala arbeiten für ihn.«

Luise biss sich auf die Lippe und überlegte einen Moment. »Ich werde ihm nichts sagen. Du kannst mir vertrauen.«

»Die Duala haben ein Angebot erhalten, für einen anderen Sango die Ernte einzubringen, und sollen umsiedeln.«

»Was sagst du da?«

»Es stimmt. Einige im Dorf sind dafür, andere dagegen. Ich weiß nicht, wie die Entscheidung am Ende sein wird.«

»Aber warum? Wir bezahlen die Arbeiter und tun alles, um miteinander auszukommen.«

»Es liegt nicht an euch. Einigen Brüdern im Stamm wurden Versprechungen gemacht. Ich glaube, sie sollen betrogen werden.«

»Kann ich etwas tun?«

»Nein, das ist Sache des Stammes.«

»Wie steht dein Vater dazu?«

»Er ist dagegen, die Farm zu verlassen, doch er ist nicht der Häuptling unseres Stammes.«

»Würdest du mitgehen?«

Hamza zuckte mit den Schultern. »Ich hätte keine Wahl.«

Luise schluckte schwer. »Wenn ihr geht, können wir unsere Plantage nicht mehr bestellen.«

»Ich weiß.«

»Das wäre unser Ruin.«

»Was hat das Wort zu bedeuten?«

»Ruin?« Sie überlegte kurz. »Es ist ein Wort dafür, dass wir dann kein Geld mehr hätten und nicht mehr wüssten, wovon wir leben sollen.«

»Ich verstehe.« Er sah Luise an. »Ich werde versuchen, was ich kann, damit wir bleiben.«

»Danke.« Luise überlegte, ob es klug war, ihren nächsten Gedanken auszusprechen. »Ich möchte dich nicht verlieren«, hörte sie sich dann sagen.

Hamza schwieg.

Luise bereute es sofort. »Bitte entschuldige. Ich hätte es nicht aussprechen sollen.«

»Werdet ihr eines Tages wieder fortgehen?«

Sie sah ihn an. »Nein. Weshalb sollten wir das tun?«

»Sango Meyerdierks ist auch gegangen.«

»Er wollte sich um seine Mutter kümmern. Sie ist krank und braucht ihn.«

»Und deine Mutter?«

Luise verzog das Gesicht. »Sie braucht mich nicht, glaub mir. Außerdem hat sie Martha.« Luise seufzte. »Wir verstehen uns nicht besonders gut, weißt du?«

»Ja, ich weiß.«

»Ach ja?«

»Ich konnte es sehen, als sie noch hier war.«

»So offensichtlich ist es also?«

»Ja.«

»Mein Vater und ich haben nicht vor, nach Hamburg zurückzukehren. Wir bleiben hier. Deshalb hoffe ich, dass ihr uns nicht im Stich lasst.«

»Es gibt andere Arbeiter, die er sich holen kann, wenn wir gehen.«

»Aber du bist nicht darunter.«

Hamza betrachtete sie nachdenklich. »Der Mann, der in letzter Zeit öfter zu Besuch kam …«, begann er.

»Meinst du Raimund? Raimund Leffers?«

»Ja, so heißt er.«

»Was ist mit ihm?«

»Wirst du ihn heiraten?«

»Was? Ich und Raimund Leffers?« Luise lachte auf. »Nein, ganz bestimmt nicht.«

»Warum nicht? Du musst irgendwann einen Mann auswählen.«

Darauf wusste Luise nichts zu sagen.

»Auch ich soll mir bald eine Frau nehmen.«

Luise sah ihn erschrocken an. »Oh« war alles, was sie hervorbrachte. Dann wandte sie ihren Blick wieder nach vorn.

»Doch ich will keine wählen«, erklärte Hamza.

»Nein?«

»Nein.«

»Weshalb nicht?« Luise schluckte schwer in Erwartung seiner Antwort.

Hamza sagte nichts. Er griff zögerlich nach ihrer Hand und hielt sie fest. So blieben sie sitzen, bis der Arbeitstag begann.

17. Kapitel

Hamburg, Anfang September 1889

Sie war zufrieden. Alles entwickelte sich überaus erfreulich. Richards Leistungen hatten sich verbessert, und auch über Frederike und Martha konnte niemand klagen, seit Elisabeth die Zügel angezogen hatte. Erst gestern hatte Georg sich lobend über ihren Einsatz für die Familie geäußert. Überhaupt waren Georg und sie sich nähergekommen, nicht im körperlichen Sinn, doch war ihm anzumerken, dass ihre Unterstützung ihm half, sich auf das Kontor zu konzentrieren. Georgs und Veras Verhältnis war hingegen erheblich schlechter geworden. Das Ehepaar sprach nur noch das Nötigste miteinander, seit Georg seiner Frau einmal im Streit vorgehalten hatte, dass er sich das Engagement, das seine Schwägerin an den Tag legte, eigentlich auch von ihr gewünscht hätte. Die arme Vera konnte einem leidtun.

Schon vor Wochen hatte Vera Elisabeth darauf angesprochen, dass sie sich bei gesellschaftlichen Zusammenkünften zunehmend unwohl fühlte. Sie war fest davon überzeugt, dass die Leute sie beobachteten und über sie tuschelten. Elisabeth hatte sie zu beschwichtigen versucht, hatte ihr gesagt, dass sie sich das sicher nur einbilde und sich beruhigen solle, doch Vera wurde immer unsicherer und nervöser. Vor zwei Wochen nun hatte Vera Elisabeths Vorschlag zugestimmt, ihren Arzt aufzusuchen und ihm von ihren Problemen zu erzählen. Er hatte ihr ein neuartiges Medikament verordnet, das für einen erholsamen Schlaf sorgen und ihr die Unruhe nehmen sollte. Der Arzt hatte Veras Beschwerden auf die Reizüberflutung zurückgeführt, die die Menschen durch das immer schneller werdende Leben erfuhren. Er habe eine ganze Reihe von Patienten, darunter viele Frauen, die unter ähnlichen Symptomen litten, sich bedrückt und unsicher fühlten und deren Leben aus dem Gleichgewicht geraten sei. Vera war ihm dankbar für die Erklärung und überzeugt, dass es ihr schon bald besser gehen würde. Zwar merkte sie, dass mit der Einnahme des Medikaments eine gewisse Antriebslosigkeit einherging, doch sie war bereit, dies für eine Weile in Kauf zu nehmen.

Sie konnte nicht ahnen, dass Elisabeth bei einem anderen Arzt gewesen war und sich genau die gleiche Arznei hatte verschreiben lassen. Bald bekam Vera regelmäßig, in kleinen Rationen auf die täglichen Mahlzeiten verteilt, die doppelte Menge der empfohlenen Dosis verabreicht …

Elisabeth hatte Vera sogar stets getröstet, wenn deren Mann ihr zum wiederholten Male vorgehalten hatte, dass er von ihr etwas mehr Disziplin erwarte, wenn Vera sich wieder einmal zu benommen und schwach fühlte, um morgens auch nur aufzustehen. Doch auch diese Vorwürfe waren seltener geworden, da Georg es bald als vergebliche Liebesmüh ansah, sich weiter um seine Frau zu bemühen.

Elisabeth hingegen war immer zur Stelle, sorgte dafür, dass die Kinder ihre Aufgaben erledigten, das Personal seine Pflichten erfüllte und alles so perfekt geregelt war, dass Georg sich um nichts als das Kontor zu kümmern brauchte.

Vera schien sich immer mehr aus der Familie zu verabschieden, und ihre Kinder reagierten recht unterschiedlich auf den Rückzug der Mutter aus dem Alltag. Während Richard sich nichts daraus zu machen schien, dass seine Mutter praktisch unsichtbar mit ihnen im Haus lebte, und ganz auf seinen bevorstehenden Schulabschluss konzentriert war, machte Frederike die Situation deutlich mehr zu schaffen. Sie versuchte immer wieder, ihre Mutter zur Teilnahme an den Mahlzeiten zu überreden, oder setzte sich zu ihr, um ihr vorzulesen oder sich mit ihr zu unterhalten. Doch da diese auf die Zuwendung ihrer Tochter kaum reagierte, stellte Frederike ihr Bemühen um die Aufmerksamkeit ihrer Mutter nach und nach ein.

Gestern erst hatte Georg Elisabeth zu einem kurzen Gespräch gebeten und ihr mitgeteilt, dass er beschlossen habe, ihr einen regelmäßigen monatlichen Betrag zur Verfügung zu stellen, sobald die nächste Lieferung von Robert kam und damit wieder frisches Geld in die Firma floss. Elisabeth hatte sich bedankt, wohl wissend, dass er ihr in Kürze noch sehr viel mehr geben würde, als er es im Moment ahnte.

»Wärst du so nett, mich morgen Abend zum Empfang bei den Palms zu begleiten?«, fragte er dann beim Abendessen.

Elisabeth sah ihn überrascht an, und auch Richard, Frederike und Martha blickten interessiert auf.

»Ich?« Elisabeth hob die Augenbrauen.

»Natürlich, du bist doch ebenfalls eingeladen. Und dass Vera nicht mitkommen kann in ihrem Zustand«, er deutete auf den leeren Platz, da sie wieder einmal das Abendessen ausfallen ließ, »ist offensichtlich.«

»Denkst du nicht, dass die Leute darüber tuscheln werden?«

»Worüber sollen sie tuscheln?« Georg trank einen Schluck Wein. »Dein Mann ist in Afrika und meine Frau aus gesundheitlichen Gründen nicht in der Lage, mich zu begleiten. Das weiß jeder dort. Vermutlich würde es wesentlich mehr Getuschel geben, wenn wir in zwei Kutschen vorführen und den Anschein erweckten, als wollten wir nichts miteinander zu tun haben.«

»So habe ich das noch gar nicht betrachtet«, sagte Elisabeth und wandte sich den Kindern zu. »Was meint ihr denn dazu?«

Richard zuckte mit den Schultern. »Ich sehe es wie Vater. Und selbst wenn die Leute tuscheln sollten … Wenn ihr das nächste Mal zusammen erscheint, interessiert es sie schon nicht mehr.«

Frederike und Martha schlossen sich seiner Meinung an und nickten.

»Ich möchte dennoch erst Vera fragen, ob es ihr recht ist«, zögerte Elisabeth mit ihrer Zustimmung. »Wenn sie nichts dagegen hat, will ich gern mit dir zu den Palms gehen, Georg.«

»Gut.« Damit war das Thema für ihn beendet.

Es war Elisabeth leichtgefallen, Veras Einverständnis einzuholen und dieser sogar das Gefühl zu geben, sie selbst wäre es gewesen, die Elisabeth darum gebeten hätte, an diesem Abend ihren Platz an Georgs Seite einzunehmen. Nun saß Elisabeth vor ihrer Frisierkommode im Schlafzimmer und betrachtete sich im Spiegel. Alles entwickelte sich genau so, wie sie es wollte. Sie hob den Kopf, strich sich die Haare zurück, zog mit der Fingerspitze die Augenbrauen nach und tupfte etwas Lippenpomade auf. Sie drehte den Kopf, betrachtete ihre Frisur von der Seite. Ihre Haare waren kunstvoll hochgesteckt. Alles an ihr war makellos. Sie sprühte sich noch etwas Duftwasser auf den Hals, dann stand sie auf. Das dunkelrote Kleid stand ihr ausgezeichnet. Sie hatte es bisher nur selten getragen, heute jedoch schien es perfekt zu passen. Sie spürte einen Anflug von Nervosität. Wenn heute alles gut ging, würde sich ihr Leben von Grund auf ändern. Sie hatte alles eingefädelt und Geduld gezeigt. Nun galt es, die Früchte ihrer Maßnahmen zu ernten.

»Du siehst bezaubernd aus, Elisabeth.« Georg stand unten an der Treppe und sah zu ihr hinauf, während sie Stufe für Stufe herunterkam.

»Ich danke dir, lieber Schwager.« Sie lächelte ihm entgegen. »Ich gebe zu, ich freue mich auf den Abend.«

Sie verabschiedeten sich von den Kindern, stiegen in die Kutsche und fuhren los.

Auf der Fahrt plauderten sie über Belanglosigkeiten. Elisabeth bemühte sich, ihm mit kleinen Gesten ihre Bewunderung zu zeigen und ihn für sein geschäftliches Geschick zu loben. Dann wieder nahm sie sich ein wenig zurück, äußerte ihre Besorgnis über den Gesundheitszustand seiner Frau und die Hoffnung, dass die Medikamente in Kürze eine deutliche Besserung zu bewirken vermochten. Georgs Reaktion verriet ihr, dass er weder diese Hoffnung teilte, noch die Erwartung hatte, dass Vera sich überhaupt jemals wieder fangen würde.

»Ich denke, es ist auch ein gesellschaftliches Problem«, ließ Elisabeth ihn beiläufig wissen. »War dir bekannt, dass sich Schriftsteller wie Heyse, Mann, Fontane oder auch Hauptmann in ihren Werken mit dem Phänomen *Nervosität* auseinandersetzen?«

»Wirklich? Nein, das wusste ich nicht.«

Elisabeth verschwieg, dass es ihr Arzt gewesen war, der ihr das erzählt hatte und gleichzeitig eine gewisse Beeinflussung der öffentlichen Meinung durch die Literatur und deren Auswirkung auf die Gesellschaft kritisiert hatte.

»Ja, es ist tatsächlich so. Veras Zustand hat mich dazu veranlasst, mich eingehend mit dem Thema zu beschäftigen. Alle reden davon, und es scheint fast schon ein geflügeltes Wort zu sein, diese Nervosität. Wenn du mich fragst, machen die Leute sich nur verrückt.«

»Du bist eine sehr kluge und pragmatische Frau, Elisabeth. Ich gestehe, dass ich dich jahrelang verkannt habe.«

»Ich will ganz offen zu dir sein, Georg. Meine Sorge über Veras Zustand ist größer, als ich es normalerweise zugeben würde. Weißt du, dass es inzwischen einige sehr gute Kliniken gibt, die sich mit Patienten wie Vera beschäftigen?«

»Du meinst doch wohl hoffentlich nicht irgendwelche Therapien, bei denen die Menschen an ihre Betten gefesselt werden?«

»Aber um Himmels willen, Georg! Wir sprechen hier von meiner Schwägerin. Natürlich meine ich nichts Derartiges, sondern Einrichtungen, die auf psychisch kranke Menschen spezialisiert sind und wo diese nicht gequält, sondern geheilt werden.« Sie winkte ab. »Ach, wir sollten nicht weiter darüber sprechen. Ich kenne mich wohl doch nicht gut genug damit aus.«

Georg wirkte nachdenklich und schwieg, bis die Kutsche vor dem Haus der Palms vorfuhr. Elisabeth sah zur Seite. Der Keim des Zweifels war gesät. Nun musste er nur noch aufgehen.

»Wir sind da«, erklärte Georg, als die Kutsche hielt, froh darüber, das Schweigen zu durchbrechen. Ohne abzuwarten, öffnete er die Tür von innen, stieg aus und reichte seiner Schwägerin die Hand.

»Die Hansens!«, hörte Georg den Gastgeber sagen, noch bevor er sich umgedreht hatte. Ernst Palm stand mit seiner Frau vor dem Haus und lächelte ihnen entgegen.

Elisabeth raffte ihr Kleid und hakte sich bei Georg unter. Vor dem Gastgeberpaar blieben sie stehen, und sie reichte Ernst Palm die Hand zum Kuss. »Herr Palm, Frau Palm, wie liebenswürdig von Ihnen, uns einzuladen.«

Während die Frauen sich begrüßten, schüttelte Ernst Palm Georg die Hand. »Ich freue mich aufrichtig, dass Sie und Ihre Schwägerin unserer Einladung gefolgt sind. Ich weiß, dass es nicht einfach ist …«

»Es ist uns eine Freude.«

»Bitte, gehen Sie doch schon hinein und lassen Sie sich ein Glas Champagner geben. Es sind schon einige Gäste da.«

»Wie liebenswürdig, vielen Dank.« Elisabeth nickte Georg zu, und sie betraten die Villa. Alle Blicke richteten sich auf sie. Manche Gäste nahmen ihre Ankunft lediglich zur Kenntnis, andere ließen ihren Blick einen Moment länger auf dem Paar ruhen. Der Schulleiter Hajo Feldkamp war der Erste, der sich zusammen mit seiner Frau aus einer kleinen Gruppe löste und auf sie zutrat.

»Frau Hansen, Herr Hansen. Als wir erfuhren, dass Sie heute Abend auch kommen, haben meine Gattin und ich uns gefreut.«

»Herr Feldkamp.« Elisabeth lächelte herzlich. »Georg, darf ich dir Richards Retter vorstellen?«

»Aber, aber, Frau Hansen, das ist zu viel der Ehre.«

»Meine Schwägerin hat mir von Ihrem Einsatz für meinen Sohn erzählt. Es ist mir eine Freude, mich nun persönlich bei Ihnen bedanken zu können.«

»Brunhilde«, wandte Feldkamp sich dann an seine Frau, »du kennst doch die Hansens?«

»Aber ja«, bestätigte seine Frau. »Elisabeth und ich sind uns schon viele Male begegnet.«

»Und es war immer besonders nett«, ergänzte Elisabeth.

»Das finde ich auch«, stimmte Frau Feldkamp zu. »Bitte kommen Sie doch mit hinüber zu den anderen, trinken wir gemeinsam ein Glas.«

Elisabeth löste sich von Georg, trat auf Brunhilde zu und hakte sich bei dieser ein. »Ich freue mich sehr auf diesen Abend, meine Liebe.«

»Bist du zufrieden mit dem Verlauf des Abends?«, fragte Elisabeth ihren Schwager, als sie in der Kutsche zu ihrer eigenen Villa zurückfuhren.

»Du warst wunderbar, Elisabeth, weißt du das?« Es klang etwas verwaschen. »Du hast mir heute Abend einen großen Dienst erwiesen.«

»Wirklich?«

»Ich habe einige neue Geschäftskontakte geknüpft – dank meiner reizenden Schwägerin.«

»Ach was, das ist nur dein Verdienst. Ich habe weiter nichts getan.«

»Doch, du warst über die Maßen charmant und hast jeden für dich eingenommen. Ich meine es ernst, ich danke dir dafür.« Er nahm ihre Hand und küsste sie.

Elisabeth schmunzelte. »Gern geschehen, mein Lieber.« Sie legte sich die Hand auf die Brust. »Ich fürchte nur, ich habe zu viel Wein getrunken und habe jetzt einen kleinen Schwips.«

»Ich weiß leider genau, dass ich zu viel getrunken habe«, gab Georg zurück. »Aber das ist in Ordnung. Es tut sogar einmal ganz gut.« Er ließ sich tiefer in das Polster sinken.

»Ich bedaure, dass ich dir im Alltag keine größere Hilfe sein kann. Du hättest es verdient.«

»Du tust ohnehin schon, was du kannst, das weiß ich. Es wäre Veras Aufgabe, mich zu unterstützen, nicht deine.«

Elisabeth seufzte. »Ich versuche nur das gutzumachen, was ich an der Seite meines Mannes versäume. Es ist sozusagen mein Beitrag zum Erfolg des Kontors.«

Georg antwortete nicht, weil er eingenickt war.

Die Kutsche fuhr vor der Villa vor. Der Kutscher öffnete den Verschlag und half zuerst Elisabeth heraus, dann Georg, der dabei stolperte. »Es geht schon«, wehrte dieser ab, als der Kutscher ihn stützen wollte.

»Ich mache das«, sagte Elisabeth und hakte ihren Schwager unter. Noch bevor sie die Stufen zum Haus hinaufgestiegen waren, wurde die Tür geöffnet.

»Warten Sie, ich helfe Ihnen!« Anna eilte herbei und fasste Georg auf der anderen Seite unter. Gemeinsam brachten die Frauen ihn hinein.

»In den Salon«, keuchte Elisabeth.

»Sollen wir nicht lieber versuchen, ihn nach oben zu schaffen?«

»Nein! In den Salon. Schlafen die Kinder?«

»Die jungen Herrschaften sind schon vor Stunden in ihre Zimmer gegangen, und ich habe sie seither nicht mehr gesehen«, berichtete die Haushälterin.

»Und Vera?«

»Ihre Frau Schwägerin ist ebenfalls im Bett.«

»Ich kann allein gehen«, lallte Georg.

Die Frauen ignorierten seine Worte und brachten ihn mit vereinten Kräften in den Salon, wo sie ihn auf die Couch setzten. »Danke, Anna«, sagte Elisabeth. »Den Rest schaffe ich allein.«

»Gute Nacht, gnädige Frau.«

»Gute Nacht, Anna.«

Elisabeth lief nach oben, holte eine Decke und ein Kissen für Georg, ging in ihr eigenes Schlafzimmer und legte die Sachen dort auf das Bett. Sie streifte ihr Kleid ab und hängte es sorgfältig auf, schlüpfte in ihr Nachtkleid und zog ihren seidenen Morgenmantel über. Dann nahm sie den Flakon von der Frisierkommode und sprühte noch etwas Duftwasser auf ihren Hals. Sie griff sich Decke und Kissen, verließ das Schlafzimmer und ging wieder nach unten in den Salon, wo Georg auf der Couch lag und schnarchte. Elisabeth seufzte. Etwas einfacher hätte er es ihr ruhig machen können. Sie legte die Decke über ihn. Das Kissen warf sie einstweilen neben die Couch auf den Boden. Dann ging sie zur Anrichte und füllte zwei Gläser mit Cognac, nahm sie und stellte sie auf dem Tisch ab. Dann setzte sie sich auf die Kante des Sofas. »Georg, ich möchte mit dir sprechen.« Sie rüttelte ihn sanft. »Georg, es ist wichtig.«

Es dauerte einen Moment, bis er zu sich kam. »Elisabeth?«

»Ja, ich bin es.«

»Wie spät ist es?«

»Ich weiß es nicht. Ich wollte schlafen gehen, doch ich fand keine Ruhe. Ich muss dir etwas sagen, Georg.«

Er hatte Mühe, sich aufzurichten. Elisabeth beugte sich vor, hob das Kissen vom Boden auf und stopfte es in seinen Rücken. Wie zufällig berührte ihre Brust dabei seine Schulter. Dann griff sie nach den Gläsern, die sie in dem fast dunklen Raum kaum erkennen konnte, und reichte eines ihrem Schwager.

»Ich möchte ein letztes Mal mit dir anstoßen, Georg«, sagte sie.

»Was meinst du damit?« Er schien langsam wieder nüchtern zu werden.

»Ich werde fortgehen«, kündigte sie an. »Es muss sein. Ich kann so nicht mehr weitermachen.«

»Fortgehen?« Er setzte sich noch aufrechter hin. »Wohin?«

»Ich weiß es noch nicht. Doch ich kann nicht mehr hierbleiben. Ich werde es Martha morgen früh sagen.« Sie stieß ihr Glas gegen seines. »Auf dass wir uns immer so verbunden bleiben wie heute Abend und diese Zeit niemals vergessen!« Elisabeth trank, doch Georg hielt sein Glas in der Hand, ohne es an den Mund zu führen. Er beugte sich vor und stellte es auf den Tisch. Wieder kam er Elisabeth ganz nah.

Sie stellte ihr Glas ab und machte Anstalten, sich zu erheben. Georg hielt sie zurück. »Bitte, Elisabeth, sag mir, wohin du willst.«

»Ich weiß es wirklich noch nicht. Sobald ich für Martha und mich etwas Geeignetes gefunden habe, lasse ich es dich wissen.«

»Aber warum?« Er fasste ihre Schultern.

Sie atmete schwer. »Dieser Abend mit dir …« Sie schüttelte den Kopf. »Zu sehen, wie wunderbar du bist und wie du dennoch leidest. Wie du deine Aufgaben und Pflichten für die Familie erfüllst ohne Rücksicht auf dich selbst. Du bist ein wunderbarer, starker Mann. Ein Mann, zu dem man aufblickt.« Sie schlug die Hände vors Gesicht. »Ich war so stolz auf dich heute Abend, doch genau das steht mir nicht zu. Ich kann nicht mehr, ich will nicht mehr. Es ist zu viel für mich.« Sie schluchzte auf.

Georg beugte sich noch weiter vor und zog sie in seine Arme. Eine Weile hielt er sie, während sie weinte. Dann löste er die Umarmung, umfasste ihre Schultern. »Bitte, Elisabeth, geh nicht! Alles, was mir in letzter Zeit gelingt, gelingt mir nur deinetwegen. Mit dir an meiner Seite bin ich stark, bin ich durchsetzungsfähig. Ich schaffe es, Menschen für mich einzunehmen. Bitte, Elisabeth, ich brauche dich.«

Sie hob den Blick, nahm seine Hand von ihrer Schulter und presste sie gegen ihre Brust. »Ich will mehr von dir, als nur in deiner Nähe zu sein.« Sie bewegte seine Hand, keuchte, warf ihren Kopf in den Nacken. Georg schluckte schwer, atmete lauter, umarmte sie und zog sie zu sich heran. Sie küssten sich wild und heftig, und er umfasste ihre Brust, während sie die Decke beiseitezog und ihre Hand in seinen Schritt legte. Georg stöhnte leise, streifte ihr den Morgenmantel ab. Elisabeth erhob sich von der Couch und zog das Nachtkleid über ihren Kopf. Vollkommen nackt stand sie vor ihm. Er konnte nur schemenhaft ihren Körper ausmachen, schlank, wohlgeformt und vor Lust heftig atmend. Er stand auf, streifte sich ebenfalls die Kleidung ab, sodass auch er vollkommen nackt war.

Elisabeth trat an ihn heran, umfasste seine Erregung, streichelte ihn und drückte ihn zurück auf die Couch. Dann setzte sie sich auf ihn, ließ ihn vorsichtig in sich hineingleiten. Langsam bewegte sie sich auf und ab, immer wieder. Sie kreiste mit den Hüften, nahm ihn ganz in sich auf, krallte sich an seinen Schultern fest, warf den Kopf in den Nacken und stöhnte. Er legte beide Hände auf ihre Brüste, hob ihr sein Becken entgegen. Ihre Bewegungen wurden schneller, fordernder, es war, als wolle sie ihn noch tiefer in sich spüren. Beide keuchten, stöhnten, gaben sich immer hemmungsloser ihrer Begierde hin.

Elisabeths Innerstes zog sich zusammen, sie stöhnte in einem spitzen Laut auf. Nur kurz darauf erreichte auch Georgs Lust ihren Höhepunkt. Elisabeths Bewegungen erstarben, keuchend ließ sie die Arme sinken und lehnte sich an Georgs Brust. Einen Moment blieben sie noch so sitzen, dann stieg Elisabeth von ihm herunter, griff nach ihrem Nachthemd und streifte es sich über. Sie nahm ihren Morgenmantel, beugte sich zu Georg und gab ihm einen langen, leidenschaftlichen Kuss.

Ohne ein Wort verließ sie den Raum und huschte zum Badezimmer hinauf. Sie wusch sich rasch, ging dann in ihr Schlafzimmer und legte sich ins Bett. Alles hatte genau so funktioniert, wie sie es geplant hatte. Sie lächelte und schlief nur wenige Augenblicke später ein.

18. Kapitel

Wien, Mitte Oktober 1889

Sie trafen sich einmal in der Woche, manchmal auch öfter. Für Karl war es die schönste und gleichzeitig schlimmste Zeit seines Lebens. Florentinus ließ ihm Nachrichten zukommen, kleine Zettel nur, die von Boten, meist Straßenjungen, in geschlossenen Umschlägen im Kontor abgegeben wurden und auf denen Zeit und Ort standen. Florentinus sollte nie länger als eine halbe Stunde auf Karl warten. Kam er nicht, so die Vereinbarung, war es ihm nicht möglich. Doch das geschah nur ein einziges Mal. Sie trafen sich stets in anderen Hotels und gingen nie gleichzeitig hinein, sondern im Abstand von mindestens fünfzehn oder zwanzig Minuten. Florentinus mietete ein Zimmer und ging dann noch einmal kurz hinaus und um die nächste Hausecke, wo Karl bereits wartete. Sobald Thereses Bruder ihm die Zimmernummer gesagt hatte, ging Florentinus als Erster wieder hinein, und Karl folgte später nach. Sie gönnten sich eine Stunde, nie viel mehr, in der sie sich liebten. Dann eilte Karl zurück in sein Kontor, um seinen einzigen Angestellten Felix nicht zu lange allein zu lassen.

Jedes einzelne Treffen mit Florentinus wühlte Karl auf, machte ihn euphorisch und ließ ihn danach ebenso tief in die

Verzweiflung abstürzen. Wie konnte er Therese nur so etwas antun? Therese, seiner geliebten Frau, die so ehrlich und aufrichtig war und ihn von Herzen liebte. Es dauerte nachts oft Stunden, bis er die Angst vor Entdeckung so weit in den Griff bekam, dass er einschlafen konnte. Warum nur war er nicht so wie alle anderen? Wie oft hatte er sich diese Frage gestellt, aber nie eine Antwort darauf gefunden.

Er war schon immer so gewesen, solange er denken konnte. Schon als Junge, als die anderen den gleichaltrigen Mädchen nachsahen, hatte er Erregung verspürt, wenn er mit den anderen Jungen spielte und sich dabei ihre Körper streiften. Dann hatte er nachts in seinem Bett gelegen und sich selbst berührt, wenn er die Bilder des Tages Revue passieren ließ und an das Gefühl dachte, wie es war, wenn ein anderer Junge ihn zufällig gestreift hatte. Es war verwirrend gewesen und hatte sich nicht richtig angefühlt. Und doch hatte es ihm eine Befriedigung verschafft, die für ihn Qual und Glück zugleich war. Er hasste sich dafür. Er hatte sich immer dafür gehasst. Und doch konnte er es vor sich selbst nicht leugnen.

Als er dann Therese kennengelernt hatte, hatte er die Hoffnung gehabt, dass sie diejenige sein könnte, mit der sich sein Leben grundlegend ändern würde. Eine Frau, die ihn verstand, wenngleich er ihr niemals sein Geheimnis anvertrauen durfte. Das Gesetz stellte Männer wie ihn unter Strafe. Er könnte dafür sogar ins Gefängnis kommen. Es hatte einige Versuche von Ärzten gegeben, Homosexualität zur Krankheit zu erklären, womit die Möglichkeit geschaffen würde, einer Bestrafung zu entgehen. Doch die öffentliche Erniedrigung, die damit verbunden war, hätte Karl niemals ertragen.

Bei seinem ersten Mal mit einem Mann war er dreiundzwanzig Jahre alt gewesen. Er wusste es noch wie heute, es war nach einer Feier gewesen. Adalbert, ein junger Student wie Karl, mit dem er sich den Abend über gut verstanden hatte,

hatte denselben Nachhauseweg eingeschlagen, wobei sie die Abkürzung durch den Park genommen hatten. Sie waren ziemlich betrunken gewesen, hatten gelacht und waren an dem warmen Sommerabend plötzlich auf die Idee verfallen, in dem kleinen Ententeich baden zu gehen. Der Vorschlag war von Adalbert gekommen, und noch Monate danach hatte Karl sich gefragt, ob der Kommilitone es von Anfang an so geplant hatte. Denn kaum hatten sie sich entkleidet und waren in den Teich getaucht, war Adalbert nah an Karl herangekommen und hatte ihn dann beim Herumalbern immer wieder wie zufällig berührt. Irgendwann war es ihnen schließlich zu kalt geworden, und die beiden waren wieder aus dem Teich gestiegen. Handtücher hatten sie nicht, also streiften sie sich das Wasser nur ein wenig ab, und Karl wollte gerade seine Kleidung anziehen, als Adalbert ihm die Hand auf den Arm legte und ihn bat, es nicht zu tun. Karl begriff zunächst nicht, was Adalbert meinte, doch dann ging dieser vor ihm auf die Knie und begann ihn zu verführen. Einfach so, als wäre es das Normalste der Welt. Karl schnappte nach Luft, wollte Adalbert von sich stoßen, ihn beschimpfen. Doch das Gefühl war so unglaublich, so erregend und erfüllend, dass Karl die Augen schloss und es geschehen ließ.

Doch schon kurz darauf hasste er sich dafür, raffte hastig seine Sachen zusammen und lief davon. Er blieb erst stehen, als er ein gutes Stück von dem Ententeich entfernt war und sich mehrfach umgesehen hatte, um sicherzustellen, dass Adalbert ihm nicht folgte. In aller Eile zog er sich dann seine Kleidung über und rannte nach Hause. Alle waren schon zu Bett gegangen, und niemand bemerkte ihn, als er sehr spät in die Villa kam. So musste er seinen aufgelösten Zustand zum Glück nicht erklären.

Es hatte noch ein paar weitere Begegnungen mit Männern gegeben, doch jedes Mal hatte sich Karl danach selbst so sehr verachtet, dass er seine Verzweiflung fast nicht mehr aushielt. Das alles lag nun schon eine Weile zurück, denn als er Therese kennengelernt hatte, war er aufrichtig überzeugt, dass sie die grundlegende Veränderung in seinem Verhalten herbeiführen könnte, die er sich so sehr wünschte. Doch nun hatte er alles nur noch schlimmer gemacht und lief Gefahr, das zu zerstören, was seine Rettung hätte sein sollen.

Gestern hatte er im Kontor auf der Leiter gestanden, um von ganz oben aus dem Regal eine Kiste herunterzuholen, die sie während der Umbauarbeiten dort gelagert hatten. Die Leiter hatte unter seinem Gewicht gewackelt, und er musste kurz ans Regal fassen, um nicht den Halt zu verlieren. Und da war etwas Eigenartiges geschehen. Karl kam in den Sinn, wie es wohl wäre, wenn er die Hand wegziehen und loslassen würde. Einfach so. Das Regal ging bis unter die Decke, maß also mehr als vier Meter. Aus dieser Höhe war ein Genickbruch nicht nur möglich, sondern sogar wahrscheinlich. Ob er auf diese Weise seinen Frieden finden könnte? Er war erschrocken, als in diesem Moment Felix hereingekommen war und ihn gefragt hatte, ob er helfen könne. Karl hatte sich ertappt gefühlt und Felix schroff gesagt, er solle wieder nach vorn in den Verkaufsraum gehen für den Fall, dass Kunden kämen. Dann hatte er die Kiste geschultert und war vorsichtig Sprosse um Sprosse wieder herabgestiegen.

Doch die Frage, ob es nicht besser für alle – vor allem für Therese – wäre, wenn er tot wäre, hatte sich in seinem Kopf festgesetzt. Mit solch düsteren Gedanken schlief er am Abend ein, und als Therese ihn am nächsten Morgen weckte, hatte er das Gefühl, kein Auge zugetan zu haben.

»Denkst du daran, nachher ins Kaffeehaus zu kommen?«

Karl war in Gedanken ganz woanders, als er in der Küche Platz nahm, während Therese grade das Brot auf den Tisch stellte.

»Was hast du gesagt?«, fragte Karl, was ihm einen empörten Blick seiner Frau einbrachte.

»Sag bloß, du hast es vergessen?« Sie stemmte die Hände in die Hüften.

»Hilf mir kurz, es ist noch früh.«

»Heute kommt Herr Riemenschneider, der Besitzer des Hauses nebenan, das er möglicherweise verkaufen will.«

»Ach ja, richtig, das ist ja heute.«

»Und ich hätte dich wirklich gern dabei.«

»Aber natürlich. Wann?«

»Er wollte um fünf kommen. Schaffst du das?«

»Ja. Ich werde Felix bitten, später abzuschließen.«

»Gut.« Sie setzte sich zu ihm an den Tisch. »Manchmal glaube ich, ich träume. Wer hätte noch vor ein paar Jahren gedacht, dass mir mein Kaffeehaus eines Tages zu klein sein wird?«

»Es ist wirklich beachtlich, was du leistest.«

»Na, du doch auch. Weißt du, ich finde es schön, dass wir beide so in unserer Arbeit aufgehen. Du nicht auch?«

»Ja, das stimmt.«

»Karl! Was ist denn nur los mit dir? Seit einiger Zeit lachst du gar nicht mehr und bist immer so abwesend. Ich habe das Gefühl, du bist gar nicht richtig hier.«

»Aber natürlich bin ich hier. Wo sollte ich denn sonst sein?«

Therese sah ihn prüfend an. »Manchmal denke ich, du liebst mich nicht mehr.«

»Therese, jetzt hör aber auf! Was redest du denn nur für einen Unsinn?«

»Ich weiß, dass du mich liebst. Ja, es ist so. Im Grunde weiß ich es. Aber du hast dich verändert. Willst du dieses Leben, das wir führen, überhaupt noch so haben?«

Er griff über den Tisch und nahm ihre Hand. »Aber selbstverständlich, mein Sonnenschein. Du bist das Wichtigste in meinem Leben.«

»Wenn es dir irgendwann zu viel ist, dass ich immer arbeite und noch mehr und noch mehr will, dann musst du es mir sagen, hörst du?«

»Das werde ich. Verlass dich darauf. Aber was kann mir denn Besseres passieren als eine Frau, die gar nicht genug von ihrem Kaffeehaus bekommt und das Geld schubkarrenweise nach Hause bringt?«

Sie lachte hell auf. »So ist es ja nun wirklich nicht, aber ich finde tatsächlich, wir können uns nicht beklagen. Dein Kontor ist in aller Munde, und der Ertrag ist doch inzwischen beachtlich.«

»Ich bin auch zufrieden, wäre aber glücklicher, wenn es noch größere Mengen würden.«

»Dann sprich doch mit deinen Brüdern darüber«, schlug Therese vor und trank einen Schluck Kaffee. »Na ja, mit Robert wird es schwierig, aber du könntest Georg telegrafieren.« Sie überlegte. »Nein, nicht telegrafieren. Schreib ihm lieber.«

»Ja, das sollte ich wohl wirklich tun.«

»Glaubst du denn, dass es einen Grund gibt, warum die Lieferungen noch immer über Hamburg laufen?«

»Ehrlich gesagt, schon, doch ich bin nicht sicher. So wie ich Georg in seinen letzten Briefen verstanden habe, leitet er den Großteil von Roberts Lieferungen ohnehin gleich an mich weiter. Ich denke, er will vielleicht das Gefühl haben, auch weiterhin mitzumischen.«

»Weil die Hamburger noch immer nicht genug Kakaobohnen kaufen?«

»Ganz genau.«

»Hm«, machte Therese. »Wenn du mit deiner Vermutung richtigliegst, solltest du das nicht zu deutlich ansprechen. Mach einen Vorschlag, teile ihm mit, wie viel du lagern kannst, gib die genaue Menge an, erkläre, dass du nichts dagegen hast, wenn die Ware direkt an dich geliefert wird. Wenn dein Bruder Georg dennoch möchte, dass es weiter über Hamburg läuft, dann belass es doch dabei. Du hast keinen Nachteil daraus, und es wäre falsch, ihn mit deiner Forderung in die Ecke zu drängen.«

»Weißt du eigentlich, dass du immer die richtigen Vorschläge machst, ganz gleich, um welches Thema es geht? Das liebe ich so an dir.«

Sie zuckte mit den Schultern. »Ich finde es einfach unnötig, Menschen zu verletzen. Das passiert einem leider oft genug durch leichtfertiges Verhalten oder eine falsche Bemerkung, die man sich getrost hätte verkneifen können.«

»Du bist ein wunderbarer Mensch. Ich habe dich gar nicht verdient.«

»Wieso das denn nicht? Du bist doch genauso, Karl. Oder würdest du etwa leichtfertig riskieren, mich zu verletzen?«

Karl schluckte schwer. Das Läuten der Türklingel ersparte ihm die Antwort.

»Oh, so spät schon!« Therese sprang auf. »Das wird Florentinus sein.«

Karl verschluckte sich am Kaffee und hustete. »Florentinus?«, krächzte er, doch seine Frau war bereits an der Tür und kam zusammen mit ihrem Bruder wieder in die Küche.

»Guten Morgen, Karl.«

»Guten Morgen. Ich wusste gar nicht, dass du in Wien bist.«

»Nur heute. Therese hat mich gebeten, dem Verkäufer auf den Zahn zu fühlen, bevor ihr beiden nachher mit ihm sprecht. Vielleicht hat das Haus ja irgendwelche Leichen im Keller.«

Therese sah Karl an. »Du bist ja plötzlich so blass. Geht's dir nicht gut?«

»Ich habe mich nur verschluckt und kurz zu wenig Luft bekommen.«

»Du hast deinem Mann also gar nichts von unserem Plan erzählt?«

»Oh, das wollte ich. Aber im Moment verbringt mein Mann so viel Zeit bei der Arbeit, dass wir uns kaum sehen. Und wenn, dann ist einer von uns oder auch wir beide zu müde, um uns noch zu unterhalten.«

»Ich verstehe.« Florentinus lächelte.

»Außerdem ist das, was wir vorhaben, so geheimnisvoll ja nun auch wieder nicht«, stellte Therese klar. »Ich möchte nur sehen, ob mein lieber Nachbar Riemenschneider ein ehrlicher Mann ist oder ob er mir das Blaue vom Himmel verspricht. Und die Leute mit deinem Gerede einzuwickeln, darin bist du doch ein Meister, Bruderherz.«

»Na, wenn du das sagst.«

»Oh, ich bin jetzt aber spät dran. Bleib doch noch ein bisschen hier, Tino. Es wäre zu auffällig, wenn du bei Riemenschneider erscheinst, kaum dass ich das Kaffeehaus geöffnet habe.«

»In Ordnung.« Florentinus nahm auf dem Stuhl gegenüber von Karl Platz, wo kurz zuvor noch Therese gesessen hatte.

»Ich muss aber auch los«, sagte Karl und stand auf. »Ich habe noch so viel im Kontor zu erledigen.«

»Ich könnte mitkommen und dir helfen, anstatt nur hier rumzusitzen.«

Karl wollte widersprechen, doch Therese sagte statt seiner: »Das ist eine wunderbare Idee! Womöglich kommt mein lieber Mann dann heute nicht nur pünktlich zu dem Termin, sondern auch nach Hause, bevor es Abend wird.«

Florentinus erhob sich wieder. »Gern. Natürlich nur, wenn du nichts dagegen hast.«

Karl warf Florentinus einen Blick zu, der alles andere als Einverständnis beinhaltete. »Natürlich nicht. Was sollte ich auch dagegen haben?«

»Gut.« Therese kam zu Karl und gab ihm einen Kuss. »Dann bis nachher – und nicht vergessen: Punkt fünf im Kaffeehaus. Ich verlasse mich auf dich.«

»Ich werde da sein.«

Therese gab Florentinus einen Kuss auf die Wange, schnappte sich ihren Mantel und verließ die Wohnung. Ihre Schuhe klapperten auf den Stufen im Treppenhaus.

Florentinus machte einen Schritt auf Karl zu.

»Wage es ja nicht, mir hier in der Wohnung zu nahe zu kommen«, warnte Karl.

»Was hast du denn? Hab ich dir was getan?«

»Ich wusste nicht, dass du hierherkommen würdest, und ich kann nicht sagen, dass mir diese Überraschung gefällt. Das hier ist die Wohnung, in der ich mit meiner Frau lebe, deiner Schwester. Es ist ja fast, als wolltest du, dass sie es herausfindet.«

»Meine Schwester hat mich gebeten zu kommen. Das ist die Wahrheit. Und das hat sie getan, weil sie nicht die geringste Ahnung hat.«

Karl öffnete den Mund und schloss ihn wieder. Dann stützte er sich auf den Stuhl. »Es tut mir leid. Mir sind wohl die Nerven durchgegangen.«

»Ich will genauso wenig wie du, dass sie es herausfindet«, sagte Florentinus.

»Ich weiß. Es war mein Fehler. Ich habe überreagiert. Bitte entschuldige.«

»Natürlich.«

Karl ging aus der Küche, zog sein Jackett über, und kurz darauf verließen sie die Wohnung in Richtung Kontor. Unter anderen Umständen hätte Karl sich nie gefragt, was die Leute wohl dachten. Wie oft war er schon mit Felix, Martin, Friedhelm oder einem der anderen Freunde durch die Straßen Wiens gegangen, wenn sie etwas zu erledigen hatten oder auf dem Heimweg waren. Doch als er jetzt mit Florentinus die Straße entlangging, überkam ihn das Gefühl, dass jeder Passant ihnen ansah, was sie beide verband. Karl fühlte sich, als wäre er vollkommen nackt und jeder starre in seine Richtung.

Von einem Moment auf den anderen glaubte er, nicht mehr atmen zu können. Er spürte ein Ziehen in seiner Brust und keuchte.

»Karl, was ist mit dir?« Florentinus fasste ihn unter, damit er nicht zu Boden ging.

Karl verdrehte die Augen, drohte ohnmächtig zu werden. Einige Leute wurden auf die beiden aufmerksam.

»Was ist geschehen?«, fragte eine Frau und sah Karl besorgt an.

»Ich weiß es nicht. Eben war noch alles in Ordnung, und dann ganz plötzlich …« Florentinus brach ab.

Zusammen schleppten sie Karl an den Rand des Bürgersteigs, um ihn gegen die Hausmauer zu lehnen. »Sie müssen ganz ruhig bleiben, hören Sie?« Die Frau suchte Karls Blick. Dann sagte sie zu Florentinus: »Gleich da vorn ist eine Apotheke. Sicher kann man ihm dort helfen oder einen Arzt holen.«

Florentinus packte zu, während die Frau Karl auf der anderen Seite stützte. Karl glaubte, dass sich alles um ihn drehte.

»Bitte, helfen Sie uns«, bat die Frau, als sie und Florentinus Karl durch die Tür in die Apotheke führten.

»Um Himmels willen!«, rief der Apotheker und kam sofort hinter dem Tresen hervor.

Er hievte Karl zusammen mit Florentinus auf einen Stuhl. »Wilma, bring schnell ein Glas und hol dann Dr. Sulzbach.«

Die Apothekerin kam mit einem Glas Wasser herbeigeeilt, stellte es auf dem Tresen ab und rannte sogleich hinaus, um den Arzt zu holen.

Der Apotheker sah die fremde Frau an, die Florentinus vorhin geholfen hatte. »Ist das Ihr Mann?«

»Nein«, antwortete Florentinus. »Er ist der Mann meiner Schwester, mein Schwager. Diese Dame war nur so freundlich, uns zu helfen.«

»Was ist denn mit ihm geschehen?«

»Ich weiß es wirklich nicht. Wir waren gerade auf dem Weg zu seinem Kontor, als er ganz plötzlich die Augen verdrehte und ohnmächtig zu werden drohte.«

Der Apotheker legte seine Hand auf Karls Brust. »Sein Herz schlägt wie wild.« Er begann, Karl mit der Hand Luft zuzufächeln. »Sie müssen ganz ruhig atmen, hören Sie?«

Karl schluckte schwer, japste, schloss die Augen und riss sie wieder auf.

»Karl, beruhige dich! Es ist alles in Ordnung, alles wird wieder gut.« Florentinus legte seine Hand auf den Rücken des Schwagers, was aber dessen Atmung nur noch schneller werden ließ.

»Dr. Sulzbach, Gott sei Dank!«, sagte der Apotheker, als die Tür aufging und der Arzt hereinkam.

»Treten Sie bitte zur Seite.« Der Arzt kniete sich vor Karl, um ihm in die Augen sehen zu können. »Hören Sie mich, mein Herr?« Er blickte zu Florentinus. »Wie ist sein Name?«

»Karl, Karl Hansen.«

»Hören Sie mich, Herr Hansen? Haben Sie Schmerzen?«

Karl nickte, japste und krümmte sich.

»Es könnte das Herz sein«, sagte der Mediziner. »Was hat er gemacht, als es anfing?«

»Wir sind nur die Straße entlanggegangen, weiter nichts.«

Der Arzt zog ein Stethoskop aus der Ledertasche, die er mitgebracht hatte, und bedeutete dem Apotheker und Florentinus, den Patienten aufrecht hinzusetzen. Dann hörte er Karls Brust ab. »Ihr Herz schlägt zu schnell, Herr Hansen.« Wieder sah er zu Florentinus. »Ist er zuvor gerannt oder hat er sich übermäßig angestrengt?«

»Nein.«

»Hat er sich vielleicht erschreckt?«

»Nein, es war wirklich nichts.«

»Eigenartig.« Der Arzt ließ das Stethoskop sinken. »Herr Hansen, ich möchte, dass Sie mir jetzt gut zuhören. Bitte lauschen Sie meinem Atem und passen Sie sich dem Rhythmus an, dann wird es gleich besser werden.« Der Arzt atmete tief ein, streckte den Rücken und ließ die Luft wieder heraus. »Und noch einmal. Ein«, er atmete ein, »und wieder aus. Gut so, Herr Hansen. Und wieder ein«, er sog die Luft ein, »und wieder aus.« So machte er eine Weile weiter, bis Karl wieder zu einer gleichmäßigen Atmung fand und sich sichtlich beruhigte.

»Kommen Sie, Herr Hansen, stehen Sie vorsichtig auf. Wir können zusammen ein paar Schritte auf und ab gehen.« Der Arzt half ihm vom Stuhl auf.

Karl schwankte kurz, fand dann aber sein Gleichgewicht. »Könnte ich einen Schluck Wasser haben?«, bat er.

»Aber selbstverständlich.« Der Apotheker reichte ihm das Glas.

Karl trank einen Schluck, atmete tief ein und presste die Luft wieder heraus. »Es wird besser. Ich danke Ihnen allen.«

»Sind Sie sicher? Es würde mich beruhigen, wenn Sie in meine Praxis kämen und sich von mir untersuchen ließen.«

Karl schüttelte den Kopf. »Das wird nicht nötig sein.«

Der Arzt musterte ihn noch einmal, dann legte er das Stethoskop wieder in die Ledertasche. »Sie kennen sich selbst am besten.«

Florentinus zog Geld hervor und reichte es dem Arzt. »Vielen Dank, dass Sie so rasch gekommen sind.«

Der Arzt nahm sein Honorar in Empfang und nickte. »Kann ich draußen kurz mit Ihnen sprechen, Herr Hansen?«

»Ja.« Karl folgte ihm vor die Tür. Sie gingen ein paar Schritte.

»Ist Ihnen das zum ersten Mal passiert?«

»Ja.«

»Nun, ich vermute, Sie kennen den Grund, warum Ihr Körper so heftig reagiert hat?«

»Ich bin nicht sicher.«

»Ich bin Arzt, Herr Hansen. Ich unterliege der Schweigepflicht. Wenn Sie es mir nicht sagen wollen, müssen Sie es auch nicht. Doch Sie sollten künftig darauf achten, Ihre Gefühle unter Kontrolle zu bringen. Alles scheint darauf hinzuweisen, dass Sie geradezu panische Angst vor etwas hatten.« Der Arzt suchte Karls Blick. »Sie werden selbst am besten wissen, woran Sie dachten oder was Sie gesehen haben, als es geschah. Ich kann Ihnen nur dringend empfehlen, dieses Gefühl nicht zu verdrängen. Es wird nicht aufhören, sondern nur schlimmer werden. Sie sind ein kräftiger junger Mann, doch das Herz verkraftet solche Anfälle nicht besonders gut. Zumindest nicht, wenn sie öfter vorkommen.«

»Vielen Dank für Ihren Rat, Herr Doktor. Ich werde darüber nachdenken.«

»Tun Sie das. Solche Leiden schiebt man oft lange von sich, bis es dann zu spät ist.«

Karl sah ihn nachdenklich an, ganz so, als wollte er noch etwas fragen. Dann schüttelte er den Kopf und streckte dem Mediziner die Hand entgegen. »Danke, ich komme jetzt allein zurecht.«

Sie verabschiedeten sich, und der Arzt ging davon.

Florentinus trat vor die Apotheke, gefolgt von dem Inhaber und der Frau, die sie hergeführt hatte. Karl schüttelte ihr und dem Apotheker die Hand und bedankte sich für ihre Hilfe. Dann drehte er sich um und wartete, bis Florentinus an seine Seite trat.

»Was ist da eben passiert?«, fragte Florentinus und versuchte im Gehen, Karls Blick einzufangen.

Karl starrte geradeaus. »Ich habe eine Entscheidung getroffen«, verkündete er. »Wir werden uns nicht mehr treffen, nie mehr! Außer in Gegenwart deiner Schwester.«

»Was? Ich verstehe kein Wort. Was ist denn nur auf einmal mit dir?«

Karl blieb stehen. »Ich will das nicht mehr, hörst du? Es ist vorbei.«

»Aber …?« Florentinus hob hilflos die Hände.

»Kein Aber, kein Vielleicht. Was wir getan haben, war falsch. Es war falsch und unrecht. Und der Anfall vorhin hat mir das klargemacht. Ich möchte, dass du dich von mir fernhältst, ein für alle Mal. Hast du mich verstanden?«

Florentinus stand da wie versteinert. Eben noch fassungslos, veränderte sich nun sein Blick, wurde weich. »Ich liebe dich, Karl«, flüsterte er und sah zu Boden.

»Und ich liebe deine Schwester und werde ab sofort die Ehe mit ihr führen, die sie verdient. Ich will Kinder mit ihr haben, viele Kinder. Und wann immer du zu Besuch kommst, wirst du nichts als der Onkel sein.« Karl hatte sich bereits abgewandt, drehte sich dann aber noch mal zu Florentinus um. »Und wenn wir einen Sohn bekommen sollten, will ich nicht, dass du ihm zu nahe kommst, hast du verstanden?«

Florentinus schloss kurz die Augen. »Diese Worte, Karl, werde ich dir nie verzeihen.« Florentinus machte auf dem Absatz kehrt und eilte davon, ohne sich noch einmal umzusehen.

Karl war zumute, als hätte er sich selbst das Herz aus der Brust gerissen.

19. Kapitel

Kamerun, Ende September 1889

Endlich konnte Luise erleichtert aufatmen. Der Stammeshäuptling hatte entschieden, dass die Duala weiter auf Robert Hansens Plantage arbeiten und nicht umsiedeln würden. Robert selbst hatte davon, dass diese Gefahr bestanden hatte, nicht das Geringste mitbekommen. Umso schwerer war es für Luise gewesen, das Versprechen, das sie Hamza gegeben hatte, nicht zu brechen und ihren Vater nicht zu warnen. Sie war froh, dass dies nun auch nicht mehr nötig sein würde, und beobachtete mit einem gewissen Stolz, wie die ersten Säcke der neuen Ernte auf die Karren geladen wurden, um diese mit dem morgen anlegenden Schiff nach Hamburg zu transportieren. Alles war wieder wie immer, der Alltag hatte verlässlich die Kontrolle übernommen.

Seit dem Morgen, als Hamza Luise während des Sonnenaufgangs von dem möglichen Vorhaben der Duala berichtet hatte, trafen sie sich jeden Morgen dort, redeten oder schwiegen miteinander. Keiner von beiden sprach es aus, doch spürte jeder von ihnen, dass etwas sie inzwischen untrennbar miteinander verband. Bisher war nichts weiter geschehen, als dass sie sich bei den Händen hielten, während sie die Farben des Himmels wechseln sahen. Nur gestern Morgen hatte Luise Hamza einen Kuss auf die Wange gegeben, als dieser ihr die gute Nachricht überbrachte, dass der Stammeshäuptling sich für die Hansen-Plantage entschieden hatte. Vermutlich hätte sie über ihre Reaktion erschrocken sein müssen, doch so war es nicht. Jede Nähe, die Hamza und sie teilten, fühlte sich für Luise gut und richtig an.

Sie wusste inzwischen, dass sie Hamza liebte. Genauso sicher wusste sie aber auch, dass sie mit ihm niemals so zusammen sein konnte wie andere Verliebte. Und natürlich machte ihr diese Erkenntnis zu schaffen. Doch lieber begnügte sie sich damit, nur eine Stunde jeden Morgen Hand in Hand mit ihm dazusitzen, als ein Leben an der Seite eines Mannes zu führen, den sie niemals so lieben können würde wie Hamza. Nur die Vorstellung machte ihr Angst, dass der Stammeshäuptling Hamza eines Tages womöglich befehlen würde, sich eine Frau, eine Duala, zu suchen. Luise konnte diesen Gedanken nicht ertragen. Für sich selbst schloss sie ein solches Schicksal aus. Und wenn ihr Vater sie noch so sehr drängen würde, sie würde sich niemals mit einem Mann verheiraten lassen, den sie nicht selbst ausgewählt hatte.

»Ich sehe Georg vor mir, wie er die Listen kontrolliert und sich zufrieden die Hände reibt«, sagte Robert zu Luise, als sie den zwei Karren nachsahen, die, bis oben mit Säcken voller Kakaobohnen beladen, zum Strand gebracht wurden.

»Hamza hat recht behalten. Wir können mit einer guten Ernte rechnen.«

Robert legte den Arm um die Schultern seiner Tochter. »Was meinst du? Sollen wir Georg sagen, dass er Martha etwas von dem Geld geben soll, damit sie ein hübsches neues Kleid für dich kauft? Das könnten sie uns bei einer der nächsten Schiffspassagen mitschicken.«

»Was soll ich denn hier mit einem hübschen Kleid?« Luise lachte fröhlich. »Nein, Vater, vielen Dank. Mir wäre lieber, sie schicken mir ein Paket Schreibpapier.«

»Du wirst noch eine richtige Schriftstellerin, wenn du weiterhin so viele Seiten vollschreibst. Um was geht es eigentlich dabei?«

»Ach, hauptsächlich um meine Gedanken. Und manchmal zeichne ich Dinge, die mir gefallen. Ich habe schon einige Zeichnungen von der Kirche und vom Kamerunberg, auch eine von unserer Farm und von dem Blick auf den Strand, als wir mit dem Schiff ankamen.«

»Würdest du mir deine Zeichnungen mal zeigen?«

»Sehr gern.«

Sie gingen zusammen zum Haus zurück. »Sag mal, Luise, fehlt es dir eigentlich?«

»Was? Hamburg?«

»Hamburg, die Familie, deine Freunde, die Schule.«

»Im Unterricht hier bei Herrn Weidorf lerne ich mehr als mit all den anderen in der Klasse in Hamburg. Manchmal fehlen mir meine Freunde, ja. Aber alles andere …« Sie zuckte die Schultern. »Nein, eigentlich nicht.«

»Nicht einmal deine Schwester und deine Mutter?«

Es kam Luise so vor, als hätte der Vater die Frage nur zögernd gestellt. »Martha hat mir anfangs gefehlt, das stimmt. Doch ich habe mich daran gewöhnt, dass sie nicht mehr im Zimmer nebenan ist.«

Robert wartete, ob noch eine Antwort zu Elisabeth kam, doch Luise sagte weiter nichts. »Ich überlege, ob wir Weihnachten in Hamburg verbringen sollten.«

Sie erreichten die Veranda und setzten sich auf die geflochtenen Stühle. »Hältst du das für eine gute Idee? Ich meine, du und Mutter seid nicht gerade in Freundschaft auseinandergegangen.«

»Manchmal erschreckt es mich, wie erwachsen du denkst«, sagte Robert. »Ich würde lügen, wenn ich sagte, dass alles vergeben und vergessen ist. Doch sie ist meine Frau und deine und Marthas Mutter. Eine Familie sollte das Weihnachtsfest nicht getrennt voneinander verbringen.«

Luise zuckte erneut mit den Schultern. »Du triffst die Entscheidungen. Aber es würde bedeuten, dass wir vor Ende November abreisen müssten und nicht vor Ende Januar wieder zurück wären. In dieser Zeit liegt hier viel Arbeit an.«

Robert lachte auf. »Du sorgst dich ja mehr als ich. Wirklich, Luise, manchmal denke ich, dass du durch das Leben hier viel zu schnell erwachsen geworden bist.«

Darauf wusste Luise nichts zu erwidern.

»Wir müssen auch an deine Zukunft denken«, fügte er hinzu.

»Was ist mit meiner Zukunft?« Luise, die eben noch entspannt angelehnt auf dem Stuhl gesessen war, setzte sich plötzlich aufrecht hin.

»Wir müssen den Tatsachen ins Auge sehen. In einigen Jahren wirst du deine Reifeprüfung ablegen. Natürlich kannst du das auch hier bei Herrn Weidorf tun, doch es wäre besser für dich, den Schulabschluss in Hamburg vor einem Lehrerausschuss bestätigen zu lassen.«

»Das ist noch eine Weile hin, und bis dahin werden wir noch einige Ernten einfahren.«

»Du redest schon wie Malambuku«, scherzte Robert. Dann wurde seine Miene wieder ernst. »Aber wir müssen auch darüber hinaus denken. Ich habe mit Herrn Weidorf gesprochen, er hält dich für sehr begabt. Du könntest es zu hohem Ansehen an der Seite eines bedeutenden Mannes bringen.«

Luise verdrehte die Augen, ließ ihren Kopf an die Stuhllehne sinken und starrte in die Luft. »Im Seidenkleid mit Rüschen. Bitte, Vater, müssen wir dieses Gespräch wirklich führen?«

»Luise, mir gefällt dein Ton nicht.«

Sie setzte sich wieder aufrecht hin. »Bitte entschuldige. Ich wollte nicht respektlos sein. Aber sei doch mal ehrlich: Ich habe schon nicht in diese großbürgerliche Welt gehört, als wir noch in Hamburg waren. Und jetzt erst recht nicht mehr. Ich will kein hohes Ansehen an der Seite eines bedeutenden Mannes, ich will frei sein.«

»Frei wofür?«

»Frei, um so zu leben, wie wir es hier tun.«

»Du wirst doch kaum deine jungen Jahre ausschließlich auf einer Farm in Kamerun verbringen wollen.«

»Weshalb denn nicht? Was spricht dagegen?«

»Was ist mit einer eigenen Familie? Die Anzahl der jungen Deutschen hier ist überschaubar. Ich fürchte, irgendwann wirst du es bereuen und deinen Irrtum erkennen. Doch dann kann es für eine Rückkehr schon zu spät sein.«

Sie runzelte die Stirn.

»Der junge Leffers scheint sich für dich zu interessieren. Was hältst du von ihm?«

»Von Raimund? Er ist nett.«

»Luise, nun mach es mir doch nicht so schwer! Eigentlich wäre es die Aufgabe deiner Mutter, dieses Gespräch mit dir zu führen. Doch da sie nicht da ist, musst du wohl oder übel mit meinen etwas holprigen Versuchen vorliebnehmen.« Er bemühte sich um ein Lächeln.

Luise sah ihn an. »Könnten wir dieses Gespräch nicht auf den Zeitpunkt verschieben, wo ich kurz davor bin, eine alte Jungfer zu werden?«

Robert schmunzelte. »Genau das meinte ich mit der Bemerkung, dass *später* für dich womöglich *zu spät* sein könnte.«

»Noch bin ich jung und frisch«, stellte Luise lakonisch fest. »Malambuku hat mich erst vorgestern mit einer jungen

Antilope verglichen. Wenn daraus ein altes Flusspferd wird, müssen wir uns noch mal darüber unterhalten.«

»Du bist unverbesserlich, Luise.« Er lachte schallend. Dann fiel sein Blick auf jemanden hinter Luise. »Ah, Hamza, sag, gibt es Flusspferde in der Nähe? Luise würde sie sich gern ansehen.«

Hamza war auf die Veranda getreten und sah unschlüssig zwischen den beiden hin und her.

Nun war es an Luise, in schallendes Gelächter auszubrechen. »Lass dir keinen Unsinn erzählen, Hamza. Flusspferde interessieren mich gar nicht.«

Hamza wusste nicht recht, was er von diesem Gespräch halten sollte. Also kam er auf das zu sprechen, weswegen er gekommen war. »Der letzte Karren ist jetzt auch beladen und wird gleich nach den beiden anderen zum Schiff gebracht.«

»Danke, Hamza. Komm, setz dich zu uns und trink etwas.«

Hamza setzte zu einer Antwort an, als sie das Geräusch herannahender Pferdehufe wahrnahmen und im nächsten Moment Raimund Leffers vor dem Haus zum Stehen kam. »Guten Tag, Luise, Robert, Hamza.«

»Guten Tag«, erwiderte Luise, und auch Robert und Hamza grüßten ihn.

»Luise, ich wollte dich fragen, ob du dir das Wettrennen morgen mit mir ansehen möchtest. Es fahren die Rennkanus der Familien Bele Bele und Deido gegeneinander. Es soll ein ziemliches Spektakel sein und wird bestimmt sehr lustig werden.«

»Du wolltest doch ohnehin hingehen, nicht wahr, Luise? Hamza hatte davon erzählt«, antwortete Robert.

»Gut. Soll ich vorbeikommen und dich abholen?«

Bevor Robert antworten konnte, sagte Luise schnell: »Wir treffen uns dort. Danke, Raimund.«

Der junge Mann wirkte etwas enttäuscht, nickte dann aber. »Gut. Dann bis morgen. Ich freue mich.« Damit trieb er sein

Pferd an und verschwand ebenso schnell wieder, wie er gekommen war.

»Er bemüht sich um dich. Du könntest ruhig etwas freundlicher zu ihm sein.«

Luises und Hamzas Blick trafen sich, als Robert dies sagte.

»Ich muss wieder an die Arbeit«, meinte Hamza, machte kehrt und ging davon.

Wie hätte Luise ihrem Vater erklären sollen, dass Hamza und sie bereits vor einer Weile verabredet hatten, das Rennen gemeinsam zu besuchen? »Ja, Vater«, sagte sie deshalb nur. »Ich bin erschöpft und würde mich bis zum Essen gern noch etwas ausruhen, wenn du nichts dagegen hast.«

»Natürlich nicht.«

Luise stand auf, hauchte ihrem Vater einen Kuss auf die Wange und ging ins Haus. Die Sorgen, die sie noch so weit weg gewähnt hatte, schienen ihr plötzlich auf eine beängstigende Weise zum Greifen nah.

Am nächsten Morgen war Hamza nicht gekommen, um gemeinsam mit Luise den Sonnenaufgang zu beobachten. Dabei hätte sie so gern mit ihm gesprochen, um ihm zu erklären, dass sie keine andere Wahl gehabt hatte, als Raimunds Einladung anzunehmen. Was hätte sie denn sagen sollen in Gegenwart ihres Vaters?

Auch den Vormittag über ging Hamza ihr aus dem Weg. Luise ärgerte sich über sein Verhalten, wollte die Angelegenheit aber auf jeden Fall so rasch wie möglich bereinigen. Sie war nicht gut im Streiten, fand es überflüssig und dumm.

»Kann ich bitte mit dir sprechen, Hamza?« Er war gerade dabei, die fermentierten Kakaobohnen auszubreiten.

»Ich muss arbeiten.«

Luise sah sich um. Die anderen Duala schienen sie nicht weiter zu beachten, oder sie bemerkte es nur nicht. »Hamza, bitte. Oder ist es dir lieber, wenn ich gleich hier mit dir spreche?«

Hamza sah nicht von seiner Arbeit auf.

»Also dann, ich weiß nicht, wer mich hier sonst noch versteht, aber ich habe dir etwas zu sagen«, begann sie.

Hamza richtete sich erschrocken auf. »Ich komme schon«, zischte er ihr zu, fasste sie am Arm und führte sie aus dem Schuppen hinaus.

»Einige von ihnen verstehen deine Sprache«, sagte Hamza, als sie ein Stück gegangen waren. »Ich könnte eine Menge Ärger bekommen, wenn sie hören, was du zu sagen hast.«

»Ach, sieh an!« Luise blieb stehen und stemmte die Hände in die Hüften. »Wenn deine Leute um dich sind, dann habe ich zu schweigen über das, was uns verbindet. Doch wenn es meine Leute sind, dann soll ich mich für dich einsetzen? Du Heuchler!« Sie funkelte ihn wütend an.

Hamza kniff die Augen zusammen. »Das ist etwas anderes.«

»Nein, das ist überhaupt nichts anderes. Wenn du möchtest, dass ich zu meinem Vater gehe und ihm mitteile, mit dir und nicht mit Raimund zu dem Bootsrennen gehen zu wollen, werde ich das tun. Gleich jetzt. Und ich werde zu Raimund reiten und ihm das Gleiche sagen. Du kannst gern mitkommen. Sollen sich ruhig alle das Maul zerreißen, mir ist es egal.«

»Ich habe dich schon verstanden, Luise.«

Luise hatte sich in Rage geredet. »Oh, nein, das glaube ich nicht. Ich glaube nicht, dass du verstehst, wie ernst es mir ist. Sieh mich an.« Sie fuhr mit der Hand an ihrem Körper herab. »Ich bin keine vornehme Nyango, die in feinen Kleidern durch die Gegend stolziert. Ich bin Luise Hansen, ich ernte Kakaobohnen, ich lebe auf einer Plantage in Afrika.« Sie schluckte und sagte dann leiser: »Und mein Herz gehört einem Duala mit Namen Hamza. Von mir aus kann das ruhig jeder wissen.«

Hamza sah erst zu Boden, dann hob er den Kopf und lächelte sie an. »Es tat mir weh, zu sehen, wie er dich fragte, und zu wissen, dass du mit ihm und nicht mit mir gehen wirst.«

»Mir auch.« Luise überlegte. »Könntest du mich nicht trotzdem zu dem Rennen begleiten? Ich habe mich so sehr darauf gefreut.«

»Ich werde dich hinbringen. Doch wenn Raimund an deine Seite tritt, weiß ich nicht, wie ich es aushalten soll, euch zusammen zu sehen.«

»Ist gut.« Es klang traurig.

»Ich muss jetzt zurück an die Arbeit. Die anderen werden Fragen stellen. Ich werde sagen, dass ich dir bei deinen Kaninchen helfen musste.«

»In Ordnung. Ist alles wieder gut zwischen uns?«

Hamza sah sie an und nickte. »Es ist alles gut, Luise.« Der traurige Unterton in seiner Stimme war nicht zu überhören.

Von überall waren die Mitglieder der Stämme gekommen, um an dem Bootsrennen teilzunehmen. Die Männer trugen bunte Gesichts- und Körperbemalungen zur Schau, wie Luise sie noch nie gesehen hatte. Ihre Lendenschurze waren bei der einen Gruppe in Blau, bei der anderen in Rot gehalten. Sie hatte wegen Hamza darauf verzichtet, ein Kleid anzuziehen und sich so unter den Deutschen einzureihen. Vielmehr wollte sie Hamza signalisieren, ihm näher als ihren eigenen Leuten zu stehen, weswegen sie nun Hose und Bluse trug, wie sie es auch während der Arbeit tat. Nur ihre Haare hatte sie etwas zurechtgemacht. Außerdem verfolgte sie mit ihrem Auftreten einen weiteren Zweck. Raimund war ein wirklich netter junger Mann, den sie mochte. Aber er sollte nicht denken, dass sie sich seinetwegen herausputzte. Ein solches falsches Signal zu senden, widerstrebte ihr.

Hamza holte Luise zur vereinbarten Zeit ab und ging mit ihr zur Kanurennstrecke, wo Raimund bereits auf sie wartete. Nachdem sie sich begrüßt hatten, fragte Luise: »Um was geht es eigentlich bei diesem Wettrennen?«

»Früher war es einfach nur ein Spaß, aber irgendwann wurde ein richtiger sportlicher Wettkampf daraus«, erklärte Hamza. »Und natürlich wollen die Familien mit ihren vierzig bis fünfzig Männern in den Kanus nicht nur beweisen, wer die Besseren sind, sondern auch ihren Wohlstand zeigen. Denn die Herstellung und die Ausstattung eines solchen Rennboots, das zwischen zwanzig und dreißig Meter lang ist, kostet auch sehr viel. Seht euch nur einmal die Tangue, also die handgeschnitzten Bugspitzen, an! Sie werden von einem reichen Patron in Auftrag gegeben und von ganz besonders ausgebildeten und erfahrenen Handwerkern geschnitzt. Wenn ein Tangue fertig war, erhielt ihn die Familie als Geschenk.«

Als auf Kommando die beiden Familienmannschaften die langen Einbaumboote herantrugen, konnte Luise erkennen, dass diese mit besonders kunstvoll geschnitzten Bugspitzen versehen waren. Diese Schiffsschnäbel waren mit stilisierten Tieren, aber auch europäisch anmutenden Motiven wie einer Kanone, einer Schiffsglocke oder auch einer Schnapsflasche verziert und schimmerten schwarz-golden.

»Die Kanus und das Zubehör sind Eigentum und Erbstücke der Familie, und die Boote haben einen Eigennamen und sogar eine Persönlichkeit. Und sie werden in Liedern besungen. »Aber«, Hamza zeigte wieder auf die Bugspitzen der Kanus, »die Tangue sind eben etwas ganz Besonderes. Ihr müsst wissen, dass sie das ganze Jahr über von einem Mutatedi, also einem Verwahrer, der Familie aufbewahrt und nur bei den Rennen gezeigt werden. Früher fanden die Rennen zwischen den Familien öfter statt. Aber jetzt will euer Kaiser, dass sie nur noch einmal im Jahr, am 27. Januar, also an seinem Geburtstag, stattfinden. Aber noch ist es ja nicht so weit.«

Staunend hörten Luise und Raimund zu und betrachteten das bunte Treiben, die farbenprächtig gekleideten Kanuten und die Boote. »Und gibt es auch eine Prämie für den Sieger?«, fragte Raimund.

»Nicht direkt. Aber früher verwendeten unsere Duala-Wahrsager die Ergebnisse dieser Rennen, um die Zukunft vorauszusagen. Und das war eine besondere Ehre für die Siegermannschaft. Aber seht!« Hamza wies mit dem ausgestreckten Arm. »Gleich ist es so weit«, sagte er, der an Luises linker Seite stand, während Raimund sich rechts von ihr hielt.

Mit einem lauten Ton aus einem Horn wurde das Rennen gestartet, und beide Mannschaften stachen sofort mit ihren Holzpaddeln zu. Die kiellosen Boote waren offenbar aus einem einzigen Baumstamm hergestellt und wohl sehr schwer, da sie nur langsam Geschwindigkeit aufnahmen. Dann, als alle Kanuten immer weiter rhythmisch paddelten und immer kräftiger zustachen, wurden die Boote immer schneller. Es stellte sich bald heraus, dass das in Blau gekleidete Team stärker war, da sich ihr Kanu unter dem Jubel der vielen Hundert johlenden Zuschauer immer weiter von dem roten Boot absetzte. Trotz verzweifelter Gegenwehr konnte die rote Mannschaft ihre Niederlage nicht verhindern, sodass der Jubel der Zuschauer dem blauen Boot und seinen Kanuten galt.

»Ich hätte Geld setzen sollen«, ärgerte sich Raimund. »Ich habe schon vorher gesagt, dass die Bele Bele gewinnen.«

»Tja, nun wirst du wohl ohne das viele Geld leben müssen.«

»Wollen wir zu den Deutschen hinübergehen und etwas trinken?«, schlug Raimund vor.

Luise drehte sich zu Hamza um.

»Ich wünsche euch einen schönen Abend«, sagte dieser. »Ich werde jetzt zu den Duala gehen.«

»Auf Wiedersehen, Hamza.« Luise fragte sich, ob sie später noch einmal die Gelegenheit bekäme, sich mit Hamza zu unterhalten. Gern hätte sie ihn gefragt, ob er morgen früh wieder zum Baumstamm kommen würde. Sie seufzte, wandte sich dann wieder Raimund zu. »Gern. Gehen wir.«

»Luise, Luise«, sagte Raimunds Mutter tadelnd. »Zu einem solchen Ereignis hättest du doch bestimmt auch etwas Passenderes zum Anziehen gehabt, nicht wahr?« Sie sah missbilligend an Luises Kleidung herab.

Luise folgte ihrem Blick. »Nein«, gab sie dann zu, »eigentlich nicht. Das war das Beste, was ich im Schrank habe.«

Raimund lachte auf.

»Nun, ich hatte immer schon den Eindruck, dass deine Schwester Martha den schönen Dingen des Lebens mehr zugetan ist«, gab Raimunds Mutter zurück.

Luise lag eine Erwiderung auf der Zunge, doch sie wollte die Situation nicht unnötig verschärfen. Sie mochte Raimunds Eltern nicht, doch es gab keinen Grund, sich unhöflich zu benehmen. »Das stimmt«, sagte sie deshalb. »Martha und ich sind in diesen Dingen einfach sehr unterschiedlich. Sie liebt schöne Kleider, ich fühle mich in Hose und Bluse wohl.« Es klang versöhnlich.

»Nun ja, jedem das Seine.«

»Komm, Luise, gehen wir etwas trinken«, sagte nun Raimund.

Luise verabschiedete sich von seiner Mutter und folgte ihm. »Ich glaube nicht, dass wir je beste Freundinnen werden«, meinte sie schmunzelnd.

»Ich glaube es auch eher nicht«, gab Raimund lachend zurück.

Raimund holte für beide Fruchtsaft, und sie stießen miteinander an. Nach und nach gesellten sich einige andere junge Deutsche zu ihnen, und tatsächlich wurde es ein fröhlicher Abend, wenngleich Luise ihre Zeit lieber mit Hamza verbracht hätte. Sie war überrascht, dass sogar ihr Vater noch aufgetaucht war, obwohl er sich wegen der ständigen Fragen nach seiner Ehefrau inzwischen lieber von solchen Zusammenkünften fernhielt. Es war bereits spät geworden, als Luise sagte, dass sie sich verabschieden würde, worauf Raimund sofort anbot, sie nach Hause zu bringen.

»Das wird nicht nötig sein. Mein Vater ist ja hier. Ich kann mit ihm zurückreiten.«

Raimund sah zu Robert hinüber, der in einer Männerrunde stand und sich offenbar gut amüsierte. »Es sieht nicht so aus, als würde er bald gehen wollen.«

»Ich kenne meinen Vater«, hielt Luise dagegen. »Er muss morgen früh raus und wird ohnehin nicht mehr lange bleiben.«

»Warum sträubst du dich so gegen meine Gesellschaft?« Raimund suchte ihren Blick.

»Aber das tue ich doch gar nicht.« Luise fühlte sich nicht ganz wohl in ihrer Haut.

»Doch, und zwar ständig. Ob ich dir anbiete, dich von der Kirche nach Hause zu bringen, oder ein Treffen vorschlage. Du wolltest ja nicht einmal, dass die Leute sehen, wie ich dich hierherbegleite, und hast dich stattdessen lieber von Hamza herbringen lassen. Ich weiß nicht, woran ich bei dir bin.«

Luise suchte nach Worten. »Ich möchte dich nicht kränken oder gar verletzen, Raimund. Ich mag dich, das stimmt. Und ich gehe dir nicht aus dem Weg. Dieser Eindruck trügt. Doch ich will nicht …«

»Du willst mich nicht als festen Begleiter an deiner Seite.«

»Das stimmt. Ich hoffe, du nimmst mir meine Offenheit nicht übel.«

»Aber nein. Ich dachte nur, wir verstehen uns gut, du bist hübsch, klug …«

»Und die Auswahl hier in Kamerun ist überschaubar.«

»Das hast du gut auf den Punkt gebracht.«

»Siehst du, das meine ich. Ich möchte nicht diejenige sein, die von den wenigen, die da sind, am geeignetsten erscheint. Das ist mir nicht genug.«

»Ich verstehe, was du meinst. Und wenn ich ehrlich bin, will ich das für mich auch nicht. Also«, er hielt ihr die Hand entgegen, »Freunde?«

»Freunde!«

Kurz danach brachte Raimund Luise dann doch nach Hause, allerdings fühlte sie sich dieses Mal nicht unbehaglich dabei. Die Dinge waren geklärt, und sie war über die Maßen erleichtert. Als sie sich voneinander verabschiedeten, geschah es weder auf gezwungene noch unsichere Weise.

»Auf Wiedersehen. Bis Sonntag!«

»Auf Wiedersehen, Luise. Ich hatte heute viel Spaß mit dir. Und nachdem nun alles zwischen uns geklärt ist, hätte ich nichts dagegen, öfter mal etwas mit dir zu unternehmen.«

»Das können wir wirklich sehr gern tun«, gab Luise zurück. »Mach's gut, Raimund!«

»Gute Nacht, Luise.«

Luise ging ins Haus und gleich darauf nach oben in ihr Bett. Sie lag noch eine Weile wach, schlief dann ein und wachte zur gewohnten Zeit wieder auf. Sie sah zum Fenster hinüber. Würde Hamza an ihrem Treffpunkt sein und sie erwarten? Was dachte er nach dem gestrigen Abend?

Sie zog ihren Morgenmantel über und steckte ihr Haar zu einem Knoten auf. Dann schlich sie wie jeden Morgen die Stufen hinunter und ging aus dem Haus. Sie war nervös, als sie um die Ecke bog, um zum Baumstamm zu gelangen. Dann entspannte sich ihre Haltung. Hamza saß bereits dort. Als sie näher kam, drehte er sich zu ihr um und lächelte.

20. Kapitel

Hamburg, Ende Oktober 1889

Georg war unruhig im Kontor auf und ab gegangen, bis endlich der Hafenjunge kam und ihm Bescheid gab, dass das Schiff aus Kamerun soeben am Kai festgemacht hatte. Er war erleichtert. Karl hatte ihm bereits das dritte Telegramm geschickt mit der dringenden Frage, ob er wieder liefern könnte, doch Georgs Kontor war so gut wie leer. Kaffee hatte er noch genug, jedoch keine einzige Kakaobohne mehr. Inzwischen hatte sich auch der Markt in Hamburg ein wenig stabilisiert. Wenn die Entwicklung so weiterging, würde es auch bald um einiges erfreulicher in seinem Kontor zugehen.

Überhaupt hatte sich für ihn alles zum Positiven gewendet. Sicher, seine privaten Umstände waren alles andere als einfach. Nie hätte er geglaubt, dass er seine Ehefrau eines Tages betrügen würde. Aber war es wirklich ein Betrug, wenn er sich von einer anderen doch nur holte, was er von ihr zweifelsohne nie mehr bekommen würde? Veras Zustand hatte sich weder gebessert noch verschlechtert. Elisabeth hingegen war nicht nur zu seiner Geliebten, sondern auch zu einer verlässlichen Partnerin geworden, die sich aufopferungsvoll für seine und die Belange des Kontors einsetzte.

Richard lebte seit einigen Wochen nicht mehr in der Villa. Er hatte seine Reifeprüfung geschafft und war zum Studium nach Heidelberg gegangen. Nun galt es sowohl für Frederike als auch für Martha heiratsfähige Männer aus guten Familien zu finden und diese Verbindungen gleichermaßen zur Festigung geschäftlicher Kontakte zu nutzen. Diese Aufgabe konnte Georg getrost Elisabeth überlassen. Ihr Händchen in derlei Dingen war überragend, und er hatte vollstes Vertrauen zu ihr.

Immer öfter kam ihm in letzter Zeit die Frage in den Sinn, wie sein Leben weitergehen sollte. Endlich hatte er eine Frau an seiner Seite, die ihm den Rücken stärkte und deren Ehrgeiz den seinen noch bei Weitem übertraf. Er begehrte Elisabeth und schätzte ihre Raffinesse, insbesondere hatte sich seine Schwägerin als einfallsreiche Liebhaberin entpuppt, und schon bevor er die Arbeit im Kontor für den Tag beendete, konnte er an kaum etwas anderes denken, als in die Villa zurückzukehren, auch wenn die Zeit quälend langsam vorbeizog, solange Martha und Frederike noch wach waren. Dann jedoch, wenn alle im Haus zu Bett gegangen waren und er selbst an Veras Seite hätte schlafen sollen, schlich er sich aus dem Zimmer und huschte hinüber zu Elisabeth, um sich von ihr verwöhnen zu lassen.

Ja, er liebte diese Frau. Er liebte sie wie ein Raubfisch das Blut. Er begehrte sie auf eine Art, wie er Vera nie begehrt hatte. Elisabeth hatte etwas Gefährliches an sich, sie genoss es, sich von ihm zu holen, was sie wollte, und dann seinen Höhepunkt so lange hinauszuzögern, dass es ihm Qual und Lust zugleich war. Sobald er ihr Schlafzimmer betrat, hatte allein sie das Sagen. Georg faszinierte es, sie so zu erleben. Ob sie mit Robert das Gleiche gemacht hatte? Er konnte es sich kaum vorstellen. Wäre sein Bruder in all den Jahren nicht glücklicher gewesen, wenn sie ihm eine solche Befriedigung geschenkt hätte? Für Georg zumindest war es die Erfüllung. In der Nacht gab er sich ihr hin, am Tag war sie dann wieder seine patente Schwägerin, die sein geschäftliches Geschick lobte und ihre Aufgaben ernst nahm, um ihm den Rücken freizuhalten, damit er sich voll und ganz aufs Geldverdienen konzentrieren konnte.

Nur gelegentlich fragte er sich, wie das alles weitergehen sollte, wenn Robert eines Tages wieder nach Hamburg zurückkäme. Elisabeth und Georg waren sich einig, dass Robert unter keinen Umständen etwas erfahren durfte. Eine Scheidung würde dem Ansehen der Familie und damit auch dem Kontor schaden und musste um jeden Preis vermieden werden. Außerdem mochte Georg sich nicht einmal ansatzweise vorstellen, wie Robert reagieren würde, wenn er erführe, auf welche Weise er hintergangen worden war.

Georg nahm seinen Mantel, zog ihn über und verließ das Kontor in Richtung Hafen. Er ließ sich Zeit, dachte über die letzte Nacht nach und über das Gespräch, das er heute Morgen geführt hatte. Ein ehrgeiziger junger Mann namens Hammerschmitt war bei ihm vorstellig geworden, der mitten in Hamburg ein Kaffeehaus nach Art der Wiener Vorbilder einrichten wollte. Alles sollte sich um süße Leckereien drehen, insbesondere solche mit Schokolade. Aus diesem Grund strebte er eine Zusammenarbeit mit dem Kontor *Peter Hansen & Söhne* an, und wenngleich Georg Zweifel hatte, dass der junge Mann all das in die Tat umsetzen konnte, hatte er ihm eine Kooperation zugesichert. Schließlich konnte das Kontor dabei nur gewinnen.

Von irgendwoher hörte man eine Melodie, und die Klänge begleiteten jeden seiner Schritte, bis er das Hafenviertel erreicht hatte. Es war eigenartig, doch die veränderte private Situation schenkte ihm statt der Furcht vor Entdeckung vielmehr Kraft und das Selbstvertrauen, alles erreichen zu können, was er sich vornahm. Doch was sollte mit Vera geschehen? Ihre schlechten Tage reihten sich inzwischen aneinander wie Perlen auf einer Schnur. Sie verließ so gut wie nie ihr Zimmer, nahm nicht eine der Mahlzeiten zusammen mit den anderen Familienmitgliedern ein, und im Grunde hatte sie nur noch mit Anna, der Haushälterin, Kontakt, die dafür sorgte, dass Vera wenigstens regelmäßig etwas aß. Georg war es inzwischen egal. Seine Gefühle für diese Frau waren erloschen, es war Elisabeth, die er wollte.

Die Oktobersonne blendete ihn, auch wenn ein schon fast eisiger Wind wehte. Es war zu kalt für die Jahreszeit, der Winter schien dieses Jahr früher zu kommen als üblich. Aber nun ja, sie waren schließlich Norddeutsche. Also schlug er den Mantelkragen hoch und trotzte der kalten Witterung.

Mit Genugtuung beobachtete er, wie so viele Säcke mit der Aufschrift *Peter Hansen* vom Schiff gebracht und Stück um Stück auf dem Kai gestapelt wurden. Ein Teil der Ladung war für andere Kontore bestimmt, doch der Löwenanteil war für ihn.

Der Kapitän kam zusammen mit einigen Besatzungsmitgliedern von Bord. Georg kannte Rupert Gerlach schon seit der Zeit, als der noch Bootsmann gewesen war, und hatte dessen Karriere bis zur Kapitänsmütze verfolgt.

»Georg«, rief der Kapitän. »Ich habe einen Brief für dich von deinem Bruder.«

»Rupert, willkommen zu Hause!«

Sie reichten sich die Hand, dann übergab der Kapitän Georg mehrere Briefe. »Und hier sind auch noch welche für die anderen Familienmitglieder.«

»Danke. Und? Eine gute Fahrt gehabt?«

»Einen Seebären wie mich bringt so schnell nichts aus der Ruhe. Doch jetzt freue ich mich auf ein paar Nächte auf dem Spielbudenplatz, bevor ich wieder in See steche.«

»Lass es dir gut gehen, Rupert.« Georg steckte die Briefe in seine Manteltasche und nickte dem Kapitän zu.

»Auf gute Geschäfte, Georg!« Der Kapitän drückte etwas Tabak in seine Pfeife und steckte sie sich in den Mund, ohne sie anzuzünden. Dann schlenderte er in Richtung Spielbudenplatz davon.

»Soll ich Mutter fragen, ob sie ausnahmsweise herunterkommen will?«, schlug Frederike vor. Sie saßen am Tisch, doch bis zum Essen würde es noch etwas dauern. Georg hatte Elisabeth, Martha und Frederike hergebeten, um den Brief vorzulesen, den Robert zusammen mit der Lieferung geschickt hatte.

»Du kannst sie sehr gern fragen, Frederike. Doch ich weiß nicht, ob ihre Kraft dazu ausreicht.«

Frederike stand auf und schob ihren Stuhl zurück. »Entschuldigt mich bitte für einen Moment und fangt nicht ohne mich an.«

»Natürlich warten wir«, versicherte Elisabeth.

Frederike ging hinaus und lief die Stufen hoch. Es dauerte nicht lange, bis die anderen ihre Schritte vernahmen und sie erneut hereinkam. Sie schüttelte traurig den Kopf. »Mutter wird nicht kommen«, erklärte sie. Die Enttäuschung darüber war ihr deutlich anzusehen.

Georg wartete, bis seine Tochter sich wieder gesetzt hatte. Dann begann er vorzulesen:

Kamerun, 27. September 1889
Liebe Familie,
Luise und mir geht es wirklich sehr gut. Wie Ihr seht, konnten wir eine weitere ausgezeichnete Ernte einfahren und werden diese in den nächsten Wochen noch fortsetzen. Es hat ein Feuer im nahen Urwald gegeben, doch unsere Plantage blieb unversehrt. Malambuku sagte, die Früchte hätten die Bohnen beschützt, und ich gebe ihm da vollkommen recht.

Das Leben hier hat sich eingespielt. Die Zeit während der Ernte ist hart und dennoch erfüllend. Wir arbeiten viel, und nach und nach verstehen wir immer besser, worauf es beim Plantagenanbau ankommt. Die Einheimischen sprechen davon, dass der Kamerunberg – sie nennen ihn Fako – in Kürze wieder auszubrechen droht. Für uns besteht jedoch keine Gefahr. Der Weg, den die Lava zurücklegen müsste, um uns zu erreichen, ist glücklicherweise zu weit.

Inzwischen verstehen wir die Sprache der Einheimischen immer besser, jedoch muss ich gestehen, dass wir nicht halb so gelehrig sind wie Hamza, Malambukus Sohn, der unsere Sprache mittlerweile fließend und fast fehlerlos spricht, dass man meinen könnte, er hätte sie schon von klein auf gelernt.

Das Leben hier ist einfach, doch Luise und ich sind glücklich. Sie sitzt gerade neben mir und lässt Euch herzlich grüßen. In Kürze wird sie Euch auch wieder schreiben, doch im Moment hat sie zu viel mit der Ernte zu tun.

Wir haben darüber gesprochen, Weihnachten vielleicht in Hamburg zu verbringen, und wir hoffen sehr, dass es Euch freuen würde. Allerdings müssen wir erst abwarten, ob weiterhin alles reibungslos läuft, um nicht zu riskieren, dass die Plantage während unserer Abwesenheit womöglich geringere Erträge erbringt.

Diese Zeilen werden Euch Ende Oktober erreichen, und im nächsten Brief werden wir Euch dann wissen lassen, ob Ihr zum Weihnachtsfest mit uns rechnen könnt.

Wir hoffen, dass auch Ihr glücklich und gesund seid, und freuen uns darauf, bald wieder etwas von Euch zu hören.

Liebe Grüße von Robert und Luise

Georg legte den Brief vor sich auf den Tisch.

»Mutter, hast du das gehört?«, rief Martha begeistert. »Sie wollen Weihnachten nach Hause kommen!«

»Das steht noch nicht fest«, erwiderte Elisabeth kühl. »Wir werden sehen, wie es sich ergibt.«

Georg und Elisabeth tauschten einen kurzen Blick, der ihre Sorge verriet.

Martha wirkte enttäuscht. »Freust du dich denn gar nicht auf die beiden?«

»Rede bitte keinen Unsinn, Martha«, wies Elisabeth sie zurecht.

Anna öffnete die Schiebetür. »Wenn die Herrschaften so weit sind, könnte ich das Essen auftragen.«

»Bitte, Anna«, antwortete Georg, »tu das.«

Die Haushälterin nickte und verschwand, dann servierte sie die Abendmahlzeit.

»Hat meine Frau schon etwas bekommen?«, erkundigte sich Georg.

»Ja, gnädiger Herr.«

»Gut.«

Während des Essens sprachen sie nicht viel. Frederike erzählte ihrem Vater von einer Begegnung beim Nachmittagstee, zu dem Elisabeth sie und Martha mitgenommen hatte. Georg hörte nur mit halbem Ohr zu, nickte gelegentlich und tat, als interessiere er sich dafür. Doch in Gedanken war er woanders. Robert wollte Weihnachten heimkommen. Dann würde Elisabeths und seine Affäre auf dem Prüfstand stehen. Er konnte nur hoffen, dass der Besuch kurz ausfallen und

Robert bald nach den Feiertagen wieder nach Kamerun abreisen würde.

* * *

Kamerun, Ende Oktober 1889

Robert war überrascht, als eines der Schiffe einen Brief für ihn mitbrachte. Die erste Lieferung war gerade erst in Hamburg angekommen. Keinesfalls konnte dies schon eine Antwort auf seinen letzten Brief sein. Seine Familie hatte ihm also zwischendurch geschrieben, was ihn einerseits freute, andererseits aber auch beunruhigte. Hoffentlich war nichts Schlimmes passiert!

Eilig öffnete er den Briefumschlag mit dem vertrauten Aufdruck *Peter Hansen & Söhne, Kaffeekontor seit 1850*. Erst jetzt fiel ihm auf, dass es einer der alten Umschläge war, weil im Aufdruck der neuen das Wort *Kaffee* gestrichen worden war. Er hätte überraschter nicht sein können, als er feststellte, dass nicht Georg, sondern Vera ihm geschrieben hatte.

> *Hamburg, 21. September 1889*
> *Lieber Robert,*
> *ich wende mich in tiefer Verzweiflung an Dich, da es sonst niemanden gibt, der mir helfen kann. Wenn Dich dieser Brief erreicht, dann nur, weil Anna, die treue Seele, mir beim Herausschmuggeln aus dem Haus geholfen und ihn selbst einem der Schiffe mit auf den Weg gegeben hat.*

Es gibt etwas, das ich Dir sagen muss und das Dich sehr schockieren wird. Es geht um Elisabeth und Georg. Ich weiß kaum, wie ich es ausdrücken soll, denn es ist so unglaublich und abstoßend, dass mir die Worte fehlen. Doch um es kurz zu machen: Deine Frau ist die Geliebte meines Mannes!
Ich weiß, was für ein Schock das für Dich sein muss. Mir ging es ebenso, als Anna es mir berichtete und ich die beiden daraufhin mehrere Male miteinander beobachtet habe. Ich wusste nicht, wie ich mich verhalten sollte, also habe ich bisher gar nichts unternommen. Denn – Robert, ich hoffe, Du hältst mich nicht für verrückt! – ich glaube, die beiden wollen mich umbringen.
Es ging mir eine Zeit lang nicht gut, sodass der Arzt, den ich auf Elisabeths dringendes Anraten hin aufsuchte, mir ein Medikament verschrieben hat, das mir beim Einschlafen helfen sollte. Doch bald schon war ich fast nur noch benommen und kam kaum mehr richtig zu mir. Ich habe den Verdacht, dass Georg und Elisabeth mir zusätzlich zu der Arzneidosis, die der Arzt verschrieben hat, noch etwas anderes ins Essen gemischt haben. Denn selbst nach dem Absetzen des Medikaments fühlte ich mich kraftlos und müde und wollte nur in meinem Zimmer bleiben und schlafen. Erst seit Anna begonnen hat, die Mahlzeiten, die sie für mich zubereitet hatte und die mir dann meistens Elisabeth aufs Zimmer brachte, in den Abfall zu werfen und mir eine neue Portion anzurichten, geht es mir wieder besser.

Doch nun ist da die Angst, was wohl geschieht, wenn Georg und Elisabeth herausfinden, dass ich ihnen auf die Schliche gekommen bin. Ich fürchte um mein Leben, Robert, ganz abgesehen von dem Schmerz über den Betrug und die furchtbare Schande, die diese Affäre für Dich und mich bedeutet. Auch die Kinder haben die beiden längst gegen mich aufgebracht, sodass ich bis auf meine treue Anna vollkommen allein dastehe.

Es gibt nur einen Weg, diese schreckliche Angelegenheit zu bereinigen: Bitte komm nach Hause und hol Deine Frau von hier weg! Sie hat nicht das Recht, unsere Familie zu zerstören. Sie und Georg widern mich zutiefst an. Sie sind Ehebrecher, und wenn ich mit meinem Verdacht richtigliege, wofür alles spricht, trachten sie mir gar nach dem Leben.

Bitte, Robert, Du bist der Einzige, der mich retten kann! Komm und hilf mir, ich flehe Dich an!

In tiefer Verbundenheit
Deine Schwägerin Vera

Robert ließ sich schwer auf den Stuhl fallen und versuchte, einen klaren Gedanken zu fassen. Elisabeth und Georg! Er konnte es kaum glauben. Das hätte er niemals von seinem Bruder gedacht. Ihm fiel auf, dass er nur an seinen Bruder dachte, Elisabeths Betrug ihn aber nicht wirklich überraschte. Er hätte nur niemals damit gerechnet, dass *sein Bruder* so etwas tun würde. Er hielt den Brief in der Hand, sah noch einmal darauf, ohne dass er ihn wirklich las. Elisabeth und Georg – die Menschen, die ihm am nächsten standen, hatten ihn verraten!

Doch nicht nur das. Was schrieb Vera da? Dass sie ihr nach dem Leben trachteten? War das nur der Verdacht einer wütenden betrogenen Ehefrau, oder sollte er wirklich glauben, dass sein eigener Bruder zu so etwas fähig wäre? Nein, das konnte nicht sein. Womöglich wollte Vera mit dieser Behauptung nur den Ernst ihrer Lage deutlich machen und ihn so unter Druck setzen, etwas zu unternehmen.

Er ließ den Brief sinken, hielt ihn jedoch weiter in seiner Hand. Doch was sollte, ja was *konnte* er überhaupt tun? Er war in Afrika und die alte Heimat unendlich weit weg. Es war Erntezeit, er konnte nicht alles stehen und liegen lassen und zusammen mit Luise zurückreisen. Das ging einfach nicht.

Er rieb sich die müden Augen, die Gedanken in seinem Kopf überschlugen sich. Was hatte Georg noch gesagt, als sie die schönen gemeinsamen Tage in Hamburg verbracht hatten während ihres letzten Besuchs? Dass er den Sinn des Lebens suche? Dieser verdammte Mistkerl! Kaum drehte Robert ihm den Rücken zu, hinterging er ihn auf diese Art und Weise. Robert knüllte den Brief zusammen und schleuderte ihn wütend in die Ecke, gerade als Luise das Zimmer betrat.

»Was ist geschehen?«, fragte sie, als sie ihren Vater mit grimmig verzogenem Gesicht dort sitzen sah.

»Wir reisen mit dem nächsten Schiff nach Hamburg.« Robert stand auf. »Nimm nur das Nötigste mit. Wir holen deine Schwester und deine Mutter und kommen dann sofort wieder her. Weihnachten werden wir nicht dort verbringen.«

»Was?« Luise verstand kein Wort.

»Pack deine Sachen und stell keine Fragen«, schnauzte er nun und stürmte aus dem Zimmer.

Luise sah ihm fassungslos nach. So hatte sie ihren Vater noch nie gesehen. Was war nur passiert? Ihr Blick fiel auf das zerknüllte Papier, das ihr Vater bei ihrem Eintreten in die Ecke geschleudert hatte. Sie hob es auf, strich es auf der Tischplatte glatt und begann zu lesen. Schon nach wenigen Zeilen schlug sie erschrocken die Hand vor den Mund, um nicht vor Entsetzen aufzuschreien. Nun musste sie sich unbedingt hinsetzen.

Sie brauchte eine Weile, bis sie begriffen hatte, was die Zeilen ihrer Tante bedeuteten. Tränen liefen ihr übers Gesicht, und sie schloss für einen Moment die Augen. Dann erhob sie sich von ihrem Stuhl und ging langsam die Stufen hinauf. Als sie am Zimmer ihres Vaters vorbeikam, klopfte sie an den Rahmen, obwohl die Tür offen stand. Er war bereits im Begriff, seinen Koffer zu packen.

»Wie geht es dir denn jetzt?«

»Ich will nicht darüber reden, Luise. Und ich kann dir auch nicht sagen, was geschehen ist.«

Luise hielt ihm den zerknitterten Brief hin. »Ich weiß es schon. Ich habe Tante Veras Brief gelesen.«

Robert verharrte einen Moment, dann fuhr er mit dem Packen fort. »Also bist du jetzt im Bilde. Nun ja, ich kann es nicht ändern, obwohl ich wirklich wünschte, du hättest diesen Brief nie gelesen.«

»Das geht mir genauso.«

»Geh jetzt in dein Zimmer und pack deine Sachen. Malambuku soll gleich in Erfahrung bringen, wann die nächste Passage möglich ist.«

»Ich möchte nicht mitkommen, Vater.«

Robert funkelte sie wütend an. »Wir wissen beide, dass ich diese Worte schon einmal gehört habe, und zwar aus dem Mund deiner Mutter. Und jetzt wissen wir auch, wohin es geführt hat. Du wirst also mitkommen, und ich werde nicht mit dir darüber diskutieren.«

»Ich möchte nicht dabei sein, wenn ihr aufeinandertrefft.« Luise weinte jetzt bittere Tränen.

Robert war verärgert, doch ihr Anblick rührte ihn. Er legte das Hemd, das er soeben aus seiner Kommode genommen hatte, auf das Bett, ging zu ihr hinüber und nahm sie in den Arm. »Es tut mir sehr leid, dass du das miterleben musst.«

»Ich möchte nicht einen ganzen Monat nach Hamburg reisen, nur um dann Zeuge zu werden, wie meine Eltern sich gegenseitig anschreien und Anschuldigungen an den Kopf werfen. Bitte, Vater, lass mich hierbleiben. Ich bin alt genug, und Malambuku ist hier, der sich um mich kümmert, sollte es Schwierigkeiten geben.«

Robert ließ sich kraftlos aufs Bett sinken. »Ich habe das Gefühl, dass mir alles entgleitet. Wenn du jetzt nicht einmal mehr mitkommst, ist die Familie endgültig zerrissen.«

»Das ist sie doch schon längst«, erkannte Luise bitter.

»Ja, das stimmt.« Es schien, als würde Robert im nächsten Moment in Tränen ausbrechen, doch er riss sich zusammen. »Ich kann schon verstehen, dass du nicht mitkommen willst«, gestand er dann. »Doch ich muss auf jeden Fall fahren.«

»Das ist klar. Ich bin ja da, wenn du zurückkommst.«

»Auch wenn ich mich schnellstmöglich auf den Weg mache, werde ich nicht zu deinem Geburtstag hier sein, Luise.«

»Das werde ich schon verkraften.« Sie nickte ihm zu.

Er schlug die Hände vors Gesicht. »Ich fühle mich so elend. Es tut mir leid, dass du mich so sehen musst.«

»Ich hasse Mutter für das, was sie dir antut.« Luise biss sich auf die Unterlippe.

Robert ließ die Hände sinken und atmete tief durch. »Ich werde das wieder in Ordnung bringen.«

»Was wirst du tun, wenn du in Hamburg ankommst?«

»Wärst du nicht meine Tochter, würde ich dir antworten, dass ich in die Villa fahren und meinen Bruder verprügeln werde.« Er schnaubte. »Aber da du meine Tochter bist, sage ich dir, dass ich mit deiner Mutter sprechen und sie und Martha dann zurück nach Kamerun bringen werde.«

»Und dann?«

»Und dann *was?*«

»Wie soll es dann weitergehen? Es war schon nicht einfach, als sie zum ersten Mal hier war. Glaubst du, das wird nach allem, was jetzt geschehen ist, besser?«

»Nein.« Robert schüttelte den Kopf. »Das wird es wohl nicht. Aber schließlich muss ich etwas unternehmen.«

Luise zögerte, die nächste Frage zu stellen. »Glaubst du, dass Tante Vera recht hat und Onkel Georg und Mutter sie wirklich umbringen wollen?«

»Nein, das glaube ich nicht. Vera hat sicherlich übertrieben oder sich nur etwas eingebildet. Nein, Luise. Deine Mutter mag nicht immer die Frau sein, die ich mir für euch als Mutter und für mich als Ehefrau wünsche. Aber sie würde bestimmt niemandem nach dem Leben trachten.«

Die Antwort des Vaters erleichterte Luise. »Ich werde mich um die Ernte kümmern, während du fort bist.«

Bei diesen Worten fiel Robert etwas ein. »Ja, kümmere dich um die Ernte. Aber du wirst nichts davon verschicken, hörst du?«

»Nicht?«

»Nein. Wenn auch nur irgendetwas an Veras Behauptungen wahr ist, wird es eine Zusammenarbeit mit Georg künftig nicht mehr geben.«

»Aber das Kontor braucht die Ware«, widersprach Luise.

»Ja, das stimmt. Aber Zusammenarbeit und Partnerschaft beruhen auf Vertrauen und Ehrlichkeit. Sollte sich das alles als wahr herausstellen, bekommt Georg von uns nicht mehr eine einzige Kakaobohne.«

»Und an wen wollen wir dann verkaufen?«

»Ich werde mich darum kümmern«, erklärte Robert und dachte bereits weiter. »Karl hat sein Kontor in Wien. Wir können ihn direkt beliefern. Und wenn er sich lieber heraushalten will, so wie ich Karl kenne, werde ich die Zeit in der alten

Heimat nutzen und neue Kunden finden. Glaub mir, Luise, für uns wird es weitergehen. Aber wenn Georg das getan hat, ist es sein Ruin. Dafür werde ich sorgen.«

Luise bemerkte die Veränderung, die in ihrem Vater soeben abgelaufen war. War er zunächst noch schockiert, verzweifelt und enttäuscht gewesen, so gab ihm die aufsteigende Wut nun Kraft und ließ ihn Pläne schmieden, und seien es auch nur solche, um seinem Bruder zu schaden.

Robert packte eilig die letzten Sachen ein, dann ging er zusammen mit Luise nach unten.

Malambuku, der gerade zur Tür hereinkam, sah ihn fragend an. »Wohin, Sango?«

»Ich muss nach Hamburg reisen, Malambuku. Doch Luise bleibt hier. Versprichst du mir, dass du auf sie achtgeben wirst?«

»Malambuku versprechen beschützen Nyango wie eigene Tochter.«

»Danke, Malambuku.«

»Malambuku sagen Hamza, soll schlafen im Haus so lange, bis Sango wieder da, damit Nyango nie allein.«

Robert sah ihn an. »Das ist wirklich eine ausgezeichnete Idee, Malambuku. Ja, lass Hamza hier im Haus übernachten. Du bist doch damit einverstanden, Luise? Ich wäre beruhigt.«

»Doch, ja, das ist kein Problem«, erwiderte Luise, die sich gerade etwas überrollt fühlte. Hamza Tag und Nacht im Haus? Sie wusste nicht, was sie davon halten sollte. Aber sie hätte gelogen, hätte sie gesagt, dass der Gedanke nicht auch aufregend war.

»Wann geht das nächste Schiff, Malambuku?«

»Schiff legen noch heute ab, Sango«, erklärte Malambuku. »Nicht Schiff, das nimmt unsere Bohnen. Ist kleiner.«

»Schaffe ich es noch rechtzeitig?«

»Wenn reiten ja, sonst nein.«

Robert sah sich nach Luise um. Der Abschied kam rascher, als er es erwartet hatte. Er umarmte die Tochter fest. »Du weißt über alles genau Bescheid. Oben in dem Fach, das ich dir gezeigt habe, ist genug Geld. Zieh bei Entscheidungen, bei denen du nicht sicher bist, immer Malambuku zurate, ja?«

»Ja, Vater. Ich werde das schon schaffen.«

Er küsste sie auf die Stirn. »Es tut mir schrecklich leid, dass alles so gekommen ist und dass ich nicht einmal an deinem Geburtstag da sein kann.«

»Wenn du nicht sofort gehst, wirst du am Ende doch hier sein.« Sie umarmte ihn. »Gib auf dich acht!«

»Du auch.« Robert drückte sie noch einmal an sich, dann stürmte er davon.

Malambuku hatte während der Verabschiedung ein Pferd bringen lassen und ein weiteres, auf das der Koffer gebunden wurde. Dann ritt Robert los.

Luise hatte Tränen in den Augen, als sie ihm zum Abschied winkte. Einen kurzen Moment lang fragte sie sich, was wäre, wenn er nicht zur Farm zurückkäme, wenn ihm womöglich etwas zustoßen würde. Dann wäre sie ganz allein in diesem fremden Land. Sie schob den Gedanken beiseite. Vater würde wiederkommen, darauf konnte sie sich verlassen. Doch das bange Gefühl wollte sich nicht ganz vertreiben lassen.

21. Kapitel

Wien, Mitte November 1889

Karl sah zufrieden auf die gefüllten Regale in seinem Kontor. Er hatte noch immer Kapazitäten frei, doch die Lieferung, die Georg an ihn weitergeleitet hatte, würde eine ganze Weile reichen. Und in etwa zwei Wochen war bereits Nachschub zu erwarten. Karl hoffte, dass Robert genug liefern konnte, damit er sein Kontor so reichlich zu füllen vermochte, dass es im nächsten Jahr bis zum Beginn der Erntezeit nicht noch einmal so knapp werden würde.

In letzter Zeit hatte er fast bis zum Umfallen gearbeitet, um die Gedanken an Florentinus und das, was sie zusammen erlebt hatten, aus dem Kopf zu bekommen. Es war nicht ein Tag vergangen, den Karl nicht mit sich gehadert hätte, ob er Florentinus womöglich schreiben und versuchen sollte zu erklären, warum er all die furchtbaren Dinge zu ihm gesagt hatte und wie leid es ihm tat. Doch Karl wusste, dass es ein Fehler wäre. Wie es jetzt war, so war es gut, und jede erneute Annäherung hätte wieder Gefahren mit sich gebracht, die Karl in jedem Fall ausschließen wollte.

Es war ihm schwergefallen, sich Therese zu nähern und seinen gefassten Plan in die Tat umzusetzen, Kinder mit ihr zu bekommen und sich nach und nach ein Leben aufzubauen, wie es sich für einen Mann gehörte. Noch immer musste er sich nachts im Bett Bilder vor sein inneres Auge rufen, um die Erregung halten zu können, doch er rechtfertigte es vor sich mit dem Gedanken, dass ein größeres Ziel dahintersteckte. Therese, so konnte er deutlich spüren, gefiel es, dass ihr Ehemann nun mehr auf sie einging und ihr, sooft er nur konnte, zeigte, wie begehrenswert er sie fand. Ja, alles war so, wie es sein sollte.

Er durfte nur nicht mehr an Florentinus denken. Wenn er ihn eines Tages wiedersehen würde, was aufgrund der familiären Verbindung unvermeidbar war, dann würde die Zeit die verletzten Gefühle geheilt haben. Dass dies auch für seine Liebe zu Florentinus gelten sollte, schloss Karl aus. Er liebte diesen Mann wie noch nie einen anderen zuvor. Es war wohl sein Los, dass die beiden Menschen, für die er sein eigenes Leben geben würde, ausgerechnet Bruder und Schwester waren.

Karl hörte, wie ein Kunde den Laden betrat und von Felix freundlich begrüßt wurde. Karl kannte die Stimme des Mannes, konnte jedoch nicht sofort sagen, woher. Er stellte den Sack, den er soeben gepackt hatte, ab und ging nach vorn.

»Ich finde den Geschmack immer ein wenig bitter. Haben Sie eine Empfehlung, was ich besser machen könnte?«

»Guten Tag«, begrüßte Karl den Kunden, als er aus dem Kontor in den Verkaufsbereich trat, und unterbrach damit Felix, der gerade anfangen wollte, sich zu der Frage des Kunden zu äußern.

Der Kunde schien zu überlegen. Dann blitzte Erkennen in seinem Gesicht auf. »Grüß Gott.«

»Ich mache das hier schon, danke, Felix. Sortier du hinten weiter ein.« Dann wandte er sich dem Kunden zu. »Wie schön, Sie hier als Kunden begrüßen zu dürfen, Herr Doktor.«

»Ich wusste gar nicht, dass es Ihr Kontor ist, Herr Hansen. Der Name war doch Hansen, nicht wahr?«

»Ganz recht.«

»Sie sehen besser aus. Geht es Ihnen denn gut?«

»Ja, danke sehr. Es hat zum Glück keinen weiteren Vorfall gegeben, mein Herz schlägt ruhig und gleichmäßig.«

»Das freut mich wirklich sehr.«

»Sie haben eine Frage zu den Kakaobohnen, wie ich hörte.«

»Ja, allerdings. Wenn ich eine Schokolade im Kaffeehaus trinke, schmeckt sie süß und gar nicht bitter. Wenn jedoch meine Haushälterin eine zu Hause macht, ist da immer so ein Beigeschmack. Können Sie mir sagen, woran das wohl liegen mag?«

Karl atmete erleichtert aus. Für einen kurzen Moment hatte er befürchtet, dass der Arzt aus einem anderen Grund in sein Geschäft gekommen war. Dass dieser womöglich etwas geahnt hatte von seinem Verhältnis zu Florentinus und ihn nun mit seinem Wissen oder zumindest dem Verdacht, dass die beiden sich strafbar machten, konfrontieren wollte. Karl kam sich dumm vor.

»Ich habe das selbst schon erlebt«, erklärte Karl nun. »Es ist gut möglich, dass Ihre Haushälterin die Kakaobohnen zu stark röstet. Am besten ist es, die Bohnen bei nur geringer Hitze gleichmäßig zu rösten.«

»Die Hitze. Ja, das ist möglich. Sie hat es immer recht eilig, wenn sie die Bohnen röstet.«

»Und das verdirbt das Ergebnis. Der Vorgang des Röstens braucht Zeit. Sagen Sie Ihrer Haushälterin, sie soll es mit Geduld versuchen. Und lassen Sie mich bei Ihrem nächsten Einkauf wissen, ob es dann besser schmeckt.«

»Vielen Dank für Ihren Rat, Herr Hansen. Dann hätte ich gern noch hundert Gramm Kakaobohnen.«

»Sehr gern.« Karl legte das entsprechende Gewicht auf die Waage und füllte die Bohnen in die Schale auf der anderen Seite. Erst als diese unten aufschlug, hörte er mit dem Füllen auf.

Der Arzt nahm es mit Wohlwollen zur Kenntnis, bezahlte und nahm die Papiertüte entgegen. »Ich werde Ihnen Bescheid geben, ob es dann besser gelingt«, versprach er. »Auf Wiedersehen – und bleiben Sie gesund, Herr Hansen.«

»Und Ihnen noch einen schönen Tag, Herr Doktor …«

»Sulzbach«, erinnerte der Arzt. »Dr. Ludwig Sulzbach.«

»Bei unserer nächsten Begegnung werde ich den Namen nicht vergessen haben, das verspreche ich Ihnen.«

Dr. Sulzbach verabschiedete sich ein weiteres Mal und verließ das Kontor. Karl sah ihm nachdenklich hinterher. Er musste aufhören, sich ständig Sorgen zu machen und hinter jeder Begegnung oder noch so harmlosen Bemerkung etwas zu mutmaßen. Das hatte ihm das Zusammentreffen mit Dr. Sulzbach gezeigt. Karl wollte Tag für Tag daran arbeiten, die Ängste und Zweifel, die seine Veranlagung hervorrief, aus seinem Leben zu verbannen. Er wusste, dass er es schaffen würde.

Die Tür ging wieder auf, und eine gut gelaunte Kundin trat ein, die er freundlich begrüßte und die genau wie zuvor Dr. Sulzbach Kakaobohnen kaufen wollte, um Schokolade zu kochen.

»Ich möchte unbedingt hinter das Geheimnis kommen«, sagte die Kundin.

»Was meinen Sie damit?« Sofort war wieder diese Verunsicherung da.

»Das Geheimnis Ihrer Frau.« Sie wies mit dem Zeigefinger auf Karl. »Ich habe Sie beide schon einige Male zusammen gesehen. Sie liefern die Kakaobohnen, und Ihre Frau macht daraus die köstlichste Schokolade in ganz Wien.« Sie lächelte ihn an. »Es sind die gleichen Bohnen. Irgendwann komme ich schon noch dahinter, warum die Schokolade bei Ihrer Gattin so einzigartig schmeckt.«

Karl gab das Lächeln nun zurück. »Also von mir erfahren Sie nichts.« Er tat, als verschließe er seinen Mund mit einem Schlüssel.

Die beiden plauderten noch ein wenig, dann bezahlte die Dame, nahm die Tüte mit den Kakaobohnen an sich und ging.

Karl schüttelte den Kopf über sich. Wieder war er erschrocken zusammengefahren, nur weil jemand das Wort *Geheimnis* hatte fallen lassen. Das musste endlich aufhören!

Nachdem er am Abend das Kontor abgeschlossen hatte, ging er noch beim Kaffeehaus vorbei, um zu sehen, ob Therese wie jeden Tag in den letzten Wochen noch arbeitete, obwohl das Lokal bereits geschlossen war. Der Umbau in den nebenan gelegenen Räumlichkeiten hatte sich bezahlt gemacht, forderte jedoch seinen Tribut. Therese arbeitete jetzt noch mehr, und eine Frage, die früher kein Thema für Karl gewesen wäre, drängte in den Vordergrund: Wie sollte es werden, wenn sie schwanger würde?

Er klopfte an das Fenster, da der Eingang längst verschlossen war. »Therese! Ich bin es!«

Sie war gerade dabei, die Tische abzuwischen, und sah auf, als sie das Klopfen hörte. Sofort erhellte ein Lächeln ihr Gesicht, und sie kam zur Tür, um ihren Mann hereinzulassen.

»Guten Abend.« Er gab ihr einen Kuss. »Du siehst erschöpft aus, Sonnenschein.«

»Das bin ich. Aber auch glücklich.« Sie drehte sich um und wies mit der Hand in den Raum. »Nur noch wenige Handgriffe, dann ist alles so, wie ich es haben möchte.«

»Kann ich dir noch etwas helfen?«

»Nein, lass nur. Es dauert auch nicht mehr lange. Aber wenn du möchtest, könntest du auf mich warten. Dann können wir zusammen nach Hause gehen.«

»Du bist wahrscheinlich die einzige Frau auf der Welt, die mehr arbeitet als ihr Mann.«

Therese lachte auf. »Nein, mein Lieber. Bei Weitem nicht. Alle anderen Männer außer dir haben nur die einzigartige Fähigkeit, die Arbeit nicht zu sehen, die ihre Frauen leisten.«

»Du klingst fast wie eine dieser Engländerinnen, die für die Rechte der Frauen kämpfen.«

»Ehrlich gesagt, habe ich schon einiges über sie gelesen«, erklärte Therese. »Sie fordern das Wahlrecht für Frauen, wusstest du das?«

»Ich habe davon gehört«, erwiderte Karl. »Aber seien wir doch mal ehrlich, ich halte diese Bestrebungen für aussichtslos.«

Therese wurde ernst. »Du bist also dagegen?«

»Nein, das habe ich nicht gesagt. Wenn alle Frauen so klug wären wie du, wäre es geradezu sträflich, sie nicht wählen zu lassen. Es bedarf kluger Köpfe, Männer, die der Aufgabe gewachsen sind, an die richtigen Machtpositionen zu bringen. Doch auch wenn du es nicht gern hören willst, Therese: Die wenigsten Frauen sind wie du. Wenn ich beispielsweise an meine Schwägerinnen denke …«

»Was ist mit ihnen?«

»Nun ja, wie soll ich sagen, ihnen sind Dinge wie Arbeit und Verantwortung völlig fremd.«

»Klingt nicht so, als wenn ich sie mögen würde.« Sie sah sich um. »Doch darüber können wir ein andermal sprechen«, entschied sie. »Sonst kommen wir hier niemals raus.«

Sie griff nach ihrem Lappen und fuhr fort, die Tische abzuwischen.

»Was meine Schwägerinnen und überhaupt meine Familie angeht, wollte ich dich gern etwas fragen.«

»Ja?«

»Ich habe mit der letzten Lieferung einen Brief meines Bruders Georg bekommen, in dem er mir mitteilt, dass Robert und Luise aller Voraussicht nach zum Weihnachtsfest in Hamburg sein werden. Was denkst du, sollen wir die Gelegenheit nutzen, die Festtage ebenfalls dort zu verbringen, damit du meine Familie einmal kennenlernst?«

»Eigentlich hatte ich gehofft, wir könnten zu meinen Eltern, so wie im letzten Jahr. Es war das erste Mal, dass ich Weihnachten dort aufrichtig genossen habe.«

Karl durchfuhr es bei dem Gedanken, bei dieser Gelegenheit Florentinus wieder gegenübertreten zu müssen. Gewiss würde sich dort nicht so eine heitere Stimmung wie während der Feiertage im letzten Jahr einstellen. »Aber aus meiner Familie kennst du noch niemanden.«

»Du hast recht.« Therese nahm sich den nächsten Tisch vor. »Obwohl ich zu bedenken gebe, dass das Kaffeehaus vor und nach den Feiertagen am meisten Geld einbringt und ich es so lange schließen müsste.«

»Du willst meine Familie nicht kennenlernen, nicht wahr?«

»Das stimmt nicht.« Sie drehte sich zu ihm um, beugte sich aber gleich wieder über den Tisch und wischte weiter. »Mag sein, dass ich ein wenig Angst habe, sie könnten mich ablehnen.«

Karl ging zu ihr und legte seine Hand auf ihren Rücken. »Wie kommst du nur auf so etwas?«

Sie seufzte und richtete sich auf. »Ich glaube, ehrlich gesagt, dass deine Familie ebenso steif und verbohrt ist wie meine. Ich passe da einfach nicht hinein.«

Er nahm sie in die Arme. »Genau wie ich, mein Sonnenschein. Und genau deshalb passen wir beide ja auch so gut zusammen.« Er küsste sie zärtlich und nahm ihr den Lappen ab. »Morgen ist auch noch ein Tag, und wir beide werden jetzt nach Hause gehen. Einverstanden?«

»Einverstanden.« Sie hakte sich bei ihm ein und schmiegte ihren Kopf an seinen Arm.

Karl übernahm es, das Kaffeehaus abzuschließen. Dann schlenderten sie zusammen durch die Gassen Wiens zu ihrer Wohnung.

»Ich habe über etwas nachgedacht«, nahm Karl das Gespräch wieder auf. »Wir wollen doch Kinder haben.«

»Ja.«

»Aber wie wollen wir das alles schaffen?«

Sie zuckte mit den Schultern. »Bei anderen geht es doch auch.«

»Ja, aber nur, weil die Frauen zu Hause sind und nicht rund um die Uhr arbeiten.«

»Findest du den Zeitpunkt, mich darauf anzusprechen, wirklich passend? Immerhin haben wir gerade das Kaffeehaus erweitert.«

»Genau deshalb spreche ich es ja an. Wir sollten darauf vorbereitet sein, solltest du in andere Umstände kommen.«

»Was genau erwartest du von mir?«

»Nichts, Therese. Ganz im Gegenteil. Ich möchte helfen, wenn ich kann.«

Therese schwieg eine Weile. Dann sagte sie: »Ich fürchte, ich bin zu müde, um jetzt darüber nachzudenken. Können wir unser Gespräch verschieben?«

»Aber natürlich. Sag mir Bescheid, wann immer du so weit bist.«

Sie hatten die Wohnung erreicht, und Therese löste sich vom Arm ihres Mannes. »Ich danke dir, Karl. Das meine ich ernst. Es gibt bestimmt nicht viele Männer, die so verständnisvoll sind wie du.«

Er schloss die Tür auf, beugte sich zu ihr und gab ihr noch einen Kuss. »Gern geschehen.«

»Sag ihnen, dass wir kommen.«

»Wie bitte?« Er ließ Therese vor sich in die Wohnung eintreten.

»Deiner Familie«, erklärte sie. »Bitte sag ihnen, dass wir sie Weihnachten besuchen kommen werden.«

»Danke«, gab er zurück und war froh, damit einem weiteren Weihnachtsfest im Hause Loising entronnen zu sein.

Die nächsten Tage und Wochen arbeitete Therese fast bis zum Umfallen in ihrem Kaffeehaus, das aufgrund der Erweiterung nun mit den großen Häusern in Wien mithalten konnte. Ihren Stil behielt sie bei, wobei in dem neuen Kaffeehaus alle Tische und Stühle gleich waren und ein einheitlicheres Bild boten als im Ursprungslokal nebenan. Und hier konnte Therese etwas Eigenartiges beobachten. Obwohl die Mehlspeisen und Getränke im alten wie im neuen Bereich genau die gleichen waren, hielten sich die Kaffeehausbesucher lieber im alten Bereich auf. Der neue füllte sich erst, wenn alle anderen Plätze besetzt waren.

Therese sah es sich eine Zeit lang an, ließ sich dann von Frieda helfen und räumte alles so um, dass hüben wie drüben alle Tische und Stühle wild durcheinandergewürfelt waren und sich ein buntes, fröhliches Sammelsurium ergab. Und tatsächlich ließ die Wirkung nicht lange auf sich warten. Schon bald verteilten die Gäste sich gleichmäßig auf beide Räume. Therese schmunzelte darüber, dass sich das, was sie seinerzeit als Notlösung angesehen und aus Geldmangel begonnen hatte, nun als Erfolgsidee etabliert hatte. Es musste eben doch nicht nur das Beste und Akkurateste sein, sondern etwas, das den Menschen wirklich gefiel und ihnen ein Wohlgefühl vermittelte. Therese fand, dass ihre Gäste genau in ihr eigenes Denken passten.

In der letzten Zeit war sie nicht dazu gekommen, mit Karl das von ihm angeregte Gespräch darüber zu führen, wie es sein sollte, wenn sie schwanger würde. Der Gedanke war für sie wegen der vielen Arbeit in unendliche Ferne gerückt. Sie fühlte sich gut, so wie es war. Mit Karl verstand sie sich besser denn je, sie hatte täglich mit freundlichen, ihr zugetanen Menschen zu tun und sogar zwei neue Mitarbeiterinnen eingestellt, die ihr beim Auftragen der Speisen und Getränke halfen, und dazu noch eine Küchenkraft. Trotz dieser zusätzlichen Löhne war am Ende des Tages noch genug Geld in der Kasse, dass

Therese ein für ihre bescheidenen Ansprüche sorgloses Leben führen konnte. Alles war also genau so, wie sie es sich immer gewünscht hatte.

In den letzten Tagen hatte sie jedoch eine Veränderung an sich bemerkt, sodass das Thema »Kinder« wieder in ihren Fokus gerückt war. Morgens war ihr des Öfteren übel, und während des Tages fühlte sie sich müde. Außerdem spürte sie manchmal ein Ziehen im Unterleib. Ob dies wirklich auf eine Schwangerschaft zurückzuführen war oder es womöglich eine andere Ursache gab, wusste sie nicht einzuschätzen. Ein Besuch bei ihrem Arzt brachte ihr dann Gewissheit: Sie war in anderen Umständen.

Kurz überlegte sie, direkt nach dem Termin zurück zum Kaffeehaus zu gehen und ihre Arbeit wieder aufzunehmen. Doch sie entschied sich dagegen. Frieda würde die beiden neuen Kellnerinnen anweisen und schon dafür sorgen, dass alles reibungslos weiterlief. Also nahm Therese sich die Zeit, am Ufer der Donau spazieren zu gehen. Sie wollte den Kopf frei bekommen und sich darüber klar werden, was dieses Kind für ihr Leben bedeutete. Noch vor zwei oder drei Monaten wäre die Nachricht die schönste gewesen, die sie sich hätte vorstellen können. Doch jetzt waren da Zweifel. Würde sie eine gute Mutter werden? Könnte es wirklich gelingen, dass sie das Kaffeehaus weiterführte und dennoch für ihr Kind da war? Sie fand keine richtige Antwort auf diese Fragen.

Am Abend dann wartete sie bereits auf Karl, als dieser nach Hause kam. Sie hatte es sich im Wohnzimmer auf dem Sofa gemütlich gemacht.

»Da bist du ja«, sagte Karl beim Eintreten. »Ich war noch beim Kaffeehaus, doch Frieda sagte, du wärst früher gegangen. Ist alles in Ordnung?«

»Komm doch erst einmal richtig herein«, sagte Therese. »Und ja, es ist alles in Ordnung.«

Er zog seinen Mantel aus, ging wieder auf den Flur und hängte ihn an die Garderobe. Dann kehrte er ins Wohnzimmer zurück und setzte sich auf die Kante des Sofas. »Was ist denn passiert?«

»Gar nichts. Aber nein, das stimmt nicht. Ich muss dir etwas sagen.« Sie atmete tief durch. »Ich bin guter Hoffnung, Karl. Wir bekommen ein Kind.« Sie lächelte ihn an.

»Was?« Karl brauchte einen Moment, um zu begreifen. »Was hast du da gesagt?« Seine Augen blitzten auf. »Du bist schwanger?«

»Ja, Karl, ich bin schwanger.«

Er beugte sich vor und zog sie an sich, hielt sie in seinen Armen. »Du bekommst ein Kind!« Er lachte auf, löste die Umarmung und sah sie an. Dann zog er sie erneut an sich. »Wir bekommen ein Kind, Therese, ein Kind!«

»Ja, Karl. Wir werden Eltern.«

Er setzte sich wieder aufrecht hin und sah sie prüfend an. »Sag mal, freust du dich nicht?«

»Aber natürlich freue ich mich. Ich …«, sie suchte nach Worten. »Oh, Karl, ich habe Angst.« Sie lehnte sich an Karls Brust und ließ sich von ihm halten. »Ich weiß nicht, weshalb. Die ganze Zeit hatte ich gehofft. Doch jetzt, wo es so weit ist, habe ich schreckliche Angst deswegen.«

»Aber, Therese, das ist doch ganz normal.« Er strich ihr zärtlich über den Rücken. »Es zeigt nur, wie ernst du die Verantwortung nimmst. Mach dir keine Sorgen! Wir werden das schaffen.«

Therese konnte die Tränen nicht länger zurückhalten. »Wirklich?«

Er hielt sie fest an sich gedrückt. »Wirklich!«

»Und das Kaffeehaus?«

Karl zögerte. Ihm war klar, worauf seine Frau hinauswollte. Konnte er es ihr verdenken? Sie hatte alles allein aufgebaut. Es jetzt in fremde Hände zu geben, wäre ein entsetzlicher Verlust für sie. Und auch wenn es nicht seiner Vorstellung einer bürgerlichen Familie entsprach und er sich tatsächlich daran störte, sagte er: »Wir werden eine Möglichkeit finden, dass du das Kaffeehaus weiterführen und dich trotzdem um unser Kind kümmern kannst.«

»Versprichst du es mir?«

»Ja«, sagte Karl, »ich verspreche es.« Womöglich konnte er auf diese Weise etwas von dem Unrecht wiedergutmachen, das er ihr angetan hatte.

22. Kapitel

Kamerun, November 1889

Die ersten Tage, an denen ihr Vater nicht da war, waren für Luise nicht einfach gewesen. Er fehlte ihr mehr, als sie vorher geahnt hätte. Ob beim morgendlichen Frühstück oder während der Arbeit, besonders aber am Abend, wenn sie sich sonst Zeit für Gespräche nahmen und dafür, den Tag rückblickend an sich vorbeiziehen zu lassen. Hamza verbrachte so viel Zeit mit ihr, wie er nur konnte. Sie gingen nun jeden Morgen gemeinsam zum Baumstamm, um den Sonnenaufgang zu genießen. Dann kehrten sie ins Haus zurück und unterhielten sich oft noch so lange weiter, bis es Zeit war, an die Arbeit zu gehen.

Luise hatte die Duala angewiesen, die Säcke mit den fertigen Kakaobohnen in dem großen Schuppen zu lagern, bis sie von ihrem Vater die Nachricht erhielt, die Lieferungen nach Hamburg wieder aufzunehmen. Sie sorgte sich über die Entwicklung, die das Ganze genommen hatte. Die Plantage lief gut und konnte viel Geld einbringen, das für das Kontor so wichtig war. Was, wenn Veras Behauptungen der Wahrheit entsprachen und ihr Vater folglich keinesfalls weiter mit Georg zusammenarbeiten wollte? Was würde aus dem Kontor werden, und was würde Onkel Karl zu alldem sagen? Sie musste an ihren Großvater denken. Ob das alles auch geschehen wäre, wenn er noch lebte? Luise glaubte es nicht. Ihr Großvater war das wirkliche Oberhaupt der Familie gewesen. Keinesfalls hätte er ein solches Treiben geduldet. Doch seit seinem Tod war alles aus dem Lot geraten.

Über eine Sache wunderte Luise sich allerdings: Sie hatte sich nicht ein einziges Mal die Frage gestellt, ob ihre Mutter wirklich zu einem solchen Betrug fähig wäre. Die Antwort darauf stand für sie nämlich fest und war wenig schmeichelhaft für die Frau, die ihr das Leben geschenkt hatte. Luise hatte tief in sich hineingehorcht, um herauszufinden, welche Bedeutung ihre Mutter in ihrem Leben hatte. Die Entscheidung darüber wollte sie davon abhängig machen, welche Nachrichten der Vater mitbringen würde, wenn er nach Hause zurückkehren würde. *Nach Hause.* Ja, sie benutzte diesen Begriff nicht mehr für Hamburg, sondern für Kamerun. Und sie hoffte inständig, dass der Streit ihrer Eltern keinerlei Auswirkungen auf ihre Zukunft hier haben würde.

Die Sonne war aufgegangen, und Luise und Hamza saßen auf dem Baumstamm und hielten sich bei den Händen.

»Woran denkst du?«, fragte Luise.

Hamza zögerte. »Ich habe mich gefragt, aus welchem Grund dein Vater ohne dich nach Hamburg gereist ist.« Er sah Luise an. »Willst du es mir sagen? Du musst es aber nicht.«

Luise überlegte einen Moment, weil sie nicht sicher war, ob es ihrem Vater recht wäre, dass sie Auskunft über derart vertrauliche Dinge gab. »Ach, weißt du, ich will es dir gern sagen, doch ich möchte mich nicht über den Willen meines Vaters hinwegsetzen, und ich weiß nicht, ob es für ihn in Ordnung wäre.«

»Das verstehe ich. Ich werde dich nicht mehr danach fragen.«

»Danke, Hamza.«

»Denkst du manchmal darüber nach, auch nach Hamburg zurückzukehren?«

»Nein, nie. Ich werde hierbleiben, so lange ich lebe.« Sie blickte zum Kamerunberg, der von dunklen Wolken umgeben war, während der restliche Himmel sich zartrosa abhob.

»Was ist, wenn die Zeit kommt, einen Mann zu wählen?«

»Was ist, wenn bei dir die Zeit kommt, eine Frau zu wählen?«

»Das ist bereits entschieden. Ich soll mich mit Jala vermählen.«

»Was?« Luise sprang von dem Baumstamm auf. »Das sagst du mir so nebenbei? Du willst heiraten?«

»Nein, das will ich nicht. Aber es ist nicht üblich, dass man sich den Entscheidungen eines Stammeshäuptlings widersetzt.«

»Wann?«

»Es ist noch kein Datum festgelegt. Und Jala mag mich nicht, genauso wenig wie ich sie.«

»Aber dann könnt ihr doch nicht heiraten!«

»Es ist ein Ritual, so sagt man wohl in eurer Sprache. Aber ich werde mir etwas einfallen lassen.« Er sah nachdenklich zum Kamerunberg hinüber. »Manche in unserem Stamm glauben, dass unsere Vorfahren uns erhören und dafür sorgen, dass sich unsere Wünsche erfüllen, wenn wir nur oft genug darum bitten.«

»Und um was bittest du?«

»Ich bitte um Momente wie diesen. Ich bitte darum, dass das Fieber niemanden in unserem Dorf trifft. Ich bitte darum, dass …« Er brach ab.

»Worum?«

»Dass ich dich wählen kann und du mich.«

Luise senkte den Blick. »Ja, das wünsche ich mir auch.«

»Das Stammesoberhaupt sagt, die Sangos kommen und ernten die Früchte. Und dann ziehen sie weiter in ein anderes Land und ernten dort. Das hier ist nicht ihr Zuhause.«

»Meines schon, Hamza.«

»Ja, du bist anders.« Er drückte ihre Hand etwas fester. »Was geschieht bei euch, wenn man gewählt hat?«

»Du meinst, eine Frau?«

»Ja.«

»Nun, ich denke, es ist so wie jetzt. Sie halten sich an den Händen.«

»Und dann?«

»Dann küssen sie sich.« Luise schluckte schwer, als Hamza sie mit seinen dunkelbraunen Augen ansah.

Ohne zu zögern, beugte er sich vor und gab ihr einen zarten, kurzen Kuss auf den Mund. »Und dann?«

»Dann halten sie sich im Arm.«

Hamza legte den Arm um Luises Schulter und zog sie zu sich heran. Glücklich schmiegte sie sich an ihn und schloss die Augen. So blieben sie noch eine Weile sitzen, bis es an der Zeit war, zum Haus zurückzukehren, bevor Malambuku oder einer der anderen Duala zur Farm kam, um seine Arbeit aufzunehmen.

Die Tage zogen in gewohntem Gleichmaß vorbei. Seit der Abreise ihres Vaters waren mittlerweile drei Wochen vergangen. Nicht mehr lange, dann würde er Hamburg erreichen. Luise konnte nur ahnen, wie er sich fühlen musste und welche Gedanken ihm auf der langen Schiffspassage durch den Kopf gingen. Ob er sich eine Art Plan zurechtgelegt hatte, wie er Elisabeth und Georg mit seinem Wissen konfrontieren würde? Wie würde er wohl vorgehen? Luise wusste es nicht, konnte es sich nicht einmal vorstellen. Ihr blieb keine Wahl, als weiter Tag für Tag ihr Bestes zu geben, um ihrem Vater bei seiner Rückkehr zu beweisen, wie gut sie alles gemacht hatte und dass er sich auf sie verlassen konnte. Wenigstens sie wollte keine Enttäuschung für ihn sein.

Hamburg, 23. November 1889

Er zog den Hut tiefer ins Gesicht, als das Schiff im Hamburger Hafen angelegt hatte und er von Bord ging. Robert wollte nicht, dass jemand ihn erkannte, immerhin war er, auch wenn er lange fort gewesen war, kein Unbekannter in dieser Stadt. Es war noch nicht einmal Mittag. Die Kinder waren also in der Schule und Georg vermutlich im Kontor, vorausgesetzt, der Bruder vergnügte sich nicht gerade mit Roberts Ehefrau. Robert beschloss, am Kontor vorbeizugehen, und hoffte, dass er dabei nicht gesehen wurde. Er hasste diese Heimlichtuerei. Am liebsten wäre er in das Geschäftshaus gestürmt und hätte seinen Bruder mit Veras Anschuldigungen konfrontiert. Doch Robert wollte sichergehen und sich gewiss nicht weiter zum Narren halten lassen. Er wollte Georg und seine Frau in einer eindeutigen Situation ertappen, die keine Zweifel zuließ.

Ein Junge rannte an ihm vorbei und streifte sein Hosenbein. »Verzeihung«, rief der Kleine ihm zu und lief weiter. Robert bog um die nächste Ecke und sah gerade noch, wie der Junge im Kontor der Hansens verschwand. Überrascht blieb er stehen, beobachtete, was geschah. Kurz darauf kam der Kleine mit Georg im Schlepptau wieder heraus. Robert drückte sich an die Wand, um nicht gesehen zu werden. Er erschrak, als er bemerkte, dass die beiden direkt auf ihn zukamen. Sofort zog Robert den Hut noch tiefer ins Gesicht und ging schnellen Schrittes auf die andere Straßenseite, weg vom Kontor. Georg beachtete ihn nicht, obwohl er in einem Abstand von nur etwa fünf Metern an ihm vorbeiging. Robert blieb stehen und sah sich vorsichtig um. Georg ging hastig weiter. Wohin wollte er nur so eilig?

Robert folgte seinem Bruder und konnte sich bald einen Reim darauf machen, wohin dieser so rasch wollte. Der kleine Junge hatte ihm vermutlich Bescheid gegeben, dass ein Schiff aus Kamerun angelegt hatte. Bestimmt wartete Georg ungeduldig auf die nächste Lieferung, die seit nunmehr zwei Wochen überfällig war. Robert fühlte Schadenfreude in sich aufsteigen, als er sah, dass er mit seiner Vermutung richtiglag.

Georg ging zu dem Schiff und sprach ein paar Seeleute an, die soeben an Land gekommen waren. Einer von ihnen schüttelte den Kopf, woraufhin Georg gestikulierte. Dann ließen die Seeleute ihn einfach stehen und traten ihren Landurlaub an.

»Ja, geliebter Bruder, jetzt wunderst du dich, nicht wahr? Warum habe ich dir wohl keine Kakaobohnen geschickt?«, raunte Robert leise, sodass es niemand anders hätte hören können.

Georg wirkte unschlüssig, sah noch einmal zum Schiff und ging schließlich den gleichen Weg zurück, den er gekommen war. Robert verzichtete darauf, ihm zu folgen. Er wartete noch einen Moment, dann ging er zu einem der Kutscher und ließ sich ein gutes Stück von der Villa entfernt absetzen. Er nahm den Weg durch den Park, in dem sie als Kinder gespielt hatten. Hier kannte er sich aus. Ob der alte Unterstand wohl noch da war? Er wollte keinesfalls vor Anbruch der Nacht in der Villa auftauchen. Georg und Elisabeth sollten sich in absoluter Sicherheit wähnen, alles musste sein wie immer.

Robert war erleichtert, als er den Unterstand erreichte und sah, dass das Dach noch einigermaßen in Ordnung war. Allerdings war er für die Temperaturen nicht vernünftig gekleidet, ganz abgesehen davon, dass sich sein Körper so an das Klima in Kamerun gewöhnt hatte, dass er hier ganz entsetzlich fror. Es dauerte nicht lange, bis er mit den Zähnen klapperte. Fast sehnsüchtig dachte er daran, wie warm und behaglich es jetzt in der Villa war, wo das Feuer im Kamin knisterte. Er klappte den Kragen hoch und rieb sich fest die Arme. Es war noch nicht einmal Mittag. Um seinen Plan nicht zu gefährden, würde er sieben oder sogar acht Stunden hier ausharren müssen. Zum Teufel aber auch! Er ging einige Schritte auf und ab, sprang mehrmals hoch, um seinen Körper aufzuwärmen. Schließlich setzte er sich auf einen Baumstamm und kauerte sich zusammen. Nur seine Wut wurde durch die Kälte angeheizt.

»Ich mache mir langsam Sorgen«, sagte Georg, als er zusammen mit Elisabeth, Martha und Frederike zu Abend aß. »Ich hätte schon längst eine weitere Lieferung von Robert erhalten sollen, doch auch auf dem Schiff, das heute aus Kamerun kam, war nichts für uns dabei.«

»Hat er dir geschrieben?«

»Nein, auch das nicht. Mich hat kein Brief erreicht.«

»Das ist eigenartig«, meinte Elisabeth. »Es ist doch Erntezeit in Kamerun.«

»Ja. Wir können nur hoffen, dass die Plantage nicht durch ein weiteres Feuer geschädigt wurde oder etwas anderes passiert ist.«

»Werden denn Schiffe vermisst?« Elisabeth sah Georg besorgt an.

»Diesen Gedanken hatte ich auch schon und habe deshalb nachgefragt. Die Schiffe der Woermann-Linie haben allesamt ihre Zielhäfen erreicht.«

»Denkst du, meinem Vater und Luise könnte etwas zugestoßen sein?«, fragte Martha mit banger Stimme.

Georg schüttelte den Kopf. »Es mag herzlos klingen, aber in diesem Fall hätten wir von den deutschen Gesandten in Kamerun eine Nachricht erhalten. Nein, du musst dich nicht sorgen.«

»Was wirst du jetzt tun?«, fragte Elisabeth.

»Ich werde ihm schreiben. Es ist nur so schwierig, weil Kamerun noch so wenig erschlossen ist. Wenn sie nur endlich eine Telegrafenstation dort errichten würden! Dann hätten wir die Nachricht binnen weniger Tage. Doch so dauert allein eine Passage fast einen Monat.«

»Das wird noch kommen, du wirst sehen. Auch für uns strebsame Deutsche ist es nicht einfach, ein ganzes Land an den Fortschritt anzuknüpfen.«

»Hat euch eine Nachricht von Mutter erreicht?«, fragte Frederike, der deutlich anzumerken war, dass sie hoffte, dafür nicht zurechtgewiesen zu werden.

»Sie ist wohlauf und kommt jeden Tag ein wenig mehr zu Kräften.« Elisabeth lächelte Frederike an. »Es ist schön, dass du dir um sie Gedanken machst.«

Frederike lächelte schwach und aß dann weiter.

Nicht lange danach waren alle fertig und erhoben sich vom Tisch. Frederike und Martha gingen auf ihre Zimmer, Georg ins Arbeitszimmer und Elisabeth in den Salon. Bald wünschten die Mädchen eine gute Nacht und begaben sich zu Bett.

Georg saß noch in seinem Arbeitszimmer und sah einige Papiere durch, als Elisabeth den Raum betrat, zu ihm herüberkam und sich hinter ihn stellte. Er lehnte seinen Kopf an ihre Brust, genoss es, dass sie seine Schultern massierte.

»Du sorgst dich mehr, als du zugeben willst, nicht wahr?«, sagte Elisabeth nach einer Weile.

»Es beunruhigt mich. Ich habe schließlich Zusagen gemacht und bin auf die Lieferungen angewiesen. Allein die Mengen, die Karl benötigt …«

»Kann ich etwas tun?«

»Nein, es sei denn, du findest einen Weg, eine Telegrafenstation nach Kamerun zu bringen.«

Sie beugte sich vor und küsste seine Stirn. »Wie lange reichen deine Bestände?«

»Das kann ich nicht sagen. Es ist von vielen Faktoren abhängig.«

Sie massierte seinen Nacken, strich an seinem Hals herab. »Du wirst heute Abend nichts mehr ausrichten können. Aber du brauchst dringend Entspannung.«

»Geh schon vor. Ich werde noch rasch nachsehen, ob die Mädchen schlafen. Dann komme ich zu dir.«

»Nein«, erwiderte Elisabeth. »Ich werde in deinem Schlafzimmer auf dich warten. Ich denke, jetzt, wo Vera weg ist, ist dort mein Platz.«

Georg zögerte. Ihm war nicht ganz wohl bei dem Gedanken, dass Elisabeth nun ganz den Platz seiner Ehefrau einnehmen wollte. Schließlich würde diese eines Tages wiederkommen. »Wie du willst«, lenkte er dennoch ein.

Elisabeth gab ihm einen Kuss und löste sich dann von ihm. Sie hatte das Gefühl, einen weiteren Sieg errungen zu haben.

Georg war erst in Frederikes, dann in Marthas Zimmer gewesen, um sich zu vergewissern, ob die beiden tief und fest schliefen und von ihnen keine Störung mehr zu befürchten war. Dann ging er in sein eigenes Schlafzimmer, wo Elisabeth bereits im Bett auf ihn wartete.

Als er eintrat, lächelte sie ihn an und schlug die Decke auf seiner Seite zurück. »Komm her.«

Georg zog sich aus, doch die Vorfreude, die er sonst bei ähnlichen Einladungen seiner Schwägerin verspürte, wollte sich heute nicht einstellen. Ihm gingen zu viele Gedanken durch den Kopf, aber das sagte er ihr nicht. Auf keinen Fall wollte er riskieren, einen Streit heraufzubeschwören und damit die Zahl seiner Sorgen noch zu vergrößern.

Robert hatte genau beobachtet, in welchen Räumen das Licht an- und wieder ausgemacht worden war. Nun stand die Villa vollkommen im Dunkeln. Er ging eilig über den Rasen zum Vordereingang und griff unter den dritten Blumenkübel, wo stets ein Schlüssel für die Bewohner deponiert war. So war es schon in seiner Kindheit gewesen, und es hatte sich nie geändert. Robert nahm ihn an sich, ging zur Tür und schloss sie auf.

Er betrat das Haus, und eine geradezu berauschende Wärme schlug ihm entgegen. Schnell schloss er die Tür. Es hatte nicht geregnet, doch durch den in den Abendstunden einsetzenden Nebel hatte sich ein feuchter Film auf seine Kleidung gelegt, die sich nun klamm und kalt anfühlte, genau wie seine Haut. Kurz war er in Versuchung, in den Salon zu gehen und sich ein wenig aufzuwärmen. Doch er war zu unruhig, da er nicht wusste, was ihn sogleich in seinem eigenen Schlafzimmer erwarten würde.

Er schlich zur Treppe und ging so lautlos wie möglich hinauf. Die sechste Stufe, die, solange er zurückdenken konnte, knarrte, ließ er aus. Er erreichte den oberen Flur, schlich zu seinem Schlafzimmer und öffnete, so leise er konnte, die Tür. Er lauschte und versuchte, in der Dunkelheit etwas zu erkennen. Allmählich gewöhnten seine Augen sich daran, und er sah, dass das Bett unberührt war. Er atmete geräuschvoll aus, drehte sich um und verließ das Zimmer wieder.

Vor der Tür zu Georgs und Veras Schlafzimmer blieb er stehen und lauschte einen Moment. Er konnte etwas hören, leise nur und unterdrückt, aber dennoch vernehmlich. Er zögerte. Was, wenn seine Schwägerin und sein Bruder da drin waren? Er verwarf den Gedanken. Warum hätte Vera ihm so verzweifelt schreiben sollen, wenn sie sich in Wahrheit derart gut verstanden? Nein, das ergab keinen Sinn. Er drückte, so lautlos er konnte, die Klinke herunter und trat ein. Im Dunkel nahm er Bewegungen auf dem Bett wahr. Kurz überlegte er, wie spät es wohl war. Um elf Uhr abends wurde überall die Stromversorgung abgeschaltet. Robert war sich nicht ganz sicher, wie lange er dort draußen im Park ausgeharrt hatte. Aber er hätte wetten mögen, dass es noch nicht elf war. Also griff er beherzt zum Lichtschalter.

Elisabeth, die auf Georg saß, gab einen spitzen Schrei von sich und stieg hastig von ihrem Geliebten herunter, hielt sich die Bettdecke vor ihre nackten Brüste. Georg setzte sich ruckartig auf und starrte Robert an wie einen Geist.

Robert betrachtete die beiden mit einem kalten, angewiderten Blick. »Was für eine reizende Überraschung nach der langen Reise!«

»Robert, wir können das erklären …«

»Wirklich? Na, das möchte ich unbedingt hören.« Er verschränkte die Arme vor der Brust.

Auf dem Flur waren Schritte zu hören. Kurz darauf erschienen Frederike und Martha in der Tür. Erschrocken schlugen beide die Hand vor den Mund.

»Vater«, sagte Martha verwirrt und starrte Robert an. Dann blickte sie wieder zum Bett. »Mutter?«

Elisabeth sah zur Seite. Ihr stand die Beschämung über die Situation ins Gesicht geschrieben.

»Bitte, geht hinaus.«

»Warum? Damit du dir ein damenhaftes Kleid anziehen kannst? Steh ruhig auf und zeig dich, wie du bist. Huren machen das so.«

»Robert«, schnauzte Georg, »sprich nicht so mit ihr!«

»Sag du mir nicht, wie ich mit meiner Frau zu sprechen habe. Sie ist eine Hure, und du bist ein mieses, hinterhältiges Schwein.«

»Bitte!«, flehte Frederike und begann zu weinen.

Robert rang um Fassung. »Martha, Frederike, das hier ist nichts für euch. Geht in eure Zimmer, bis wir euch rufen.«

»Aber ich …«, wollte Martha widersprechen.

»Sofort!«, befahl Robert.

Frederike und Martha blickten sich verstört an, dann liefen sie über den Flur zurück und verschwanden in Frederikes Zimmer.

»Ich warte unten auf euch. Ich denke, wir haben einiges zu klären.« Robert ging hinaus, knallte die Tür hinter sich ins Schloss und stieg die Stufen hinunter.

»Gnädiger Herr!« Anna stand im Morgenmantel unten im Flur und sah ihn verdutzt an. »Sie sind heimgekommen?«

»Allerdings. Guten Abend, Anna. Der Brief meiner Schwägerin hat mich erreicht. Sie schrieb mir, dass du ihr geholfen hast. Wo ist sie denn?«

Die Haushälterin presste sich die Hand vor den Mund, konnte die Tränen nicht zurückhalten. »Der gnädige Herr und Ihre Frau, sie haben sie weggebracht.«

Robert trat näher an sie heran. »Was meinst du damit – sie haben sie weggebracht?«

»Sie ist jetzt in einer Klinik für Menschen mit Nervenleiden.«

»*Mit Nervenleiden?*«, fragte er entgeistert. »Vera ist doch nicht nervenkrank.«

»Ich weiß.« Anna liefen die Tränen über die Wangen. »Ach, gnädiger Herr, wären Sie doch nie fortgegangen!«

»Wie heißt die Klinik?«

»Den Namen kenne ich leider nicht, gnädiger Herr.« Sie schluchzte auf. »Ich weiß nur, dass sie in Berlin ist.«

»In Berlin?«, fragte er ungläubig und überlegte. »Weiß Dr. Arnsberg davon?«

»Ja, gnädiger Herr. Er hat die gnädige Frau eingewiesen. Aber nur, weil ihm so viele Lügen erzählt wurden.« Sie schluchzte heftig.

Robert sah nach oben, wo Georg an der Treppe erschien und zu ihnen heruntersah. Mit ruhigen Schritten kam er die Stufen herab. Anna blickte ihn an, knickste und lief davon wie ein Tier, das man soeben verscheucht hatte.

»Es tut mir leid, Robert. All das war nicht geplant.«

Robert sah seinen Bruder an, holte aus und schlug ihm mit aller Kraft ins Gesicht. Georg taumelte und fiel auf die Stufen.

»Das habe ich verdient.« Er wischte sich das Blut aus dem Mundwinkel und verzog vor Schmerzen das Gesicht.

»Du hast noch weit mehr verdient als das, aber ich werde mir an dir nicht die Finger schmutzig machen. Ich verachte dich, Georg.«

Georg sah zu ihm hoch. »Ich liebe sie, Robert.«

»Wunderbar. Du kannst dieses Miststück gern behalten.«

»Sprich nicht so von ihr!«

Robert machte einen Schritt auf ihn zu. »Ich rede von ihr, wie ich will. Und von dir ebenso, du Lump! Diesen Betrug werde ich keinem von euch jemals verzeihen!«

»Robert, lass mich dir doch bitte erklären …«

»Nein«, schnitt Robert ihm das Wort ab. »Es gibt nichts, was du zu deiner Verteidigung sagen könntest. Ich habe dir vertraut, Georg. Dein Betrug trifft mich mehr als der ihre.«

»Ich weiß nicht, was ich sagen soll. Ich … sie ist …«

»Ich habe alles hinter mir gelassen und bin nach Kamerun gegangen, um unsere Familie vor dem Ruin zu retten. Und das ist der Dank!« Er spuckte aus. »Ihr verdient einander, weiß Gott!«

Georg sah nicht mehr zu ihm auf, hatte den Versuch, sich zu erklären, aufgegeben.

»Ich empfinde nichts als Verachtung für dich, Bruder.« Robert betonte das letzte Wort höhnisch. »Diesen Betrug, das verspreche ich dir, wirst du bereuen. Du und deine Geliebte, die sich oben in deinem Zimmer verkriecht.« Er stieg über Georg hinweg und lief die Stufen hinauf.

Georg blickte ihm nach. Er fühlte sich zu kraftlos, um ihm zu folgen, rappelte sich aber auf.

Oben ging Robert direkt zu dem Zimmer, das sich früher Luise und Martha, nun jedoch Martha und Frederike teilten. Er klopfte und öffnete vorsichtig die Tür. »Darf ich hereinkommen?«

Frederike und Martha saßen nebeneinander auf Frederikes Bett und weinten. »Natürlich«, sagte Martha.

»Es tut mir leid, dass ihr das miterleben musstet.«

»Wir wussten nichts davon, ehrlich!« Martha liefen unaufhörlich die Tränen über die Wangen.

Robert setzte sich zu seiner Tochter und Nichte auf das Bett. »Aber ihr könnt doch nichts dafür«, sagte Robert in ruhigem, mitfühlendem Tonfall.

»Seit wann bist du denn wieder in Hamburg?«, fragte Martha.

»Ich bin heute mit dem Schiff angekommen.«

»Und Luise?«

»Sie ist in Kamerun geblieben«, erklärte Robert. »Ich werde noch einmal zurückmüssen. Ich weiß, es ist eine ganz furchtbare Situation für euch. Ihr könnt nicht in diesem Haus bleiben. Nicht, solange die Sache mit den beiden so ist, wie sie ist.«

Frederike und Martha weinten lauter. »Aber wo sollen wir denn hin?«, fragte Frederike.

»Zu eurem Onkel Karl. Ich bin sicher, dass er sich um euch kümmern wird, bis ich in Kamerun alles geklärt habe.«

»Wie meinst du das?«

»Ich muss erst mit Onkel Karl sprechen«, erklärte Robert. »Danach kann ich euch Genaueres sagen.«

»Was sollen wir tun?«

»Packt ein paar Sachen zusammen. Ihr kommt mit mir. Wir verlassen noch heute dieses Haus.«

Frederike und Martha tauschten einen Blick und trafen so eine stille Übereinkunft. Sie standen vom Bett auf, holten sich jede einen Koffer aus dem Schrank und begannen zu packen. Robert hielt sich im Bereich der Tür auf für den Fall, dass Georg oder Elisabeth kamen und sich einzumischen versuchten. Doch keiner von beiden tauchte auf.

Als die drei auf den Flur traten und zur Treppe gingen, sah Robert, dass Georg nicht mehr dort saß, wo er ihn zuletzt gesehen hatte. Robert trug die Koffer der Mädchen nach unten und bat Anna, dem Kutscher zu sagen, dass er die Pferde einspannen solle.

»Wo wollt ihr hin?«, fragte Georg, der zusammen mit Elisabeth aus seinem Schlafzimmer trat. Seine rechte Gesichtshälfte war angeschwollen.

»Ich werde die Mädchen fortbringen.«

»Ich kann dich nicht daran hindern, deine Tochter mitzunehmen, aber Frederike bleibt hier.«

»Ich bin sicher, dass ich im Sinne ihrer Mutter handle, wenn ich sie von hier wegbringe. Ich habe Frederike und Martha gefragt, und beide möchten fort von hier.«

»Ich bin ihr Vater, und ich werde nicht zulassen, dass du Frederike mitnimmst.«

»Vater, bitte, ich möchte bei Onkel Robert bleiben«, flehte Frederike.

»Nehmt eure Koffer und geht schon mal hinaus«, sagte Robert in ruhigem Ton zu Martha und Frederike, die seiner Aufforderung augenblicklich folgten, ihr Gepäck nahmen und zur Tür gingen.

Robert hingegen machte ein paar Schritte auf die Treppe zu. »Sie ist deine Tochter, aber auch meine Nichte, und ich werde nicht zulassen, dass sie weiter in einem so verkommenen Haus leben muss. Du kannst mir zwar verbieten, sie mitzunehmen – aber du kannst es nicht verhindern.«

Georg ging die ersten beiden Stufen hinunter, doch Elisabeth griff nach seinem Arm. »Bitte, Georg, nicht!«

»Ja, Georg, hör besser auf deine Geliebte. Wenn du herunterkommst und versuchst, mich aufzuhalten, übernehme ich keine Garantie für das, was dann passiert. Du hast schon als Kind nie einen Kampf gegen mich gewonnen. Und dieses Mal höre ich nicht auf, nur weil du jammernd um Gnade bettelst.« Robert sah seinen Bruder kalt an.

»Georg, wir werden das klären. Doch nicht auf diese Art. Ich flehe dich an. Er kann dir deine Tochter nicht wegnehmen. Nicht auf Dauer jedenfalls«, sagte Elisabeth.

Robert blieb noch einen Moment stehen, wartete ab, ob Georg weitere Stufen herunterkam. Als dieser sich nicht rührte, hob Robert den Kopf, machte kehrt und ging zur Tür.

Dort drehte er sich noch einmal um. »Ihr beiden werdet das bereuen – das schwöre ich euch!«

23. Kapitel

Berlin, 24. November 1889

Sie hatten die Stunden bis zum Morgen in einer einfachen Unterkunft in der Nähe des Bahnhofs verbracht und dann den ersten Zug genommen, der nach Berlin fuhr, und gegen vier Uhr nachmittags den Bahnhof erreicht. Dort hatten sie eine Kutsche genommen und sich zur Charité, wie die Nervenklinik dort hieß, bringen lassen.

Robert war ein wenig nervös. Er wusste nicht genau, was ihn erwarten würde, doch er war fest entschlossen, die Klinik nicht ohne Vera zu verlassen. In Hamburg hatte er noch überlegt, Dr. Arnsberg aufzusuchen und den langjährigen Arzt der Familie zu befragen, was ihn dazu bewogen hatte, Vera in die Klinik einzuweisen. Er hatte ihn stets für einen integren Mann gehalten, der den geleisteten hippokratischen Eid ernst nahm. Doch Robert wusste nicht mehr, wem er trauen konnte, und er wollte keinesfalls riskieren, dass Dr. Arnsberg sich womöglich mit Georg und Elisabeth in Verbindung setzte und so seinen Plan durchkreuzen könnte.

»Ihr wisst, was ihr zu sagen habt, wenn man euch fragt?«

Martha und Frederike nickten synchron.

»Gut. Dann los.« Zusammen betraten die drei das Krankenhaus, und Robert wandte sich an die erste Person, die ihnen entgegenkam. »Guten Tag. Mein Name ist Georg Hansen. Meine Kinder und ich möchten meine Frau besuchen.«

»Hansen, sagten Sie? Welches Leiden hat Ihre Frau?«

»Sie ist zur Erholung da, um eine anstrengende Zeit zu bewältigen.«

»Ich verstehe. Da müssen Sie in den anderen Trakt. Den Flur entlang und dann links zum Nebengebäude.«

»Danke.« Robert fasste an seinen Hut. »Noch einen guten Tag.«

Robert, Martha und Frederike folgten der Wegbeschreibung und erreichten das Nebengebäude. Hier standen sie vor einer verschlossenen Tür, und Robert klingelte.

Einen Moment später öffnete eine freundliche, untersetzte Frau um die vierzig. »Was kann ich für Sie tun?«

»Georg Hansen. Und das sind meine Tochter und meine Nichte. Wir möchten gern zu meiner Frau Vera.«

»Ich weiß nicht, ob Frau Hansen Besuch empfangen darf.«

»Wie bitte? Wer sollte mir verbieten, meine Frau zu sehen?«

»Aber nein, so ist es nicht gemeint. Die Patienten in unserer Abteilung bedürfen eines besonderen Schutzes.« Sie gab die Tür ein Stück weiter frei. »Bitte, kommen Sie herein. Ich werde den Herrn Professor fragen.«

»Danke.«

»Nehmen Sie doch bitte dort Platz.« Sie deutete auf einige Stühle, die nebeneinander an der Wand aufgestellt waren. »Es dauert nur einen Moment.« Sie ging davon.

Die drei tauschten einen Blick und setzten sich. Robert strich sich mehrfach mit den flachen Händen über die Oberschenkel. Er war nervös, übernervös geradezu. Doch er musste sich jetzt zusammennehmen. Wenn er versuchen wollte, einen Professor für Nervenheilkunde zu täuschen, ohne dass dieser ihm auf die Schliche kam, musste er sich voll und ganz konzentrieren.

Sie warteten eine Weile, dann kam die Schwester in Begleitung eines Mannes, den Robert auf etwa fünfzig Jahre schätzte, den Gang entlang auf sie zu. Robert stand auf.

»Herr Hansen?«, fragte der Mann. »Professor Helmut Hoffmann.«

»Guten Tag, Herr Professor Hoffmann.« Robert deutete auf die Mädchen. »Meine Tochter und meine Nichte.«

Der Professor begrüßte auch die beiden und fragte dann: »Was kann ich für Sie tun, Herr Hansen?«

»Ich möchte gern zu meiner Frau Vera.«

»Ihrer Frau?« Der Professor runzelte die Stirn. »Sie sehen mich verwundert.«

»Ich kann mir denken, weshalb. Sie denken, dass der Mann meiner Frau anders aussieht, nicht wahr?«

»Genau das.«

»Ich fürchte, ich muss Ihnen etwas erklären, Herr Professor. Ich bin ein Feigling.«

Der Mediziner sah ihn verblüfft an. »Wie meinen Sie das?«

»Als meine Frau hierherkam, war sie in Begleitung meines Bruders und seiner Ehefrau.«

»Nun, mir haben sich die beiden als Ehemann und Schwägerin der Patientin vorgestellt.«

»Weil ich sie darum gebeten hatte.« Er nahm den Professor ein Stück zur Seite, als wollte er nicht, dass die Mädchen seine Worte hören konnten. »Vera und ich hatten in den letzten Wochen, nein, in den letzten Monaten erhebliche Probleme. Wir sind im Streit auseinandergegangen, und ich fürchte, ich habe sie sogar unter Druck gesetzt. Wir brauchten Abstand voneinander, und ich wusste, diese Klinik könnte helfen. Doch ich fühlte mich nicht in der Lage, sie selbst hierherzubringen.« Er hob in hilfloser Geste die Arme. »Und ich fürchtete, dass es

Probleme bei der Aufnahme geben könnte, wenn der Schwager meiner Frau und nicht ihr eigener Ehemann die Papiere unterschriebe. Dafür entschuldige ich mich. Ich habe mich gefangen und möchte, dass unsere Kinder und wir wieder eine Familie sind.«

»Ich verstehe, Herr Hansen. Und ich danke Ihnen für Ihre Offenheit.«

»Wie geht es Vera?«

»Nun, sie ist ruhiger geworden. Doch ich fürchte, es liegt noch ein gutes Stück Arbeit vor uns.« Er räusperte sich. »So offen, wie Sie gerade waren, Herr Hansen, möchte ich auch zu Ihnen sein: Ihre Frau glaubt, dass Sie ein Verhältnis mit Ihrer Schwägerin haben.«

»Das ist meine Schuld. Ich habe Elisabeth tatsächlich zu nah an mich herangelassen in meiner Verzweiflung über den Zustand meiner Frau. Doch bitte denken Sie nichts Schlechtes, es war nicht so. Ich habe sie um Unterstützung und Rat gebeten, obwohl ich besser meine eigene Frau gefragt hätte. Doch ich bin sicher, dass Vera und ich unsere Probleme beilegen können, wenn ich nur wieder Zeit mit ihr verbringen kann.«

»Sie möchten zu ihr, das verstehe ich. Ich werde die Patientin fragen, ob sie Sie empfangen möchte.«

»Ich danke Ihnen, Herr Professor.«

»Bitte, warten Sie hier. Ich werde zusehen, was ich für Sie tun kann.« Er ging davon, und Robert setzte sich wieder zu den Mädchen.

Nach einer Weile kam der Professor zurück. »Ich bedaure, Herr Hansen. Die Patientin möchte Sie nicht sehen.«

»Glauben Sie mir, wenn ich nur einen kurzen Blick in ihr Zimmer werfen könnte, würde sie ihre Meinung ändern.«

Der Professor überlegte. »Es tut mir wirklich sehr leid.«

»Was ist mit Martha und Frederike? Möchte sie die beiden sehen?«

»Die Patientin hat sich sehr aufgeregt, als sie erfuhr, dass Sie hier sind, Herr Hansen. Ich fürchte, ich kann nicht zulassen, dass sie weitere Aufregung mitmacht. Sie sagte wörtlich, dass ich Ihnen ausrichten soll, Sie und Ihre …«, er schaute zu den Mädchen und sah offenbar deshalb doch davon ab, den genauen Wortlaut wiederzugeben, »dass Sie und Ihre Schwägerin zur Hölle fahren sollen. Dann ist sie weinend zusammengebrochen.«

Frederike sprang auf. »Ich möchte sie nur einen kurzen Moment sprechen. Sagen Sie ihr das, bitte!«, forderte sie nachdrücklich.

»Nun gut, ich werde sie fragen.« Wieder ging der Professor davon. Als er zurückkam, sagte er zu Frederike: »Sie würde sich freuen, Sie zu empfangen.«

»Danke.« Frederike warf Robert einen Blick zu und nickte, dann folgte sie dem Professor.

Er führte sie zum Zimmer der Patientin und klopfte an. »Frau Hansen, Ihre Tochter ist hier.«

Frederike steckte den Kopf ins Zimmer. »Guten Tag, Mutter.«

Vera schlug ergriffen die Hand vor den Mund, stand auf und eilte der Tochter entgegen. Die beiden umarmten sich, die Tränen liefen ihnen über die Wangen.

»Ich bin so glücklich, dich zu sehen«, sagte Vera, als sie sich voneinander lösten und sie Frederike zärtlich über die Wange strich.

»Ich auch.« Die beiden gingen hinüber zum Bett.

»Kann ich bitte einen Moment allein mit meiner Mutter sprechen?«, bat sie den Professor.

»Selbstverständlich. Ich schließe die Tür und warte auf dem Gang.«

»Danke.«

Kaum dass er draußen war, griff Frederike nach den Händen ihrer Mutter. »Hör mir bitte genau zu, Mutter. Onkel Robert ist hier, nicht Vater. Du hattest recht. Vater und Tante Elisabeth haben dich hintergangen. Onkel Robert sagte uns im Zug hierher, dass du ihm einen Brief nach Kamerun geschickt und ihn um Hilfe gebeten hast. Deshalb sind wir hier. Wir wollen dich mitnehmen, Mutter. Doch wenn Onkel Robert nicht gelogen hätte, so fürchtete er, würde man dich nicht entlassen.«

Vera atmete heftig und legte sich die Hand auf die Brust. »Robert? Oh mein Gott.«

»Ja, Mutter. Deshalb ist es wichtig, dass du jetzt so tust, als wäre er dein Mann, damit wir dich hier herausbekommen.«

Vera nickte heftig, dann stand sie auf und ging zur Tür. »Herr Professor Hoffmann?«

»Ja, Frau Hansen?«

»Ich würde jetzt doch gern mit meinem Mann sprechen.«

Der Professor blickte an der Patientin vorbei und warf Frederike einen ernsten Blick zu. »Sie sollten sich nicht beeinflussen lassen, Frau Hansen. Das würde Ihre Genesung beeinträchtigen.«

»Es war nur die alte Wut auf meinen Mann, die wieder hochkam, als ich hörte, dass er gekommen ist. Doch das war nur im ersten Moment. Ich möchte mit ihm sprechen. Bitte, Professor Hoffmann, holen Sie ihn.«

»Nun gut. Wie Sie wollen.«

Frederike blieb bei ihrer Mutter. Keine von beiden sagte ein Wort. Sie waren zu angespannt, zu nervös. Sie hörten Schritte auf dem Flur, dann traten hinter Professor Hoffmann Robert und Martha ein.

»Martha«, begrüßte Vera die Nichte als Erstes und umarmte sie. Dann sah sie Robert an. »Georg! Ich danke dir, dass du gekommen bist.«

Robert ging auf sie zu, umarmte sie. »Vera, du siehst erholt aus. Geht es dir besser?«

»Ja, danke.«

»Und? Hat dir die Zeit hier gutgetan?«

»Ja. Ich weiß, dass ich anfangs dagegen war. Doch es war richtig, dass du auf meinen Aufenthalt hier bestanden hast.«

»Es macht mich glücklich, dass du es jetzt so siehst. Ich wiederum habe begriffen, dass wir unsere Probleme nur gemeinsam lösen können. Wenn du möchtest, würde ich dich gern mit nach Hause nehmen.«

»Moment«, mischte sich Professor Hoffmann ein. »Das geht nicht so einfach.«

»Weshalb nicht?«, fragte Robert überrascht.

»Nun, ich habe Ihrem Bruder – bei dem ich ja davon ausgehen musste, dass Sie es sind – das alles bei der Aufnahme erklärt. Ihre Frau war auf Einweisung Dr. Arnsbergs hier, und wir haben einen Vertrag geschlossen. Zwar hat Ihr Schwager für Sie unterschrieben, doch der Vertrag an sich ist bindend.«

»Soweit ich weiß, ist das hier eine Klinik und kein Gefängnis. Wenn meine Frau fortmöchte und ich als ihr Ehemann dem zustimme, wüsste ich nicht, auf welcher Grundlage Sie Vera hier festhalten könnten.«

»Die Aufenthaltsdauer, die vereinbart wurde, muss eingehalten werden«, beharrte der Professor.

Robert überlegte kurz. »Jetzt verstehe ich, Herr Professor. Selbstverständlich wird der geschlossene Vertragswert vollständig erfüllt.« Er zögerte, weil er nicht wusste, ob Georg schon alles bezahlt hatte oder noch etwas fällig war. »Mein Bruder erwähnte, das Behandlungshonorar bereits bezahlt zu haben?«

»Das ist richtig.«

»Meine Frau und ich sind Ihnen sehr dankbar für Ihre Hilfe. Sie war jedes Geld der Welt wert. Betrachten Sie unsere Zahlung als Ausgleich. Selbstverständlich sehen wir von einer Erstattung ab.«

»Aber es ist doch nicht nur das«, protestierte der Professor.

»Ich bin Kaufmann, Herr Professor Hoffmann. Und ich kann finanzielle Interessen gut verstehen. Ich verurteile niemanden dafür, dass er auf die Einhaltung einer geschäftlichen Vereinbarung besteht. Sie können das Zimmer meiner Frau ab morgen wieder vergeben. Wenn Sie dadurch eine doppelte Einnahme haben, umso besser für Sie. Und jetzt seien Sie bitte so gut, jemanden zu schicken, der meiner Frau beim Packen hilft. Wir möchten noch heute zurück nach Hamburg reisen.«

Einige Stunden später saßen sie zu viert im Zug. Jedoch fuhr dieser nicht nach Hamburg, sondern in Richtung Wien. Robert war erschöpft. Er hatte in den letzten zwei Nächten kaum Schlaf bekommen, und die Gedanken um die Ereignisse, die sich überschlagen hatten, schwirrten wie Hummeln in seinem Kopf herum.

Er dachte an Luise und fragte sich, wie es ihr wohl erging. Sein Blick fiel auf Vera und Frederike, die sich die ganze Zeit an den Händen hielten, als hätten sich Mutter und Tochter nach vielen Jahren endlich wiedergefunden. Es schien Robert, als hätte er die beiden nie so eng miteinander erlebt. Umso mehr tat ihm Martha leid. Nach dem, was sie mit ihrer Mutter erleben musste, würde die Tochter sie nie wieder so sehen wie früher. Elisabeth hatte durch ihr Verhalten alles zerstört. Nicht nur ihre Ehe, sondern auch den Respekt, den die Mädchen vor ihr gehabt hatten. Er hatte kein Mitleid mit Elisabeth, sondern nur mit den Kindern, deren Leben, wie es bisher gewesen war, ein für alle Mal vorbei war.

Er fragte sich, was Karl von alldem halten würde. Und Richard. Was würde er wohl denken, wenn er während der Semesterferien in die Villa zurückkehren und außer seinem Vater und seiner Tante als Liebespaar niemanden vorfinden würde? Robert beschloss, ihm einen Brief zu schreiben und diesen an die Universität in Heidelberg zu senden, damit Richard bei seiner Heimkehr nicht völlig unvorbereitet wäre.

Robert sah zu Martha, die nachdenklich vor sich hin starrte. Er nahm ihre Hand in seine und küsste sie. Die Tochter lächelte ihn an. Dann lehnte Robert den Kopf gegen die Rückenlehne und ließ sich vom gleichmäßigen Rattern der Eisenbahn einschläfern.

* * *

Wien, 25. November 1889

Zischend und pfeifend fuhr der Zug in den Bahnhof in Wien ein. Robert half den Mädchen und Vera aus dem Waggon und ging mit ihnen zu einer der Droschken. »Wir möchten zur Landskrongasse. Kennen Sie die?«

»Gewiss, die Herrschaften. Nehmen S' bitte Platz.«

Der Kutscher – oder Fiaker, wie er in Wien hieß – trieb die Pferde in einen sanften Trab. Gleichmäßig schlugen die Hufe auf das Pflaster.

»Ich bin gespannt auf Karls Gesicht«, versuchte Robert die Anspannung zu lockern.

Vera lächelte beklommen, sagte jedoch nichts.

»Denkst du, dass es ihm recht sein wird?«, fragte Frederike.

»Er wird sich freuen. Da bin ich ganz sicher.«

Den Rest der Fahrt verbrachten sie schweigend.

Als die Droschke hielt, stieg Robert aus, noch bevor der Kutscher von seinem Bock gestiegen war, blickte an der Fassade hoch und pfiff durch die Zähne, als er das große Gebäude samt

Schild mit der Aufschrift *Kontor Hansen* sah. »Nun sieh sich das einer an!«

Vera, Frederike und Martha stiegen ebenfalls aus. Sie reckten die Hälse. »Ich hätte nicht gedacht, dass es so groß ist«, gab Vera staunend von sich.

»Kommt. Gehen wir hinein und sehen nach, was der Inhaber zu unserem Besuch sagt.« Sie betraten das Kontor und wurden durch die Klingel über der Tür angemeldet.

Ein freundlich aussehender junger Mann kam von hinten an den Tresen. »Guten Tag, die Herrschaften. Was kann ich für Sie tun?«

»Wir hätten gern Herrn Hansen gesprochen. Ist er da?«

»Ja, er ist da. Wen darf ich melden?«

»Vier weitere Hansens«, erklärte Robert und lächelte den jungen Mann an, dann streckte er ihm die Hand entgegen. »Robert Hansen, freut mich.«

»Felix Mursch, habe die Ehre.« Er schüttelte Roberts Hand und nickte den Frauen zu. »Ich hole Herrn Hansen gleich. Einen Augenblick, bitte!« Er ging durch die Tür nach hinten ins Kontor.

Nur einen Wimpernschlag später hörte man schnelle Schritte näher kommen, und Karl erschien im Verkaufsraum. »Das gibt es doch nicht! Robert, Vera, Martha, Frederike!« Er breitete die Arme aus und herzte jeden Einzelnen von ihnen. »Ich dachte, Felix hätte sich verhört.«

»Karl, es ist wirklich schön, dich endlich wiederzusehen!«

»Was macht ihr denn hier? Warum habt ihr uns nicht vorher Bescheid gegeben? Therese und ich hätten etwas vorbereiten können.«

Felix war aus dem Kontor wieder in den Verkaufsraum getreten.

»Vor ein paar Tagen wussten wir selbst noch nicht, dass wir kommen.« Robert verzog den Mund.

»Ist etwas passiert? Ist etwas mit Georg?« Karl sah Robert besorgt an.

»Es geht ihm gut. Doch du hast recht, es ist etwas passiert. Können wir irgendwo ungestört reden?«

Karl sah seinen Angestellten an. »Felix, mach doch eine halbe Stunde Pause.«

»Aber ich hatte schon eine Pause.«

»Mach noch eine.«

Felix zögerte, nahm dann aber seinen Mantel, verabschiedete sich und ging hinaus.

»Ich habe zwar jede Menge Kakaobohnen hier, doch sonst nichts, was ich euch anbieten könnte«, entschuldigte sich Karl.

»Das macht nichts. Wir können später im Hotel etwas essen und trinken.«

»Ich würde euch ja anbieten, bei uns zu schlafen, aber unsere Wohnung ist leider nicht allzu groß.«

»Wir wollen dir und deiner Frau keine Umstände machen, und mir ist es lieber, wenn wir ins Hotel gehen«, erwiderte Vera.

»Sobald Felix zurückkommt, bringe ich euch in ein Hotel in der Nähe unserer Wohnung«, sagte Karl. »Doch nun erklärt mir doch bitte, was geschehen ist.«

»Es fing damit an, dass Elisabeth, wie du ja weißt, nicht wieder mit nach Kamerun wollte. Sie und Martha sind in Hamburg geblieben, während Luise und ich zur Farm zurückgekehrt sind«, begann Robert und erzählte dann, ergänzt durch Einwürfe von Vera, Martha und Frederike, was sich seither in Hamburg zugetragen hatte bis hin zu Veras Einweisung in die Nervenheilanstalt. »Und von Berlin sind wir direkt hierhergefahren«, schloss er.

Karl stützte seine Hände auf den Tresen, schüttelte fassungslos den Kopf. »Ich glaube, ich muss mich setzen. Stündet ihr nicht hier vor mir, würde ich es nicht glauben. Georg? Wirklich?

Unser großer Bruder, der stets Zuverlässige, Anständige, das integre Familienoberhaupt?«

Vera nickte. »Ich hätte es ihm auch nie zugetraut. Und Elisabeth schien so bemüht und freundlich zu sein. Ich kann es nicht mit Sicherheit sagen, doch glaube ich ernsthaft, dass sie mir etwas antun wollten. Denn erst als Anna das Essen, das Elisabeth mir jeden Tag brachte, wegwarf und eine neue Portion für mich anrichtete, die sie mir dann persönlich ins Zimmer stellte, wurde ich wieder klar im Kopf. Zuvor gab es Zeiten, in denen ich nicht mehr in der Lage war, aus dem Bett aufzustehen.«

»Ich fühle mich so schlecht, weil ich dachte, du müsstest dich einfach nur zusammennehmen, dann würde es schon gehen«, sagte Frederike zu ihrer Mutter.

»Mir ging es genauso«, gab Martha kleinlaut zu.

»Ihr müsst euch keine Vorwürfe deswegen machen. Nicht einmal ich selbst habe gewusst, was vor sich ging. Wie hättet ihr es dann wissen sollen?«

»Was hast du jetzt vor?«, fragte Karl Robert.

»Das ist einer der Gründe, weshalb wir hier sind.« Robert holte tief Luft. »Ich bin nicht bereit, die Firma *Peter Hansen & Söhne* weiter mit ihm gemeinsam zu führen.«

»Das kann ich verstehen«, sagte Karl.

»Du und ich, wir haben zusammen die Mehrheit. Es sei denn«, räumte Robert ein, »du schlägst dich auf seine Seite.«

»Ich hätte mir nicht vorstellen können, dass ich mich jemals zwischen euch entscheiden müsste.« Karl blickte ernst drein. »Aber nach dem, was ihr erzählt habt, gibt es keinen Zweifel für mich, mit wem ich künftig zusammenarbeiten will.«

»Danke, Karl. Mit nichts anderem habe ich gerechnet.«

»Wie stellst du dir den Ablauf vor?«

»Ich habe auf der Zugfahrt hierher darüber nachgedacht. Anfangs war mein Gedanke, nach Kamerun zurückzukehren, die Farm weiterzubetreiben und die Kakaobohnen statt nach Hamburg ausschließlich an dich zu liefern oder an andere Käufer, die sich auftun. Doch damit wären Georg und ich noch immer in der Firma miteinander verbunden. Und das lehne ich ab.«

»Was bedeutet?«

»Ich werde einen Verwalter für die Farm suchen, der sich statt meiner um alles kümmern wird. Luise werde ich nach Hause holen. Ich oder vielmehr wir beide werden Georg darüber in Kenntnis setzen, dass wir ihn nicht länger in der Firma haben wollen, ihm ein Drittel abzüglich der Verbindlichkeiten auszahlen und ihn seiner Wege ziehen lassen.«

»Was ist, wenn er sich weigert?«

»Dann werden wir beide aus der Firma aussteigen, und er muss uns ausbezahlen, was er sich nicht leisten kann.«

»Er hat also keine Wahl.«

»Nein. Die hat er nicht.« Robert hob den Kopf. »Er bekommt ein Drittel von allem, auch vom Wert der Villa. Und dann soll er verschwinden. Ich werde seinen Platz im Kontor in Hamburg einnehmen und die Firma endlich wieder groß machen.«

Karl sah ihn besorgt an. »Ich habe nicht den geringsten Zweifel, dass du das schaffen wirst. Dass *wir*«, er betonte das letzte Wort, »das schaffen werden. Doch Georg wird es den Todesstoß versetzen, das muss dir klar sein.«

»Es ist mir klar.«

»Leichtfallen wird es mir nicht. Er ist immerhin unser Bruder.«

»Er war mein Bruder so lange, bis er mit meiner Frau geschlafen hat.«

Karl seufzte. »Es stimmt. Das ist unverzeihlich.«

»Und was wird mit uns?«, fragte nun Vera erstmals.

»Martha bleibt bei mir. Ich werde es nicht zulassen, dass sie weiterhin bei dieser Frau«, er spie die Worte verächtlich aus,

»bei ihrer Mutter lebt«, fügte er dann etwas versöhnlicher hinzu. »Dir und Frederike steht es natürlich frei, zu leben, wo immer ihr wollt. Ihr gehört zur Familie und werdet weiterhin von Karl und mir versorgt.«

Karl nickte bekräftigend. »Darauf habt ihr auch mein Wort.«

»Ich werde alles dafür tun, Georg und Elisabeth so bald wie nur möglich aus der Villa zu entfernen. Dann werden wir alle dort wieder einziehen: du, Vera, mit Frederike, ich mit Martha und Luise.«

»Ich hätte nie gedacht, dass es eines Tages so weit kommen würde, dass wir Brüder uns entzweien.«

»Ich auch nicht«, meinte Robert. »Doch weder du noch ich tragen daran irgendeine Schuld, sondern ausschließlich Georg.«

Die Glocke über der Tür klingelte, und Felix betrat den Laden. »Störe ich?«

»Nein, Felix. Es ist gut, dass du kommst. Sperrst du später bitte zu? Ich werde mich jetzt um meine Familie kümmern.«

»Ja, Herr Hansen.«

Zu fünft verließen sie das Kontor, und Karl führte sie zu einem Hotel, das nahe bei Thereses und seiner Wohnung lag. Sie verabredeten, dass die Hamburger sich etwas frisch machen sollten, während Karl bei Therese im Kaffeehaus vorbeiging, um sie über den unerwarteten Besuch in Kenntnis zu setzen.

Zum Abendessen trafen sich dann alle in einem Restaurant, wo die Hamburger erstmals Therese kennenlernten. Man war sich gleich sympathisch. Womöglich lag es auch daran, dass Karl seiner Frau zuvor über das Geschehen in Hamburg berichtet hatte, was sie spüren ließ, dass sie hier Menschen vor sich hatte, die keineswegs großbürgerliche Arroganz und Unnahbarkeit an den Tag legten, wie sie es insgeheim erwartet hatte. Es wurde trotz der unglücklichen Umstände ein wirklich herzlicher, familiärer

Abend, und Therese freute sich darauf, in den nächsten Tagen noch mehr Zeit mit den Verwandten ihres Ehemannes zu verbringen und ihnen in ihrer schwierigen Lage ein wenig zur Seite zu stehen. Als die beiden gegen Ende des Abends noch verkündeten, dass sie bald Eltern werden würden, war das Eis zwischen Therese und ihrer neuen Verwandtschaft endgültig gebrochen.

Therese konnte gar nicht richtig einschätzen, wie wertvoll dieser heitere Abend für die Hamburger Familie war und dass Robert, Vera, Martha und Frederike aus diesen gemeinsamen Stunden mit ihr und Karl bereits ein wenig Kraft und eine erste, zarte Zuversicht schöpften: Vera, die am schlimmsten von ihnen allen gelitten hatte und sich darüber im Klaren war, dass noch viele harte Tage und Monate vor ihr lagen, bis sie wieder ein wenig Vertrauen in die Zukunft haben würde. Frederike, die sich schuldig fühlte, weil sie sich nicht vor ihre Mutter gestellt hatte, sondern sich von Elisabeth hatte vereinnahmen lassen, und deren Vater nun nicht mehr das geachtete Familienoberhaupt war, sondern durch seine Verfehlungen die Zuneigung und den Respekt seiner Tochter für immer eingebüßt hatte. Und natürlich Martha, die ihre Mutter in einer so beschämenden Situation erlebt hatte, die hatte mit anhören müssen, wie ihr Vater die Mutter im ersten Schock als Hure bezeichnet hatte.

Keiner von ihnen würde die vergangenen Tage jemals vergessen können. Ihnen blieb vorerst nur die Hoffnung, dass ihr Leben in Hamburg irgendwann wieder ins rechte Gleis kommen würde.

Und Robert? Er hatte die denkbar tiefste Verletzung und Enttäuschung erlitten – durch die Ehefrau *und* den geliebten älteren Bruder. Doch ihn würden seine Pflichten in der Firma und die Verantwortung für die Familie – und sein tiefer Hass auf Elisabeth und Georg – wohl halbwegs über die ersten, schlimmsten Monate tragen.

Gleich am nächsten Tag gab Robert einen Brief an Luise auf, in dem er sie über die Ereignisse und auch seine Entscheidung, dass sie Kamerun verlassen würden und er die Plantage in die Hände eines Verwalters legen würde, in Kenntnis setzte. Ihm war bewusst, dass es seiner Tochter ganz und gar nicht gefallen würde, doch sie hatte wohl keine andere Wahl, als es zu akzeptieren. Er teilte ihr weiter mit, dass er noch nicht genau wisse, wann er in Hamburg alles erledigt haben würde, um ein letztes Mal nach Kamerun zu reisen, die Dinge vor Ort zu klären und sie dann nach Hamburg mitzunehmen. Er schlug vor, dass sie bei Raimund Leffers einmal vorfühlen solle, ob er womöglich bereit sei, die Farm in Kamerun zu verwalten. Schließlich hatte er bislang keine echte Aufgabe dort, was für einen jungen und klugen Mann durchaus eine Belastung darstellte. Dann steckte er den Brief in den Umschlag und gab ihn bei einem Postamt auf. Von dort würde er zum Postschiff weitergeleitet werden, das in den nächsten Tagen die Fahrt nach Kamerun antreten würde.

Robert und Karl machten zu zweit einen Spaziergang, um das weitere Vorgehen und die erforderlichen Schritte für die Trennung von Georg zu besprechen.

»Ich habe mit Therese gesprochen«, begann Karl. »Sie bat mich, dir vorzuschlagen, dass ich dich nach Hamburg begleite, während Vera, Martha und Frederike hier in Wien bleiben, bis alles endgültig geklärt ist. Die drei haben schon genug durchgemacht.«

»Du willst mitkommen?«

»Ich halte es für das Beste. Georg sollte uns geschlossen Seite an Seite sehen, um zu begreifen, dass wir es ernst meinen.«

»Ich danke dir dafür, Karl.«

»Ich weiß nicht, was ich getan hätte, wäre ich an deiner Stelle gewesen.«

»Weißt du, was das Schlimmste ist?«

»Nein.«

»Ich habe das Gefühl, dass ich an allem schuld bin, weil ich diese Giftschlange geheiratet und damit in unsere Familie gebracht habe.«

»Niemand hat Georg gezwungen, sich mit ihr einzulassen«, befand Karl. »Auch Elisabeth nicht. Es war allein seine Entscheidung, und nun muss er mit den Folgen leben.«

»Luise wird es hassen, wieder nach Hamburg kommen zu müssen. Sie ist in Kamerun aufgeblüht.«

»Luise ist noch so jung. Eine Weile wird sie womöglich noch daran denken und traurig sein, doch dann wird es auch in Hamburg wieder schön für sie sein. Du wirst schon sehen.«

»Ich hoffe, dass du recht behältst.«

Zwei Tage später brachen Karl und Robert nach Hamburg auf. Frederike würde, solange sie ohnehin in Wien bleiben mussten, als Aushilfe in Thereses Kaffeehaus arbeiten, während Martha sich um ihre Tante Vera kümmern und ihr liebevollen Beistand leisten würde.

Therese war froh, wenigstens für Frederike eine Aufgabe gefunden zu haben. Sie konnte nicht nachvollziehen, warum Martha ihr Angebot so kategorisch abgelehnt hatte. Ebenso war Therese überzeugt, dass es für Vera besser wäre, sich eine sinnvolle Beschäftigung zu suchen, als die ganze Zeit über ihre zerbrochene Ehe und den Betrug ihres Mannes nachzugrübeln. Abgesehen davon hätte sie selbst es äußerst langweilig gefunden, den ganzen Tag nur spazieren zu gehen oder im Hotel zu bleiben und ein Buch zu lesen, wie Vera es tat, fand sich aber damit ab, dass ihre Schwägerin und sie eben doch sehr unterschiedliche Menschen waren.

24. Kapitel

Hamburg, Anfang Dezember 1889

Robert hatte von Karl einen abgelegten Wintermantel bekommen, doch er hatte das Gefühl, auch damit noch nicht gegen die Kälte gerüstet zu sein. Oder war es die Nervosität beim Gedanken daran, was sich in den nächsten Stunden, womöglich auch Tagen abspielen mochte?

Karl und Robert hatten die Zugfahrt genutzt und alle nur denkbaren Möglichkeiten durchgespielt, um auf jeden Schachzug Georgs bereits die richtige Antwort parat zu haben. Sie fühlten sich gut vorbereitet und ausreichend gewappnet, als sie vom Bahnhof zu Fuß zum Kontor gingen, um den Bruder mit ihrer Forderung zu konfrontieren.

Fräulein Denker sah die beiden erstaunt an, als sie eintraten.

»Guten Tag, Fräulein Denker. Ist unser Bruder in seinem Büro?«

»Guten Tag. Welche Überraschung, Sie beide hier zu sehen! Ja, er ist da. Soll ich Sie anmelden?«

»Wir gehen einfach hinein«, entgegnete Robert. Sie gingen die Treppe hinauf und betraten Georgs Büro, ohne vorher anzuklopfen, und Georg erschrak, als die Tür so plötzlich geöffnet wurde.

»Robert? Karl?« Er blickte vom einen zum anderen und stand dann auf.

»Mach dir nicht die Mühe, uns zu begrüßen.« Karl hob abwehrend die Hand. »Robert hat mich über die Vorkommnisse ins Bild gesetzt, und es gibt keinen Grund für falsche Freundlichkeiten.«

Georg setzte sich wieder hin, und Karl und Robert nahmen auf den Besucherstühlen vor seinem Schreibtisch Platz.

»Ich wünschte, du hättest mir Gelegenheit gegeben, es dir zu erklären«, sagte Georg, an Robert gewandt.

»Und was bitte? Weshalb du, wenn du dich schon wie ein Lump benimmst und deine Frau betrügst, dies ausgerechnet mit meiner tust?«

Georg wollte etwas sagen, schluckte es aber herunter. »Ich verstehe, dass es keinen Sinn hat. Dennoch möchte ich mich aufrichtig für mein Verhalten entschuldigen, Robert. Wir haben dich nie verletzen wollen.«

»Spar dir das. Wir sind nicht gekommen, damit du Reue zeigen kannst.«

»Sondern?«

»Wir möchten, dass du die Firma verlässt«, kam Karl ohne Umschweife auf den Punkt.

Georg setzte sich aufrecht hin. »Was hast du da gesagt?«

»Du hast richtig gehört. Wir wollen nicht mehr mit dir zusammenarbeiten.«

»So ein Unsinn! Ich mag eine private Verfehlung begangen haben, eine große sogar, ja. Aber deshalb meinen Ausstieg aus dem Kontor zu fordern, ist doch Unsinn. Das sind zwei Dinge, die nichts miteinander zu tun haben.«

»Für uns schon«, erwiderte Karl. »Wir wissen nun, dass wir dir nicht vertrauen können, Georg.«

»Ich habe niemals auch nur einen Groschen aus der Firma genommen, von dem ihr nichts wüsstet.«

»Ach ja? Wovon hast du dann so großzügig die Nervenheilanstalt bezahlt, in der du deine Frau verschwinden lassen wolltest?«, fragte Robert und verzog das Gesicht.

Georg riss die Augen auf.

»Ja, da staunst du. Mach dir nicht die Mühe, nach Berlin zu fahren. Vera ist nicht mehr dort. Sie steht jetzt unter unserer Obhut.«

»Sie ist krank. Dazu hattet ihr kein Recht. Und das Geld dafür habe ich von meinem Anteil aus den Gewinnen genommen.«

»Rede dir ein, was du willst«, entgegnete Karl. »Obwohl ich mich nach allem, was ich inzwischen über dich erfahren habe, frage, ob du noch ganz bei Sinnen bist.«

»Bist du wirklich so blind und siehst nicht, wozu Elisabeth dich treibt? Du betrügst deinen Bruder, lässt deine Frau wegsperren, lügst weiter und weiter und merkst gar nicht, dass dir am Ende nichts mehr bleiben wird.«

»Lass Elisabeth da heraus. Du hast diese Frau nie zu schätzen gewusst.«

Robert schüttelte den Kopf. »Denk von ihr, was du willst. Aber eines sage ich dir, lieber Bruder, du solltest die Tage zählen und eine Strichliste führen von dem Tag an, da du ihr sagen musst, dass du nichts mehr hast. Was denkst du, wie lange sie dann noch bei dir bleiben wird?«

»Elisabeth liebt mich!« Georg schlug mit der Faust auf den Tisch.

»Das bringt doch nichts«, sagte Karl und legte seine Hand beschwichtigend auf Roberts Unterarm. »Wir sind hier, um die Formalitäten zu klären.«

»Da gibt es nichts zu klären«, schnauzte Georg. »Ich werde das Kontor weiterhin leiten und Schluss.«

»Und woher willst du die Ware bekommen?«, fragte Robert spöttisch.

»Wenn du mich nicht mehr belieferst, finden sich andere, die es tun.«

»Und wovon möchtest du die bezahlen?«

Georg schien noch immer nicht begriffen zu haben. »Die Firma steht gut da. Ich brauche euch nicht.«

»So? Denkst du?«, entgegnete Karl. »Robert und ich haben das genau besprochen. Du kannst das Kontor in Hamburg haben. Aber natürlich musst du uns beiden dann unsere Anteile auszahlen.«

»Das wäre der Bankrott des Kontors, und dann hat keiner von euch mehr etwas davon.«

»Falsch!«, sagte Karl. »Für mein Kontor in Wien ist es einerlei, ob auf den Säcken *Peter Hansen* oder *Robert Hansen* steht. Das Kontor in Hamburg wirft nur im Kaffeehandel einen mäßigen Gewinn ab. Es zu halten, kostet Robert und mich mehr, als es zu schließen. Das ist die bittere Wahrheit.«

Georg sah zwischen den beiden hin und her. »Das könnt ihr nicht machen.«

»Wir können und wir werden. Wir bieten dir einen einzigen Ausweg an. Nimm ihn oder lass es.«

»Welchen?«

»Wir zahlen dir deinen Anteil am Gesamtwert des Kontors abzüglich des noch bestehenden Anteils an den Verbindlichkeiten. Außerdem bekommst du das Geld für ein Drittel der Villa.«

»Der Villa?«

»Ja. Wir werden nicht zulassen, dass du dort wohnen bleibst, und keine Rechnungen mehr bezahlen kannst. Nimm unser Angebot an, Georg. Sonst drehen wir dir den Geldhahn zu, und du wirst in weniger als drei Monaten bankrott sein.«

»Das Kontor ist gerade dabei, sich zu erholen. Wenn ich jetzt aussteige, bekomme ich selbst mit dem Anteil für die Villa kaum genug, um ein Jahr davon leben zu können.«

»Dann wird es wohl Zeit, dass du dir ein lohnenswertes Auskommen sicherst.«

»Und wie? Ganz Hamburg wird sich das Maul zerreißen. Hier bekomme ich kein Bein mehr auf die Erde.«

»Dann solltest du dir wohl überlegen, aus Hamburg fortzugehen.« Robert zuckte mit den Schultern.

»Ich brauche Zeit, um darüber nachzudenken.«

»Nein«, entgegnete Karl entschieden. »Robert und ich werden, sobald wir diesen Raum verlassen haben, direkt zu Bankier Palm gehen und ihn über die neue Situation in Kenntnis setzen. Und dann erhält er entweder die Anweisung von uns, den derzeitigen Kontorwert nebst Verbindlichkeiten zu ermitteln, oder aber die Nachricht, dass Robert und ich aus der Firma aussteigen und diese somit ihren Verpflichtungen in Kürze nicht mehr nachkommen können wird. Sag, wie du es willst.«

»Ihr seid Verbrecher!«

»Denk, was du willst. Also. Wir brauchen deine Entscheidung.«

»Elisabeth wird nicht aus der Villa ausziehen wollen.«

»Glaub mir, was Elisabeth will oder nicht will, interessiert weder Karl noch mich im Geringsten. Du wolltest die Frau, nun hast du sie.«

»Wir sind doch Brüder. Lasst uns noch mal über alles reden.«

Robert stand auf. »Komm, Karl. Wie mir scheint, will er nicht auf unser Angebot eingehen. Dann wird er eben alles verlieren.«

Karl erhob sich ebenfalls, und die beiden gingen zur Tür.

»Ich mache es«, rief Georg eilig, bevor sie hinausgingen.

Robert drehte sich zu ihm um. »Wir lassen die Papiere aufsetzen, sobald wir die ermittelten Werte haben. Wir kommen morgen mit dem Notar wieder.«

Damit verließen sie das Büro und sahen nicht mehr, wie Georg weinend auf seinem Stuhl zusammenbrach.

Es vergingen insgesamt fünf Tage, bis alle Verträge unterzeichnet waren und sowohl Villa als auch Kontor nur noch zwei Eigentümer hatten. Robert war überrascht gewesen, wie unnachgiebig und kühl sein Bruder Karl sich während der Verhandlungen mit Georg gezeigt hatte. Offenbar hatte ihn der Betrug, den Georg an Robert begangen hatte, mehr getroffen, als Robert gedacht hätte.

»Ich werde hier nicht ausziehen«, verkündete Elisabeth mit Nachdruck. »Dazu kann mich niemand zwingen.« Sie schüttelte energisch den Kopf.

»Du wirst ausziehen, glaub mir«, gab Robert in ruhigem Ton zurück.

»Ich bin noch immer deine Frau.«

»Darum werde ich mich auch noch kümmern«, kündigte Robert an. »Bestimmt werde ich einen Richter finden, der deine Verbundenheit mit anderen Familienmitgliedern zwar unterhaltsam, aber dennoch abstoßend genug finden wird, um einer Scheidung zuzustimmen. Die Schuldfrage ist in diesem Fall eindeutig geklärt, und das weißt du. Du kannst von Glück sagen, wenn ich derzeit noch von einer Scheidung absehe und dir die damit einhergehende öffentliche Demütigung vorerst erspare.«

»Und wenn ich nicht gehe?«

»Glaubst du wirklich, dass mir kein Einfall käme, wie ich dich schnellstens zum Ausziehen bewegen kann? Soll ich mit ein paar guten Bekannten aus der Hamburger Gesellschaft einmal ein vertrauliches Gespräch führen? Du kennst mich offenbar schlecht, hochverehrte Gattin.«

»Das würdest du nicht wagen!«

»Ich würde es tun«, mischte sich Karl ein, was Elisabeth vollends aus der Fassung brachte.

»Bitte, Elisabeth«, sagte nun Georg, »wir lassen unsere Sachen packen und gehen. Sie sind im Recht. Die Villa gehört jetzt ihnen, nicht uns.«

»Weil du einfach nachgegeben hast«, keifte sie. Dann hob sie den Kopf. »Wenn meine Töchter hier künftig leben werden, habe ich ebenfalls das Recht zu bleiben.«

»Weißt du, Elisabeth, es gab Zeiten, da habe ich deinen Einfallsreichtum geschätzt, ja sogar bewundert. Doch diese Zeiten sind vorbei.«

Eben noch wütend, veränderte sich nun plötzlich ihre Miene. »Glaubst du, dass ich nicht bereue, was geschehen ist? Ich bereue es zutiefst. Bitte, Robert, verzeih mir! Wo soll ich denn hin?«

»Ich habe etwas für uns gefunden, was für die erste Zeit genügen wird, bis wir wieder auf die Beine kommen«, sagte Georg mit schwacher Stimme.

»Ich ziehe nicht in irgendein Loch.«

»Jetzt habe ich aber genug!« Robert machte einen Schritt auf sie zu. »Du hast ab jetzt genau eine Stunde Zeit, deine Sachen zu packen und zu verschwinden. Sonst – das schwöre ich dir hiermit – werden Karl und ich dich höchstpersönlich vor die Tür setzen. Hast du das verstanden?«

Elisabeth sagte nichts, starrte Robert nur an.

»Aha, ich vermute, du hast verstanden«, befand Robert. »Karl und ich gehen ins Arbeitszimmer und warten dort. Eine Stunde und nicht länger. Dann seid ihr aus dem Haus. Komm, Karl.«

»Und lasst euch nicht etwa einfallen, das Silber mitzunehmen«, fügte Karl hinzu. »Das ist im Wert der Villa eingerechnet.«

Die beiden stiegen die Treppe hinauf, während Georg versuchte, Elisabeths Arm zu nehmen.

»Fass mich nicht an!«, zischte sie.

Mehr konnten Karl und Robert nicht hören, weil sie die Tür des Arbeitszimmers hinter sich schlossen. Sie tranken ein paar Gläser Danziger Goldwasser und rauchten jeder eine Zigarre. Nach genau einer Stunde gingen sie wieder nach unten.

Von Elisabeth und Georg war nichts mehr zu sehen – und das Silber war ebenfalls weg.

* * *

Ungläubig starrte Luise auf den Brief, den ihr Vater ihr aus Wien geschickt hatte. Das konnte nicht sein, das durfte nicht sein! Sie hatte die Zeilen fünfmal lesen müssen, um zu begreifen, was sich in Hamburg alles zugetragen hatte. Und so ungeheuerlich die Geschehnisse auch sein mochten, so wenig wollte Luise einsehen, dass ihr Leben in Kamerun deshalb vorbei sein sollte.

Vor Kurzem war ihr sechzehnter Geburtstag gewesen, und niemand hatte daran gedacht, natürlich auch nicht Malambuku oder Hamza. Sie nahm es ihnen nicht übel. In ihrer Kultur war das Feiern des Geburtstages nicht üblich, und dass es bereits ein Jahr her war, dass ihre Familie ihr die Kaninchen geschickt hatte, hatte Malambuku sicher schon vergessen. Sie gestand es sich nur ungern ein, doch an diesem Tag von niemandem auch nur einen Glückwunsch erhalten zu haben, hatte sie traurig gestimmt.

Seit Erhalt des Briefs waren wieder einige Tage ins Land gegangen, und in Kürze stand das Weihnachtsfest bevor. Ihr Vater würde bis dahin unmöglich zurücksein können. Wie sollte sie sich verhalten? Sollte sie zum Gottesdienst gehen und sich den anderen Deutschen anschließen? Der Sonntag war inzwischen ein Spießrutenlauf für sie, da jedes Mal alle fragten, ob sie denn wisse, wann ihr Vater zurückkäme, und ihre Sorge darüber zum Ausdruck brachten, Luise allein auf der Farm unter lauter Eingeborenen zu wissen. Andererseits konnte sie nicht einfach dem Gottesdienst zu Weihnachten fernbleiben. Es war ein Dilemma. Schlimmer jedoch als die Ungewissheit, wann ihr Vater nach Kamerun zurückkommen würde, war die Tatsache, dass seine Rückkehr unmittelbar das Ende ihres Lebens in Kamerun einläuten würde. Der Gedanke daran trieb ihr die Magensäure in die Speiseröhre. Was konnte sie nur tun, um nicht nach Hamburg zurückzumüssen?

Gleich nachdem sie den Brief erhalten hatte, hatte sie ihn voller Verzweiflung Hamza vorgelesen. Seither war die Stimmung zwischen ihnen gedrückt. Hamza schien enttäuscht, dass Luise ihr Versprechen, ihr ganzes Leben in Kamerun zu verbringen, nicht einhalten konnte. Doch was sollte sie denn tun? Sie war sechzehn Jahre alt und hatte auf keinen Fall die Möglichkeit, sich dem Willen ihres Vaters zu widersetzen. Kurz hatte sie aus lauter Verzweiflung sogar daran gedacht, sich mit Raimund Leffers einzulassen. Sollte der dann die Farm übernehmen, könnte Luise auf diesem Wege versuchen, in Kamerun zu bleiben. Doch es war so gut wie ausgeschlossen, dass ihr Vater es erlauben würde. Ganz abgesehen davon, dass Luise sich keinem anderen Mann als Hamza schenken wollte. Der Preis wäre zu hoch. Aber ihr musste dringend etwas einfallen, wenn sie Hamza und das Leben, das sie hier führte, nicht verlieren wollte. Doch was?

Sie hatte die letzten Nächte so viel geweint, dass sie morgens zu müde und erschöpft war, um den Sonnenaufgang zusammen mit Hamza zu beobachten. Tagsüber versah sie lustlos und ohne auch nur ein einziges Lächeln ihre Arbeit, und am Abend weinte sie sich in den Schlaf.

Nachdem sie vier Morgen hintereinander nicht zum Baumstamm gegangen waren, kam Hamza bei Sonnenaufgang des fünften Tages in Luises Zimmer. Sie lag in ihrem Bett und schlief, hatte nicht einmal bemerkt, dass Hamza hereingekommen war.

»Luise.« Er berührte sanft ihre Schulter. »Luise, die Sonne geht auf.«

»Ich bin zu müde.«

»Bald bist du fort. Dann bleiben uns nur noch die Erinnerungen.«

Luise blinzelte ihn an. »Ich bin so müde und vollkommen kraftlos. Ich kann nicht aufstehen.«

Hamza überlegte einen Moment, dann hob er das Laken an und kroch zu Luise ins Bett.

»Was tust du da?«

»Ich möchte bei dir sein und dich festhalten, solange es geht.«

Erst wusste sie nicht damit umzugehen, dann jedoch kuschelte sie sich an ihn. So schliefen die beiden wieder ein, und Hamza schlich erst kurz vor der gewohnten Aufstehzeit aus Luises Zimmer in sein eigenes hinüber.

Am nächsten Tag kam auf Luises Einladung hin Raimund Leffers vorbei. Mit wenigen Worten erläuterte Luise ihm, was ihr Vater ihr in seinem Brief aufgetragen hatte.

»Ich würde damit im Dienst deines Vaters stehen, nicht wahr?«

»Ich denke schon.« Luise zuckte mit den Schultern.

»Warum wollt ihr aus Kamerun weg?«

»Ich will hier nicht weg«, protestierte Luise. »Ganz bestimmt nicht. Doch es hat Veränderungen im Kontor in Hamburg gegeben, die die Anwesenheit meines Vaters dort erforderlich machen.«

Sie mochte Raimund, doch die Wahrheit über das furchtbare Durcheinander, das in ihrer Familie herrschte, wollte sie ihm keinesfalls auf die Nase binden.

»Ich verstehe. Und er denkt wirklich, dass ich der Aufgabe gewachsen wäre?«

»Na ja, während der paar Wochen, die er nun schon fort ist, habe ich es auch geschafft. Das meiste macht ohnehin Malambuku.«

»Und Hamza.«

»Ja, und Hamza.«

»Darf ich dich mal etwas fragen, Luise?«

»Natürlich.«

»Bist du in Hamza verliebt?«

Luise errötete augenblicklich. »Was redest du da?«

»Ach, nichts. Vergiss es.«

»Warum sagst du so etwas, Raimund? Ich dachte, wir seien Freunde.«

»Ich hätte nicht fragen sollen. Bitte vergiss es einfach wieder.«

Luise war verärgert über die Frage. Wollte Raimund eine Reaktion provozieren? Und wenn ja, weshalb? »Es wäre vielleicht besser, wenn du jetzt gehst. Du kannst dir das Angebot meines Vaters ja durch den Kopf gehen lassen.«

Raimund stand auf. »Das werde ich. Bitte entschuldige, wenn ich dich gekränkt haben sollte. Das war nicht meine Absicht.«

»Warum hast du gefragt? Um mir etwas zu unterstellen?«

Raimund schüttelte den Kopf. Er zögerte, schien mit sich zu ringen und sagte dann schließlich: »Weil ich selbst mich in ein Mädchen von hier verliebt habe und gehofft hatte, mit dir offen darüber sprechen zu können. Ich dachte, du hättest Gefühle für Hamza und würdest mich daher verstehen.«

Luise sah ihn überrascht an.

»Ich bitte dich inständig, es nicht meinem Vater zu sagen! Er würde mich wahrscheinlich auspeitschen.«

»Raimund, bitte setz dich wieder«, bat Luise, die ihre schroffe Reaktion auf seine Frage bedauerte. »Ich habe dich eben ganz falsch verstanden. Bitte entschuldige. Das war dumm von mir.«

»Ich hätte nichts sagen sollen.«

»Raimund«, sie deutete auf den Stuhl. »Bitte.«

Etwas widerwillig nahm er wieder Platz.

»Ich habe nur deshalb so reagiert, weil es wahr ist und ich mich ertappt fühlte«, erklärte Luise.

Ein Lächeln huschte über Raimunds Gesicht. »Ich bin erleichtert, Luise, wirklich. Ich vermute schon lange, dass du Gefühle für ihn hast. Doch als du eben so heftig widersprochen hast, hatte ich den Eindruck, dass du den Gedanken an einen Einheimischen als Freund geradezu abstoßend fändest und deshalb auf keinen Fall nachvollziehen könntest, was in mir vorgeht.«

»Ich kann es sehr gut nachvollziehen. Leider.« Sie seufzte. »Ich kann mir nicht vorstellen, auch nur einen Tag ohne Hamza zu verbringen. Doch mein Vater wird mich zwingen, das alles hier aufzugeben. Und Hamza werde ich vielleicht niemals wiedersehen.«

»Was wäre, wenn du nicht mit ihm gehen würdest?«

»Du weißt es doch selbst, ich habe keine Wahl. Ich bin sechzehn Jahre alt und eine Frau. Kein deutscher Vater würde zulassen, dass seine Tochter auf dem Schwarzen Kontinent bleibt, um hier zu leben.«

»Hast du schon mal darüber nachgedacht, zu fliehen?«

»Was meinst du mit fliehen?«

»Einfach fortzulaufen, wenn dein Vater wiederkommt. Du könntest ihm einen Brief hinterlassen und ihm mitteilen, dass es dir gut geht, du dich aber so lange versteckt hältst, bis du alt genug bist, selbst über dein Leben zu entscheiden.«

Luise lachte freudlos auf. »Das kann doch nur ein Scherz von dir sein!«

»Nein, eigentlich nicht. Ich denke nämlich genau darüber nach.«

»Wirklich?« Luises Pulsschlag beschleunigte sich. War es möglich, dass Raimund ihr einen Ausweg aufzeigen konnte?

»Ja. Es gibt Dörfer in den britischen Kolonien, wo weiße Einwanderer mit schwarzen Frauen leben. Dorthin möchte ich mit Suna gehen.«

»Deine Freundin heißt Suna?«

»Ja. Na ja, eigentlich ist sie nicht meine Freundin. Noch nicht. Sie empfindet das Gleiche wie ich. Doch sie soll bald einem Mann ihres Stammes zur Frau gegeben werden.«

»Genau wie Hamza sich mit Jala vermählen soll.«

»Schon eigenartig, wie sich unsere Geschichten gleichen.«

»Diese Dörfer in den britischen Kolonien, sagt dort niemand etwas?«

»Bestimmt wird es auch dort nicht einfach. Aber es ist anders als hier bei uns. Vor allem müsste ich weg von meinem Vater, wenn ich nicht totgeprügelt werden will.«

»Ist das weit von hier?«

»Nun ja, es ist ein Weg von mehreren Tagen.«

»Du hast dich längst entschieden, zu gehen, nicht wahr?«

»Ja. Deshalb kann ich das Angebot deines Vaters nicht annehmen.«

»Das macht nichts. Er wird einen anderen finden. Aber dieses Dorf … ich meine, was müsste ich tun, wenn ich mit Hamza ebenfalls dorthin gehen will?«

»Du denkst also darüber nach?«

»Ja. Doch es müsste bald geschehen. Mein Vater kann bald zurückkommen.«

»Auch wenn er da ist, geht es noch. Dann fliehen wir nachts. Doch du darfst außer mit Hamza mit niemandem darüber sprechen, hörst du?«

»Ja, natürlich.«

»Wir machen es folgendermaßen: Ich gebe dir Bescheid, wenn ich alles vorbereitet habe. Sollte derweil dein Vater ankommen, schickst du mir eine Nachricht. Dann teile ich dir den nächstmöglichen Zeitpunkt mit, und wir fliehen zu viert.«

Luises Herz klopfte wild. »Ja. Tun wir's, Raimund.«

»Willst du nicht erst einmal mit Hamza sprechen?«

»Ich bin sicher, dass er zustimmt.«

Raimund stand auf. »Gut. Dann machen wir es so. Du hörst in den nächsten Tagen von mir.«

»Oder du von mir.«

Luise hatte in dieser Nacht kein Auge zugetan. Als es dann endlich so weit war, dass das erste Licht durch die Wolken brach, huschte sie zu Hamzas Zimmer hinüber und bat ihn, zusammen mit ihr zum Baumstamm zu gehen. Er willigte sogleich ein und war ein wenig überrascht, Luise das erste Mal seit Langem wieder fröhlich zu sehen.

Sobald sie den Baumstamm erreicht hatten, berichtete sie ihm, was Raimund ihr erzählt hatte. Seine Reaktion überraschte sie jedoch über die Maßen. »Du sagst Nein?«

Hamza sah auf seine Hände. »Ich kann nicht einfach mein Dorf und meinen Stamm im Stich lassen, Luise.«

»Du meinst, du *willst* nicht.«

»Nein, ich *kann* nicht. Meine Familie ist auf meine Unterstützung angewiesen. Was soll aus meinen Geschwistern werden, wenn mein Vater krank wird und nicht mehr arbeiten kann? Wer soll sie dann versorgen?«

Luise wusste nicht, wie sie reagieren sollte. Sie war traurig und wütend zugleich. »Also nimmst du lieber in Kauf, dass wir uns niemals wiedersehen?«

Hamza blickte zu Boden, nahm ihre Hand. »Ich will dich nicht verlieren, Luise.«

»Aber genau das wirst du, wenn wir bleiben.« Ihre Stimme brach. »Wenn mein Vater zurückkommt, wird er nur wenige Tage brauchen, um alles für unsere Rückkehr nach Hamburg zu klären. Es wird nicht schwer sein, unter den Deutschen hier jemanden zu finden, der als Verwalter für meinen Vater tätig sein will.«

»Also bekommen wir auch einen neuen Herrn?«

»Ja, vermutlich schon. Ich glaube nicht, dass mein Vater die gesamte Verantwortung deinem Vater überträgt.«

»Dann wird es so sein.«

Luise begann zu weinen. »Bitte, Hamza, lass uns in die britische Kolonie gehen.«

»Und was für ein Leben erwartet uns dort?«

»Ich weiß es nicht. Doch wir wären wenigstens zusammen.« Luise schmiegte sich an ihn. »Willst du denn nicht auch mit mir zusammen sein?«

»Du weißt, dass ich das will. Es quält mich, nichts tun zu können.«

Sie drückte sich noch enger an ihn, küsste seine Wange, dann seinen Hals. Hamza wandte sich ihr zu. Ihre Lippen trafen sich. Wie zwei Ertrinkende umklammerten sie den anderen, ihre Küsse wurden fordernder. Immer enger hielten sie sich, küssten und liebkosten sich, sanken von dem Baumstamm hinunter ins Gras. Hamzas Hand glitt unter Luises Nachthemd, und sie öffnete seine Hose. Hamza schob den Stoff hoch, ließ seine Hand zu ihren Brüsten wandern. Luise hatte das Gefühl, dass sich alles um sie herum drehte. Nie zuvor hatten sie sich so berührt, nie eine solche Leidenschaft gespürt. Luise schob nun seine Hose herunter, und Hamza streifte sie dann vollends von seinen Beinen. Dann strich Luise an Hamzas Oberschenkel entlang, bis sie schließlich sein Glied berührte. Sie wusste nicht recht, was sie erwartet hatte, wie es sich anfühlen würde, hatte sich bisher nie einen Gedanken darum gemacht. Es nun jedoch zu spüren, erregte sie zutiefst. Hamza berührte ihre Scham, und Luise seufzte auf, schnappte nach Luft. Sie atmete geräuschvoll aus und spreizte ihre Beine. Hamza stemmte sich hoch und legte sich auf sie. Dann drang er in sie ein. Kurz schmerzte es, doch dann war es wunderschön. Luises Herz raste, sie wölbte sich ihm entgegen. Auch Hamza bäumte sich auf, und kurz darauf erstarben seine Bewegungen. Keuchend ließ er seine Stirn auf ihre Brust sinken, versuchte, seine Atmung zu beruhigen. Dann hob er sich auf die Ellbogen und sah ihr in die Augen. »Du weinst ja?«

»Nein.« Sie lächelte ihn an. »Das sind Glückstränen.«

Er küsste sie auf den Mund, rollte sich von ihr herunter und blieb neben ihr im Gras liegen, bis es Zeit war, ins Haus zurückzukehren. Keiner von beiden hatte mehr ein Wort gesprochen, es waren zu viele Eindrücke und Gefühle, die die beiden erst bewältigen mussten. Vor Luises Zimmer trennten sie sich mit einem zärtlichen Kuss. Dann ging Luise hinein und ließ sich auf ihr Bett sinken. Obwohl ihr Herz noch immer heftig pochte, schlief sie augenblicklich ein.

Es war Weihnachten, und Luise ging wie die anderen Deutschen in die Kirche. Sie schmunzelte, denn soweit sie sich erinnerte, waren es genau die gleichen Lieder in genau der gleichen Reihenfolge wie im letzten Jahr. Als sie bei *Stille Nacht, heilige Nacht* angekommen waren, war Luise erleichtert. Sie hatte sich nicht auf die Worte des Predigers konzentrieren können, ebenso wenig auf den Gesang. Nach dem Gottesdienst boten ihr einige der Deutschen an, das Fest bei ihnen zu verbringen, statt allein auf der Farm. Doch Luise hatte dankend abgelehnt und wollte gerade aufbrechen, als Raimund an ihre Seite trat.

»Es ist alles vorbereitet«, sagte er in verschwörerischem Ton.

»Wirklich?«

»Ja.«

»Gut. Ich werde mit Hamza sprechen und dir eine Nachricht zukommen lassen. Ich möchte erst gehen, wenn mein Vater da ist und ich ihn ein letztes Mal sehen konnte.«

»Aber verrate dich nur nicht! Du weißt, was es für uns alle bedeuten würde.«

Sie schüttelte den Kopf. »Ich werde vorsichtig sein, das verspreche ich dir.«

Sie verabschiedeten sich voneinander, und Luise kehrte zurück zur Farm.

Es war der 30. Dezember 1889, der vorletzte Tag des Jahres, als die *Erna Woermann* vor der Küste festmachte und Robert Hansen nach Kamerun zurückkehrte.

Luise war bei der Arbeit und lächelte in Erinnerung an die vergangene Nacht, die sie genau wie die vorherigen Nächte an Hamzas Seite verbracht hatte, glückselig in sich hinein. Hamza und sie waren nicht mehr zu dem Baumstamm gegangen, sondern er war lange bevor die Sonne aufging direkt in ihr Zimmer gekommen, wo sie sich dann liebten. Wie wundervoll es war, geradezu berauschend. Sie sah auf, als sie wahrnahm, dass die Duala aufgeregt zur Farm liefen.

»Dein Vater«, rief ihr Hamza zu. »Er ist wieder da.«

Die beiden tauschten einen Blick. Sie wussten, dass damit in Kürze der Zeitpunkt gekommen war, den sie für ihre Flucht nutzen mussten. Luise nickte Hamza zu, dann liefen sie gemeinsam zur Farm.

Die Duala scharten sich bereits um Robert und hießen ihn aufs Herzlichste willkommen. Malambuku stand direkt neben ihm und strahlte mit den anderen um die Wette.

»Vater!« Sie rannte auf ihn zu.

»Luise!« Er öffnete die Arme und drückte sie an sich. »Meine Luise, was habe ich dich vermisst!« Er hielt sie, als wollte er sie gar nicht mehr loslassen.

»Konntest du inzwischen alles klären?«, fragte sie.

»Ja. Komm, setzen wir uns. Ich habe dir so viel zu erzählen.« Er blickte sich um. »Wie ich sehe, ist hier alles unverändert. Ich gebe zu, es wundert mich nicht. Ich wusste, dass du alles fabelhaft in Ordnung halten würdest.«

»Guten Tag, Herr Hansen.« Hamza deutete eine Verbeugung an. »Es ist schön, Sie gesund wiederzusehen.«

»Hamza.« Robert schüttelte ihm die Hand und klopfte ihm auf die Schulter. »Dein Deutsch ist noch besser geworden. Du redest inzwischen wie ein gebildeter junger deutscher Mann.«

»Danke sehr, Herr Hansen. Das ist sehr freundlich von Ihnen.«

Luise hakte sich bei ihrem Vater unter, und zusammen mit Malambuku gingen sie zurück ins Haus, während Hamza sich verabschiedete und wieder zur Plantage ging. Malambuku holte Getränke und ließ sich dann mit Robert und Luise auf den geflochtenen Stühlen auf der Veranda nieder.

»Es tut so gut, wieder hier zu sein«, sagte Robert und streckte die Beine aus.

»Ich freue mich auch sehr. Du siehst erschöpft aus.«

»Das bin ich«, gestand Robert ein. »Die letzten Wochen haben mir wirklich alles abverlangt.«

»Was ist denn alles geschehen seit deinem letzten Brief?«

Malambuku kam mit den Getränken, und Robert nahm einen kräftigen Schluck. »Danke, Malambuku. Das tut gut.«

»Gut wieder da, Sango.«

»Ich freue mich auch, wieder hier zu sein.«

Als Malambuku gegangen war, sagte Robert: »Deine Mutter wohnt nicht mehr in der Villa, ebenso wenig wie Onkel Georg.«

Luise nickte nur, sagte nichts.

»Vera, Martha und Frederike freuen sich, dass du heimkehrst und wir alle wieder dort leben werden. An Weihnachten wollten dein Onkel Karl und seine Frau Therese zu Besuch kommen. Therese ist übrigens in anderen Umständen. Sie ist eine reizende Frau, du wirst sie mögen. Die beiden werden längst wieder abgereist sein, wenn wir in Hamburg ankommen. Aber es wird sich schon eine Gelegenheit ergeben, bei der du Therese kennenlernst.«

Luise sah ihn an. »Bitte sag mir: Weshalb müssen wir Kamerun verlassen?«

»Wie ich es dir schrieb, so ist es am Ende auch gekommen. Ich werde künftig das Kontor in Hamburg leiten, und Karl setzt seine Arbeit in Wien fort.«

»Aber ich lebe so gern hier!«

»Ich weiß, Luise. Doch es gibt derzeit keinen anderen Weg. Eines Tages vielleicht. Aber nicht jetzt.« Er trank noch einen Schluck. »Hast du mit Raimund Leffers gesprochen?«

»Ja, doch er hat andere Pläne«, sagte Luise knapp.

»Schade. Aber ich werde schon jemanden finden.«

»Ich könnte ja hierbleiben.« Luise lächelte schwach. Sie wusste, dass ihr Vorschlag nicht ernsthaft erwogen würde, wollte ihn aber zumindest ausgesprochen haben.

»Ach, meine Luise.« Er schüttelte den Kopf. »Nein, gewiss lasse ich dich nicht hier. Aber ich weiß dein Angebot zu schätzen.«

»Du und Mutter, lasst ihr euch scheiden?«

»Ich weiß noch nicht. So ein Verfahren ist nicht ganz einfach, obwohl ich sicher bin, dass mir jedes Gericht die Unzumutbarkeit der Weiterführung dieser Ehe bescheinigen würde. Aber ich sehe es im Moment nicht als vordringlich an. Wichtig ist jetzt, dass wir unser Leben wieder in etwas ruhigeres Fahrwasser lenken. Seit Großvaters Tod ist alles aus dem Lot geraten. Doch langsam lichtet sich der Nebel, und ich bin zuversichtlich, dass wir schon in wenigen Monaten wieder ein geordnetes Leben führen werden.«

Luise sah ihn an, wollte ihm sagen, dass das Leben, das sie hier führten, doch auch geordnet war, dass es darüber hinaus einfach großartig war und sie jeden Augenblick genoss. Doch sie wusste, dass sie ihn nicht würde umstimmen können. »Wann werden wir abreisen?«

»In drei Tagen.«

»So schnell?« Luise riss die Augen auf. Alles kam nun so plötzlich. Nur drei Tage, dann würde sie das Leben, das sie bisher geführt hatte, komplett hinter sich lassen. Die Vorstellung machte ihr Angst.

Die beiden aßen noch eine Kleinigkeit zusammen, dann ruhte Robert sich nach der langen Reise aus. Luise ging in ihr Zimmer und schrieb einen Brief an Raimund, in dem sie ihm mitteilte, dass sie spätestens in der Nacht vom ersten auf den zweiten Januar aufbrechen mussten, und gab ihn einem der Duala, damit er die Nachricht überbrachte. Sie sah ihm noch nach, als er mit dem Brief in der Hand loslief. Luise fühlte sich wie eine Verräterin an ihrem eigenen Vater.

Der 1. Januar 1890 war gekommen, der Tag, an dem Luise Hansen sich anschickte, dem Leben, das sie bisher geführt hatte, bald ein für alle Mal den Rücken zu kehren. Noch am Nachmittag hatte sie kurz mit Hamza gesprochen. Sie verabredeten sich zur üblichen Zeit am Baumstamm, von wo aus sie sich dann gemeinsam auf den Weg zum Treffpunkt mit Raimund und Suna machen wollten, um ihr neues Leben zu beginnen. Luise hatte bemerkt, wie ruhig und verschlossen, ja bedrückt Hamza am Vormittag gewesen war. Sie hatte ihn darauf angesprochen, doch er hatte nicht darüber reden wollen. Einen kurzen Moment hatte sie Angst, dass er womöglich nicht käme. Doch sie verdrängte das Gefühl. Das würde Hamza ihr niemals antun.

Das Schiff, das Robert und Luise nach Hamburg bringen sollte, lag bereits seit einem Tag vor Anker. Am Nachmittag hatte Robert sämtliche Kakaobohnensäcke, die zu diesem Zeitpunkt fertig geworden waren, mit Karren zum Schiff bringen und verladen lassen. Auch das persönliche Gepäck von Luise und Robert war bereits an Bord gebracht worden. Luise bedauerte, deshalb nur wenig in die Kolonie mitnehmen zu können, in die sie gemeinsam mit Hamza gehen würde. Doch sie konnte es nicht riskieren, dass ihr Vater Verdacht schöpfte, wenn sie nicht alles, was sie besaß, an Bord bringen ließ. So blieb ihr nur wenig mehr als das, was sie am Leib trug, um in einer der englischen Kolonien ein neues Leben zu beginnen.

Am meisten schmerzte es Luise, dass ihr Vater die drei Kaninchen ebenfalls schon am Nachmittag hatte an Bord bringen lassen, um sie nicht am nächsten Morgen noch als zusätzlichen Ballast mitschleppen zu müssen. Der Abschied von den Tieren war Luise schrecklich schwergefallen, doch sie hätte sie ohnehin nicht mitnehmen können.

Robert hatte dem Kapitän des Schiffes mitgeteilt, dass es ganz in seinem Sinne wäre, so früh wie möglich aufzubrechen. Es waren bereits alle Waren geladen, sodass es dem Kapitän nur recht war. Aus diesem Grunde verabschiedete Robert sich bereits am Ende des Arbeitstages von Hamza und den anderen Dualas. Malambuku würde er am nächsten Morgen noch sehen, da dieser in dieser Nacht ausnahmsweise auf der Farm der Hansens schlief, um deren frühen Aufbruch nicht zu verpassen.

Zusammen mit ihrem Vater verabschiedete sich auch Luise von den Menschen, die sie nun seit über einem Jahr kannte und die ihr jeden Tag ein bisschen mehr ans Herz gewachsen waren. Sie lächelte Hamza an, drückte seine Hände, als sie ihm Lebewohl sagte. Er senkte den Blick, sah zu Boden. Mit einem Mal wurde Luise bang ums Herz. Würde ihr Geliebter womöglich nicht kommen? Oder war es nur die Trauer darüber, dass er morgen früh all jene Menschen zurücklassen würde, die ihn liebten und auf ihn bauten? Luise versuchte, die dunklen Gedanken zu verscheuchen, setzte ein fröhliches Lachen auf und versprach den Duala, wiederzukommen. Eines Tages würden sie alle sich wiedersehen.

Der Abend kam, dann die Nacht, schließlich brach das erste Licht des Tages durch die Wolken. Luise hatte kein Auge zugetan. Sie hatte vollständig bekleidet auf ihrem Bett gesessen und gewartet. Schließlich war sie aufgestanden, hatte das kleine Bündel genommen, in dem sich ihr Tagebuch und ihre Schreibmappe befanden, war leise über den Flur geschlichen, die Treppe hinunter und zur Tür. Dort blickte sie sich noch einmal um. Vermutlich würde sie all das niemals wiedersehen. Ihr standen Tränen in den Augen. »Verzeih mir, Vater«, flüsterte sie.

Dann ging sie über die Ebene bis zum Baumstamm, ihrem Baumstamm, auf dem sie über ein Jahr lang bis auf wenige Ausnahmen jeden Tag den Sonnenaufgang willkommen geheißen hatte. Wie sehr ihr das alles hier fehlen würde! Doch hatte sie die Hoffnung, dass dort, wohin sie gingen, in der britischen Kolonie, ebensolche Steppen und Landschaften waren und sie womöglich auch einen besonderen Platz finden würde, von dem aus sie den Sonnenaufgang genießen konnte. Und vor allem wäre sie zusammen mit Hamza dort, dem Mann, den sie von ganzem Herzen liebte. Ja, ihre Entscheidung war richtig.

Sie holte ihre Schreibmappe hervor und las einige Passagen über ihre Gefühle und das, was sie bewegt hatte, als sie gerade die ersten Eintragungen ihrer Zeit in Kamerun gemacht hatte. Tiefe Sehnsucht, gepaart mit dem Gefühl, dass alles, was gewesen war, sich unglaublich richtig anfühlte.

Der Himmel wurde langsam rosa, die Farbe kräftiger. Luise blickte sich lächelnd um. Hamza war noch nicht zu sehen, doch er musste jeden Augenblick kommen. Sie sah wieder nach vorn auf den Kamerunberg, den großen schwarzen Schatten, der die Gegend überragte. Einen Moment verweilte sie so, dann sah sie zum Himmel hinauf. Noch immer herrschte das Rosa vor, doch in der Ferne wechselte es nach und nach in einen Orangeton. Wieder blickte sie sich um. Hamza war spät dran, viel später als sonst. Wo blieb er nur? Es war bald an der Zeit, aufzubrechen und ihr neues Leben zu beginnen. Nahm er sich die Zeit, sich still von seinen Brüdern und Schwestern zu verabschieden, sie womöglich noch einmal im Schlaf zu beobachten, ein letztes, ein allerletztes Mal?

Kurz sah sie zum Kamerunberg, dann drehte sie sich um, wollte nicht verpassen, wenn Hamza aus den Büschen hervortrat. Plötzlich beschlich sie ein eigenartiges Gefühl. Konnte es sein, dass er nicht kam? Nein, entschied sie. Niemals. Niemals würde er ihr das antun. Sie hatte sich ihm hingegeben, ihm ihre Liebe versprochen. Und er hatte das Gleiche für sie getan. Es konnte nicht sein, dass er sie so bitter enttäuschte. Auch wenn ihm der Abschied von seinen Geschwistern, den Eltern und Freunden im Dorf schwerfiel, so hatte er ihr doch gesagt, nein er hatte ihr *versprochen,* sich für sie und ein Leben mit ihr entschieden zu haben.

Das Rosa am Himmel verschwand, das Orange wurde kräftiger und noch kräftiger, bis es zu einem warmen Gelb wechselte. Luise drehte sich wieder um, richtete ihren Blick auf den Berg, während die Tränen über ihre Wangen liefen. Sie wusste nicht, wie lange sie so dagesessen hatte. Es mussten Stunden gewesen sein. Stunden, in denen sich die Erkenntnis, dass er nicht kommen würde, wie ein hässliches Geschwür in ihr ausgebreitet hatte. Dann hörte sie vertraute Schritte, drehte sich aber nicht um.

»Da bist du ja. Ich war schon in Sorge. Na, nimmst du Abschied?«

Luise nickte, ohne ihren Vater anzusehen. »Ich werde wohl niemals hierher zurückkommen.«

Robert legte ihr die Hände auf die Schultern. »Ach, Luise, wer weiß, was in einigen Jahren ist!« Er beugte sich hinunter und küsste ihr Haar. »Und nun komm. Es ist Zeit, wenn wir noch etwas essen wollen.«

»Ich bin nicht hungrig.«

»Ich, ehrlich gesagt, auch nicht, und Malambuku hat uns genug zusammengestellt, damit wir nicht verhungern.« Er berührte ihren Arm. »Na komm.«

Sie gingen zurück zum Haus. Luise wollte nicht einmal mehr hineingehen, sondern sofort aufbrechen. Raimund und Suna waren gewiss bereits ein gutes Stück fort. So wie Hamza und sie es eigentlich auch hätten sein sollen. Der Gedanke schnürte ihr die Kehle zu.

Sie ging zu Malambuku, umarmte ihn. »Ich werde dich niemals vergessen, Malambuku. Niemals, solange ich lebe.«

»Malambuku hofft, sehen Nyango eines Tages wieder.«

»Nein, Malambuku. Ich denke, ich kehre nie wieder hierher zurück. Leb wohl!« Sie hob den Kopf, blickte noch einmal in seine warmen, vertrauten Augen. Es waren auch Hamzas Augen, die sie vor sich sah. Sie lächelte, drehte sich um und ging zu ihrem Pferd.

Robert und Malambuku tauschten noch einige Worte, dann kam auch ihr Vater herüber, und sie brachen auf.

Robert unternahm einige Male den Versuch, sich mit Luise zu unterhalten, doch ihre Antworten fielen knapp aus. Also ließ er seine Tochter in Ruhe und gab ihr Zeit, um für sich mit Kamerun abzuschließen.

Als sie den Strand erreichten, herrschte dort noch nicht so ein Getümmel wie zu späteren Stunden am Tag. Luise war es nur recht. Sie dankten den Einheimischen, die sie in ihren Booten übersetzten. Dann betraten sie das Schiff, das sie nach Hamburg bringen würde.

Luise stellte sich an die Reling, von wo aus sie einen guten Blick auf den Berg hatte. Alles hier würde sie vermissen. Doch war es nun nach dem, was Hamza ihr angetan hatte, nicht mehr der Ort, an dem sie leben wollte. Er hatte sie zutiefst enttäuscht.

Es dauerte nicht lange, bis der Kapitän den Befehl gab, den Anker zu lichten, und die Maschine sich mit wummernden Geräuschen in Bewegung setzte. Langsam und gemächlich glitt das Schiff aus der Bucht. Luise sah noch einmal zum Strand und ließ ihren Blick schweifen. Dann wandte sie sich abrupt von der Reling ab, ging in den Salon mit seinen gemütlichen Sesseln und kehrte Kamerun endgültig den Rücken.

So entging ihr, dass in diesem Moment ein junger Mann hinkend den Strand erreichte, wild mit den Armen ruderte und schließlich weinend im Sand zusammenbrach, als das Schiff zum Abschied das Signalhorn ertönen ließ.

Quellenverzeichnis

Bücher

Aïssatou Bouba, „Kinder des Augenblicks". Die Ethnien Deutsch-Nordkameruns in deutschsprachigen Reiseberichten (1850–1919), Verlag Edition Lumière, Bremen 2008

Dictionnaire Duala-Français, Suivi d'un Lexique Français-Duala, Editions Klincksieck, Paris 1972 (Online [abgerufen am 25. Oktober 2017])

Andreas Eckert, Die Duala und die Kolonialmächte. Eine Untersuchung zu Widerstand, Protest und Protonationalismus in Kamerun vor dem Zweiten Weltkrieg, Lit Verlag, Münster 1992

Andreas Eckert, Grundbesitz, Landkonflikte und Kolonialer Wandel, Douala 1880 bis 1960, In: Beiträge zur Kolonial- und Überseegeschichte, Band 70, Verlag Steiner, Stuttgart 1999

Alexander Emmerich, Die Geschichte der Deutschen in Afrika – Von 1600 bis in die Gegenwart, Fackelträger Verlag, Köln 2013

Werner Gartung, Kamerun, Reise Know-how Verlag Peter Rump, Bielefeld 2015

Franz Giesebrecht (Hrsg.), Die Behandlung der Eingeborenen in den deutschen Kolonien, o. O. 1889

Horst Gründer, Geschichte der deutschen Kolonien, 6., überarbeitete und erweiterte Auflage, Verlag Ferdinand Schöningh, Paderborn 2012

Karin Hausen, Deutsche Kolonialherrschaft in Afrika, Wirtschaftsinteressen und Kolonialverwaltung in Kamerun vor 1914, In: Beiträge zur Kolonial- und Überseegeschichte, Band 6, Verlag Atlantis, Zürich (u.a.) 1970

Barbara Johanna Heuermann, Der schizophrene Schiffsschnabel: Biographie eines kolonialen Objektes und Diskurs um seine Rückforderung im postkolonialen München, Studien aus dem Münchner Institut für Ethnologie, Band 17, München 2015

Fritz-Ferdinand Müller, Kolonien unter der Peitsche, Verlag Rütten & Loening, Berlin 1962

Jesko von Puttkamer, Gouverneursjahre in Kamerun, Verlag Georg Stilke, Berlin 1912

Manfred Schläfcke, Als Kaufmann nach Kamerun – Viktoria (Limbe) und Kribi 1900–1907, Verlag BoD – Books on Demand, Norderstedt 2014

August Seidel, Die Duala-Sprache in Kamerun. Systematisches Wörterverzeichnis und Einführung in die Grammatik. Julius Groos' Verlag, Heidelberg 1904 (Online [abgerufen am 22. Oktober 2017]).

Unser Kamerun – Deutschlands älteste Kolonie, Verlag Gustav Poetzsch, Magdeburg 1899 (Reprint-Ausgabe erschienen im Melchior Verlag, Wolfenbüttel 2012)

Gotthilf Walz, Die Entwicklung der Strafrechtspflege in Kamerun unter deutscher Kolonialherrschaft 1884–1914, In: Beiträge zur Soziologie Afrikas, Band 2, zugl. Diss., Freiburg 1981

Walter M. Weiss, Wien, 5., aktualisierte Auflage, DuMont Reiseverlag, Ostfildern 2016

Albert Wirz, Vom Sklavenhandel zum kolonialen Handel, Wirtschaftsräume und Wirtschaftsformen vor 1914, In: Beiträge zur Kolonial- und Überseegeschichte, Band 10, Verlag Atlantis, Zürich (u.a.) 1972

Internet

http://www.ddl.ish-lyon.cnrs.fr/projets/clhass/PageWeb/ressources/duala.pdf
https://www.deutsche-schutzgebiete.de/kamerun.html
https://www.dhm.de/lemo/kapitel/kaiserreich/aussenpolitik/die-deutsche-kolonie-kamerun.html
https://www.ethnologue.com/map/CM_s
http://www.goruma.de/Laender/Afrika/Kamerun/Wissenswertes/Feiertage_Veranstaltungen_und_Landessitten.html
http://kunstmuseum-hamburg.de/deutschlands-kolonien-in-farbe-kamerun/
http://www.theobroma-cacao.de/wissen/herstellung/verarbeitung-der-kakaofrucht/
http://www.theobroma-cacao.de/wissen/rezepte-und-technik/kakaobohnen-verarbeiten/
https://web.archive.org/web/20100209053003/http://users.elite.net/runner/jennifers/hello.htm#D

13942314R10214

Printed in Germany
by Amazon Distribution
GmbH, Leipzig